保持沉默

[美] 布拉德·帕克斯 著　戚悦 译

SAY NOTHING

图书在版编目（CIP）数据

保持沉默 /（美）布拉德·帕克斯著 ; 戚悦译. --
北京 : 北京联合出版公司, 2017.8（2018.8重印）
ISBN 978-7-5596-0259-6

Ⅰ. ①保… Ⅱ. ①布… ②戚… Ⅲ. ①推理小说－美
国－现代 Ⅳ. ①I712.45

中国版本图书馆CIP数据核字(2017)第079825号

著作权合同登记 图字：01-2017-1625

保持沉默

作　　者：[美]布拉德·帕克斯
译　　者：戚　悦
出版统筹：新华先锋
责任编辑：管　文
特约监制：林　丽
策划编辑：海　莲
封面设计：王　鑫
版式设计：朱明月
营销统筹：章艳芬

北京联合出版公司出版
（北京市西城区德外大街83号楼9层 100088）
北京市松源印刷有限公司印刷　新华书店经销
字数250千字　787毫米×1092毫米　1/16　22印张
2017年8月第1版　2018年8月第3次印刷
ISBN 978-7-5596-0259-6
定价：39.80元

我有一个超赞的太太，多年来，她一直支持着我，并鼓励我追寻梦想。这本书，要特别献给她。

1

他们对付我的第一步可以说波澜不惊，在嘈杂的生活乐章中，就像一个转瞬即逝的音符，我并未放在心上，也丝毫没有察觉到它的重要性。

这一切开始于我收到的一条短信，发件人是我的妻子——艾莉森，时间是周三下午 3:28。

抱歉，亲爱的，忘记告诉你了，孩子们今天下午要去看医生。我马上就去接他们[1]。

这突如其来的短信并没有引起我的注意。我只是有点儿失落。

按照家庭惯例，周三是“父子游泳日”，这可是一周里的重大事件。在过去三年里，我和我的双胞胎孩子们对此可是乐此不疲。起初，游泳简直是一团糟，虽然美其名曰父子一起游，但其实就是我手忙脚乱地不让这对瞎扑腾的小家伙溺水。不过，随着他们慢慢长大，这项亲子活动也变得越来越妙趣横生了。如今，六岁的萨姆和爱玛已经成了游泳小健将。他们灵活得如同河鼠，能够在水里穿梭自如。

这项活动通常会持续四十五分钟，直到他们俩当中的一个连声嚷嚷着玩够了，我们才会停下来休息。在这个过程中，我们十分享受彼此陪伴的时光。我们会互相泼水嬉戏，从游泳池的这一头追逐跑闹到那一头。我们还会玩一些自己独创的水上游戏，比如颇受欢迎的“河马宝宝”。能够跟自己的孩子在一起享受天伦之乐，实在是一种无可比拟的幸福，即使永远都得扮演河马妈妈的角色，我也心甘情愿、绝无怨言。

我非常珍惜包括这项活动在内的所有家庭活动，是这些活动装点着我们家庭的小宇宙。周五是“露天下棋日”，周日是“美味薄饼日”（不然，周日还能是**什么日子**？）。周一则是“戴帽跳舞日”，具体活动当然就是跳舞啦！

---

[1] 本书原文根据内容不同使用了不同的字体，译文亦做了相应的区别：短信和电子邮件内容使用了楷体，信件内容使用了黑体，心理活动的内容使用了仿宋，强调的内容使用了着重号。——译者注（本书注释若无特殊说明，皆为译者查注。）

而且，要戴着帽子跳。

这些家庭活动听上去也许并不酷炫、迷人。毫无疑问，时尚杂志的封面可不会出现这样的标题——“如何为你的男人打造独一无二的美味薄饼日”。不过我相信，规律而温馨的家庭活动有助于塑造幸福的婚姻、幸福的家庭乃至幸福的人生。

因此，那个周三下午，我觉得有点儿恼火，一小段天伦之乐就这样离我而去了。我是一名法官，这份工作的好处之一就是能相对自由地安排自己的工作时间。我们法院的职员都知道，周三下午，无论出现多大的司法危机，尊敬的斯科特·A. 桑普森法官大人都会在四点准时离开内庭[1]，去课后托管中心接孩子，然后带他们去基督教青年会[2]的游泳池游泳。

我本想自己游上几圈。对于一个四十四岁、身材发福的中年男人来说，平时工作就久坐不起，实在不该放过任何锻炼的机会。但是我想来想去都觉得，不能丢下萨姆和爱玛只身一人去游泳，还是直接回家好了。

在过去的四年中，我们一直住在约克河畔的一栋老旧农舍里，我们管它叫“河畔农场”，以此来显示我们赋予一栋老房子的新创意。“河畔农场”在乡下，位于弗吉尼亚州中部半岛[3]的沿海低洼地区，在格洛斯特郡一处无人管辖地。农场距离哥伦比亚特区南部约三小时车程，离主干道步行还有一段距离。

至于我们为什么会搬到这种偏远地区，那就说来话长了。以前我们住在华盛顿，我是一名政策顾问，在一位颇有权势的国会参议院议员手下工作。后来，发生了一起意外，我因此住院了。于是，我便以之为契机，重新思考一生中什么才是最重要的。最终，我被任命为联邦法官，来到了弗吉尼亚州东部地区的诺福克市就职。

这显然并非我在小学六年级第一次拿起《国会季刊》[4]时所憧憬的未来，而且也不是传统意义上从政人员的隐退之路。论工作量，联邦法官就像一只

[1] 内庭（chambers）：与公开法庭（open court）相对，指法官的办公室。

[2] 基督教青年会（YMCA）：一个世界性组织，总部位于瑞士日内瓦。各地的基督教青年会为当地居民提供运动设施，举办各类技能培训课程，宣传基督教和人道主义精神。

[3] 中部半岛（Middle Peninsula）：美国弗吉尼亚州切克皮萨湾西海岸的三大半岛之一。

[4]《国会季刊》（*Congressional Quarterly*）：一份以美国国会相关事件为主要内容的季刊。

鸭子：表面上很悠闲，其实正在水下卖力地扑腾呢！人们看到的只是冰山一角，大部分工作都隐藏在表面之下。但是，这绝对比我原先的工作要好得多了。假如我运气再差一点儿，“那起意外”送我去的地方就不是医院病房了，而是停尸间。

总而言之，我会毫不犹豫地说，目前一切顺利。我有一双健康的儿女，一个可爱的妻子，一份具有挑战性但令人满意的工作，还有幸福的家庭活动。

或者，至少在那个周三的下午 5 :52 之前，我会这么说。

5 :52，艾莉森回家了。

独自一人。

当时，我正在厨房里切水果，为两个孩子准备第二天的午饭。

艾莉森回家了，一连串熟悉的声音传来：开门，放包，浏览信件。她的工作时间是每天上午九点到下午五点半，在这段时间里，她要陪伴一些有严重智力障碍的孩子，因为当地的普通学校难以接纳这些特殊的儿童。在我看来，这是一项十分累人的工作，换作我，肯定早就崩溃了。但是，她每天回家时，心情都十分愉悦。艾莉森不愧是名副其实的教育人才。

从大学二年级时起，我们就在一起了。我情不自禁地爱上了她，因为她很漂亮。其次就是她也觉得我很讨人喜欢，就因为我能说出国会 435 名议员的名字，以及他们各自代表的州和党派。假如你是像我一样的男人，然后遇到了一个像她这样的女人，那就紧紧抓住她，因为她是你值得拥有的幸福。

“你回来啦，宝贝。”我高声说道。

“嗯，我回来啦，亲爱的。”她答道。

我突然意识到，那对双胞胎没有发出一点儿声响。六岁的小家伙可是非常聒噪的，两个六岁的小家伙，简直就要吵翻天。萨姆和爱玛进屋的时候，通常是乒乒乓乓地踩着步子，嘴里还叽叽喳喳地讲个不停，不知不觉，屋子就变得热闹非凡了。

比起以往的喧闹，这嘈杂的消失更加引起了我的注意。我放下湿漉漉的苹果，在毛巾上擦了擦手，穿过走廊来到客厅一探究竟。

艾莉森正低头查看一份账单。

“孩子们呢？”我问道。

她抬起头来，一脸困惑：“什么？今天不是周三吗？”

“没错。可你给我发了短信。”

“什么短信？”

“要去看医生的短信啊！”我边说边把手伸进口袋，掏出手机，指给她看，“就是这条。”

她甚至没有抬起头：“我根本就没给你发什么看医生的短信。”

我突然明白那是什么感觉了：海啸来临之际，一个人正坐在沙滩上看着所有潮水都不可思议地退去，他根本无法想象接下来将会面临怎样的惊涛骇浪。

“等等，也就是说，你没有去接孩子？”艾莉森问道。

“没有。”

“会不会是贾斯蒂娜去接他们了？”

贾斯蒂娜·凯末尔是一名从土耳其来的留学生，她借住在“河畔农场”的一栋独立小屋里。我们不收她的房租，作为交换，她经常帮我们照看双胞胎。

“恐怕没有，”我说，“今天是周三，她……”

我的手机响了。

“应该是学校打来的，”艾莉森立刻说道，“你告诉他们，我马上就去接孩子。斯科特，看看你干的好事儿。”

艾莉森匆匆地抓起钥匙就准备出门了。我拿起手机，看到屏幕上显示的来电号码是“未知”。我按下了接听键。

“喂，我是斯科特·桑普森。”我说道。

“你好呀，桑普森法官，”听筒里传来了一个低沉而模糊的声音，就像是被音频过滤器处理过一样，“你太太能平安回家可真是万幸啊！”

“你是谁？”我傻傻地问道。

“你猜萨姆和爱玛在哪儿呢？”那个声音不答反问道。

我感到胃液开始疯狂地翻涌，心脏猛烈撞击着胸腔，全身的血液一下子就冲上了脑袋，耳朵嗡嗡作响。

“他们在哪儿？”我又一次傻傻地问道。

艾莉森正要出门，听到我的话立刻停住了脚步。我全身紧绷，就像一名蓄势待发的拳击手，仿佛下一秒钟就要挥拳出击。

“斯卡夫朗。”那个声音突然说道。

“斯卡夫朗，”我喃喃地重复了一遍，“你要说什么？”

“美国诉斯卡夫朗案”是一桩违禁药品案，依照日程，明天将要在我就职的法院开庭审理。这几天，我一直在为这桩案件的审理做准备。

“明天，我们会给你发短信，告诉你我们想要的判决结果，”那个声音说，“如果你还想见到自己的孩子，那就要分毫不差地照指示行事。”

“什么指示？要怎么……”

“不准报警，”那个声音继续说道，“不准联系联邦调查局，不准以任何形式通知当局。只要你不轻举妄动，你的孩子就能安然无恙。保持沉默，明白了？”

“不，等等，我不明白！我完全不明白！”

“那我就说得明白点儿：只要我们怀疑你通知了当局，我们就会先把你孩子的手指头剁下来；假如我们的怀疑坐实了，那对不起，我们就剁下他们的耳朵和鼻子。”

“我明白了，明白了！请不要伤害他们！你要我做什么都可以，求求你……”

“保持沉默。”那个声音又一次警告道。

电话被挂断了。

2

家里的大门敞开着，艾莉森站在门口，目不转睛地盯着我。

“怎么了？”她问道，“出什么事了？你为什么说‘不要伤害他们’？这话是什么意思？”

我无法立刻回答她。我甚至无法呼吸。

“斯科特，说话啊！”

“孩子们……他们被……”我好不容易才逼自己说出了那个词……“绑架。”

“什么？”她尖叫道。

“这个人……他说……要我按照他的指示，判决一桩案子……他还说，如果我们报警的话，他们就要把孩子们的手指头……”说着，我不由自主地抬起双手，颤抖着举到了她面前，大口大口地喘着气……“剁下来。他让我们保持沉默。务必保持沉默，否则……”

我的心脏剧烈地抽动着。我发誓，我真的已经拼命呼吸了，但是全世界的氧气仿佛都不够用，就好像有一只巨大的手在无形中用力挤压我的胸腔一样。

噢，天哪，我不禁想道，我的心脏病要发作了。

呼吸。我必须呼吸。可是，无论我怎样不顾一切地挣扎，空气还是无法挤进肺里。我伸手拽了拽衬衣的衣领，一定是我把领口扣得太紧了。不，不对，是领带的缘故。肯定是领带勒住了我的脖子。

我把另一只手也抬起来，伸向脖子，试图解开领带，让血液能顺畅地流向大脑。这时我才发现，原来自己根本就没有打领带。

我的脸变得滚烫，突然之间，全身的每一处毛孔都开始冒汗。我觉得腿脚发麻，快要站不住了。

这时，艾莉森冲我大喊大叫：“斯科特，这是怎么回事？什么叫他们被绑架了？”

我呆呆地看着她，恍惚间看到她脖子上的血管都凸了起来。

“斯科特！”她一把抓住了我的肩膀，用力地摇晃着，“斯科特，回答我！到底怎么回事？”

对我来说，这是一个无法回答的问题。但是艾莉森显然需要一个答案，她不停地捶打着我的胸口，疯狂地怒吼：“到底怎么回事？怎么回事？”

她一直不肯罢休，双拳如狂风骤雨般击打在我的身上，最后我不得不采取保护措施。然而，我刚抬起手来试图要阻挡她，她却颓然地跌坐在地板上，抱着膝盖啜泣起来。她一边哭，一边喃喃地说着些什么，好像在说：“噢，天哪！”又仿佛在说：“我的孩子！”也或许这两句都说了，我听不真切。

我弯下腰，想拉她起来，虽然我不知道这样做有没有用，但我只想先把她拉起来。结果，我非但没有把她拽起来，自己反而倒了下去。我先是单膝着地，然后是双膝。我觉得自己失去知觉了，眼角的视线也变得模糊不清了。我跪在地上，发出了一声悲恸的呻吟。

大脑里某处尚在运转的部位依稀告诉我，假如我就这么死了，那也应该先躺下来。于是，我侧着倒了下去，接着慢慢地翻了个身，背靠地板。我望向天花板，艰难地大口喘息，等待着死亡的降临。

但是，什么都没有发生。我的脸依然涨得通红，脑袋也快要在滚烫的温度中爆炸了。我渐渐明白过来，这是大脑充血，不是大脑缺血。

在我身上发作的不是心脏病，而是恐慌。

心脏病会死人，但恐慌是死不了人的。虽然身体叫嚣着想抗议，但是我必须让它恢复正常的运转。我不能倒下，萨姆和爱玛需要我。这是他们有生以来最需要我的时候。

在这个念头的驱使下，我手脚并用地爬起来，依靠墙壁的支撑站起了身。我茫然地把家里的大门关上，然后低头寻找我掉在地板上的手机。

我把手机捡了起来，开始在通讯录中查找号码。片刻之前，我以为自己要死了，于是挣扎着让自己拼命呼吸。而现在，我想救孩子的心情之强烈，跟垂死之人渴望生命相比，有过之而无不及。

"你……你在干什么？"艾莉森问道。

"我要打电话给法警。"

身处法院时，美国法警署[1]负责保护我的安全。而当我离开法院时，我的安全则由联邦调查局负责。我的手机里没有存任何联邦调查局成员的号码，但是我有负责本地法院安全的法警署署长的号码。我可以打给他，而他可以帮我联系联邦调查局。

"什么？"艾莉森难以置信地又问了一遍。

"我要打给署长……"

艾莉森以迅雷不及掩耳之势从地上一跃而起，挥手打掉了我的手机。我看着手机在地板上滑过，最后停在了墙角。

---

[1] 美国法警署（US Marshals Service）：附属于美国司法部（U.S. Department of Justice）的一个联邦执法机构，主要负责运送囚犯、保护法院人员和保障司法有效运行。

“你疯了？”她大喊道。

“你怎么……”

“你不能给法警署打电话。”

“可是……”

“绝对不行。”她尖声说道。

“你听我说，艾莉[1]，现在我们需要救兵。我们需要接受过专门训练、懂得如何跟绑架犯沟通的人来帮助我们。我们需要联邦调查局。他们肯定有一些渠道能……”

“绝对不行！”她又重复了一遍，免得我第一次没有听清，“刚才打电话给你的人是怎么说的？！他不是说如果我们报警，就要剁手指吗？”

是的，然后是耳朵、鼻子。

“这些人显然也有自己的渠道。”她继续说道，“他们有技术，不仅能够伪造手机短信的发出源，而且还查到了你的手机号。他们特地赶在我刚到家后打来电话，这说明什么？他们正在监视我们！你想干什么？想看看他们是不是来真的？他们没在开玩笑，是认真的，懂吗？！他们有可能就藏在这片树林里……”说着，她指了指位于我们家房子和大路之间的那片约十英亩[2]的树林，“他们一旦看到疑似警车的车辆出现，不管车身有没有警察局的标志，只要他们产生怀疑，就会开始剁手指！我可不想收到装着孩子们身体某个部位的包裹！”

我的胃一阵抽搐。

“如果是因为我们的轻举妄动害了孩子们，那我永远永远都不会原谅自己……”她说着说着，渐渐没了声音，仿佛被脑海中某些可怕的设想吓住了。沉默了一阵，她最后说道：“孩子们的小手是在我的身体里孕育出来的。”

这番话有效地结束了一切争论。我和艾莉森是现代夫妻，我们一直认为在抚养孩子方面双方应承担相同的责任和义务。事实也确实如此。但是，一旦我们产生分歧，就能明显看出，我们骨子里还是很传统的。在涉及孩子的问题上，艾莉森才是最终决定者。

---

[1] 艾莉（Ali）：艾莉森（Alison）的昵称。

[2] 1 英亩约为 0.40 公顷。

“好吧，那你说我们该怎么办？”我问道。

“我听见你刚才说‘斯卡夫朗’。他们想插手的案子就是这个吗？”

“对。”

“这个案子什么时候开庭？”

“明天。”

“那你就按他们的指示行事，不管他们提什么要求，你都分毫不差地照办不误，”她说，“等到了明天这个时候，一切就都结束了。”

“我按他们的要求下判决，他们能把孩子平安地送回来吗？”

“没错。”

“你居然相信他们，你是不是觉得绑匪都很讲信用？”

听了这话，她神色大变。

“对不起。”我讪讪地说。

她将脸扭向一旁。

在这个问题上，我本可以进一步反驳她的。但是，我突然记起，以前听过的一些关于联邦调查局的传闻。在儿童绑架案中，假如受害者死亡，探员们是不受任何处罚的，因为这被看作绑架案中不可避免的连带后果。只有当绑架犯逃跑时，探员们的事业前途才会受到影响。也就是说，此时此刻，联邦调查局和桑普森家的利益并不一致，他们跟我们优先考虑的问题截然不同。

“好，”我说，“我们什么都不说。保持沉默。”

3

从选址来看，这栋单层的小木屋显然是某个志在隐居的人建的。这里是一个人烟稀少的镇子，马路上连个信号灯都没有。在一条人迹罕至的道路旁，零星地散布着几间废弃农舍。这栋木屋建在杳无人烟的森林深处，林子里遍布沼泽，长满了松树和毒藤。

除了电线之外，小木屋跟外界唯一的联系，就是一个用来接收电视和网络信号的圆盘式卫星接收器。车辆进出的通道是一条坑坑洼洼、布满泥泞的小径，入口处横着一条锈迹斑斑的铁链，周围立着几块牌子，上面写着“禁止擅入”。虽然这里只是一片位置偏僻的密林，但感觉像苍凉的世界尽头。

小木屋外有一小片可供车辆掉头的空地，地上铺满了厚厚的松叶，一辆白色的厢式货车静静地停在那儿。屋内的厨房里，有两个男人坐在一张圆桌旁。他们都肩宽体壮，有着同样乱糟糟的胡须、硕大的鹰钩鼻和深褐色的眼睛。

显然，他们是兄弟俩。哥哥的个头稍微高一些，他正在读一本破破烂烂的平装书。弟弟的身材稍微胖一些，他正划拉着平板电脑，在玩一个抢占星球的游戏。他们说的是另一种语言。

“你该给他们吃点儿东西了。”哥哥说道。

“为什么？”弟弟玩着游戏，头也不抬地问道。

“他们是小孩子，小孩子得吃东西。”

“用不着，让他们饿着就行。”

“给他们吃东西，他们会更听话的。”

“把他们绑起来，他们才会更听话。”

“不行，老板说了，不能那么干。”

弟弟不耐烦地哼了一声，而哥哥也继续看书了，装着食物的冰箱和柜子就在旁边，但谁都没有要挪动一下的意思。最后，弟弟点燃了一支烟，一边抽烟，一边继续猛戳平板电脑。

他们面前的桌子上有一部网络电话，这里已经不在信号塔的覆盖范围之内了，只能用网络电话跟外界联系。突然，电话响了起来，哥哥按下了免提键，好让弟弟也能听到通话内容。

“喂？”他用口音颇重的英语说道。

“我给法官打电话了。”

“然后呢？”

“他都听明白了。我觉得应该不会有什么问题，不过你们还是得盯紧他，知道吗？”

“那当然。”

“第一次行动在今晚，对吗？”

“对。”

“别让他好过。”

“没问题。”

通话结束了，哥哥把电话放回桌子中央，然后弯下腰，从脚边的背包里掏出一把长柄的锯齿状猎刀，递给了弟弟。

“来，”哥哥说道，“该干活儿了。”

4

之后的一小时里，无尽的恐慌席卷而来，我和艾莉森都无力安慰彼此。最终，我们默默地走向不同的房间，各自深陷在地狱般的无底深渊中。

她去了起居室，拽了一条毯子裹在身上，呆呆地盯着墙壁，沉浸在痛苦中。我时不时能听见悲伤的声音传来：尖锐的吸气声，可闻的颤抖声，还有微弱的呻吟声。

我多想跟她一样向悲痛屈服。但我知道，如果不控制住自己，我就会忍不住去想眼前的现实，想到我们生活的地基已经轰然坍塌，想到支撑这个家庭的一切都已经粉碎瓦解了。那么，我就会跌进无边的空虚中，在可怕的现实面前彻底崩溃。

但是，我不能这样，那份强烈的愿望还在：我得做点儿什么，我得救我的孩子，无论做什么都行，我不能坐以待毙。我开始疯狂地在房子里来回踱步，最后，我停住脚步，坐在了厨房的餐桌旁。平时，孩子们就在这儿吃饭，坐在这里，仿佛就能离他们更近一些。我把所有无关的念头和恐怖的想象都抛诸脑后，强迫自己将注意力集中在斯卡夫朗身上。绑架孩子的人肯定跟斯卡夫朗有关系，不过究竟是为了什么呢?

下午5：52分之前，斯卡夫朗一案丝毫没有引起我的注意。这个案子太没特点了。迄今为止，联邦法庭上最常见的案子就是违禁药品案。因为，在没有硝烟的反毒品战争中，相关国家政策总是不具效力，这时就需要司法体系发挥作用了。就我而言，每年至少要处理三十件类似的违禁药品案。

这周一，我们法院的职员把案件的相关材料递交给我。周二，我跟负责起草判决前报告[1]的缓刑监督官[2]通了电话。周三，我在办公室里浏览了那份报告，内容主要是关于被告的人生经历。

雷肖恩·斯卡夫朗出生在丹维尔，那是位于弗吉尼亚州中南部的一个没落小镇，其生父不详。在斯卡夫朗六岁时，他的母亲因涉毒品案被捕，随后便被剥夺了亲权[3]。斯卡夫朗是由姨妈抚养长大的。他第一次被捕时年仅十三岁，此后又多次入狱——毒品、枪支，枪支、毒品，偶尔还穿插着一些违章驾驶换换口味。在剩下的童年中，斯卡夫朗都在不停地进出少管所，最后顺利毕业，阵地转移到了州监狱。

后来，他去了弗吉尼亚海滩[4]，可能是为了开始崭新的人生，也可能只是想换到一个警察不认识他的地方。其后，他度过了没有牢狱之灾的两年，紧接着便惹上了大麻烦：警方从一个污点证人[5]和斯卡夫朗的一名亲戚那里获得了情报，查出斯卡夫朗藏匿了五千克海洛因、少量可卡因及快克[6]。

斯卡夫朗同意与当局合作，跳过审讯过程，直接签了认罪协议。

这批毒品的重量不轻，这直接决定了这件案子要在联邦法庭审理。虽然他的认罪态度良好，但是按照联邦法庭的量刑准则[7]，能宽容的程度实在有限。加上斯卡夫朗以前那些五花八门的犯罪记录，他这次很可能要被关很久。

除非，有人想保他。

可究竟是什么人？为什么？

---

[1] 判决前报告（presentencing report）：在判决前，缓刑监督官负责调查被告人的生活经历，主要调查是否有使其罪行减轻或加重的情况，最终写成判决前报告，在开庭审理前呈给法官。

[2] 缓刑监督官（probation officer）：在美国司法体系中，缓刑监督官主要负责监管在押罪犯，并在开庭审判前调查罪犯的个人经历和犯罪记录。

[3] 亲权（parental rights）：父母基于其身份对未成年子女的人身、财产进行教养保护的权利和义务。

[4] 弗吉尼亚海滩（Virginia Beach）：美国弗吉尼亚州的一个独立市。

[5] 污点证人（cooperating witness）：西方司法体系中的一种特殊证人，作为犯罪活动的参与者，自愿向警方提供情报和证据作为交换，以使自己免受指控或减轻、从轻指控。

[6] 快克（crack）：又称“霹雳可卡因”，是一种高纯度的毒品。

[7] 量刑准则（sentencing guidelines）：指美国联邦量刑准则（United States Federal Sentencing Guidelines），是对重罪犯及罪行较重的轻罪犯做出量刑判决的统一准则，不适用于罪行较轻的轻罪犯。

虽然我对毒品交易王国的了解仅限于自己在法庭上见识到的那些，但再怎么看，斯卡夫朗最多也只是个毒品交易链上的中层人员而已。起诉书上说，他藏匿的毒品是从另外一个人手上获得的，起诉书将这个人列为一号未起诉之共谋共犯[1]，简称一号未起诉共谋犯。斯卡夫朗有一些自己的客户，但是大部分情况下，他都只是作为毒品供应的中间人。他将毒品分开包装，然后卖给毒贩或吸毒者，他们会再到街头贩毒。

事实证明，这种交易的利润并不高。斯卡夫朗被逮捕拘押时，住在一个小房间，开的是一辆老旧的克莱斯勒[2]汽车，平时还兼职做厨师，最近是在一个收容机构做兼职，拿着最低工资。警方在他的住处搜出了一小笔现金，我记得应该是二百三十八美元。他没有银行账户，交不起保证金，也请不起私人律师。这样一个人，而且被关押着，怎么可能找人绑架法官的孩子？

我回想了一下整个绑架过程。

首先，是短信。绑匪要确保我既不会去接孩子，也不会马上寻找孩子。因此，他们用某种方式入侵了通信系统，以“艾莉森”的名义给我发了一条短信。

然后，是绑架。具体细节就很难推测了。萨姆和爱玛在中部半岛蒙特梭利小学读一年级。那所学校很小，除了萨姆和爱玛之外的一年级学生只有三个。在这种情况下，有两个孩子不见了，不可能没有人注意到。而且，学校老师也不会让陌生人接走学生。学校有一个名单，获得家长许可能接孩子的人都列在上面。我和艾莉森给学校列的名单只有贾斯蒂娜和艾莉森的娘家人，包括她的妈妈、两个姐姐和两个姐夫。难道绑匪能够瞒天过海，避开了这项安保措施？

这说明，制订绑架计划的人一定非常狡猾，而且做事条理清晰，有着优秀的组织能力。从判决前报告来看，雷肖恩·斯卡夫朗根本就不是这样的人。肯定是有一个经验丰富的人在帮他。

那人究竟是谁呢？

很有可能就是起诉书中提到的一号未起诉共谋犯。从理论上来讲，这个

[1] 未起诉之共谋共犯（Unindicted Co-Conspirator）：指虽涉及犯罪案件，但在同一份起诉书中未加起诉的罪犯。

[2] 克莱斯勒（Chrysler）：美国汽车品牌。

人应该位于毒品交易链的更高层，他也许是担心斯卡夫朗会在涉及自己的案件中做证，所以才希望释放斯卡夫朗。

可问题是，他是未起诉的共谋犯。“未起诉”，意味着“未知”。假如真的有一个未判决的案子起诉这位共谋犯，斯卡夫朗就不会到我这儿来接受审判了。美国联邦检察署[1]肯定会先起诉这个共谋犯，然后再处理斯卡夫朗的案子。他们总是先拿大鱼开刀，相较之下，斯卡夫朗只不过是小鱼小虾罢了。

事实上，关于一号未起诉共谋犯，斯卡夫朗很可能无法提供任何有用的信息。正因如此，毒品交易组织才需要成千上万像斯卡夫朗一样的中间人。在街头进行毒品交易是非常危险的，毒贩常常很难分清谁是客户，谁又是便衣警察或警方线人。干这一行，被捕是家常便饭。所以，真正的头目是绝不会直接跟客户交易的。从组织的头目到喧嚣的街市，这条毒品交易链中间还有许多环，而斯卡夫朗只是其中一环。而且，他们还让各环之间互不知情。斯卡夫朗很有可能根本就不知道自己在替哪个毒品交易组织卖命。

从这个案子中，美国联邦检察署已经挖不出更高层的罪犯了。从公诉人的立场来看，这是个死胡同，能抓住的也只有斯卡夫朗。

一两个小时后，我还在脑海中过滤各种信息。这时，艾莉森走进了厨房。我听到她吸了一声鼻子，眼眶通红。

她经过餐桌时，没有停下脚步，也没有理我，而是径直走到橱柜前，取出了一只玻璃杯。

即使在沉重的压力之下，她的举止依然优雅自若。艾莉森也已经四十四岁了，但是你很难看出她的真实年龄。跟二十多年前我们相遇时一样，她的身材还是那么纤细苗条，她的腰板也还是那么笔挺，而她的双肩也丝毫没有下垂，一切美好如初。

她确实也添了一些白发，但是她的头发原本就是银灰色，寥寥银丝混在其中，完全看不出来。虽然我能清楚地意识到自己的发际线在后移，脸上的皱纹也在增多，但是我觉得艾莉森却几乎一点儿都没变。也许是我没有察觉吧，

[1] 美国联邦检察署（US Attorneys Office）：在地方法院和上诉法院中代表美国联邦政府，负责起诉涉嫌违反法律的被告人、展开有关犯罪案件的调查以及向法官建议量刑判决。

又或许是因为爱情。

不过，我并不是要把她夸成一个绝对完美的典范，她也是有缺点的。艾莉森爱吃巧克力和薯片，虽然身体的新陈代谢和日常的锻炼习惯已经不允许她多吃这类零食，但她还是戒不掉。上班时，她偶尔还会偷偷吸烟，尽管她以为我不知道，但我其实是知道的。还有，她开车的技术很烂。

我们的婚姻也并非完美，所谓完美的婚姻，只存在于写贺卡的人的想象中，以及单身人士的幻想中。我们也会吵架，但吵架的方式不是大吼大叫，而是沉默冷战。我们俩实在是太固执了，无论争吵的起因是什么，谁都不肯让步，结果就是连续数天，我们几乎不和对方交谈。有时，冷战进行到令人心灰意懒的时刻，我忍不住会想，我们的婚姻是不是真的走到尽头了。

但是，随着冷战的进行，最后我们中的一个总会败下阵来，主动开口言和。而且，我们有一个很不错的处理方式，那就是把曾经的争吵当作笑话，再提起时便一笑而过。

比如，我们经常开的一个玩笑就是艾莉森回去找保罗·德雷瑟了。保罗是艾莉森在高中时期交的男朋友，这些年来，他变得越发时髦、帅气和有钱了。我们和好后，艾莉森会说："保罗·德雷瑟搭乘的私人飞机刚刚在马尔代夫遭到了伏击，没办法，看来咱们俩只能再凑合过一阵子啦。"

除此之外，那最初吸引我、点燃我浓浓爱意的火花，依然在我的内心熊熊燃烧，一如从前。虽然我的妻子并不相信，但我心里清楚，就算过往的记忆全部消失，当我走进一个房间，里面有她和另外九十九个女人，我依然会选择与她携手回家、共度余生。

因此，即便是在如此黑暗的时刻，看到她倒水时的举手投足，我还是不由自主地心生赞赏。

她稍稍朝我转了转身子，问道："你要喝水吗？"

"不了，谢谢。"

艾莉森若有所思地注视着手里的玻璃杯。

"昨晚，爱玛还在这里，"她用空洞的声音说道，"她坚持要帮我洗碗，于是我就让她站在椅子上洗，我帮她擦干水。她已经是个小大人了。"

玻璃杯从艾莉森的指间滑落，掉在水槽里摔碎了。艾莉森啜泣起来。

“别这样，宝贝。”说着，我赶紧从椅子上起身，来到她旁边。

她既不肯直起身来，也不肯面对我，于是我只好弯下腰，从背后用双臂环抱住她。我一直保持着这个有些别扭的姿势，好让她知道还有我在身边。

“我没法不担心他们。”她说，“他们在哪儿？在做什么？受伤了吗？会不会害怕？”

“我明白，我明白。”

要说为人父母有何意外之处，那就是从艾莉森怀孕开始，我的大脑中便多出了一个新的区域，只为一个目的存在：挂念孩子。即便我正被其他毫不相干的琐事缠身，这份挂念也依然在我的血液里温柔地流淌着。

而现在，这份挂念正狂跳不已。

“我根本不敢相信这一切，”她说，“我无法面对这个事实。”

“我明白。”我说道。

为了平复情绪，她开始深呼吸，全身都随着深深的吸气而颤抖。我用手掌上下抚摩着她的脊背，希望这样能多少安抚一下她。

“等到明天的这个时候，一切就都结束了，”我说，“我们要照他们的吩咐行事，这样一切都会好起来的。”

“我知道，我知道。要不然……”

她没有继续说下去。我更加用力地抱紧了她。

“斯科特，假如我们失去了孩子们，我……”

“嘘，我们不能这么想。这么想是无济于事的。”

“我知道，可是……”

“嘘。”我不想让她说出来，仿佛说出来就会成真一样。

我们就这样一言不发地站着，最后她终于振作了一些，说道：“对不起。”

“别这么说。”

她抬手清理水槽里的玻璃碎片，我拦住了她。

“放着我来吧。你别操心了。”

她顿了顿，说道：“好吧。我想去躺一会儿。”

“好，你去躺一会儿吧。”

“如果……如果我现在去孩子们的房间，会很古怪吗？”

“当然不会。”我说。

她点了点头。我亲吻了一下她的脸颊，上面还满是湿漉漉的泪痕。然后，她沉默地离开了厨房。我小心翼翼地清理着水槽，我多么希望能有一种愤怒在自己体内膨胀，好让我产生复仇的念头，在幻想中痛击那些绑匪。然而，当我捡起玻璃碎片时，内心只感到一阵虚弱、无助。

身为法官，我对这种软弱感是非常陌生的。

在我们的民主体制中，联邦司法体系是唯一容许专制存在之处。联邦法官的任命是终身制的。我们不必像政客一样费尽心思地参加竞选，也不用卑躬屈膝地讨好赞助人。若要罢免我们，必须要经国会讨论通过才行。而且，我们无须对任何上司或选民负责，唯一要对得起的，只有我们自己的良心。

有的律师会把联邦法官戏称为“小恺撒[1]”，就是那个连锁比萨店，其实这也不全是玩笑话。从某种程度上来讲，我们就像恺撒大帝一样，拥有惊人的权力。当然，我在法庭中下达的判决有可能会被更高层的法院推翻或修正，但实际上，在绝大部分情况下，我所做出的决定都是不容置疑的。

日复一日，在直觉的指引下，我宣布着能够改变人们余生的判决结果。在这片土地上，最有钱的律师在我面前也要毕恭毕敬，连大官僚都必须得听从我的命令。

在法庭上，只要一个不利的判决，就能让那些位高权重的人低头求饶、战战兢兢。

我明白，纷至沓来的谄媚和恭维都是因为我所处的职位，而非我本人。当然，我绝不鼓励这种现象。有时，我觉得自己就是一个不情不愿的恺撒，人们的奉承讨好让我觉得尴尬、不安。

然而，这份工作就是如此。

不管我喜不喜欢，我都代表权力。

不管我想不想要，我都拥有权力。

或者说，曾经如此。

[1] 小恺撒（Little Caesars）：美国第三大比萨连锁品牌。

5

午夜前后，我拖着沉重的脚步来到卧室，挣扎着强迫自己入眠。结果我在床上辗转反侧，而大脑中挂念孩子的区域则进入了超负荷运转的状态。

我想起了萨姆。勇敢、可爱的萨姆。在养育孩子的过程中，我和艾莉森一直尽量避免让他们产生性别刻板印象[1]。不过，萨姆还是成了一个百分之百典型的男孩子。他每天都得把旺盛的活力消耗掉才行。要是没消耗完怎么办？那家里的家具、墙壁和路上的行人可就惨喽！有时，到了傍晚，我们被他折腾得实在不行了，就会派他出去围着房子跑上几圈再回来。

我又想起了爱玛。甜美、体贴的爱玛。她也很有活力，但她的表达方式不是肢体上的，而是情感上的。她是一个非常感性的孩子。当我和艾莉森在大声交谈时，就算我们不是在争吵，只是激烈地讨论，她也会让我们别吵架了。在极少数情况下，她做错了事，我必须要教育她。但我已经学会了温柔地做这件事，在指出她的错误前，先向她保证我会永远爱她。否则，一个严厉的目光就会让她号啕大哭，那就沟通无望了。

接着，我开始考虑艾莉森问过的问题——他们在哪儿？在做什么？我在脑海中虚构出一个情景，想象着他们都安然无恙。

在这番充满希望的设想中，绑匪编造了某种谎言，让孩子们相信这一切只是个游戏，因此他们不会完全理解真实情况。绑匪给他们吃的东西里没有花生酱或其他坚果类食物（爱玛对这些东西过敏）。他们吃的是六岁孩子最爱的三大食品——比萨、意大利面和炸鸡块，而且绑匪还允许他们边看电视边吃。

是的，孩子们会发现情况有些奇怪，不过他们基本上还是没问题的。毕竟，萨姆有爱玛陪着，爱玛有萨姆陪着。从某种层面上来讲，双胞胎只要能彼此陪伴，那一切就都好了。

可这是最好的设想。至于最坏的设想，我一直拼命想抛诸脑后。

---

[1] 性别刻板印象（gender stereotypes）：心理学上的概念，指人们对男性和女性的假想特征所抱有的信念。

时间一秒一秒地流逝。凌晨两点钟，艾莉森蹑手蹑脚地走进房间，掀起被子的一角，轻轻地上了床。我们就这么安静地并排躺着，都沉浸在悲痛之中无法自拔。

整栋房子都黑漆漆、静悄悄的，耳中听到的细微声响跟往常一样，但是没有了孩子们，一切听上去却又截然不同。我和艾莉森之所以决定在此安顿，买下了这栋房子，并不是为了自己，而是为了孩子们。我们知道，他们会喜欢这儿的，这里有清澈的河流、雪白的沙滩，还有斜斜的河岸。到了炎炎夏日，周围的大片树林就会投下清凉的树荫。这里以前是一处悠闲的大农场，如今更有无数回忆等待我们去创造和珍藏。艾莉森常说，她想让孩子们拥有一个与众不同的童年，不想让他们的童年时光跟大部分中上层家庭的孩子一样无趣。

但是，要说买下这栋房子的最终原因，还是由于“那起事件”。以前我是一个乐天派，相信人类的本性都是善良的。但在“那起事件”发生之后，我见识到了人类的邪恶，于是便想尽量让我的孩子们生活在一个安全的地方。我觉得，这数英亩的大片树林就像一道天然壁垒，而家门前那条作为车道的土路也又窄又长，足以把我们与外界的险恶分隔开来。

现在我才明白，这些都是我的错觉罢了。所谓安全，只不过是我们的误解，是我们在自欺欺人，不愿面对人类社会的恶劣处境：社会契约是沙上画，而非石上字，无论任何人，只要吸足气用力一吹，一切便了无痕迹。

长夜漫漫，我躺在床上，脑海中来回地想着这些事情。我努力尝试让梦境朝着美好的方向靠拢。我安慰自己，这一切很快就会结束的，会没事的。

渐渐地，我感到身体越来越沉，陷入了床垫之中。身旁，艾莉森的呼吸声也变得更加平稳均匀。我觉得，自己应该可以迷迷糊糊地睡上几分钟了。

这时，门铃突然响了。

听到铃声大作，我一跃而起，立马下了床。艾莉森也从床上坐了起来，我能看清她的眼白在黑暗中显得狂乱不安。时钟指向 3:17。

我不假思索地朝卧室门口快步走去。

“等等，你要去哪儿？”艾莉森焦急地低声问道。

“什么叫去哪儿？当然是去开门了！万一是孩子们呢？”

“孩子们？难道他们自己走回家然后按门铃？”

“那也说不定是警长把孩子们送回来了呢。”

我不欲与她争辩，脚步不停地来到了卧室门口，伸手去抓门把手

“等等，”她说，此刻她已经跳下了床，扑过来攥住了我的手腕，“难道警长不会先打电话通知我们吗？万一是绑匪怎么办？万一他们有枪怎么办？”

“你待在这儿。”说着，我把她的手掰开了。

“斯科特！”她在我身后喊我，但是我已经走出卧室门，开始下楼了。

我们家有一把枪，是口径九毫米的史密斯威森[1]手枪。当初艾莉森怀了孕，而我又常常不在家，于是她便半开玩笑地说，母性荷尔蒙告诉她，她需要一把枪。敢打艾莉森主意的罪犯可没有好果子吃。她是军人的女儿，在她父亲的概念中，父女之间的亲子互动就是花上一下午的工夫在射击场打靶。年幼时，她就赢回了一大堆射击比赛的勋章。我们把史密斯威森手枪买回来之后，她摆弄了一下，我一瞧便知道，她的技艺毫不生疏。

不幸的是，那件武器早就被拆成两半了，一半放在阁楼上，另一半藏在主卫生间的水槽下面。是我坚持要这么做的。当时我为了起草一份法案，特地研究了枪械造成意外死亡的统计数据，结果非常明显：对于孩子来说，如果家里有一把能用的手枪，那么其危险性是无法比拟的。

此刻是我第一次对那个决定感到后悔。我迅速地想了一下现在可用的武器：厨房刀具、螺丝刀、拨火棍，最后我从客厅的壁橱里拿了一根高尔夫球杆。

我全然不知，这个场面有多滑稽——一个性情温和的中年男人以为自己用一根六号铁头球棒就能对抗全副武装的袭击者。我先打开了屋外的灯，然后快速地在客厅里转了一圈，透过窗户把周边的情况都看了一遍。毕竟，我多少得了解一下，自己将要面对的究竟是什么。

正如许多南方的农舍一样，我们家也有一个宽敞的前廊，包住了房子的两侧。前廊上放着一些柳条编制的家具，还有许多喂鸟器[2]。去年暑假，贾斯蒂娜报了一个工艺美术班，孩子们也跟着凑热闹，给喂鸟器上色，涂得花花绿绿的。门廊前是一个院子，外围散布着一些玉兰树和火炬松。出了院子，

[1] 史密斯威森（Smith & Wesson）：美国枪械制造商。

[2] 喂鸟器（bird feeder）：一种设在户外用来给野鸟喂食的装置。

就是那条长长的土路了。

透过窗户，没发现有什么异常情况。灯光照亮的门廊和院子看上去空无一人，外面的树木和土路在黑夜中若隐若现。我握紧高尔夫球杆，来到老旧而沉重的大门前。我解开防盗链，打开门，同时将身体躲在门后，以防门外有什么埋伏在等着我。根本就没有必要，外面一个人都没有。我只能听到远处有一小群野狗在吠叫，它们有时会到树林里游荡。

接着我低下头，看到地上有一个齐膝高的纸箱，侧面印着“家得宝[1]”的标志。一条银色的胶布封住了纸箱顶部。我用脚碰了碰纸箱，想感受一下它的重量。结果我发现，不管里面是什么，都绝不会比纸箱本身重。我又屏气凝神地听了听，试图寻找定时炸弹的滴答声，但什么都没听到。

这时我才意识到，自己太过神经紧张了。不管这桩绑架案是由什么人策划的，他们都需要我活着，起码得让我活到明天上午十一点以后才行，否则我就没法按照指示给案子下判决了。于是，我把高尔夫球杆放在一旁，弯下腰开始拆纸箱。拆开以后，我看到了两个透明的三明治包装袋，里面分别装着一簇剪下的头发。确切地说，是我的孩子们的头发。萨姆的头发是直发，是很淡的金色。爱玛的头发是卷发，虽然也是金色，但颜色要稍微深一些。

我不禁抬手捂住了喉咙，脆弱无助的感觉扑面而来。法官的工作就是检查证据。而摆在面前的证据足以让我明白，这场噩梦是真实的。我不得不伸手抓住门框才能维持身体平衡。

我稳住身体，深深地吸了几口气，我看到纸箱里还有一封信。信封很小，就像花束上附带的小信封一样。我把信打开，里面有一张对折的卡片纸。上面的内容是以黑体印刷的：

桑普森法官：

乖乖听话，否则下次割的就不是头发了。

雷肖恩·斯卡夫朗的朋友们

[1] 家得宝（Home Depot）：一家大型家居用品连锁商店。

我又一次抬头望向远处的黑暗，仍然一无所获。但是，当我把目光收回到前廊上来时，我发现台阶旁的柱子有异样之处。

一个喂鸟器不见了。

6

运动传感器[1]警报大作，弟弟本来正在安乐椅上打盹儿，此刻也醒了。他起身从地上拿起一杆来复枪，来到窗边。

一对车前灯照亮了房子前的空地，接着又明暗交替地闪烁了几次。

这是表示安全的信号。弟弟面朝百叶窗，后退几步，解除了警报。这套安保系统非常陈旧，是当初建造这里的那个怪人安装的，如今中央监控装置已经不管用了。不过，每当有人打开门窗时，安保系统的运动传感器还是会被触发。弟弟把枪挂在墙上，坐到厨房的桌子边，拿起平板电脑。这时，哥哥走了进来。

"情况如何？"弟弟问道。

"一切顺利。"哥哥一边说一边重启了安保系统。

"送纸箱的时候没出什么岔子吧？"

"没有，"哥哥说，"你这儿怎么样？"

"还行吧。那个男孩儿吵着说饿，为了让他闭嘴，我给他吃了点儿东西。"

"我早就告诉你了，给他们吃东西，他们才会乖乖听话。你给他们吃的是什么？"

"抹了花生酱和果酱的面包。你不是说美国孩子都喜欢吃这个嘛。"

"那他们都吃了吗？"

"男孩儿吃了，女孩儿连碰都没碰。"

"等她饿急了，自然会吃的。"

弟弟侧了侧头，朝屋里的一间卧室示意："那个男孩儿老是哭，不停地

[1] 运动传感器（motion sensor）：一种用来监测运动对象（尤其是人）的装置，常作为安保系统的组成部分，用来监视某个区域的人类活动。

闹着要见他的爸爸妈妈。真是烦死我了。”

“嗯，那就这么办了。”

“怎么办？”

“先把那个男孩儿摆脱掉。”

7

一夜无眠，只余辗转反侧。

清晨，秋日的阳光洒在弗吉尼亚州的格洛斯特郡。这残忍的太阳根本就没有注意到，在它的照耀下，有两个灵魂正在承受痛苦的折磨。艾莉森已经起床了，我听见她去浴室洗澡。伴着哗哗的水声，我迷迷糊糊地打了个盹儿。

等我醒过来，她已经回到了卧室，正在换衣服。

“你要去上班吗？”我问道。

“当然不去，我已经打电话请了假，现在我要去孩子们的学校。”

我用胳膊肘撑起身体：“不行！我们得保持沉默，你忘了吗？”

“我没忘。我只是……只是去问几个问题，仅此而已。我想了一夜。究竟发生了什么？随便来个人，就把孩子们接走了吗？我想搞清楚，至少要试着打听一下，否则我内心不安。再说，学校也需要知道孩子们今天为什么不去上学，我们得编个理由出来。”

“我跟你一起去。”说着，我下了床。

“你最好别去。你是个法官，有时候别人会怕你的。”

“那我不说话，你来跟他们谈。”我说，“我只是想亲耳听听他们的解释。”

“可是……”

她顿了顿，最后说：“好吧。”

我见她做出了让步，便逼着自己去冲了个澡。等我一换好衣服，我们就赶紧出发了。孩子们不在，家里太静了，静得可怕，让人片刻都不想待下去了。

我们分别开着自己的车，十五分钟后，到达了中部半岛蒙特梭利小学。格洛斯特郡是个不太富裕的地方，从学校的朴素外表上就可见一斑。整个学校只是一栋钢结构的小小教学楼，坐落在一片碎石停车场的一角。教学楼外挂满了学生们的美术作业，每每看到，我都觉得这是一个欢乐温馨的地方，是一个充满了爱与知识的港湾，而我的孩子们就是在这里上学的。

现在，一切看起来都显得扭曲而怪异。

我们到的时候，刚过八点。还有不到半小时，学校就要开始上课了。

“我来跟他们谈。”当我跟艾莉森在她的车前碰面时，她又一次强调道。

“好。”我说。

我们穿过停车场，地上铺的碎石子在脚下嘎吱嘎吱作响。跟往常一样，教学楼的大门按学校的规定上着锁，于是艾莉森便按响了门铃。

不一会儿，学校校长苏珊娜·弗里德利就来了。大家都叫她苏珊娜女士。她是个性情非常沉稳的人，在教育方面颇为成功，仿佛会一种能吸引孩子的魔法似的。如果她去了其他行业，那实在是太浪费人才了。

“早上好，桑普森太太。早上好，法官。”她边说边打开了门，“来，快请进。不知有何事可以为二位效劳？”

我们进了教学楼，站在小小的玄关处，这里还摆着书架，兼作学校的小图书室。我望向艾莉森，表示接下来的一切都交给她了。

“这个问题听起来可能有些奇怪，”她说，“不过，请问昨天是谁接走我们家双胞胎的？”

苏珊娜女士并未惊慌，而是平静地从门边的一张小桌子上拿起了一个夹着记录簿的写字板，上面有全部的接送记录。苏珊娜女士翻了一页。她的眉头皱了起来：“这……是您接走的。”她把写字板掉转了一下，好让艾莉森能正着看到记录簿。

没错，上面清清楚楚地写着，下午 3:57 时，萨姆和爱玛离校了。在“接送人”一栏里写的是“妈妈”。旁边还有学校员工的签名。

我觉得，如果换作我，肯定惊讶得目瞪口呆了。但艾莉森表现得很好，她不动声色地说：“这是帕姆女士的签名，对吗？”

“对，没错。”

“她在吗？”艾莉森问。

“请稍等。”

苏珊娜女士稳稳地走进隔壁房间，十五秒钟后，跟帕姆女士一起回来了。帕姆女士就像一个慈祥和蔼的奶奶，她在学校担任教师助理。

“桑普森法官和夫人想问几个关于昨天接孩子的问题，”苏珊娜女士说，“昨天是你给双胞胎登记离校的，你还记得吗？”

“记得。”帕姆女士不知所措地说。

“是谁来接的？”

“是……是桑普森夫人。”帕姆女士看着艾莉森说道，艾莉森的脸涨红了。

这时，我赶紧跳出来解围：“我们只是有些困惑。昨天有人接了孩子，但我们不确定是谁。我知道这听起来很古怪，但是您确定那个人是她吗？”

帕姆夫人看看我，又看看苏珊娜女士，最后又看了看我和艾莉森，说：“是的，我……我觉得应该是吧。您昨天戴着一顶……一顶鸭舌帽，还有墨镜，对吗？”

在大学里参加通宵聚会时，艾莉森曾经戴过鸭舌帽。但是毕业以后，艾莉森就再也没在公共场合戴过鸭舌帽了。

“您有没有看清她的脸？”我追问道。

“没有。我……我只看到了她的后脑勺。她扎了一条马尾辫。”

“那她说话了吗？”

“这……没有。”帕姆说。

我已经可以肯定，那个人绝对不是艾莉森，因为艾莉森是一个将“请”和“谢谢”常挂嘴边的人。显然是有个金发女人假扮了我的妻子，利用帽子和墨镜来遮掩真实容貌、瞒天过海。

“车呢？她开的车对吗？是我们家那辆车吗？”我问。

“是的，没错。”帕姆女士说。她又一次看向苏珊娜女士，无助的目光仿佛在说，快帮帮我。

最后，苏珊娜女士提出：“我们去年安装了监控摄像头。如果二位愿意，我们可以去看看昨天下午的监控录像。”

“那太好了。”我说。

“请跟我来。”她说。

我们跟着她来到了大门旁边一间拥挤的办公室里。她在一台电脑显示器前坐下，很快便调出了学校的监控画面。摄像头是安在教学楼大门口的，但是画面也可以捕捉到停车场的一小部分区域。

“我把监控录像倒回去。”苏珊娜女士说。

她点了几次鼠标，屏幕右上角的时间便开始快速地倒退。清晨变成了夜晚，然后是昨天傍晚，最后阳光越来越明亮，进入了下午时分。很快，各式各样的汽车便陆续出现，它们都倒退着掠过了屏幕上的画面。我没看到有什么值得注意之处，但是艾莉森却突然说：“就是这儿。”

“好。”苏珊娜女士说。

她让录像恢复了正常播放。右上角的时间用二十四小时制显示着15:55:06，也就是下午四点之前。在之后的七十二秒钟中，没有任何事情发生。然后，在15:56:18，一辆灰色的本田奥德赛系列小型面包车从画面左侧开出来，最后停下了。

我们家就有一辆灰色的本田奥德赛系列小型面包车。几年前，我们买下了这辆二手车，好让贾斯蒂娜用它来接送孩子们。

我没法判断这辆灰色的本田奥德赛究竟是不是我们家那辆。外表和型号看上去确实一样，但是从监控画面上只能看到车的右侧，所以看不到车牌号是多少。不过我发现，在右侧的后排窗户上，贴着一张中部半岛蒙特梭利小学的印花贴纸，那位置刚好跟我们家车上的贴纸一样。

这要么是我们家那辆车——那就有可能是从我们家车道上偷走然后又还回来的——要么就是绑匪费心费力地照着我们家的车又复制了一辆。

开车的人戴着墨镜和一顶粉红色的帽子，金色的马尾辫垂在脑后。她直直地看着前方。看起来，确实有可能是艾莉森，但也有可能不是她。监控画面的像素太低，实在无法分辨清楚。

15:57:13，帕姆女士出现了。面包车的侧门滑开了。

我差点儿倒吸一口气，因为这时我看到了孩子们。是的，两个漂亮的孩子，蹦蹦跳跳地走出教学楼。先是萨姆，然后是爱玛。我多么想让苏珊娜把画面暂停，好让我能仔细看看他们。

但是，我拼命地忍住了，就这样注视着那辆面包车驶出了画面。我看了看时间显示，15:59:45。

短短的两分三十秒钟，就将我们的生活撕扯得支离破碎。

“要再看一遍吗？”苏珊娜女士问道。

刚才在看的时候，艾莉森不知不觉间抬起手捂住了嘴。此刻，听了苏珊娜女士的话，她赶紧把手放下了，然后站直身体，努力恢复平静。

“没事，不用了。”她说，“打扰您了。”

“哪里哪里，没关系的。”苏珊娜女士说。这会儿，她可能更加疑惑了。

“孩子们今天就不来上学了。”艾莉森说。

“怎么了？”苏珊娜女士问。

“他们昨晚都发烧了，”艾莉森说，然后补充道，“今天我妈妈照顾他们。”

“嗯，希望他们能快点儿好起来。”苏珊娜说。

“是啊，谢谢。我们自己出去就行，您留步吧。”

我们逃似的快步穿过了停车场。艾莉森一直压抑着，此刻终于忍不住啜泣起来。我走过去，用手臂搂住她。她瞪了我一眼。

“继续走！”她从牙缝中挤出几个字，“别叫人看出来。”

她一直背对着学校办公室。就算苏珊娜女士透过窗户看着我们，她也看不出什么端倪来。不过，我觉得这都无关紧要了。我们刚才在教学楼里闹了这么一出，人家肯定已经觉得我们俩不太正常了。

8

我们又各自开车离开了停车场。不久，艾莉森给我打来了电话。

“那不是我。”她说，“我没有去接孩子。”

“我知道。”

“我真不敢相信，孩子们居然会跟一个陌生人上车。他们难道没注意到有什么异样吗？”

“只是普通的放学接孩子，”我分析道，“他们没那么多心眼儿。”

“但这也太胡闹了。我……”她停了一下，重重地叹了一口气，“唉，我不知道自己还能不能撑得住。”

其实我也一样。但是，现在不能认输。我觉得，身为父母，有一条不言而喻的准则，那就是父母二人不能同时倒下。

“你能想象咱们俩刚才看起来有多傻吗？‘打扰一下，请问是谁接走了我们的孩子？没办法，我们是很差劲儿的父母，连孩子被谁接走了都不知道。’‘是吗？可你其实知道吧，不就是你接走的吗？神经病。’”

“是啊。我们看起来肯定不大正常。”我说，“但是，说实话，我觉得这都是小事。我们现在该担心的不是这个。”

“我知道。”她轻轻地说，“我知道。”

我驾驶汽车左转，沿着17号公路向南行驶。这是一条四车道的马路，被花里胡哨的美国商业包围着。放眼望去，两边是无穷无尽的快餐店、连锁酒店、零售店、银行、汽车修理厂和加油站。

“好了，我就不缠着你了，”她说，“一旦孩子们平安归来，你就告诉我。”

“当然。你就安心等着吧，这一切很快就会过去的。”

我们结束了通话。我开车上了科尔曼大桥[1]，横跨约克河，驶入64号州际公路。这时手机又响了起来。我以为还是艾莉森，但是看了一眼，发现手机屏幕上的来电显示是：富兰克林。

布雷克·富兰克林曾当了我十三年的顶头上司。不，还不止如此。对我来说，他是人生的导师，也是花言巧语的骗子；是为我加油鼓劲儿的啦啦队，也是折磨我的浑蛋；是一个极富魅力的朋友，深深地吸引着我。他非常与众不同，总是告诉我，我很棒，并且会变得更棒。而不管他说什么，我都会相信他。随着我的职位越来越高、责任越来越重，我为他付出的工作时间也越来越多。一般情况下，我都是早上六点到办公室，并且很少有晚上八点前离开的时候。但我告诉自己，一切都是我自愿的。毕竟，那时候我非常渴望能让他满意。

五年前的一天，发生了“那起事件”。当时，布雷克正在主持一场新闻发布会，会上宣布了一项颇具前瞻性的枪支立法法案，我们称之为《持枪者

---

[1] 科尔曼大桥（Coleman Bridge）：全名为乔治·P. 科尔曼纪念大桥（George P. Coleman Memorial Bridge），是一座双翼平旋桥，位于美国弗吉尼亚州，连接约克城（Yorktown）与格洛斯特。

权责法》。我们觉得，这是一项非常合理的法案，将各方的利益都顾及到了。该法案明确承认美国宪法第二修正案[1]保障个人持有枪支的权利，并整理了近期最高法院的相关裁决[2]，将其写入法案。对于枪支游说团体[3]来说，这无疑是一次重大让步。另外，该法案还含蓄地解除了对个人拥有枪支的数量限制，首肯了相当一部分合法公民的意愿。对于他们而言，拥有枪支只是一种反抗政府独裁的方式。但同时，该法案也大力加强了对持枪者的背景调查，并采取了其他一系列通情达理的措施，用以确保枪支不会落入罪犯、家暴者以及精神病患者手中。

在新闻发布会之前，我没日没夜地拼命工作，多次修改这项法案，以期尽善尽美。前后数个版本均在国会成员中传阅，并获得了参众两院的广泛支持，眼看即将通过。因此，当布雷克向记者们介绍这项法案时，我非常骄傲地站在他身后聆听。

这时，某个疯子——确切地说，刚好是这项法案中禁止持枪的那类人——突然在发布会上开枪了。他开了八枪警察才制伏他。布雷克奇迹般地没有中枪。其中七发子弹没有造成任何伤害，弹到了德克森参议院大楼[4]的台阶上。还有一发子弹射进了我的右胸。

后来，医生告诉我，我非常幸运：这一发子弹斜着射进来，在我的肋骨上反弹了一下，便从身体右侧的腋窝射出去了。假如这颗子弹是直着打进来的，那情况就非常不妙了。更有甚者，假如子弹从右胸进来，却被反弹向左胸，横着贯穿我的身体，那我肯定已经死了。

这发子弹带走了我的一大块皮肉，也带走了我那些关于永垂不朽的幻想。面对死亡，你会重新考虑究竟什么才是最重要的，虽然这话已是老生常谈，

---

[1] 美国宪法第二修正案（Second Amendment）：于1791年12月15日实行的美国宪法修正案，该修正案保障人民备有及佩带武器的权利。

[2] 相关裁决：此处应指在2010年“麦克唐纳诉芝加哥案”（*Mcdonald* v. *Chicage*）中，法院判决宪法第二修正案不仅应用于联邦政府，而且对州政府和地方政府同样具有效力。

[3] 枪支游说团体（gun lobby）：美国的一个团体组织，旨在通过对国家政策和法律施加影响，获得对公民个人持枪权的支持。

[4] 德克森参议院大楼（Dirksen Senate Office Building）：位于美国华盛顿特区，是美国参议院的第二栋办公大楼，以已故少数党领袖埃弗雷特·德克森（Everett Dirksen，1896—1969）的名字命名。

但却千真万确。这发子弹给我带来的影响，远远不止一道伤疤那么简单。

当然，这次意外也又一次印证了我父亲的话。他生前曾对我说过，临终之时，没有人会后悔自己在工作上花的时间不够。相反，人人都希望自己没有花那么多时间在工作上。出事的时候，双胞胎刚刚过了一岁生日。躺在手术室的刺眼灯光下，我发现这一年就像一层朦胧的迷雾。我没有陪伴刚出生的孩子，而是把时间都花在了每天十四个小时的工作上。没错，如果子弹往另一个方向反弹，我的孩子就会永远地失去父亲。但是，在这发子弹到来之前，我早已不再是一个称职的父亲了。

我知道，如果我继续留在富兰克林议员的身边工作，那么情况不会有任何改善。所以，我告诉艾莉森，我打算辞职了。讲这话时，我刚刚结束手术，身上的麻醉还没有完全消失。艾莉森听了，当场喜极而泣。

两天后，我在医院的病床上向富兰克林议员递交了手写的辞呈，他非常大度地接受了。我想，这可能是由于他内心有愧：他知道那些子弹的目标其实是他。而且，他还是爱玛的教父。在这种情况下，他尊重了我的意见，觉得这样做对我和我的家庭都好。

其实，让我出任法官一职，也是他的主意。当时，弗吉尼亚州东部地区的联邦法庭正好有一席法官之位空缺，就在诺福克市。但是，毫不夸张地说，我实在是个非典型的候选人。要说议员手下的工作人员出任联邦法官，那真是前所未闻。刚从法学院毕业时，我曾在第四巡回上诉法院[1]工作过一段时间，之后就很少去法院了。但是，我在参议院中人脉很广，加上众位议员都颇为同情我遭枪击的经历，于是最终以88票同意、0票反对的结果通过了由我出任联邦法官的提案。

还有十二个议员反对我的提名，他们不敢公开反对，于是投票时干脆就没有到场。但是，他们却在背后搞小动作报复，阻挠了那项我差点儿为之牺牲性命的法案。

从那时起，我和布雷克就走得很近。我们共同在生死边缘走了一遭，难免萌生出像战友一样的情谊。同时，我们也还是朋友，依然像以前一样，闲

[1] 第四巡回上诉法院（Fourth Circuit Court of Appeals）：位于弗吉尼亚州里士满的联邦法院，具有上诉管辖权。

聊的时候随便谈谈政策和政治，八卦一下参议院里的种种琐事传闻。

我本来不想接他的电话，想让手机响几声以后自动转接到语音信箱。可是，在我的人生中，从来就没有“忽略富兰克林议员”这个选项。最终，我还是没能打破习惯。

“喂，布雷克。”

“早上好，法官大人，”他用南方人特有的调子慢悠悠地说道。多年来，这种口音为他在西部和南部赢得了无数选票，“你现在忙吗？”

“在开车，没别的事儿。怎么了？”我努力让自己的声音显得轻松随意。

“是这样，办公室的新闻发言人安排我跟《华尔街日报》的记者通了电话。”

“为了竞选？”布雷克正在为议员连任选举做筹备，目前竞争激烈。

“什么呀，还不是为了你，”他说，“你手头是不是有个重要的药品案？”

我吓了一跳，好不容易才稳住方向盘。《华尔街日报》打电话来问斯卡夫朗的案子？我是不是有什么没想到的？雷肖恩·斯卡夫朗为什么会吸引美国最知名的报社之一？

“噢，是吗？”我警惕地说，“那你是怎么跟他们说的？”

“老一套呗，就说你每年过圣诞节的时候都给大伙发小黄片，但是考虑到多数情况下你是嗑药嗑多了，脑子不太清醒，所以我们就原谅你了。”

显然，选民们绝对看不到富兰克林议员的这一面。通常，我也会想一个恶劣的玩笑反唇相讥，但是现在我实在想不出来。

“我就盼着他们千万别发现你收的那些贿赂，要不然……”

说着说着，他突然停住了，因为我没有跟以前一样跟他开玩笑。他试探着问：“喂……伙计，你还好吗？”

我感到内心的情感开始翻涌。布雷克一向如此，这也是他的天赋之一。他可以变成一个无情的独裁者，不停地索取、索取、索取，直到把人逼至极限。紧接着，他又会一百八十度大转弯，突然非常在乎你，仿佛在这个世界上，除了你之外，他什么都不关心。

毫无疑问，我当然想对他倾诉心声，就像以前一样。当初，我的父母在一年内相继去世，那时他们六十多岁，而我才三十出头。多亏有布雷克的陪伴，我才度过了那段艰难的时光。如今，对我而言，他的存在就像父亲一样。

不过，我还是拼命压抑住了那份倾诉的渴望。

“抱歉，抱歉，我没事儿，”我说，“只是想到这个案子，有点儿分神了。”

“好吧，我可以敷衍地说一句我理解，但其实我根本就体会不到你的辛苦。我觉得自己可没法像你一样单枪匹马地迎头上阵。跟你相比，处在我的位置，做个决定要容易得多。因为一旦搞砸了，背后还有五十个人一起承担责任呢。”

“是啊，谢了。”我说，然后赶紧转移话题，“你家里都好吗？”

于是，他便唠唠叨叨地说了一会儿自己的太太和孩子——他有两个女儿，都已经顺利长大成人了。说着说着，他又回到了《华尔街日报》的话题上去，向我保证，他跟记者好好地夸了我一通。最后他问：“我的教女最近怎么样？”

我感到呼吸不畅，艰难地说：“她很好，多谢挂念。”

“那就好，”他在挂电话之前说，“代我向艾莉森和孩子们问好。”

9

我的内庭在沃尔特·E. 霍夫曼法院大楼[1]四层的西侧翼，内部有一套相连的办公室，我手下的法院职员都在此工作。每到将要宣布判决的上午，这里的气氛总是与平常不同。所有工作人员都比平常安静，表情也更加肃穆。假如你曾到过联邦监狱，就能明白大家为何这样了。联邦监狱是非常可怕的地方，那里的运作方式让囚徒的人性都逐渐泯灭了。再瞧瞧我们的入狱率，几乎比其他国家要高出七倍，甚至比斯大林统治时期的苏联都高。一个社会居然需要把这么多人关起来，难免令人感到不安。

这就是我工作的一部分，但绝不是我喜欢的那部分。我的职员都明白这一点，所以总是在这样的上午给我留一些个人空间。因此，当我走进小厨房，给自己倒了点儿咖啡时，我不无惊讶地听到杰里米·弗里兰的声音从他的办公室里传来。

---

[1] 沃尔特·E. 霍夫曼法院大楼（Walter E. Hoffman United States Courthouse）：是美国弗吉尼亚州东部地区的法院，位于弗吉尼亚州诺福克市，以联邦法官沃尔特·E. 霍夫曼（Walter E. Hoffman，1907—1996）的名字命名。

"法官阁下，您现在有空吗？"

杰里米快四十岁了，是一个非常英俊的男人。他有一双清澈的蓝眼睛，沙褐色的头发梳理得整整齐齐。他一直坚持锻炼，每周的跑步量至少有二十英里[1]，身材保持得很好。来上班时，他总是穿着剪裁合身的西装，并完美地搭配着各色领带。他的性格较为柔弱，而且至今未婚，所以我觉得他可能是个同性恋，不过我们从来没谈过这个话题。促使弗吉尼亚州对同性恋婚姻解禁的波斯蒂克诉讼案[2]，就是在我们法院下达的判决。我对杰里米表示过，我觉得该案法官所下的判决是非常公正有力的，而且对于美国的公民权利而言，这是一次姗姗来迟的胜利。作为回应，他只是冷静地分析了一下美国宪法第十四修正案[3]。

杰里米的正式头衔是"法院专职文员"，但是千万别被"文员"一称蒙蔽了。他是一名律师，凭借丰富的经验多次将我从尴尬棘手的困境中解救出来。在联邦法庭上，有许多规程都是不成文的，而是在数十年的具体操作惯例中演变出来的。我刚离开参议院前来就职时，已经把这些规程惯例都忘得差不多了。而杰里米就是我的秘密武器，多亏了他，我才能显得胸有成竹。

此前，杰里米一直在一位第四巡回上诉法院的法官手下任职。那位法官退休了之后，杰里米同意接受挑战，从上诉法院调任地方法院，手把手地帮助我这个初出茅庐的新法官。他给我收集所需的材料和数据，管理年轻的法院职员，提前起草常规性的判决，并且在复杂的案件上充当智囊团。我总是跟杰里米说，他是弗吉尼亚州东部地区有史以来最棒的专职文员，此话绝非虚言。

我来到他的办公室门口。他的办公室就跟他本人的外表一样整洁。他养了一些植物，像对待宠物一样地爱护它们，而他对待自己真正的宠物就像对待孩子一样。他的宠物是两条鱼，名叫瑟古德和马歇尔，名字取自他最喜欢

---

[1] 1 英里约为 1609.34 米。

[2] 波斯蒂克诉讼案（Bostic case）：指"波斯蒂克诉谢弗"（Bostic V. Schaefer）一案。该案原告于 2013 年 7 月上诉，挑战了弗吉尼亚州不支持同性婚姻的禁令，并于 2014 年 2 月在州地方法院胜诉。2014 年 7 月，第四巡回上诉法院宣布支持原判。

[3] 美国宪法第十四修正案（Fourteenth Amendment）：于 1868 年 7 月 9 日实行的美国宪法修正案，该修正案强调公民权利和法律的平等保护，最初是为了解决美国南北战争后昔日奴隶的相关问题而提出。

的最高法院大法官[1]。

“抱歉，打扰了，”他说，“我只是想告诉您，今天早上有一个《纽约时报》的记者打来电话。我跟他说了，我们无可奉告，但他还是希望跟您通话，并且保证绝不录音。我回答他不行，但我觉得您至少应该知道有这么回事。”

先是《华尔街日报》，接着又是《纽约时报》。这个斯卡夫朗竟然如此神通广大?

“好，”我说，“谢谢你。”

“此外，我还接到了一通电话，对方是一个名叫史蒂夫·波利蒂的记者，自称为一个叫‘理性投机’的网站写报道。那是一个发布投资信息的博客，由这个叫波利蒂的家伙自己运营。博客的名字不叫‘理性投资’，而叫‘理性投机’……我登录那个博客看了一下，内容嘛……依我判断，全是些传闻和影射，就像一份给金融投资者看的八卦杂志一样。他声称这个博客每月有超过两百万的独立访问量[2]。”

他为什么也关心斯卡夫朗案?

“好吧。我们当然还是无可奉告。”我说。

“当然。”

有好一会儿工夫，我都伸长脖子盯着杰里米桌子上的监控画面显示器看。我们的法院大楼早在大萧条[3]时期就建起来了，虽然外表看上去颇为老旧，但很多人都不知道，其实大楼里处处都隐藏着监控摄像头。法官内庭外的走廊上，有两三个角落是装了摄像头的。这么做主要是为了当有人进来时，我们能先从监控画面上看到来者何人。负责给我担任法官助理的琼·史密斯不喜欢在桌子上放个监控画面显示器，于是这玩意儿便被摆到杰里米的办公室了。

此刻，跟大多数时候一样，走廊里空空如也。但我仍然盯着显示器屏幕看，只觉得自己脑中也一片空白。

[1] 最高法院大法官：指瑟古德·马歇尔（Thurgood Marshall，1908—1993），1967—1991年间曾任美国最高法院大法官，是美国首位非洲裔大法官。

[2] 独立访问量（unique viewers）：每台上网电脑访问某网站的独立访问记录，重复访问不计算在内。

[3] 大萧条（Great Depression）：指1929—1933年发源于美国并波及多个资本主义国家的经济危机。

我喃喃地对杰里米道了谢，然后端着咖啡回到了自己的办公室，试图像以前一样正常工作：再看一遍将要开庭的案子，并且反复思考该如何给出公正的判决。

可是，这天上午，我根本没法集中注意力。我频频望向窗外，诺福克市区林立的大楼使天空的边缘变成了锯齿状，每当我沉思时，总是会盯着这片天空发呆。但此时此刻，我心里想的全是孩子们。

我把糟糕的念头全都赶走，努力去想一些快乐的事情。我想起，在过去的一年多里，萨姆和爱玛每天早上起床的情景。萨姆总是要起得早一些，但没有妹妹做伴，他从不单独下楼。起床后，他就一直在自己的房间里玩，等着爱玛叫他。

一旦听到爱玛的声音，萨米[1]就会跑进爱玛的房间。他总是轻轻地抱着她——他们以前一直睡在同一张婴儿床上，已经习惯了这种亲密的相处模式——直到她宣布自己要起床下楼了。虽然萨姆只比爱玛高两英寸[2]、沉十英磅[3]，但是他每天早上都背着妹妹下楼，来到起居室。

这个场面实在是太可爱了，我和艾莉森对此的喜爱之情自然不必言说。有的时候，我们会在床上多躺一会儿，悄悄地倾听他们的欢声笑语；还有的时候，我们会蹑手蹑脚地起床，站在卧室的门后，偷偷地看着他们嬉戏玩闹。

我默默地沉浸在这份美好的回忆中，突然，我感到手机振动了。我拿出手机，屏幕上来电显示的名字是：艾莉森。

"喂。"我接起了电话。

"贾斯蒂娜有一顶假发。"她说。

"什么？"

"我说，贾斯蒂娜有一顶金色假发。"她又说了一遍，并且重重地强调了最后四个字，仿佛这四个字就能说明一切，"我在她住的小屋里发现的。就在她的衣柜里。"

"对不起，我没明白。贾斯蒂娜的衣柜里有一顶假发，那怎么了？"

---

[1] 萨米（Sammy）：对萨姆（Sam）的昵称。

[2] 1 英寸约为 2.54 厘米。

[3] 1 英磅约为 0.45 千克。

"她为什么会有一顶金色假发？"

虽然我特别小心不去关注贾斯蒂娜的外表，但我也知道她的头发是深褐色的。假如你是一个中年男人，家里有个女大学生寄宿，那么为了婚姻考虑，你对她的关注自然越少越好。

"我不知道。"我坦诚地说，"等等，你该不会以为——"

"以为她戴着这顶假发扮成我去接孩子？没错，我就是这么想的。"

我考虑了一下这样做究竟有没有可能骗过别人。的确，不看脸，单看脖子以下，贾斯蒂娜跟我的妻子是有一些相似之处的。她们俩个子差不多高，体形都比较瘦。虽然贾斯蒂娜的家乡在亚欧大陆的交界处，但是她的长相更像欧洲人，而非亚洲人。在假发、帽子和墨镜的伪装下，帕姆女士会把贾斯蒂娜当作艾莉森吗？从在教学楼门口接孩子，到打开本田车的车门，这短短的几十秒钟时间里，贾斯蒂娜是否有可能真的被当成艾莉森？

"不过，她为什么要假扮成你？"我问，"她也在许可接送的名单上呀。她去接孩子的次数比你我加起来都多。"

"对，但是她知道学校有接孩子的记录，如果记录簿上留下了她的名字，我们一定会盘问她的。"

"好吧，还有最后一个问题……为什么贾斯蒂娜要帮一个素未谋面的毒贩？"

"这我们就无从得知了。其实，除了她帮忙照顾孩子的时候，其他时间我们根本不知道她都做些什么或者见过什么人。"

"有道理。"

"我想到了两种可能性，"艾莉森说，"第一，她有毒瘾，但是却瞒着我们，背地里跟这类毒贩有联系。"

我迅速地回想了一下我跟贾斯蒂娜日常交流的情景，并没有什么可疑之处。不过，我在法庭上已经见识过瘾君子的狡猾了，假如她真的想隐瞒，我们很可能是察觉不出的。

"第二种情况的可能性更大，那就是有人逼迫她就范，有可能是威胁了她或者她的父母或者别的什么人。具体细节我还没有搞清楚，但是你想想：谁还有那辆本田车的钥匙？"

我站起身来，走到窗边。贾斯蒂娜的父母远在土耳其，但是国际贩毒组织是非常神通广大的。只要斯卡夫朗对他们来说有足够的价值，那么抓住贾斯蒂娜的父母作为要挟也不是不可能的。

“好吧，”我说，“那你打算怎么办？”

“我已经给贾斯蒂娜发短信，告诉她今天下午不用去接孩子了。我觉得，我们可以等孩子们回来之后再处理这件事。现在，我打算检查一下她的屋子，看看有没有现金或者毒品之类的……”

“好，就这么办吧。一旦有什么发现，就立即告诉我。”

挂断电话，我回到桌边坐下，开始考虑关于贾斯蒂娜的事情。两年来，她一直陪伴着孩子们，孩子们也很喜欢她。我没法单凭一顶金色假发就判断她跟这桩绑架的阴谋有关。

但是，我也没法排除这种可能性。

10

这栋砖砌的建筑已经有些年头了，从各方面来看，都恰好满足兄弟俩的需要。依照诺福克市的相关规定，这栋楼并未荒废，只是处于闲置中。从这里，可以毫无阻碍地看到整座沃尔特·E. 霍夫曼法院大楼。这才是最重要的。

一周前，弟弟就已经来这儿侦察过了。这栋楼沿街的窗户和前门外都焊着铁栏杆，用以防止流浪汉和非法占屋者擅入。但是，挨着小巷的后门却只有一道铁丝网和一个挂锁。早前弟弟来的时候，就用工具把挂锁弄掉，换成了自己的锁。因此，现在只要掏出钥匙，就能轻而易举地进去了。

他拿着一个手提箱，背着一个帆布包，爬上了六楼。在之前的侦察中，他已经研究好了，这就是最合适的高度。到了六楼，他从帆布包里取出了一个折叠三脚架，将它打开，在地上立好。

接着，他又打开手提箱，从里面拿出望远镜。他把望远镜架在三脚架上，将镜头对准法院大楼的四楼，正冲着尊敬的斯科特·桑普森法官大人的法庭。这架望远镜的分辨率极高，此前，弟弟已经反复练习过如何调焦了，如今在这方面堪称专家。透过望远镜，就连被告家人走入法庭时，脸上那紧张焦虑的表情，都一览无余。

他微微一笑。那些人并不属于计划的一部分，他们根本就不知道接下来将会发生什么。

他掏出手机，打给哥哥："我准备好了。"

"好，"电话另一头的人答道，"第一条短信会在十五分钟后发送。"

"明白。我会一直监视他的。"

11

在上午剩下的时间里，我一直盯着办公室墙上的钟表，看着时针拖拖拉拉地走向11。

我一直把手机摆在面前的桌子上，生怕错过绑匪给我的指示。我盘算着，他们应该会让我释放斯卡夫朗，也就是说，我只能对他做出"已服刑期[1]"的判决。可是，候审期间，他只被收押了两个月零三天，要是按照正常的量刑准则，至少要判他十五年才行。毫无疑问，在某些特殊情况下，法官可以降低最低量刑准则。但这种情况非常少见：被告人必须是非暴力初犯，既不能使用枪支，也不能跟犯罪组织有较大的牵连。

但是，放在斯卡夫朗身上，一条都不符合。

不过，我还是可以按照自己的方式来做出判决，毕竟"小恺撒"也是有王权的。只是，假如我做出了不符合量刑准则的判决，联邦检察署就会继续提出上诉，而位于里士满的第四巡回上诉法院就会推翻我的判决，重新批准斯卡夫朗的逮捕令。但到了那个时候，我估计他已经远走高飞了，策划这起绑架案的人肯定会把他秘密地藏起来。

这样做当然完全违背了我对法官一职的全部信念和看法。不过，假如这样能救我的孩子，我会毫不犹豫地照做不误，连眼睛都不眨一下。

[1] 已服刑期（time served）：指的是在美国刑法体系中，法院对被告人做出有罪判决，但是认为被告人已在收押候审期间服满刑期，因此判决做出后，被告人便可得到释放。

到了 10:55，还是没有发来任何指示。我该出庭了。我把手机放进口袋里，然后穿上法官袍，走进法官办公室里的专用洗手间，迅速地照了照镜子。每次出庭之前，我都会这么做。

正在这时——确切地说，是当我盯着镜子里自己的眼袋时——我感到大腿上传来的振动。

我马上掏出手机，发现收到了一条短信，发信号码是 900，我从来没见过这个号码。肯定是绑匪发来的。我一边急促地喘息着，一边点开了短信。

我来来回回地读了三遍，确保自己没有看错：

让斯卡夫朗烂在监狱里。给他判两个无期徒刑。让他分开服刑[1]，不要合并服刑[2]。

这是什么情况？不是把斯卡夫朗放出来，而是让他在监狱里待到死？这么做，谁能从中获利？

显然，不管是谁，这个人肯定是恨斯卡夫朗恨到骨子里了。我正猜测着种种可能性时，又一条短信发来了：

为表示你收到了短信并决定服从指示，请在出庭前把头发往另一个方向梳。

我突然觉得如堕冰窟、浑身发凉。这条看似荒诞的命令暗示着：他们在监视我，而且负责监视我的人离我很近，近到可以察觉我的头发是不是往反方向梳。

接着，第三条短信来了：

带上手机，随时查收最新指示。

我等了一下，好像没有新的短信了。于是我回复了一条：

我一定会照做的。但为什么？为什么是两个无期徒刑？

几秒钟后，我的手机又振动了。结果却是通信公司提示我，我发送短信

[1] 分开服刑（subsequent sentence）：指一个罪犯犯下了多件罪行，法官对每件罪行分别判刑，并让罪犯把所有刑期都一并服满。

[2] 合并服刑（concurrent sentence）：与“分开服刑”相对，指一个罪犯犯下了多件罪行，法官虽然对每件罪行都分别进行判刑，但由于法官宽大处理或罪犯已签订认罪求情协议，允许只对罪犯执行判决中最长的一个刑期。

的号码是座机号，如有需要，可花费三十九美分[1]将短信内容转化成语音信息发送。

我把手机放回了口袋。现在已经没时间去思考这一连串意外的指示了。我手下的法院职员都在等我出庭，更不用说法庭里还有前来旁听的人。而且，我还得把头发往反方向梳。自记事以来，我就一直把头发向左分。他们知道这一点？他们是不是想用这个办法来让我感到不安？假如这就是他们想达到的目的，那么他们成功了。

我用水弄湿头发，向右使劲儿梳了好几十下。

然后，我看向镜子。

这是我，但又不是我。我看上去就像自己的分身。

“天哪！”我自言自语地叹息道。

我摇了摇湿漉漉的脑袋，离开洗手间，大步朝内庭接待区走去。职员们正在那儿等我。

“都准备好了吗？”我故作镇定地说。

“珍·安已经打过电话了。”琼·史密斯肯定道。

珍·安·斯坦福是代理文员，她以前曾赢得过选美大赛的冠军。有时候，她的表现会让人觉得，开庭就是她日程表上的一次选美表演，而她的工作就是确保一切准备就绪，然后便打电话通知我们，演出可以开始了。

杰里米·弗里兰上上下下地打量着我。我们在一起工作已经很久了，他显然察觉到我的外表有些异常，虽然他一时还说不上来究竟问题出在何处。

“法官阁下，您还好吗？”他问。

“我很好。”我坚称道。

最后，他的目光落在了我的头上：“您的……”

他还没说出“头发”这个词，就赶紧打住了。他知道，身为一个专职文员，他不该对法官的发型指手画脚。

“我很好。”我又说了一遍，这一遍语气更加坚定了。

“真的吗？其实我们可以……”

---

[1] 100 美分等于 1 美元。在美元中，美分是最小的使用单位。

“开始吧。”我说。

法院的警务人员护送我沿着过道走向法庭。他为我打开门，我手下的一名法庭职员高声喊出那句历史悠久的开场白：“全体起立！肃静——肃静——”

走进门后，眼前的场景跟往常并无二致。

法院大楼的一楼十分宽敞，天花板高高耸起，一派气势恢宏的样子。相比之下，我的法庭就显得狭小许多了。法庭中只有六排旁听席，零零散散地坐着一些人。有一排坐满了非洲裔，他们很可能是雷肖恩·斯卡夫朗的朋友和家人。过道的另一边坐着一对白人中年夫妇，他们的衣着光鲜得体，但脸上的表情却疲惫不堪。

旁听席前面是律师席：我的左边是公诉人，右边是被告辩护律师。

辩护律师的右侧坐着雷肖恩·斯卡夫朗。他是一个身材矮小、体形肥胖的黑人，长着圆圆的脑袋和一张没有特点的大众脸。他身穿一套橘黄色的连衣裤，这是西泰德沃特[1]地区监狱的标志性囚服。他的小臂和脖子上都刺有文身。

看起来，他跟我以前见过的许多被告人十分相似：遭到正义的打击，丧失傲慢的心气儿，已经决定认命了。

在斯卡夫朗身边，站着两个身穿美国法警署制服的人，斯卡夫朗就是由他们押送进法庭的。我的面前是珍·安和庭审记录员，先前高喊“肃静”的法庭职员则站在我的右侧。

法庭上的人就是这些了。他们当中，是否有人一直在监视我，并且通过某种方式向策划绑架的头目报告情况？也许是我手下的一个职员？或者是一个陌生人，正悄悄地透过法庭后门的小玻璃窗盯着我？又或者他们以某种手段透过四楼的窗户看着法庭上的一切？

我只知道，咫尺之处，有一个人参与了绑架我孩子的阴谋。这伙绑匪想要以此为筹码，逼我就范，确保雷肖恩·斯卡夫朗这辈子都出不了监狱？

但我仍然深感迷惑，斯卡夫朗值得让他们如此大费周章吗？

我想尽快结束审判，于是迅速地把按例需要写入庭审记录的内容说了一

[1] 泰德沃特（Tidewater）：位于弗吉尼亚州东部的沿海低洼地带。

遍，过去的四年中，我不断地重复这些套话，如今早已记得滚瓜烂熟。以前，我从来不带手机出庭，而此刻在法庭上，我随时都在留意手机有没有振动。

最新指示？还会有什么指示？

我一边继续讲着需要例行宣布的内容，一边偷偷地撩起法官袍，把手机从裤子口袋里掏了出来。我把手机藏在桌子下面，用一只手把它扣在大腿上，这样我就不会错过手机的振动提示了。说完该说的话之后，我看向来自联邦检察署的助理检察官威尔·哈波德。此前，哈波德已经在我的法庭上露过几次面了。他面无表情，仿佛对一切都很漠然，恰是典型的检察官形象。

"谢谢您，尊敬的法官大人，"他站起身来说道，"我知道，您已经看过判决前报告，我就没有必要再赘述细节了。在此，我想提请您注意，斯卡夫朗先生一开始被逮捕时，并不承认自己与案件中那批被藏匿的违禁药品有任何关联。不过，值得肯定的是，在被捕大约二十分钟之后，他就改变了说法，自觉认罪，并且此后一直保持着良好的认罪态度。在本案中，他一直主动配合当局的调查，虽然最终并未有其他相关人员被捕，但不应忽视斯卡夫朗先生积极合作的态度。此外，他还表示希望参加普通教育发展[1]的学习和培训，这也意味着他至少已经开始考虑将来要过一种遵纪守法的生活了。

"以上都可作为减轻情节[2]考虑在内。接下来我要说的，是两个加重情节[3]。其一，斯卡夫朗先生把案件中提及的违禁药品和一支枪藏在了他表姐的公寓房间里。他的表姐有三个孩子，年龄都不满十岁。因此，当她发现斯卡夫朗先生把这些东西带进自己家中时，感到极为烦恼和不安。原本，对斯卡夫朗先生的指控还有一条危害儿童安全罪，不过在他签署认罪协议后，当局同意不对此项罪行予以起诉。"

接着，他转向旁听席，面朝我先前看到的那个白人男子。他的发色很深，脸形稍长，鼻梁很窄。身旁坐着的女人应该是他的妻子，她的头发染成了精

---

[1] 普通教育发展（GED, General Educational Development）：北美的一项考试，通过后可获得美国或加拿大的高中文凭。

[2] 减轻情节（mitigating factor）：指有可能减轻对被告的指控、促使从轻判决的信息或证据。

[3] 加重情节（aggravating factor）：与减轻情节相对，指有可能加重对被告的指控、造成从重判决的信息或证据。

致的金色。

那个男人站起身来，同时，哈波德继续说了下去。

“尊敬的法官大人，另一个提请法庭考虑的从重情节，便是这批违禁药品毒性巨大、危害严重。执法部门之所以对此特别注意，是因为该违禁药品在诺福克中学[1]引发了数起毒品摄入过量的事件，并有一人不幸死亡。违禁药品监管局[2]提取样本进行了分析，结果发现其中含有芬太尼[3]。在药品制作过程中，芬太尼与海洛因产生了化学反应，导致这批违禁药品的危害性大大增加。”

那个白人男子现在已经来到了旁听席的最前方，站在齐腰高的分隔板旁。他穿着浅灰色的西装，手腕处露出了衬衣的金色袖扣。

“尊敬的法官大人，此次的毒品摄入过量事件令若干家庭都深受影响、苦不堪言，其中有一个家庭更是悲痛欲绝。”哈波德说，“我认为，您在下达判决之前，应当听一听来自这个家庭的声音。我特此申请法庭批准托马斯·伯德出庭做证。”

托马斯·伯德举起右手，发誓接下来所述的内容绝对属实、无半句虚言，并祈祷上帝保佑。他坐到了证人席上，拿出一副老花镜，架在鼻尖上，颤抖的双手捏着一张纸。

“尊敬的法官大人，我的名字叫托马斯·伯德。我生在诺福克，长在诺福克，我们家有连锁电器行，还经营着几家饭店。我曾经有一个儿子，叫迪伦。”

曾经有一个儿子。我觉得，听到父母用追忆的口气谈论孩子，实在是令人心碎不已。

他把手伸进西装里，掏出一张照片，举起来给我看了一下。那是一张学校档案上的证件照，上面的男孩儿跟他父亲一样，都是窄鼻梁。

“迪伦是一个好孩子。我知道，这话让我听起来就像是个溺爱孩子的父亲。但他真的从未给我和他妈妈添过任何麻烦。我想您也知道，诺福克中学的

[1] 诺福克中学（Norfolk Academy）：美国弗吉尼亚州诺福克市的一所走读学校，建于1728年，是弗吉尼亚州历史最悠久的中学。

[2] 违禁药品监管局（Drug Enforcement Administration）：美国联邦执法机关，下属于美国司法部，主要负责打击违禁药品的走私和滥用行为。

[3] 芬太尼（fentanyl）：一种强力的类鸦片止痛剂。

考核制度是很严格的，但他的成绩单上全是优秀或良好。他是国家荣誉协会[1]的成员，而且还是校棒球队的队员。在刚刚过去的这个暑假中，他自己找了一份刷房子的工作。其实，他本可以到我们家的任意一个连锁店或饭店打工，那样会轻松许多。但是，他想靠自己的力量赚钱，这一点我很欣赏。整个暑假，他都辛勤工作，最后攒钱给自己买了一辆二手卡车。他很自豪，我们也都为他感到骄傲。请您想象一下，一个十七岁的男孩儿，用自己打工的钱买了一辆卡车，也许您就能明白我的感受。”

托马斯·伯德重重地咽了一口唾沫，然后又低头看了一眼写在纸上的备忘内容。

“尊敬的法官大人，说实话，我也不知道我的儿子在服用那些违禁药品时，究竟是怎么想的。他绝对不是那种抽大麻或酗酒的孩子。他还在上小学的时候，我们就跟他聊过相关的话题。他非常清楚，毒品的危害是巨大的。他……也许他是想给某个女孩儿留下深刻的印象，也许他只是出于好奇，具体的原因我只能猜测。而且，我也不想替他……他自己做的事情找借口。在这过去的三个月中，我不知后悔了多少回，那天晚上要是我没有让他出门就好了。”

伯德的妻子低低地抽泣了一声，紧接着便用纸巾捂住了嘴。

“我和我的妻子……我们只能强迫自己慢慢地接受儿子的所作所为。但是，一想到这个给他……给他毒品的人，可以……可以继续享受人生、与家人生活在一起，并且做许多迪伦再也做不了的事情，一想到这些，我们的心情就难以平复。哈波德先生说，如果不签认罪协议，这个人就还是有可能会被释放。所以我们说：‘好吧，那就签协议吧。’但是哈波德先生说，签了协议，也只能判他十五年左右，可是……事实是残酷的，十五年后，这个人可以活着走出监狱，但我的儿子却永远也不会活着回来了。”

他的声音在颤抖。他努力想要冷静下来，但嘴唇却抖得越来越厉害。

“尊敬的法官大人，每个人都告诉我和我的妻子，我们要向前看，生活还得继续。可是谈何容易？迪伦是我们唯一的孩子，他是我们生活的支柱，他的离去毁灭了我们的一切。其实我也不知道，假如斯卡夫朗先生被判重刑，

[1] 国家荣誉协会（National Honor Society）：美国的一个全国性高中组织，成员的选拔主要基于学业、领导能力、社会服务和品德四个方面的标准。

情况是否会好转。但是……法官大人，您能理解亲手埋葬自己十七岁的儿子是什么感受吗？我绝不希望这样的事情发生在任何人身上，就连斯卡夫朗先生，我也不愿他承受这样的痛苦。我多想爬进儿子的棺材，跟他一起长眠于地下啊！我……我想念他……我好想念我的儿子。思念的痛苦时时刻刻都在折磨着我。法官大人，您能明白这种感受吗？”

通常，我在这种时候并不会真的作答。我也完全没想到自己会回答他，但下一秒钟我就听到自己发出了沙哑的声音。

“是的，”我轻轻地说，如同耳语一般，“是的，我能。”

伯德点了点头，看着我的眼睛说：“那么，我知道您一定会做出公正的判决。为了我们，更为了迪伦。谢谢您，法官大人。”

伯德离开了证人席，法庭内一片寂静、鸦雀无声。我感到非常欣慰，就算这桩灾难已无法弥补，但至少我可以下达一个严厉的判决，一个无论是他们、哈波德先生还是法庭上任何人都想不到的重判，以此给这对心碎的父母带来一点儿宽慰。

这时，手机突然振动了。

哈波德站起身来，低声对托马斯·伯德说了几句感谢的话。我赶紧趁机低下头，发现又是那个900的号码发来的短信：

计划有变。放了斯卡夫朗。

在此后的数秒钟里，我只觉得头晕目眩。眼前天旋地转，整个法庭仿佛都在倾斜、歪倒。

我的手机又振动了：放了斯卡夫朗！

第三次振动：放了斯卡夫朗！

手机从我的手里滑落，无声无息地落在了地毯上，我把双手都放到面前的桌子上，试图稳住心神。我觉得自己快要吐在这光滑的樱桃木桌面上了。放了斯卡夫朗？在我听完这番令人心碎的陈述之后？我怎么能这样对待托马斯·伯德和他的妻子呢？我以后还有没有一丝作为一名法官乃至作为一个人的尊严了？

可是，我知道自己别无选择。

我痛恨自己，片刻之间，得出了一个自私自利的结论：不管我对斯卡夫朗做出怎样的判决，迪伦·伯德都无法死而复生了。但我的孩子们还活着。眼下，他们是最重要的。我觉得，任何父母都不会责怪我做出这样的决定，假如我能将实情和盘托出，那么就连伯德夫妇也会原谅我吧。

哈波德检察官继续说："我们与被告方达成的协议包括将斯卡夫朗先生的罪行级别[1]从三十六级降低至三十一级，对于其他有可能会加重罪行级别的轻罪情节不予起诉。另外，斯卡夫朗先生的犯罪前科类别[2]是第五类。因此，按照联邦量刑准则，应判一百六十八个月以上、二百一十个月以下的监禁。根据前述案情及证人、证词，我建议法庭按最高量刑判决。我的发言完毕，谢谢您，尊敬的法官大人。"

哈波德坐下了，我还在忙着平复自己的情绪。把斯卡夫朗关起来，把他放了。这些人究竟想干什么？这桩阴谋背后是什么人？无论怎么想，都是一团迷雾。艾伦·萨瑟林来自公设辩护律师处[3]，他已经站起身来，等待法庭许可他发言了。我疲倦地看向他。

"萨瑟林先生是否有补充？"我说。

"是的，谢谢您，尊敬的法官大人。"他说，"首先，我谨代表被告人，向伯德家族致以沉痛哀悼。此外，我还要感谢伯德先生的动人陈述。"

萨瑟林翻了翻桌子上的几张纸。我盼着他能提出一些有用的信息，好让我接下来要做的判决看上去不那么荒唐滑稽。然而，他一开口，就让我失望了。

"判决前报告的内容已经十分详尽，我没有太多需要补充的。"他说，"显然，您已经从中了解到斯卡夫朗先生的童年了，他过得很艰难。是的，在人生道路上，他确实做了一些糟糕的选择，这一点他也承认。可是，尊敬的法官大人，我想您能明白，有些时候他根本没有机会做出最好的选择。一个有前科的人找工作有多么困难是不言而喻的。看到斯卡夫朗先生的过往记录，就连最宽容的雇主也避之唯恐不及。虽然如此，斯卡夫朗先生还是一直在努力地找工作，

[1] 罪行级别（offense level）：按照罪行由轻到重，分为一至四十三级。

[2] 犯罪前科类别（Criminal History Category）：按照犯罪前科由轻到重，分为一至六类。犯罪前科类别与前文提及的罪行级别是联邦量刑准则中量刑的重要依据。

[3] 公设辩护律师处（public defender's office）：在美国，公设辩护律师处是属于联邦、州及当地政府的机构，公设辩护律师享受公务员待遇，负责在被告请不起律师的情况下，为其进行辩护。

法官大人。

“至于哈波德先生提及的加重情节，值得注意的是，斯卡夫朗先生放在其表姐家的枪支并未上膛，而且里面也没有子弹。因此，即使家中的孩子发现了这支枪，也不会造成任何危险。此外，关于违禁药品的成分问题，并没有证据表明斯卡夫朗先生知道海洛因中混有芬太尼。斯卡夫朗先生只是负责贩卖违禁药品的中间人，对违禁药品的制作流程和组成成分并不了解。

“至于这次发生的毒品摄入过量事件，涉事学生对警方表示，他们此前从未服用过海洛因类的违禁药品，出于好奇，便想找来试一下。因此，他们当时是在主动寻找这类违禁药品。就算我的委托人不向他们提供，他们也会从其他途径获得。”

他们也会从其他途径获得。这种论据就像是用狡辩来反驳谋杀罪行的指控，仿佛在说：*但是，尊敬的法官大人，人终有一死，就算被告不动手杀人，受害者早晚还是会死的*。

唉，我还能指望什么？萨瑟林本来就是在为无法辩护的罪犯做辩护。

“因此，根据上述情况及量刑准则，考虑到斯卡夫朗先生始终认罪态度良好，并积极配合当局调查，我方认为，合理的判刑应为一百四十四个月的监禁。这比量刑准则上规定的最低监禁时间要短，但也已经有十二年之久了。我并无任何冒犯伯德先生的意思，但请恕我直言，在这十二年里，联邦监狱管理局[1]并不会让我的委托人好过，这将会是一段漫长而艰难的岁月。我深知，在此期间及以后，迪伦·伯德之死都会重重地压在他的心头，罪恶感将伴他一生、永不磨灭。我的发言完毕，谢谢您，法官大人。”

我的嘴唇变得很干，但我仍然勉力说：“谢谢，萨瑟林先生。”

我把目光转向被告人：“斯卡夫朗先生，在我做出判决之前，你还有什么话要说吗？”

这是我最后的希望了。实际上，在不利证据如此确凿的情况下，斯卡夫朗也没有多少好说的了。但是，假如他能表现得更有人性一些……

然而，这个一无是处的浑蛋低头看着地毯，喃喃地说：“尊敬的法官大

[1] 联邦监狱管理局（Bureau of Prisons）：美国联邦执法机关，下属于美国司法部，主要负责管理联邦监狱系统。

人，我只想说，我对自己做过的事情感到很抱歉，我不是故意要伤害任何人的。我只想请求法庭宽恕。”

我等了等，可是没有下文了。

他真是一句有用的话都没说。

我看了看地毯上的手机，迅速弯腰把它捡了起来，满心希望有新的短信出现，再次改变判决结果。我急切地按了几下手机。

手机屏幕上静静地显示着时间和日期，没有任何新短信的提示。我只能硬着头皮上了。

众人等待的宣判时刻终于到了。整个法庭的人都把目光投向我，人人都竖起耳朵聆听我的宣判。

刚才我一直低着头，假装在认真研究案件的相关材料。此刻，我抬起头来准备宣判，却不知双眼该往哪儿看。我不能看向斯卡夫朗，也不能看向公诉人，更不能看向可怜的伯德夫妇。于是，我只好死死地盯着法庭后墙上镶嵌的木板，开始宣判。

“斯卡夫朗先生，经过对联邦量刑准则及 3553A 号案件的慎重考虑，本庭现对你做出如下判决：

“你对自己犯下的罪行表现出了深刻忏悔，并且近期有良好的社会工作记录，同时还具有接受普通教育发展项目培训的强烈意愿。本庭认为，你已经决定洗心革面，打算开始遵纪守法的新生活。你请求宽恕，本庭认真考虑了你的请求，但需注意，这是你的最后一次机会，斯卡夫朗先生。如果你有负本庭的期许，白白浪费了这次机会，那么不论以后是哪位法官对你进行审判，我本人都会确保他给予你法律上最为严厉的判决。在判决上，法官可酌情行使司法自由裁量权[1]，现在，本庭决定在法律允许的范围之内，破例对本案行使完全司法自由裁量权。本庭宣布，判你‘已服刑期’。”

我本来应该接着告诉他，法警要先把他带回监狱去填写一些文件，然后才能释放他。但我还没说完，整个法庭就炸开了锅。

[1] 司法自由裁量权（judicial discretion）：指法官有权按照自己的判断做出法律判决。在三权分立的原则中，法官享有司法自由裁量权是司法独立的一个重要部分。

坐在旁听席上的斯卡夫朗家族，首先发出了一阵喧哗声。有个上了年纪的女人，估计是抚养他的姨妈，正在大声地感谢上帝。她旁边的一个男人开心地蹦了起来，胜利地挥舞着双臂。还有一个年轻的女人正在欣喜地鼓掌。斯卡夫朗把头转过去看着他们，所以我只能看到他的侧面，一抹令人恶心的微笑爬上了他的嘴角。

“法官大人，”哈波德在一片吵闹中大声喊道，“您是不是——”

但我没听到他接下来说了什么，因为托马斯·伯德终于从哑口无言的震惊中回过神来，找回了自己的声音。这位丧子的父亲站起来指着我大吼：“你是什么狗屁法官？他杀了我的儿子！这个浑蛋，他杀了我的儿子！可你居然直接放了他？你疯了吗？我的儿子死了！他死了！你就这么无动于衷？”

一旁的金发妻子拽着他的西装外套，想让他坐下。他却坚决站着不动，气得脸色发青。

法院的警务人员也在大声地维持秩序，但法庭上依然一片混乱。我一直在找小木槌，虽然敲木槌也不一定能让法庭安静下来，但至少我得尝试一下。可是，不管怎么找，我都找不到。

整个法庭变得一团糟。喊叫声此起彼伏，没有片刻安宁。我根本就没有机会喝令众人停止喧哗，只能眼睁睁地看着这场法庭闹剧愈演愈烈。

这时，旁听席后面的大门打开了。一个在楼下工作的法院警务人员出现在门口，他的手里牵着一个小男孩儿。

那是我的儿子。

我从法官席上一跃而起。恍惚间，我意识到自己的职责还没履行完，于是便含糊地说了一句：“退庭。”

摸不着头脑的法庭职员只得高声喊出退庭的命令，但是她的声音却迅速被嘈杂声淹没了。我飞奔着从检察官、律师和被告人面前经过，他们从没见过有哪个法官在法庭上跑得这么快。就连在法庭上工作了一辈子的法警，也目瞪口呆地看着我。

我来到齐腰高的分隔板前，一把推开小木门，走上了旁听席中间的过道。震惊的托马斯·伯德仍然指着我大吼大叫，但我根本就顾不上他。我快步跑到萨姆跟前，蹲下身，紧紧地把他抱在怀里。

“我爱你，”我不假思索地说，“我真的很爱你。”

我把脸埋在他那丝绸般的金发中，双臂紧紧地箍住他的身体，用力之大，仿佛都要把他体内的空气挤出去了。我闻着他身上甜甜的奶香味儿，摩挲着他背上小小的肌肉，不禁潸然泪下。我把他抱起来，走出法庭大门。我要把他带离这个喧闹、混乱的法庭，那儿给人的感觉不安全。我要保护萨姆，这才是最重要的。

那名法院警务人员跟我们一起出来了。等我们来到走廊时，我才把怀中的萨姆放下。

“他自己爬上台阶，跑到法院门口说要找爸爸，”那个警务人员说，“我们都吓了一跳。”

萨姆一脸困惑。他不明白，爸爸为什么会哭；过去二十多个小时里发生了许多事情，他很可能都不明白。

“萨米，你还好吗？”我弯下腰，跪在他面前说道。我把他从头到脚都好好地打量了一番，查看是否有瘀青、伤口或伤痕，但什么都没有。

他似乎无法立刻作答，只是站在那儿，一动不动。看到我如此失控，他肯定吓坏了。孩子就是情感的镜子，他们会反映出周围的环境。于是为了他，我努力做出一副镇定的样子，但内心却是翻江倒海。我问：“妹妹没跟你一起吗？”

他还是一言不发。我温柔地握住他的双肩。

“萨米，好孩子，爱玛在哪儿呢？”

他带着困惑而痛苦的表情，终于开口了：“她还跟那两个人在一块儿。”

“哪两个……”

这时，萨姆从口袋里拿出了一个小信封。这个信封跟我之前在家门口的纸箱里发现的一模一样，上面印着“桑普森法官大人收”的字样。

“他们说，把这个给你。”他说。

我接过信封打开，发现里面又是一张对折的卡片纸。我把卡片纸展开，上面写着：

这是你听从命令的奖励。如果你想见到女儿，那就继续乖乖

听话。不久，我们就会给你新的指示。切记，在此期间，保持沉默。

“法官大人，一切还好吗？”那个法院警务人员问道。

“没事没事，挺好的。”说着，我站起身来，握住了萨姆的手，“我现在要先带他回内庭。谢谢你把他带到这儿来。他……刚跟他妈妈走散了。不过现在没事了，放心吧。谢谢你。”

“那就好，很高兴能帮上忙。”说完，他就微笑着挥了挥手，转身离开了。

我一把抱起萨姆，迅速返回了自己的内庭。此刻，我已经明白：雷肖恩·斯卡夫朗只是个测验而已，他们想看看我会不会听话；他们真正想要的，跟雷肖恩·斯卡夫朗毫无关系——他们的真正目标，是备审案件表[1]上那四百多个案子中的一个。而当时，我根本就不知道究竟是哪一个。

12

办公室的职员还没来得及问我任何问题——关于我为什么会莫名其妙地放了那个已经认罪的毒贩子，还有萨姆为什么会在上学时间跑到爸爸工作的地方来——我就赶紧收拾好东西，带着萨姆走了。临走前，我快速地嘟囔着说了些道歉的话，还讲了几句不知所云的解释，也许反而让他们更加疑虑重重了。

在回家的路上，我没有再问萨姆任何问题。我知道，艾莉森肯定想听他亲口回答，那还不如等回家以后再问，免得他还得受两次折磨。

我们到家时，她正坐在门廊上等着。我的车刚一穿过树林，来到屋外的空地上，她就立刻从椅子上一跃而起，朝我们跑过来。我在路上给她打过电话，她已经知道两个孩子中只有一个回来了。此刻，她迫不及待地冲到车前，猛地拉开车门，用力之大，差点儿将门把手都拽掉了。

“噢，萨米，我的宝贝。”说着，她把他从车内的儿童座椅上抱下来，紧紧地搂在怀里。她跟我一样，也怀着悲喜交加的复杂感情。抱住了一个，

[1] 备审案件表（docket）：在美国司法体系中，备审案件表是法院官方的诉讼案件摘要信息。

才意识到自己有多么想念另一个。

最后，我们带他进屋，坐在起居室的沙发上。艾莉森坐在萨姆的另一边，脸上带着勉强的微笑。我本来想先让萨姆休息一下，缓一缓神，然后再循序渐进地向他提几个问题。但是，艾莉森显然不是这么想的。

她开口道："萨米，宝贝，关于发生在你身上的事情，爸爸妈妈有几个问题要问你。"

她还没来得及继续说，我就打断了她。身为法官，我深知只有当证人觉得舒服自在时，才能提供更多的信息。

"首先，我们想告诉你，"我边说边飞快地对艾莉森使了个眼色，然后又看向萨姆，"爸爸妈妈可能显得有点儿……担心。不过，那绝对不是因为我们对你生气了。你能回来，我们觉得非常非常开心。而且，无论之前发生了什么，都不关你的事。好吗？"

萨姆点了点头，小脸上露出了忧伤的表情。

"这一切都不是你的错，"我说，"你一点儿错都没有。明白吗？"

他又点了点头。

"小男子汉，你能用说说话回答爸爸吗？"我问。

"能。"他嗫嚅着说道。

"好，真棒。现在，我们要问你几个小问题，你只要尽量回答就行。"

"这对爱玛来说非常重要。"艾莉森补充道。我真希望她没说这句话，萨姆的压力已经够大了。

"答不上来也没关系。"我赶紧说，同时逼着自己露出了微笑，"尽力就好。咱们先回忆一下昨天放学的时候。当时发生了什么？本田车开过来，把你们接走了，对吗？"

"是的。"他说。

"你有没有发现什么跟往常不同的情况？"

"有，车里有《变形金刚》。"

"在哪儿？在座位上吗？"

"不，在电视里。"

这一点引起了我的特别注意：第一，我们是不许孩子看《变形金刚》系列动画片的，因为太暴力了；第二，只有在长途旅行时，我们才会打开车载电视。绑匪肯定以为，给孩子们放动画片会转移他们的注意力，这样他们就不会发现前排坐的是陌生人了。

“宝贝，那当时是谁在开车呢？”艾莉森问。对她来说，这已经成了个大问题。

他用天真的目光困惑地望着她，说：“是你，妈妈。”

“不对，宝贝，那不是妈妈。”她马上说，“那是一个假扮成妈妈的人。”

他答道：“噢。”

“那个人有可能是贾斯蒂娜，”她说，“是贾斯蒂娜吗？”

他马上摇了摇头：“不是，妈妈。”

艾莉森皱起了眉头。我觉得在这个话题上已经问得太多了，于是我说：“然后发生了什么？你们被接走以后，发生了什么呢？”

“嗯……我们开车上了那条大马路，”这是萨姆对17号公路的描述，“但是很快就拐上了一条小路。”

“什么小路？”艾莉森问。

“我不知道。那不是回家的路，于是我说：‘妈妈，咱们要去哪儿？’可是你没回答我。”

“宝贝，那不是妈妈，记得吗？”

“噢。”他又答应了一声。

我不想来回地讨论这个问题，于是说：“拐上那条小路之后，又发生了什么？”

“本田车停了。然后那两个人来了，把我们拽下来，让我们上了一辆货车。”

“给我讲讲关于那两个人的事情，好吗？”我温柔地说。

萨姆在沙发上局促不安地扭动着身子，眼里流露出真实的恐惧。到刚才为止，他只是描述了一次有点儿怪异的放学之旅，此刻才讲到可怕的地方。

他又不说话了，只是来回地看着他妈妈和我。艾莉森把他抱到腿上，用双臂搂着他：“宝贝，我知道你不想说了，但是这一点对爸爸妈妈来说很要紧。你能告诉我们吗？试一试好吗？”

萨姆坐在妈妈的腿上，仿佛获得了勇气，加上他不想让妈妈失望，于是便开口了："他们很坏，我不喜欢他们。"

"他们有没有伤害你？"我问。

他没说话。

"宝贝，怎么了？"艾莉森说着，把他搂得更紧了，"没关系的。什么都可以跟爸爸妈妈说，就算是坏事也没关系。爸爸刚才说了，那都不关你的事。"

于是，萨姆看着我的眼睛说："其中一个人有一把刀。他给我看了。那是一把很大很大的刀。"

这回，轮到我跟艾莉森说不出话了。

"他割了我的头发，"萨姆说，"但是他说，下一次也许就要割我的脖子了。他还说，他特别喜欢割别人的脖子。"

还好萨姆坐在他妈妈的腿上，看不见她的脸。她的脸现在苍白如纸，一点儿血色也没有了。

为了不让萨姆再去想那把刀，我说："好孩子，那两个人长得什么样呀？"

"他们的脸毛茸茸的，"萨姆和爱玛描述一个人有胡子时，就会说他们的脸毛茸茸的，"有好多毛。而且他们说话很滑稽。"

"怎么个滑稽法？"我问，"就像在说外国话吗？"

"对，他们讲话的时候，会发出好多'咯咯咯'和'嘎嘎嘎'的声音。"他边说边用口腔后部模拟出这些声音。

"那他们有没有用英语说过话？"我问。

"有，但是听上去也很滑稽。"

"你是说，听上去好像有口音？"

"对。"他说。

"跟贾斯蒂娜说话的口音像吗？"艾莉森问。

"我不知道。不太像吧。"萨姆说。

这话并没有什么参考价值。一个六岁的孩子经验不足，并不能辨别各种口音。不过，我们已经知道，有两个留着胡子、拿着刀的外国人把我们的孩子带上了一辆货车。更恐怖的是，他们居然还毫不在意地让萨姆看见了他们的脸。他们如此胆大包天，说明他们知道自己根本不会被抓。他们认为自己的计划是万无一失的。

“给我讲讲那辆货车吧。”我说。

“嗯……那辆车比本田车大，有点儿像运货的卡车。但不是那种大卡车。他们让我们待在后面，后面根本就没有座位，所以我们就坐在了车里的地板上。”

“你能看到外面吗？那辆车有没有窗户？”艾莉森问。

萨姆摇了摇头。

“然后就开车了，”萨姆说，“对不起，妈妈，我当时没系安全带，因为那里没有安全带。”

“没关系，萨米。”

“车开了多久？”我问道，心里盼着也许能判断出他们被带出了多远。

“我不知道。”萨姆说。他对时间的感受还不太准确。

“比一个电视节目长，还是比一个电视节目短呢？”艾莉森问。

“跟一个电视节目差不多。”萨姆答道。

那就是半小时。也就是说，他们有可能被带到了弗吉尼亚州东南部约一千平方英里[1]之内的任何地方。我们就算穷尽一生，挨家挨户地敲门，也不一定能找到爱玛。

“然后呢？”艾莉森问。

“货车一直开，一直开。然后，那两个人抓住了我们。他们就是……一下子把我们抓起来了。他们力气很大。”

萨姆边说边比画，还弯曲手指，做出了像鹰爪一样的形状。

“这时候他们把你们带下了货车？”我问。

“对。然后把我们带进屋子里了。”

“屋子周围是什么样的？”我问。

“嗯……都是树。就是，有好多好多树。大树。”

坏蛋把孩子关在森林深处的小屋里。这听起来就像是《格林童话》中的故事一样。

“然后他们把你带到哪儿去了？”

[1] 1 平方英里约为 2.59 平方千米。

“一个房间里。”

“什么样的房间？”我问。

“很小的房间，窗户上还罩着小盒子，”我估计绑匪可能是用硬纸板遮住了窗户，“房间里有一台电视，放着《海绵宝宝》[1]和《爱探险的朵拉》[2]。我问他们，我能不能跟爱玛待在一个房间里，但他们说不行。”

“你有没有试着去开一开房间的门？”我问。

“门锁了。”萨姆说。

“之后发生了什么？”

“嗯……我就一直跟那两个人说我饿了。然后，他们就说：‘闭嘴，闭嘴。’对不起，妈妈。我知道‘闭嘴’是没有礼貌的话，但他们就是这么说的。”

“没关系，宝贝。”她边说边轻轻地摩挲着他的腿。

“然后，我就开始哭。我实在太饿了。再然后，其中一个人就给了我吃的。”

“萨米，他给你的是什么？”艾莉森问。

“花生酱和果酱的夹心面包。”萨姆说。

我和艾莉森交换了一下担忧的眼神。爱玛第一次也是最后一次吃花生酱时，她的眼睛和喉咙都肿了起来，就像河豚一样，在极度痛苦中被送进了医院。现在，我们把家里、车里到处都备好了肾上腺素笔[3]，可我觉得绑匪应该不会想得这么周到。

“他们也给爱玛这种面包了吗？”

“我不知道。”萨姆知道的只有这些了。

萨姆说，他一直哭，结果其中一个毛毛脸的坏蛋冲他大吼大叫，让他赶紧睡觉。我们用各种不同的方式询问他，那两个毛毛脸的坏蛋有没有伤害他，或者以不正常的方式触碰他等。但他的回答一直是否定的。他告诉我们，第二天早上，他跟爱玛被带出房间，塞上了货车。在开了“一会儿”之后，车停了。车门打开时，那两个人叫他跑到法院来说要见我。于是，他就照做了。

---

[1]《海绵宝宝》（*SpongeBob*）：美国系列动画片。

[2]《爱探险的朵拉》（*Dora the Explorer, or Dora*）：美国的教育系列动画片。

[3] 肾上腺素笔（EpiPen）：又称肾上腺素自助注射器（Epinephrine autoinjector），是一种医疗设备，用于注射一定剂量的肾上腺素来治疗过敏反应。

我们努力想从他的记忆中多挖出一些有用的信息，但是他的小脑袋瓜里已经想不到别的了。最后，艾莉森问萨姆是否有什么问题要问我们。

“有，”他说，“爱玛什么时候回家？”

我和艾莉森茫然而绝望地对视了一眼。

“我们不知道，儿子，”我说，“我们也不知道。”

萨姆的额头有着生动的情感表现力。只要有什么事情让他不安，整个额头就会下沉一英寸。他尚在襁褓中时，我管这叫“烦恼脸”。那时候，不管是腹胀还是肚子痛、不开心还是要发火，他都会露出这个表情。

现在，他脸上就是这个表情。

“可是，”他说，“可是……”

艾莉森转变了话题：“萨米，宝贝，你去网飞[1]上挑个节目看吧。爸爸妈妈要谈一些大人的事情。之后，咱们三个可以一起玩游戏。”

“好，等一下。”萨姆说完便匆匆地跑上楼。

过了一会儿，他下来了，手里抱着他最心爱的毛绒玩具。孩子们在小时候总是能收到各种各样的毛绒玩具，你根本猜不到究竟哪一个能荣升为他们的挚爱。对于我的孩子们来说，这份荣誉属于一对泰迪熊，那是我姑姑送的，她住在科罗拉多州，是一个当代嬉皮士。

萨姆和爱玛收到这份礼物时才六个月大。这对泰迪熊的大小、模样和手感深深地吸引了他们。渐渐地，他们越来越喜爱这对泰迪熊，就连长途旅行时也一定要带上它们，晚上睡觉时更是把泰迪熊抱在怀里不撒手。多年来，这对玩具熊经历了各种缝缝补补，也承受了孩子们的鼻涕和口水。如今，它们已经变得破破烂烂、陈旧不堪了。爱玛给自己的那只玩具熊起名叫“萨姆熊”，而萨姆则给自己的那只起名叫“爱玛熊”。

此刻，萨姆的手里正紧紧地抱着爱玛熊。

“好啦，我准备好啦！”他说。

艾莉森夺门而出，不想让萨姆看见她泪流满面的样子。

[1] 网飞（Netflix）：美国娱乐公司，主要提供串流媒体服务和网络影视服务，用户可以在电视、电脑或其他移动设备上通过网飞点播节目。

我把萨姆和爱玛熊在电视机前安顿好，然后就来到客厅[1]。艾莉森正在客厅的沙发上坐着等我。在这里，我们能一边看着萨姆一边谈话，此时我们都不想让他离开我们的视线，好在萨姆听不见我们说话。

“你还好吗？”我一边问，一边在她身边坐下。

“嗯。我只是还没做好心理准备面对爱玛熊，一时控制不住自己。我没事的。”

“真的吗？”

“嗯。”

“好吧，”我温柔地说，“你想谈什么？”

她抓住我的双手，说：“我想把已经发生的事情告诉娘家人。”

艾莉森有两个姐姐，她们三个的童年时光就是跟随父亲不停地辗转于各种军事基地，从韩国到德国，还包括美国国内的一些基地，最后来到了纽波特纽斯[2]附近的尤斯蒂斯基地[3]。艾莉森的爸爸韦德·鲍威尔以上校军衔退役，六个月后死于癌症。当时，他跟艾莉森的妈妈吉娜还没想好接下来要去哪儿。丈夫突然离世，吉娜最终决定哪儿都不去了，就在这里安顿下来。后来，家族中的其他成员也陆续在此安家落户。二姐珍妮和二姐夫杰森是最早搬到这儿来的。接着是大姐凯伦和大姐夫马克，还有他们的四个孩子。我们家是最晚搬来的。

我非常喜欢艾莉森的家人，尤其是我自己已经没什么亲人在世了。我的父母都去世了，我也没有兄弟姐妹。我倒是有一些叔叔婶婶、姑姑姑父和表亲，但他们都住在全国各地，我跟他们每年也就联系一两次，仅此而已。我已经把鲍威尔一家人当作自己的亲人了。

“你想告诉你们家的人。”我重复道，好不容易才忍住没直接说“绝对不行”。

[1] 客厅（living room）：在西方国家，客厅跟起居室（family room）是功用不同的两个房间。起居室主要用于聊天、读书、看电视以及其他一些家庭活动，而客厅则主要是社交的场所，用于接待客人。

[2] 纽波特纽斯（Newport News）：美国弗吉尼亚州的一个独立市。

[3] 尤斯蒂斯基地（Fort Eustis）：美国弗吉尼亚州纽波特纽斯的一处美军基地。

“我们不知道这样的情况还要持续多久，”她说，“你甚至都不知道他们的目标是哪个案子。我们要打算得长远一些，万一是那种会持续好多年的诉讼案，那该怎么办？”

“我们这儿没有那种案子。”我说。事实如此：在司法界，弗吉尼亚州东部地区法院素来有“办案神速”之称。本地法院向来以工作高效而自豪。

“好吧，好吧，就算不是好多年，那也有可能是好几个月。出了这种事，根本就瞒不过我们家的人，最多能瞒多久？一周？我们本来还答应这周日去参加蒂米的生日派对呢！还有下周，我妈说，要我们三姐妹都带着孩子去聚一聚。以后还会有好多好多事儿。我们该怎么办？难道一直跟他们说爱玛发烧了吗？还是干脆不接电话，不开门了？你也知道，他们有时候会顺路来串门的。”

她更加用力地握住我的手。

“听我说，我们并不是要报警，”她继续说，“而且，我们可以跟苏珊娜女士说，我们打算自己在家教孩子学习。她肯定会觉得我们疯了，但那无所谓，反正她已经觉得我们不太正常了。可是，我们……我们必须得告诉我的娘家人。”

她的眼中又一次盈满了泪水，突然脱口说道：“我只是……我需要他们，好吗？”

在这个问题上，我的态度非常坚决。我摇了摇头，说：“不行，艾莉森。我们不能这么做。我们必须装作表面上一切正常。我知道这不容易，可是，只要多一个人知道此事，秘密泄露的可能性就会增添一分。一下子让那么多人知道，那危险性就要按指数剧增了。我们不能这么做。”

“我家里人不会——”

“这太冒险了！”说完，我就意识到自己说话的声音太大了。我压低了声音说：“你想一想，如果有人不小心说漏了嘴，那事态就会像滚雪球一样发展，一发不可收拾。到时候，如果引起了法院的注意，他们就不会让我继续审理案件了。没有人会让一个受人威胁的法官出庭的。那样一来，对于绑匪来说，我就没有任何价值了……”

我迟疑地顿了顿，说：“对他们来说，爱玛也就没有价值了。到那时候，她只是一个对他们不利的证人罢了。”

他们会毫不犹豫地杀了她。谢天谢地，看样子艾莉森已经想到这一点了，我就不必真的讲出来了。

“这样吧，咱们至少再等上几天，”我说，“说不定我明天或者后天就能收到新的指示了，那么这个案子有可能是两周内就会开庭审理的。两周时间，我们还是能坚持的，对不对？”

艾莉森微微地点了点头，我松了一口气。她一言不发地起身走了。我听见她在上楼时发出了抽泣声。

也许我不该这么强硬，也许我应该多考虑一下她的感受。我当上法官的时间虽然还不算太久，却已经明白了这新旧工作之间的天壤之别。一个优秀的立法者要考虑其他人的需求，学会让步和改变。而一个法官，要果断地做出决定，并且坚持到底。

13

我陪萨姆坐在沙发上，一起看完了他在网飞上点播的第二个节目。艾莉森一个人在楼上平复心情。我以为她一直待在楼上，可是没过一会儿，屋后就传来了一阵规律的“噼啪”声。

我不用起身就知道，那是艾莉森在劈柴。

我们搬到“河畔农场”后不久，她就养成了这个习惯。起初，我愚钝地认为，她是以这种纯朴的乡间劳作来代替去健身房运动，毕竟，这对身体也是颇有好处的一种锻炼方式。而且，这栋房子里有三个壁炉，对于需要保暖而密封不佳的南方农舍而言，只有旺盛的炉火才能驱逐严寒。我还傻傻地想过要买一台劈柴机呢。后来我才发现，她既不是想准备柴火，也不是想锻炼。她是在用这种方式调整心态。

我明白，每当有困难需要克服时，她总是会拿起斧子劈柴。只是，此时此刻，哪怕把全世界的树木都劈成柴火也无济于事。

一听到劈柴声，萨姆就变得跃跃欲试，赶紧挣脱了我的怀抱。

“我能去帮妈妈弄木头吗？”他问。

萨姆所说的“弄木头”，其实就是在艾莉森劈柴的间隙，帮她把劈好的柴火搬到一旁，摞成一堆。萨姆并不认为这件事辛苦，相反，他乐在其中。

我快速地权衡了一下：明知道有绑匪在监视，我还愿意让萨姆出门吗？我该不该让艾莉森孤零零地劈柴？最后，我觉得，如果能够参与这项放在以前再平常不过的活动，对萨姆是有好处的。毕竟，我们没法永远把他藏在家里，与世隔绝。

“当然啦，小伙子。”我说，“别忘了戴上你的工作手套。”

我跟着萨姆，一起来到了后院。艾莉森正挥动斧头劈着松木，姿势沉稳而优美。这些年来，劈柴一事，她已经非常熟练了。我在一旁有些入迷地看着，看她把木头劈成两半，再将每一半劈成两块。

每次她放下斧子喘气休息时，萨姆就会小跑过去捡起一块木头，然后抱着木头跑向一旁的柴火堆。在妈妈再次拿起斧子之前，他常常能跑上两三个来回。通常，这是只有艾莉森和萨姆才一起做的事情，而我和爱玛则待在屋里，一起玩游戏、做饭或读书。这是我们之间不必明说的默契。艾莉森和萨姆喜欢运动，而我和爱玛则喜欢安静。

现在，我站在一旁看着我的妻子和儿子忙碌，自己却不知所措。最终我决定加入其中。我以为自己能帮上萨姆的忙，结果却发现我根本就是在添乱。我和萨姆总是跑着跑着就不小心撞上。而且，为了等我让出劈柴的地方，艾莉森总要多等一会儿，因为我比萨姆的块头要大多了。

但是，我们依旧这样忙活着。这个家意外地由四个人变成了三个人，而我们只能努力让自己学着适应。

不一会儿，我们三个都累得满脸通红、气喘吁吁。我们习惯了以前的生活模式，如今每个人都全身心地投入，拼命想让这场只有三个人的舞会也能和谐起来。我太专注了，以至于根本就没注意到有人来，直到对方出现在面前，我才察觉到。来人是艾莉森的大姐凯伦。

“下午好，伙计们，”她说，“这是忙什么呢？”

她困惑地看着我们，尤其是我。我没有换木工装，而是还穿着西裤和皮鞋，白衬衫也扣得严严实实的。

我们都停下来，一齐盯着她。她手里拎着一个可重复利用的尼龙袋。

她把袋子举起来说道："我刚刚去了一趟甘果农场把订的货取了。他们产了不少苹果，多给了我一大堆，我就想着顺路给你们送一点儿来。"

"甘果农场"是附近的一个有机农场。凯伦在那儿订了货，每两周都会去取一次时令的新鲜蔬果。她总是把多出来吃不了的捎来给我们。

她看着萨姆说："萨米，你今天不上学吗？"

"就上半天，"艾莉森临时编了个借口，"今天开家长会。"

"噢，"凯伦说着，开始四下张望，"爱玛呢？"

听到这个问题，艾莉森瞬间愣住了，我也好不到哪儿去。我实在是没法立刻想出一个合理的回答。如果我说爱玛在屋里玩，凯伦肯定要进去看她。如果我说爱玛病了，那凯伦肯定会主动要求照顾她。

结果，趁着我跟艾莉森发呆的时候，单纯的萨姆脱口说道："她跟那两个坏蛋在一起。"

于是，四小时后，一场紧急的家庭会议召开了，前提是不论大家听到了什么，都必须严格保密。很快，我就意识到，凯伦的造访恐怕并非偶然。很可能是艾莉森偷偷联系了她，托她来打听情况，最终使得我们没有退路，只能召开这次家庭会议。

不过，艾莉森也许是对的。我们的确没法瞒住她的家里人。无论凯伦真的只是顺路来送几个苹果，还是在艾莉森的授意下前来打探，其实只是把不可避免的结果提前了而已。鲍威尔家的人关系太密切了，彼此之间根本就藏不住秘密。

我是家中独子，因此鲍威尔姐妹的相处方式始终都让我感到非常新奇。以三十五个月为间隔，这三姐妹依次降临到世界上，从小就被当作三胞胎抚养，直至成年后也依然非常亲密。

在她们之间，存在着一种复杂的动态关系。从很久以前开始，三姐妹就开始互相嫉妒和攀比，比如谁在什么时候得到什么东西啦，谁过得轻松谁过得艰难啦，谁在什么年纪上可以自由选择啦，等等。如今，也许她们总算是长大了一些，不再那样孩子气了。但是，过去的一笔笔账都还历历在目。她们都记得，珍妮很小的时候就得到允许去打了耳洞，艾莉森跟学校乐队一起去英国参加了高中音乐节，而凯伦大学毕业时则得到了家里的那辆二手车。

从某种角度来讲，姐妹之间的相处模式可以说是最为刻薄的。她们深知自己的姐妹有怎样的缺点和怎样的过去，就像父母对孩子一样了如指掌；然而，父母会用无私的爱与宽仁来包容孩子，可姐妹之间却会仗着这份了解，互相吹毛求疵、品头论足。

我敢说，有些时候，她们真的恨不得要打起来了。可是，一旦三姐妹中的某一个陷入了麻烦，或者遭受到外来的威胁，那么她们就会紧紧相依，组成一道牢不可破的战线，共同面对困难。对内是分裂的，对外却是团结的。这就是姐妹情谊，放诸四海而皆准。

孩子们在楼上吵闹着奔来跑去，而大人们则齐聚在楼下的起居室里。艾莉森的妈妈吉娜坐在一把安乐椅上。她显然已经意识到事非寻常，但是却并不慌张，依然镇定自若。作为一名军人的妻子，大概正因有这份淡然，才能走过多年的风风雨雨。

艾莉森的两个姐姐坐在沙发上。沙发的样式是典型的十八世纪英国风格，只能同时坐两个人。

大姐凯伦已经改随夫姓劳威，她的体形和轮廓跟艾莉森很相像，但二人的性格却截然不同。凯伦是典型的家中长女：盛气凌人、率真耿直、泼辣能干，而且颇为自负。自从父亲韦德去世后，她就担起了家长的角色，既在娘家管事儿，又在自己的小家庭里做主。她以前曾在福利管理局[1]工作，但是生了第二个孩子之后，她就辞职在家当起了全职妈妈。她有四个孩子，年纪相邻的孩子都相差两岁，就跟计划好了似的。最小的孩子现在六岁，只比我们家的双胞胎小八天。凯伦提起过，说最小的孩子也到了上学的年纪，她打算重新出去工作了。不过这只是个想法，还没具体实施。

二姐珍妮弗[2]虽然结婚了，却并没有改姓，依然姓鲍威尔。她长得跟艾莉森不怎么像。她的肤色更深，脸形更圆，个子也更矮一些。但是，从性格方面来看，她跟艾莉森的共同之处倒是比较多，她们俩多少可以算得上是闺蜜了。

---

[1] 福利管理局（benefits administration）：指职工福利保障管理局（Employee Benefits Security Administration），是下属于美国劳动局的机构，主要负责管理、调节和施行1974年颁布的《退休职工收入保障法》（*Employee Retirement Income Security Act*）。

[2] 珍妮弗（Jennifer）：即前文提及的“珍妮”（Jenny），“珍妮”是对珍妮弗的昵称。

珍妮在家中扮演的角色比较像是从中斡旋、息事宁人的和平大使，不过这也就意味着她得忍受一些自己并不赞同的事情，直到忍无可忍才爆发出来。她跟艾莉森一样，选择了一份帮助他人的工作，她在本地的一家大型医院做急诊室护士。不过，跟艾莉森不同的是，她没有孩子。这也就使她成了家中名副其实的“酷炫姨妈”，因为她有充足的时间和精力可以陪外甥和外甥女玩耍。

根据我对她们童年的了解，凯伦从小就是个极富进取心的姑娘，她有很多成就，在学校里的一半社团中都担任着副主席或秘书长，而且入围了国家荣誉奖学金评比的半决赛，在毕业时还作为学生代表在班上致辞。而珍妮对于能够丰富个人简历的事情丝毫不感兴趣，她把时间和精力都用在结交朋友上，每一次搬家她都能认识一大堆朋友。艾莉森作为最小的妹妹，仔细地研究了两个姐姐的生活方式，最终决定向凯伦看齐，并且做到了有过之而无不及。她是学校所有社团的主席，入围了国家荣誉奖学金评比的决赛，还作为学生代表在全校的毕业典礼上致辞。

虽然时隔多年，但从某种程度上来讲，她们三个并没有太大的变化。艾莉森仍然是佼佼者，是姐妹中最漂亮的，而且事事都处理得妥帖、恰当。珍妮依然是万人迷，性格开朗、易于相处。而凯伦也还是大姐大，在两个妹妹的一致赞成下，管理着家中事务。

如今三姐妹都已成家了，但我总是搞不清楚，我们三个做丈夫的究竟能否融入鲍威尔姐妹的世界。在她们的舞台剧中，我们充其量也就是配角罢了。

凯伦的丈夫是马克·劳威，他是一个善于思考的人，但他却沉默寡言，心甘情愿地把自己的生活全权交给凯伦掌控。他在计算机行业工作，大部分时间都待在室内，虽然这份工作的性质本就如此，但他的性格也使得他更喜欢待在屋里。他有一头红发，颜色非常鲜艳，他小时候的头发甚至是橘红色的。他的皮肤很苍白，每次出门修剪草坪时，他都要涂上一层厚厚的防晒霜。他是典型的程序员，举行家庭体育比赛时，你并不想跟他一队，可是假如路由器坏了，那你第一个想到的就是他。

珍妮弗嫁给了杰森·本德伦，他是一个职业推销员。跟马克刚好相反，他总是神气活现、高谈阔论。杰森以前曾当过运动员，他的身材高大、健壮。只要吉娜需要找人帮忙搬东西，他就会随叫随到。他十分乐于扮演家中的“强壮女婿”这个角色。眼下，他的工作主要是给市政当局和军队推销大型污水处理设备。由于没有孩子，杰森自己就成了长不大的少年，脑子里只有汽车、足球和枪支。说起来，他跟珍妮弗最初就是在靶场遇见的。

全家人都到齐了，艾莉森坐在壁炉前，看着大家。她的表情紧张不安，这场家庭会议也显得十分怪异。所有人都安安静静地坐着，等待她开口。

艾莉森先说明了基本原则：在座的人绝不能把接下来听到的内容告诉任何人；听完以后，他们绝不能采取任何行动，即便是他们自认为有益或有所帮助的也不行；在事情的处理方面，他们必须尊重我们夫妻俩的意愿，他们扮演的角色只能是听众。

“行吗？没问题吧？”艾莉森问。

等到大家都纷纷点头之后，艾莉森便将一切和盘托出了。

先是吉娜发出了一声惊叫，紧接着珍妮和凯伦也相继惊呼出声。艾莉森一直保持着镇定，直到把所有情况都解释清楚为止。然后，吉娜、凯伦和珍妮便一拥而上，抱住艾莉森安慰她。我能看出来，在跟亲人倾诉之后，艾莉森慢慢地振作了起来。

凯伦毕竟是大姐大，她思维敏捷，很快就接受了这个事实。当众人还沉浸在震惊中时，她第一个打破局面，开始考虑下一步。

“那么，你的计划是什么？你打算怎么做？”

她看着我提出了这个问题。

“就这样，凯伦。我们什么都不做。”我说，故意在说话时用了“我们”而非“我”，“我们打算听从指示，保持沉默。希望这场噩梦能早点儿结束。”

“可你甚至都不知道他们的目标是哪件案子。”她说。

“不管是哪件都一样。等他们联系我，告诉我他们的要求时，我必须照做。我们别无选择。”

凯伦认真地咀嚼了一下这番话。毫不夸张地讲，她下巴上的肌肉真的绷紧了，就像在咀嚼东西。全家人都屏住了呼吸。

“我们不能坐以待毙，”她说，“爱玛还在外头受苦呢！”

“凯伦，”艾莉森厉声说道，“你答应过的。”

“好吧，别着急。我并不是说要报警。我只是说……”她顿了顿，想了一下，

“我是说，我们有没有什么方式能主动联系到这些绑匪？能跟他们对话吗？”

“不能，”我摇了摇头说，“短信的发出号码被篡改了，来电的号码显示也被屏蔽了。”

“嗯……但是通信公司肯定能把号码都查出来。他们可以……”

“没有搜查令，就不能查。”我说，“我是没法瞒着执法机关签署搜查令的。”

凯伦毫不泄气，她看向马克：“你有没有什么朋友可以入侵通信公司的电脑，获取内部信息？”

马克似乎吓了一跳，他轻声说：“亲爱的，我们不干这个。我甚至都不知道从哪儿……”

“算了，我只是在思考各种可能性。”她说，“咱们找人给萨姆催眠，怎么样？据说，成功的催眠师可以让人们想起许多埋藏在记忆深处的事情。”

我用恳求的目光看着艾莉森。她说：“我们已经尽可能地询问了萨姆。就算他能把犯人的长相描述得一清二楚、十分逼真，就算我们拿到了犯人的画像，那又怎么样？我们总不能在警局里张贴通缉令吧！”

“好啦，好啦，我只是想发散一下思维，看看有没有办法，”凯伦说着，看向了我，“咱们得把你手头的案子都系统地理一遍，我敢说，如果我们看得够仔细，肯定能缩小范围，锁定几个可能的目标案件。”

“我的备审案件表上有好几百个案子呢。怎么可能……”

“但肯定有那么几个是迫切需要得出某种判决的吧。”

“凯伦，这是联邦法庭。拿到这儿的案子，都是迫切需要得出某种判决的。上法庭的人，谁都不想败诉。”

“那你有没有先试着找一下？”

“没有，”我说，努力让自己保持耐心，“好吧，假设我把目标案件的范围缩小到只剩下三四个案子。首先，这是不现实的，就算能做到，也至少得花上两个月的工夫。这些先不论，姑且假设我已经成功地把范围缩小了。那么接下来我该做什么呢？难道要跑到这群原告和被告面前，跟他们说：‘你好，请问你有没有威胁我？’”

“你好好说话就行，没必要讽刺挖苦。”凯伦生气地说。

这时，我的岳母开口了："凯伦，亲爱的，他们夫妻俩已经够难过……"

"我知道，我知道，"她说，"如果你们什么都不想干，那我尊重你们的决定。先前既然我答应了，就会言出必行。我只想说，如果是我的女儿被绑架了，我可不会坐在这儿坐以待毙。"

就这样，大姐大凯伦使出了激将法。但是我很平静。毕竟，冲动解决不了任何问题。

不久，这场紧急会议就解散了，有几个家族成员要动身离开了。珍妮弗要上夜班，她跟杰森先走了。而吉娜则嘟囔着说不想开夜车，于是也提前走了。这样一来，就只剩下凯伦、马克和他们的四个孩子了。我很高兴他们能留下，萨姆可以跟表哥表姐一起玩儿，至少这能暂时分散一下他的注意力。

快到晚饭时间了，我们给孩子们订了比萨，艾莉森和凯伦去厨房给大人们做饭。凯伦说要开一瓶红酒，尽管艾莉森最初是反对的，但在凯伦的坚持下，她最后还是同意了。

我估计她们姐妹俩需要一些独处的空间，于是我便邀请马克跟我一起到屋后的门廊上聊天。他是一个很好的谈话对象，而且我一向很喜欢他的为人。在家里，他既是一个全心全意的丈夫，又是一个体贴亲切的父亲，在生活的方方面面都显得沉稳、可靠。相比之下，珍妮的丈夫完全就是个长不大的军事迷，因此我更愿意跟马克说说话。

我们来到屋外，九月的太阳正在我们身后缓缓西落，从约克河对岸向我们洒下一片余晖。马克的一头红发显得更加鲜艳，仿佛熊熊燃烧的火苗。

"虽然这么问有些傻，"他在椅子上坐下后说，"不过，你还好吗？"

我沉默地摇了摇头。我知道他是一番好意，但面对这个问题，我实在不知道该怎么回答。

他继续说："唉，我实在无法想象。就算最恐怖的噩梦变成了现实，恐怕都难及这件事的万分之一吧。"马克并不是一个健谈的人。当她们三姐妹和我们三个丈夫聚在一起时，他几乎从不开口。我明白，他现在正努力地想与我对话。但是，我无论如何都提不起精神跟他谈论这个话题。

"真的很抱歉，"我说，"可是你知道吗？一旦在这件事上多想片刻，我就觉得自己要发疯了。咱们能不能聊点儿别的？"

“啊，当然。天哪，真对不起，我只是……”

“别在意，真的。只是……我需要调节一下心情，咱们还是说说别的吧。”我边说边搜肠刮肚地寻找合适的话题。最后，我终于想到了：“你的工作怎么样了？”

马克急切地想要缓和我的情绪，于是便开始积极地描述自己跟电脑数据之间的纠缠搏斗。他在一家名为“惠普尔联盟”的投资公司工作，负责优化计算机网络。我对这项工作里的复杂细节不甚了解，但我听说，假如交易的完成速度能提高几纳秒[1]，那么包括公司老板安迪·惠普尔在内的交易员们就能在每笔交易上多赚几美分。单看这个数字并没有什么了不起的，可是投资公司一年要完成数百万笔交易，由此产生的结果就是天壤之别了。

以前，马克在位于纽约的惠普尔联盟公司上班。后来，发生了一系列事情，他和凯伦最终搬到了这里。首先，凯伦决定辞掉工作在家照顾孩子，这也就意味着他们全家人将只靠一人的薪水生活，在消费水平颇高的纽约，这并非易事。其次，韦德·鲍威尔过世了，凯伦便一直说想住得离妈妈近一些。因此，马克便说服了上司，允许他在家上班。

从许多方面来看，我们五年前搬来这里时，纯粹是循着他们的足迹。我们当时已有了孩子，于是便回到“家乡”来抚养他们。对于在军队里长大的三姐妹而言，不论先前在哪里停留，这里才是最终的家乡。

在马克说话间，黄昏渐渐来临了。这时，我们的妻子来找我们了。看到她们走得摇摇晃晃的，我便知道他们肯定把先前的那瓶红酒喝完了，而且还开了一瓶新的。在空腹的情况下喝了这么多，她们显然有些醉了。

我在法庭上曾判决被告人接受戒瘾顾问[2]的指导和治疗。如果那些戒瘾顾问看到眼前的情景，也许会说这是一种非常危险的行为：她们在没有能力解决现实问题的情况下，选择用酒精来自我麻痹。但是，我不怪她们。此刻，现实的确太过残酷了。

“你们俩在聊什么呢？”艾莉森问。

---

[1] 纳秒（nanosecond）：十亿分之一秒钟。

[2] 戒瘾顾问（substance-abuse counselor）：一种心理医生，专门帮助对烟、酒、毒品等上瘾的人戒除对这些物质的依赖和滥用。

“我正在给斯科特讲我工作上那些无聊的事情。”马克说。

“哼，工作。”凯伦冷哼了一声，坐下时不小心洒了一点儿手上端着的酒，“那你有没有告诉他，明明都是你干的活儿，功劳却都让盖里和兰吉特抢了？”

凯伦转向我说：“你知道他们在公司里管他叫什么吗？劳威？才不是呢！叫‘劳为人’！辛辛苦苦干活儿，全是为了别人！”

“那只是玩笑话罢了。”马克插嘴道。凯伦没有理他，继续说道：“那两个浑蛋远在纽约，不管马克做了什么，他们都会跑到老板跟前献殷勤。没错，还不是他们的顶头上司，而是上司的上司，是老板！他们就说：‘啊，对对，你是说那个能多赚上百万美元的东西呀？那全是我一个人做的啦！’其实那根本就是马克一个人做的才对！但马克却什么都不说。”

马克不自在地咳嗽了一声，说：“他们……他们骗不了人的。程序代码上都显示得一清二楚呢，每次登录都能看到……”

“你觉得那些交易员懂代码吗？天哪！”凯伦打断道，“你觉得安迪·惠普尔懂代码？他只懂投机赚钱和花天酒地！要是你说他了解真相，那你根本就是在自欺欺人。”

“安迪懂的比你以为的要……”

“好，那你为什么不像我们谈过的那样，要求他给你升职？”凯伦提出，“为什么你不能坚决一点儿？也许斯科特能教教你。法官都是坚决、果断的，对不对？”

喋喋不休的凯伦终于稍微歇了口气。艾莉森清了清嗓子，赶紧冲我使了个眼色：拜托，快想办法让她别说了。

我站起身来，避重就轻地说：“咱们开饭吧。”

14

一台三十四英寸的大显示器在卧室的墙上投下了微蓝的光。

“再倒回去一点儿，”哥哥说，“我想看看第一辆车是什么时候到的。”

弟弟点了点头，在笔记本电脑上按了几个键。外接的大显示器上有三个画面，其中一个画面的录像正在往回倒，先是出现了一辆车，然后是另一辆，接着是第三辆。

“你应该盯紧他们的，”哥哥告诫道，“你就知道玩电脑游戏，我们不是出来玩儿的。”

弟弟没有反驳，他不想再被哥哥教训。

“就是这儿，”哥哥说，“从这儿开始放。”

弟弟点了一下播放键。屏幕上的画面显示了一栋有环绕式门廊的农舍，通过三个监视器传回的录像，兄弟俩可以看到包括房子正面和侧面在内的270度视角的画面。中间的监视器能拍到房子的正面和正门前一百英尺长的部分车道。两旁的监视器冲着两边，能拍到剩下的大片场地，连树林的边缘部分都能看到。

用来捕捉图像的摄像头非常小巧，就算有一只松鼠爬上了安装摄像头的树干，恐怕也不会注意到有什么异常。三个配套的无线传输匣就藏在附近，悄悄地通过网络传输图像。

兄弟俩盯着显示器，看到三辆汽车在二十分钟之内陆续停在了车道上。从第一辆车里下来的是一个老太太，看上去得有七十多岁了。接着，是一对中年夫妇。最后，是一家六口人。

“快进，”哥哥说，“我想看看头两辆车是什么时候离开的。”

弟弟照做了。有一阵，画面几乎没有什么变化，只有太阳在慢慢下落。

然后，那对中年夫妇出来了。很快，先前的老太太也出来了。可是，一直快进到现在的实时画面，也没看到那一家六口出来。他们还在屋里。

“你觉得，我们要不要打电话通知老板一声？”弟弟问。

哥哥没有回答，而是径直走进了厨房，抓起桌上的网络电话。他按下了免提键，然后开始拨号，等待。

“你最好是有要紧的事儿，”电话那头传来了一个声音，“我正在开会。”

“法官家来客人了。”

“都是什么人？”

“总共来了三辆车，九个人。其中几个已经离开了。”

那个声音立刻变得非常紧张：“有警察吗？”

“我看没有。他们只是普通人。”

“好。不过，还是应该警告一下他们，不准再这样做。”

“没问题。你想让我们怎么做？”

“你们看着办，让他们知道知道厉害就行。”

15

我准备洗完碗时，艾莉森走进了厨房。劳威一家已经走了，艾莉森刚才一直在楼上哄萨姆睡觉。好好地吃过一顿饭之后，艾莉森也清醒了一些。

“他乖乖睡觉了吗？”我问。

“嗯，总算睡着了。”她说，一边叹着气，一边在厨房另一头的高脚凳上坐下。

“哄了很久吗？”

“嗯……其实还好。他一直吵着说还没跟爱玛道晚安。于是我们就聊了一会儿，谈了谈对爱玛的思念和内心的害怕。然后我抚摩着他的背，大概又过了五分钟，他终于睡着了。谢天谢地，他今天实在是太累了，多亏有表哥表姐陪着他玩儿。”

“可是，表哥表姐没法每天晚上都陪他玩儿。”我说。

“唉，是啊。我也知道。”她说。

我拿起洗碗布，开始擦一个沙拉碗，同时把渐渐占据心头的担忧提了出来：“你觉得，我们要不要带他去看看儿童心理医生？”

“我也在想这件事，但我不知道这样有没有用。我是说，他不能把全部实情都告诉心理医生。可是，如果对心理医生说谎的话，这么做就没有意义了。”

“心理医生不是要遵守医患保密协定吗？”

“如果他们知道还有一个孩子处于危险之中，那他们就不必遵守医患保密协定了。我查过了，在这种时候，他们有义务向当局报告情况。”

手中的沙拉碗已经擦干了，我一边皱着眉头，一边把它收起来。

“其实，下午家里人来之前，我上网查了一下‘儿童创伤后应激障碍[1]’。”艾莉森说。

“怎么样？”

“嗯……并没有什么心理测试之类的东西可以检验或控制这种情况。我浏览了一些网站，有些孩子会产生这类心理障碍，但有些孩子却不会，这其中并没有一定的规律或一定的原因可循。我们要密切注意萨姆的情况，给予他更多的关爱和支持；如果他开口说话，我们要耐心聆听；要让他明白不管发生了什么，都不是他的错等。”

“也就是说，我们要想办法使他安心，尽管我们自己都忧虑重重。”

“差不多吧。网上还说……”

她说到一半，一对车前灯照亮了厨房后的树林。我们一直处于高度警觉的状态，此时发现异样，便立刻停止了谈话，留心观察着。

“那是不是贾斯蒂娜？”艾莉森说。

“很有可能。”

艾莉森马上起身，快步走到房子前部，好看清楚外面的情况。我紧随其后。

从起居室向外望去，我们能清楚地看到贾斯蒂娜的那辆二手丰田车停在了我们家的本田奥德赛旁边，跟往常一样，紧挨着她住的独立小屋。

“我要去跟她谈谈。”艾莉森说。

“我觉得还是……”

然而，艾莉森已经离开起居室，接着走出房子大门了。她走得太快了，我只能在后面一路小跑追赶。

“艾莉森，等等，我们先谈谈。”

她已经快走到小屋了，脚下的泥土跟鞋子摩擦，发出“嘎吱”、“嘎吱”的声响。我听到远处传来了野狗的吠叫。

“你留下陪萨姆。”她气喘吁吁地说。

“萨姆不会有事的，从这儿能看到咱们家的房子。”我说，“你打算怎么做？”

---

[1] 创伤后应激障碍（post-traumatic stress syndrome, or PTSD）：指个体经历、目睹或遭遇到一个或多个涉及自身或他人的实际死亡，或受到死亡的威胁，或严重的受伤，或躯体完整性受到威胁后，所导致的个体延迟出现和持续存在的精神障碍。

“我说了，我要去跟她谈谈。”

“亲爱的，现在不太合适。已经晚上十点多了，而且你还……”

喝酒了。但是我马上打住，没再继续往下说。

“如果你不想去，你现在就可以回家。”她说。

此刻，我已经追上了她，结果看到她手里攥着一团假发。她肯定是在出门前把它拿上了。我向前跨了一步，挡在她的面前。

“艾莉森，拜托，等一等。就一会儿。”

她终于停下脚步，给了我说话的机会。我赶紧说：“你不能就这么走过去，然后说：‘你好，昨天有人绑架了我们的孩子，而我恰巧在你的衣柜里发现了这顶金色假发。’”

“怎么不能？昨天开车去学校的又不是我。”

“那也不代表就一定是贾斯蒂娜啊！”我说，“我并不确定究竟是不是她，但是你要理智地想一想，她已经帮我们照顾孩子两年了。她非常关心他们，把他们当作自己的孩子。我觉得单凭一顶假发，不能妄下判断。”

“为什么不能？就因为她很漂亮，你想跟她上床？”

我惊得目瞪口呆，这话根本就不像是从艾莉森嘴里说出来的。我一时之间竟不知该如何回答：“噢，艾莉森——”

“我瞧见你看她的眼神了。”她目光如炬地瞪着我说。

“你这样说实在太过分了。我从来没有——”

“而且，我也瞧见她看你的眼神了，分明就是在暗送秋波。她根本就是有严重的恋父情结，而你……你就是她的父亲、她的偶像，她就想——”

“你这是在无理取闹！”

“噢，是吗？贾斯蒂娜刚来咱们家的时候，是医学预科生。现在呢？现在她成了法律预科生！”

“现在的大学生经常会转专业。”

“她还总是问你法律问题。”

“所以，她问我法律问题，就代表她想跟我上床？抱歉，这实在是——”

“那你说啊！你自己说，说你不想跟她上床！”

“我们真的要讨论这个？”我说，“这纯粹是无稽之谈，我没什么可否认的。”

“那是因为你没法否认！你知道自己——”

“好！我不想跟她上床！我不想跟她上床，因为我爱我的妻子，而且我没有兴趣染指一个只有我一半年纪的小姑娘！”

“既然如此，那你为什么要维护她？”

“我没有在维护她。我只是想说，在指控别人的时候，我们应该要谨慎一些——”

“那你还想怎样？非得拿到监控录像才行？噢，对了，她还真被监控拍下来了！”艾莉森说着，便开始用手指一一列举，“我们有学校监控。而且她是除了你我之外唯一有本田车钥匙的人。还有，那些绑匪说话时有外国口音——”

“单从萨姆的描述来看，绑匪有可能来自世界上任何一个国家。”

“我想说的是，我们已经有足够的证据怀疑贾斯蒂娜了。尊敬的桑普森法官大人，有了这些证据，恐怕连搜查令都能批下来了吧？拜托你管好自己的下半身，睁大眼睛好好看看面前的事实！”

我本想反驳她，但还是忍住了。她根本就听不进去，我还不如对着一棵大树自言自语呢。我从来都不知道，艾莉森居然怀疑我对贾斯蒂娜有不轨的企图，而且我也从未发现她对贾斯蒂娜竟怀有这么深的敌意。

她们两个跟孩子们在一起时，看上去非常友好、和谐，就像朋友一样。有时候，在孩子们睡觉之后，贾斯蒂娜会坐在我们家的厨房里，跟艾莉森一起喝茶聊天儿，像是把她当作自己的妈妈一样，毕竟贾斯蒂娜的母亲远在地球的另一边。片刻之前，我会毫不犹豫地说她们俩相处融洽，没有任何问题。

然而，一次绑架事件却引爆了所有埋藏在生活中的炸弹。

“好，我们去跟她谈。”我说，“但是，你绝对不能告诉她孩子被绑架的事情。如果她知道了内情，就会去报警——”

“哼，她才不会去报警。不过，我知道了，我不会说的。”

然后，她就继续迈开脚步，像气势汹汹的斗牛一样，不顾一切地冲向目标。她来到小屋的门阶前，登上煤砖做的台阶，一把拽开了摇晃的纱门。接着，便用手掌重重地拍起门来。

平常，如果孩子们没跟贾斯蒂娜在一起的话，我们从不干预她的生活。如果她愿意来找我们，比如跟艾莉森聊天儿或者问我法律问题，那么我们自然是欢迎的。但是，我们不会像现在这样突然主动去找她。

大约十秒钟后，贾斯蒂娜开门了，她有些吃惊。

“晚上好，有事吗？”她问。贾斯蒂娜的英语说得不错，只有轻微的口音。而且，她在美国待了四年：大学两年，寄宿高中两年。因此，她已经熟练掌握了美式的口语交流和对话习惯。

艾莉森刻意在脸上挤出了一个微笑，说：“我们只是想跟你谈一谈。”

贾斯蒂娜后退了一步，把门又敞开了一些，好让我们进去：“没问题。请进吧。”

贾斯蒂娜深色的长发扎成了一条马尾辫，她穿着一件紧身T恤和一条比T恤还紧的牛仔裤。我赶紧把目光移开了，希望艾莉森能注意到我的避嫌之举。我不再看贾斯蒂娜，而是开始打量四周。屋里的情形一切如常。她的书本堆在饭桌上，沙发上有些杂乱，横七竖八地放着几条毯子和不配套的枕头。卧室和厨房都没开灯。

“我们谈点儿什么呢？”贾斯蒂娜问。

“我希望你能给我解释一下这个。”艾莉森边说边把假发举起来给贾斯蒂娜看。

那顶金色的假发被艾莉森攥成一团，乱糟糟的，看起来就像是被开快车的小太妹碾死在公路上的一团动物尸体。贾斯蒂娜迷惑地看了看。

“这是什么？”她问。

“你认不出来吗？”艾莉森反问。

我依然不敢直视贾斯蒂娜，她穿成这样，我实在不知道该把视线往哪儿放。但是，透过眼角的余光，我能看到她正用目光向我求助。

这可不妙。我什么都不做，艾莉森就已经对我疑心重重了。我下定决心，一定要摆明自己的坚定立场。

“认不出来。”贾斯蒂娜说。

“这是你的，不是吗？”

我冒险扫了贾斯蒂娜一眼。她看起来显得更加迷惑了。

“呃，有可能吧。这是一顶假发吗？”

“没错。你昨天去接孩子的时候，是不是戴着这顶假发？”

“昨天？”贾斯蒂娜说，“昨天是周三啊。周三是法官阁下接孩子的日子，我没有去啊！”

她又一次看向我求助，但我这个“法官阁下”可不是傻子。这会儿站出来帮她说话，可绝对不是什么明智之举。

“贾斯蒂娜，昨天有人把孩子们从学校接走了。那个人既不是法官阁下，也不是我。而是一个开着我们家本田奥德赛汽车的人。那辆车的钥匙，只有你才有。”

“但是我真的没有……”她的声音渐渐变小了。

“没有什么？没有车钥匙吗？”

“不，钥匙就在那儿。”贾斯蒂娜说着，指向了门边墙上的钩子。钥匙一直都放在那儿，这样一来，当我或艾莉森需要用本田车时，也可以轻易找到钥匙。钥匙扣是一个拳头大小的黄铜坠饰，有这么一个又大又沉的东西挂在上面，钥匙就不会被遗忘在口袋里了。这样一来，使用者就会记得在用完以后把钥匙挂在钩子上，方便以后取用。

“那你就是说，你昨天没有去接他们了？”艾莉森问。

“是的，我昨天有课。而且今天您还给我发短信说不用接孩子了，所以今天我也没去。到底怎么了？没事吧？”

“有事，而且我觉得你知道。”艾莉森阴郁地说道。

我终于壮着胆子看了看贾斯蒂娜的脸，她的表情一片茫然。

“你跟我们说实话，”艾莉森盯着她说，“至于如何处理，我们以后再谈。眼下最重要的是孩子们。你回答我，是不是有人花钱雇你去接孩子了？他们是不是威胁你或你的家人了？”

“您在说什么？”贾斯蒂娜说。

艾莉森站在那儿，腰杆挺得笔直。她深深地吸了一口气，然后长长地呼了出来。“不好意思，”最后她说道，“我别无选择。你被解雇了。我要你周末前搬离这里。”

“可是，桑普森夫人，我真的不知道……”

“你可以找一个离学校更近的公寓。我敢肯定空房间多的是。我不能再留你住在这间小屋了。”

“但是,求求您,请别这样。我没有……”她说着,突然转向了我。她想错了,我没有能力帮她求情减刑。

“桑普森法官,您能不能……”

“抱歉,贾斯蒂娜。”我尽量用坚定的口气说。

我跟艾莉森回到家里,关了灯躺下睡觉。虽然我们之间的距离只有两英尺,但感觉却像隔了数千里。

艾莉森沉沉地呼吸着,仿佛要开口说些什么,但是却又忍住了。最后,她说:“关于贾斯蒂娜的事,我很抱歉。”

我不清楚她究竟是为了什么而感到抱歉,是因为指责我想跟贾斯蒂娜上床,还是因为她把贾斯蒂娜赶了出去。但是,不管怎样,我不会拒绝她的主动道歉。于是,我简单地答应了一声:“嗯。”

“假如我错怪了她,我就太可恨了。我自己也知道。但是,我总是不可抑制地去想,我对她的看法是正确的。她如此可疑,我没法忍受她继续在我周围生活。”

“嗯。”我又答应了一声。

“等这桩事了结了,我们就把她请回来。”

“我觉得她不会愿意回来了。”

“难道你认为我错怪了她?”

“我现在已经不知道该怎么认为了。”我坦诚地说。

她沉默了一会儿,然后说:“明天她去上课的时候,我要到小屋去,找一些上面带有她指纹和 DNA 的东西。”

“真是个好主意。”没错,这么做真的一点儿都不伤人。

屋里开了空调,冷风嗖嗖地吹着。我把盖在身上的毯子拉高了一些。

接着,她说:“我……我很抱歉说了你想跟她上床的话。”

“多谢。”我没好气儿地答道。

她朝我翻了个身,只用了一个动作就把那看似两英尺、实则千里的距离消灭了。她飞快地在我的嘴唇上印下了重重的一吻。

“你是一个好男人，斯科特·桑普森。能嫁给你，是我的幸运。虽然我已经快要被眼下的事情逼疯了，但我依然爱你。”

“我也爱你。你要记得。”

我把一条手臂伸到她的身子底下，她将头靠在我的胸前。我紧紧地搂住了她。这才意识到自己是多么需要与人亲近。她那温暖的体温提醒我，面对危机，我不是在孤军奋战。这已是不幸中的万幸，我放任自己享受这一刻，内心倍感珍惜。

这时，门铃突然响了。

我的身体立即本能地做出了反应。我将艾莉森一把推开，迅速跳下床，跑向了朝着房子正面的爱玛的卧室，透过窗户向下张望。

外面一片漆黑。我用目光扫过前院，搜寻着外人入侵的蛛丝马迹，但是却什么都没有发现。

我离开房间时，艾莉森也跟了过来。

“外面有什么情况吗？”

“没有。”说着，我转身与她擦肩而过，快步走向走廊。“至少我什么都没看到。不过，为了安全起见，你还是到萨姆的房间去，把门反锁，在我叫你之前不要出来。”

我能听到她的脚步声在我背后朝着萨姆的房间移动。我迅速下楼，没再到客厅去张望门廊，而是直接转动栓锁，解开防盗链，打开了大门。

我先是向外看，外面跟往常一样，没有什么异常。还是一样的玉兰树，一样的庭院，一样的车道。

然后，我立刻向下看。果然，地上又摆着一个家得宝的纸箱，跟上次的一模一样，顶部用银色的胶布封住了口。我把胶布扯下来，打开纸箱。

我不禁倒抽了一口冷气。

纸箱底部铺满了卷曲的金色头发。

那是爱玛的头发。

我抬起手捂住嘴。他们把她的头发剃光了。我那可怜的、甜美的小女儿，被剃成了光头。我知道，她肯定会拼命哭喊反抗，说不定他们是把她绑起来之后才剃掉头发的。

我双手颤抖地从箱子里拿起了一个白色信封，里面是一张卡片纸，印着熟悉的黑体字：

今晚，你家里来的人太多了。以后可不许搞聚会了，我们已经没头发可割了。

我走到门廊一角，看向外面的黑夜。在我们家和大路之间的这片树林里，有成千上万的藏身之处，也许写信的人就躲在那里。他们不是好奇的邻居，而是监视我们的歹徒。我慢慢地转身，准备回屋。

正在这时，我注意到，又有一个喂鸟器不见了。

16

这一晚，我在不知不觉间竟然睡着了。劳累的身体终于达到极限，不再听从我的意志了。

等我醒来时，艾莉森已经起床了。楼下飘来早饭的香气，我能闻出有咖啡、培根，还有一般在周日才会做的薄饼。今天是周五，"美味薄饼日"提前了两天。

我吃力地撑着疲惫而酸痛的身体爬起来，拖着脚步来到窗前。卧室里的窗台非常宽大，艾莉森把它布置得很温馨。她在这里摆上了枕头，让人可以随时靠坐在窗边，望着潺潺的河流，惬意地休息一下。约克河在此处的河道超过了一英里宽，我们家就坐落在河水的南岸，恰好在切萨皮克湾[1]河口的上游。从这里，能看到约克河的北岸，但看得并不真切，只是朦朦胧胧、如梦似幻。往常，我很喜爱这样的风景。而如今，一切都显得丑陋可憎，就连那闪耀在碧空中的太阳，也叫我心生愤懑。现实于我是如此灰暗，而世间万物竟还是美丽如旧！

[1] 切萨皮克湾（Chesapeake Bay）：位于北美大陆东侧的一处内陆河口，连接大西洋。

我转身走进浴室。慢慢地，洗澡。机械地，刮脸。迟疑地，穿衣。我好想像婴儿一样蜷缩起来，找个地方躲着。然而，我只能不停地强迫自己克服惰性，做该做的事情。

危机发生后的第三天，是一个很奇怪的时间点。第一天，你会完全处于震惊之中。第二天，你会总结情况、考虑对策。可是，等到了第三天，你的世界也许依然是支离破碎的，但你这才发现，不论自己的生活怎样糟糕，太阳都照常升起，地球都照样转动。

艾莉森总是先我一步看清状况，这次也不例外，她已经意识到这一点了。当我下楼来到厨房时，她正在忙着洗碗。

“我给你留了一些吃的。”说着，她朝灶台点头示意了一下，那里放着一盘吃的，外面用锡纸包着保温。

“谢谢。”我说，但是却没有动弹。

“快把它吃了，”她命令道，“你需要补充能量。”

她抬起头看向我，顶着黑眼圈的脸上挤出了一个微笑。她的坚强令我十分惊讶。当我阴沉颓废的时候，她却已经振作起来了，为了我，为了萨姆，也为了爱玛。毫无疑问，她总是家里最坚强的人。剥下虚张声势的外壳，褪去光鲜亮丽的假面，我觉得自己只不过是个色厉内荏、外强中干的人。而她，却是实实在在的铁娘子。

我还记得与她初见时的情景。当时，我们都是大二的学生。她正昂首挺胸、大步流星地从学生活动中心前走过，长长的金发摇曳在身后，浑身都散发着青春蓬勃的朝气。她的一举一动都显得活泼而优雅。阳光从她的身后洒下，将她笼罩在一片灿烂的光芒中，仿佛整个太阳系都在为我们的相遇而祈祷、祝福。我的脑海中只有一个念头闪过：哇，那是谁?

我一反常态地鼓起勇气，径直走到她面前，问她晚上有没有时间。我知道，我的人生一刻都不能没有她了。虽然在初遇时，我就已经见识到了她那非凡动人的美丽外表，但是，我当时并没有发现她身上真正的美好之处是她那颗坚强善良的内心。有时，回首往昔，我不禁惊叹，年仅二十岁的我，一个不谙世事的大学生，居然凭借了不起的直觉爱上了一个如此优秀的女人。

“你真的很棒，你知道吗？”我说。她正在把碗碟装进洗碗机。

“嗯。”她随口答应了一声，手上依然在不停地忙活着。

“我是说真的。”我说。

我还想再说点儿什么，想对她表达我的感激之情，讲讲我是如何钦佩她的坚强，告诉她我有多么欣赏她的无私。我也想跟她说，我在思考我们的关系和在一起的经历，我想到了我们事业刚起步时的艰难岁月，想到了我们一起度过的甜蜜而悠闲的周末，想到了孩子们还在襁褓中时，每天都显得那么漫长，我们累得快要趴下了。还有，我想到了现在正经历的一切。然而，不知怎地，我没法把这些想法都组织成语言，也没法在脑海中理出一个头绪。至于艾莉森，她仍然在忙着做家务，连头都没有抬一下。

“我去看看萨姆，”我说，“然后再回来吃饭。”

“好。”她嘟囔着应了一声，我起身离开了厨房。

晚上睡不着的时候，我一直在想，萨姆会如何面对这一切。没有了爱玛，他早上该怎么起床？如果他一时忘了，还等着爱玛叫他，那该怎么办？

我在起居室里找到了他，他正在用玩具汽车模拟一场赛车比赛，嘴里一边学着汽车发动机的声音，一边还做着比赛实况解说。爱玛熊在一旁的沙发扶手上当观众。

“好孩子，你觉得怎么样？”我问。

“挺好的。”他说。

“睡得好吗？”我又问，因为我知道创伤后应激障碍的一大表现就是睡眠问题。

“还行。”他简单地答道。跟他妈妈一样，他也没有抬头看我。

我看了他一会儿，他似乎玩儿得很满足。

“我爱你，儿子。”

“我也爱你，爸爸。”

我觉得这样已经不错了，暂时也没法奢求更多。于是便返回厨房，端过艾莉森给我留的早饭，在餐桌边坐下。

“我已经给我的学校打过电话了，”艾莉森一边擦着厨房的柜子，一边说，“咱们俩得有一个人陪着萨姆，你显然是不行。我跟学校说要休一次长假。我不想以生病为借口，天天打电话临时请假。毕竟，他们也得计划一下，我不在的时候，要如何分配工作。”

“好。”我说。

“我还给孩子们的学校也打了电话，说双胞胎生病还没好。靠这个借口，至少能撑过这周。下周一，我再给他们打电话，就说我们打算自己在家教孩子学习。要想不引起怀疑，恐怕只有这一个办法了。我们不能让萨姆一个人去上学。”

“嗯，没错。”我说。

“还有，我在网上找了一下，有一家位于威廉斯堡[1]的实验室可以帮我们做 DNA 和指纹鉴定。如果我们肯多付点儿钱，他们能做加急鉴定，大约三周内就能收到结果。我打算把贾斯蒂娜的一些私人物品寄过去，让他们帮忙跟纸箱里的东西比对一下。当然，我只给他们信封、三明治包装袋之类的东西，绝不会让他们发现端倪。也许这么做根本没用，但是如果能做点儿什么，我会觉得好过一些。”

她勉强对我微笑了一下。这时，我才发现，她逼着自己做了多少事情。起床、做早饭、查找 DNA 鉴定的实验室，她之所以能在狂风暴雨中迎头而上，并非因为她已经不屈不挠地振作了起来，而是因为她付出了巨大的努力，强迫自己前进。

“你今天早上到底几点起床的？”我问。

“噢，我晚上几乎没睡。”说完，她就转移了话题，“那些关于儿童创伤后应激障碍的网站上说，要尽可能地恢复正常生活，这一点很重要。按照上面的说法，其实我们应该送萨姆回去上学。既然现在不行，我们就得带他参加一些别的有益活动作为代替，比如出去玩儿、骑单车之类的。我打算今天带他去生物博物馆。”

弗吉尼亚州生物博物馆[2]就在附近的纽波特纽斯，那里有许多小动物，足以让孩子们享受一段快乐的时光。不过，动物的数量毕竟有限，一旦全看遍了，

---

[1] 威廉斯堡（Williamsburg）：美国弗吉尼亚州的一个独立市。

[2] 弗吉尼亚州生物博物馆（Virginia Living Museum）：位于弗吉尼亚州纽波特纽斯，是一处露天博物馆，馆内展出许多弗吉尼亚州当地的动、植物，均为博物馆饲养的活物，并非生物标本。

就没那么有趣了。

“这主意不错。”

“凯伦和珍妮会陪我们一起去。”

“好。”我说。

珍妮弗在医院上班，轮班制度跟一般的工作不同，而凯伦是家庭主妇，因此她们都有时间。对于这一点，我觉得非常感激。艾莉森需要她们的陪伴。而且，能跟妈妈和姨妈们一起出去玩儿，萨姆也肯定很高兴。

“那我准备准备就出门了，”她说，“晚上见。”

她走过来，轻轻地吻了一下我的脸，然后就上楼了。

我一边狼吞虎咽地吃着薄饼，一边忙着看手机，浏览昨天下午我突然消失后发来的邮件。前几封倒是无关紧要，可以暂时略过。突然，屏幕上闪过了一封邮件，显示发件人是约翰·E. 拜尔斯，关系亲近的朋友都叫他“杰布”。杰布·拜尔斯是里士满第四巡回上诉法院的首席法官。联邦法院不是普通的公司企业，当然是不存在什么上司和老板的。然而，假如用这类概念打个比方的话，那么他就是我上司的上司。

据我所知，拜尔斯出身于弗吉尼亚州一个古老的望族，家中子弟几乎个个都有出息，不是地位显赫的公务员，就是家财万贯的企业家，要么也是寄宿学校的正校长。生在这样的家族，如果不做出一点儿显著的成就，都觉得无地自容。

我跟他有过几面之缘，但是他基本没有给我发过邮件。这封邮件的标题是“谈话”。还没打开，我就有了不祥的预感。

“桑普森法官，”内容写道，“关于‘美国诉斯卡夫朗案’，我想跟您谈谈。如果可以的话，最好是今天。不知您何时有空？”最后落款写的是：“杰布。”

焦灼感瞬间扑面而来。一般来说，法官们不会互相谈论彼此的判决意见，就算对方的判决下得再荒唐，也不会过问。没错，拜尔斯法官可以通过三人合议庭[1]推翻我在“美国诉斯卡夫朗案”中所做的判决，但是他无须事先征求我的意见。

[1] 三人合议庭（three-judge panel）：由三名法官共同对案件进行审理的庭审组织模式。

那么，他为何要跟我谈这个案子？我能想到的原因只有一个，那就是跟1980年颁布的《司法行为规范与失职处理法案》[1]有关。该法案规定了对失职法官的处理办法，其中提到，所有对司法不端的投诉都需送交巡回上诉法院的首席法官。自从该法案颁布后，大部分投诉都来自判了刑的重罪犯或愤愤不平的律师，前者主要是趁此机会发挥想象力来一次虚假指控的报复，后者主要是由于没有得到自己想要的判决结果而不满。首席法官在收到此类投诉后，通常会迅速加以驳回，并不对当事法官采取任何措施。

不过，一旦首席法官从某个投诉中嗅到了苗头，觉得事出有因，那么他就会展开调查。首席法官会先给涉事法官打电话，给对方一次解释的机会。

这是一项不成文的礼节，是出于对法官自治这一传统的尊重。但同时，这也是展开弹劾的第一步。

17

在开车前往诺福克市的四十分钟里，我一直在心里反复练习着各种版本的说辞，以便在跟拜尔斯谈话时能用上。

然而，不管哪个版本，听上去都不怎么可信。无论如何，斯卡夫朗都该进监狱待上十几年才合理。他是有罪的，从他签订认罪协议的那一刻起，这就是不争的事实了。而且，无论是涉案毒品的重量，还是过往的犯罪历史，抑或其他判刑因素，全都证据确凿、无可辩驳。就连为他辩护的律师都建议法庭做出十二年监禁的判决。

我设想了谈话中有可能会出现的内容，但是，一想到拜尔斯会问我为什么要放过这样一个恶棍，我就无计可施了，估计只能是结结巴巴地顾左右而言他。这样一来，就彻底坐实了拜尔斯及其他人对我的怀疑：

我被人收买了。除此之外，还能怎么解释一个法官为何会下令释放一

[1]《司法行为规范与失职处理法案》（*Judicial Conduct and Disability Act*）：美国于1980年10月1日颁布的法案，规定只要通过一定的程序，任何人都可以就失职或行为不端等问题投诉联邦法官或联邦司法系统的其他工作人员。

名已经认罪的毒贩呢?

好吧，眼下还有一个合理的解释，那就是真相。但我不能对他和盘托出，否则将会引发一连串灾难性的后果。

到达沃尔特・E. 霍夫曼法院大楼时，我根本就没想好对策，只能一脸茫然地盯着这栋宏伟的灰色石灰岩建筑，这里是我每天工作的地方，是联邦政府权力的象征。我走进大楼，拼命让自己表现得神色如常，努力回忆以前的情形，那时还没有人觉得我被收买，那时我以为自己的女儿放学后会平安回家。

联邦法院就像一个小小的星系，而联邦法官就像星星一样，时刻都被别人悄悄地关注着。多数有经验的法院职员，在法学院学习了两年多，接受了足够的法律教育，因此对于案件的审理判决，他们都有自己的看法。一旦哪位法官做出了富有争议的判决，整个法院的职员就会议论纷纷。

问题是，没有一个人敢直接对法官提出意见。大家都只是在一旁悄悄地偷看法官，等他走远了，才开始窃窃私语。人人都在谈论你，可是却不对你说，把整个联邦法院搞得就像初中食堂一样。

我希望在这些流言蜚语中，能有一些为我辩护的声音。一直以来，我都用尽可能友善的态度对待法院里的所有工作人员。无疑，有些法官根本不屑如此，他们觉得自己才是主角，其他人的工作都不重要，于是便天天戴着一张傲慢的面具，就像他们身上穿的法官袍一样威严、不可侵犯。对此，我始终不太理解。在我看来，法院里的所有工作人员，不论是打扫卫生的，还是下达判决的，从某种程度上来讲，都只是在司法工厂里共事的劳动者罢了。我们的职责都一样，那就是确保这条司法流水线能正常地运作。更进一步地说，在法律面前，我们人人平等。身为法官，更不应该忘记这一点。

因此，我会对遇到的所有同事微笑，叫出他们每一个人的名字，并且对他们足够了解，就像他们了解我一样。比如，我可以告诉你，本・加德纳是一位和蔼可亲的法院警务人员，在过去大概五十年的时间里，一直在法院员工通道处站岗。他是阿拉巴马大学橄榄球队的铁杆儿粉丝。我认识海克特・鲁伊斯，他是一个性格急躁、容易激动的看门人，平时也负责清洁地板。最近，他感到非常骄傲，因为他的女儿考上了法学院。我还知道蒂卡・琼斯，她在中心文员办公室工作，喜爱人们夸奖她的发型，因为她总是在理发店花上数个小时来鼓捣头发，时而编成辫子，时而接上新发。

也许这些友谊有点儿肤浅，但如今会不会发挥一些小小的作用呢？他们会为我说话吗？还是也跟别人一样在背后怀疑我？

单单走进大门问个好，就已经让我觉得很负担了。对本·加德纳说完第一句“早上好”之后，我差点儿就落荒而逃。这样强颜欢笑地跟他谈论阿拉巴马队的后防线，让我觉得对不起爱玛。可是，不知为何，我竟然能保持着这幅假象，故作镇定地通过安检，上了电梯，最终来到内庭的大门前。

我的直属工作人员有五个，他们负责的工作内容互有交叉。因此，每当遇到什么事情，他们总是会团结协作、一起处理，就像集群的鲱鱼[1]一样：虽然是许多个体，但目标一致、共同前进。通常，他们都会轻松和谐地一起工作。可今天，我估计他们肯定是如坐针毡。尽管我免遭流言蜚语的正面攻击，但所有的质疑和闲话肯定都冲着他们去了。

我深深地吸了一口气，努力做出最勇敢的表情，然后推开了办公室的大门。我要让他们觉得我看起来很自信，并没有受到闲言碎语的影响。

“早上好，诸位，早上好。”点头，微笑。

“我很好，谢谢。你呢？”微笑，点头。

“稍等，我要先打个电话，二十分钟之后再说。”

我一路提心吊胆地来到自己的办公室，赶紧走进去，把门关上了。我放下公文包，挂好外套，取下电话听筒，好让别人以为我在打电话。

然后，我一下瘫倒在椅子上，把脸深深地埋在双手中。

过了一会儿，我抬起头来，目光落在了一个木制相框上。相框里镶嵌着一张照片，是我们两年前带双胞胎去布希乐园[2]时拍的。当时，两个四岁的小家伙已经学会了一些新技能，包括自己穿衣、自觉上厕所、完整地说出长句子等。因此，我们做父母的也终于从手忙脚乱中解放出来，得以跟这两个小宝贝一起共享幸福时光。那一天，阳光灿烂，每个人的心情都非常好。我们

---

[1] 鲱鱼（herring）：一种分布于北太平洋西部的鱼类，有集群洄游的习性。

[2] 布希乐园（Busch Gardens）：由海洋世界娱乐公司（SeaWorld Entertainment）经营的游乐园，在美国有两处：一处位于弗吉尼亚州的威廉斯堡，还有一处位于佛罗里达州的坦帕市。

坐了小火车，吃了冰激凌，还去了“恐龙王国”的儿童玩耍区。

桌上的照片拍的是双胞胎在坐旋转木马。当时，他们俩坐的旋转木马从远处转过来，我赶紧抓拍了一张，角度刚刚好。萨姆就比爱玛靠前一点儿，这跟他俩的出生顺序也一样。他们的小脸非常天真、可爱，洋溢着孩子特有的纯洁笑容。他们的小手紧紧地抓着旋转木马上的柱子，细细的小胳膊勇敢地对抗着旋转带来的离心力。爱玛的卷发有几缕飘在一旁，显得活力满满。萨姆正瞪着眼睛，张嘴发出开心的大喊。

此时此刻，我仔细地看着照片上的爱玛，突然发现了一个以前从未发现的细节。照片上的她并没有像萨姆一样看着远方，而是直直地看着哥哥萨姆。他快乐，所以她才快乐。是啊，这就是双胞胎：其中一个欢笑的时候，另一个也会忍不住跟着笑。

然而，现在情况不同了。现在，她被关在一间小小的卧室里，剃光了头发，哥哥也不在身边。没有人能跟她一起欢笑，也没有人能让她安心。绑架她的人丝毫不关心她的生命，只是把她当作一个高风险的谈判筹码。

她孤身一人。

我移开目光，将那张照片放进了抽屉。再多看一眼，我都觉得受不了。我走进办公室内的专用洗手间，往脸上泼了一些冷水，然后重新回到桌边，把电话听筒放了回去。纵使我百般不想、千般不愿，但是时候重新面对这个世界了。

这时，我发现手机上收到了一条短信，发信号码还是昨天的那个900。内容如下：

今天《华尔街日报》上的文章很有趣啊，不是吗？

18

我这才想起来，昨天《纽约时报》给我的内庭打过电话，《华尔街日报》也因为我而找过富兰克林议员。我居然把这些事儿都忘得一干二净了！

我手忙脚乱地打开电脑，在搜索引擎中输入“斯科特法官 华尔街日报”。排在搜索结果第一位的是一篇题为“瞩目！制药巨头聚焦弗吉尼亚法庭”的文章。文章写了一个名为“帕尔格拉夫诉阿波提根”的专利侵权案。原告是一个叫帕尔格拉夫的人，他声称自己的专利权遭到了侵犯。我对他并不熟悉，但是却一眼就认出了被告方。被告方是阿波提根制药公司，在美国超过半数的医药箱里，都能找到这个公司生产的药品。

《华尔街日报》称帕尔格拉夫一案“虽然迄今为止都少人问津，静静地归档于弗吉尼亚州东部地区法庭，但是却极有可能成为美国历史上最大的专利诉讼案”。

“少人问津”这个说法其实太保守了，我作为东部地区法庭的法官，根本就不知道还有这么一个案子。不过，这倒并不奇怪。一般来说，只有到了需要我对证据事实进行预先裁决时，或者至少是诉讼当事人与我手下的法院职员开会时，相关案件才会进入我的视线。据我所知，这桩案子还没有展开类似的进程。

专利案？所以绑匪的目标是一个专利案？

我的脑海中迅速闪过数个念头，思考的齿轮开始飞快旋转，我不得不强迫自己沉下心来，开始读这篇文章。我很快就看明白了，当事双方争执的焦点是下一代他汀[1]类药品，如今约有两千五百万美国人正在服用这种胆固醇药物，随着婴儿潮[2]出生的一代人年纪渐长，未来服用此类药品的人数会大大增加。他汀类药品可以抑制身体产生低密度脂蛋白，也就是所谓的有害胆固醇，同时还可以适当促进身体产生高密度脂蛋白，即有益胆固醇。

他汀类药品的发展前景与 PCSK9[3] 抑制剂息息相关。科学家指出，有一些先天胆固醇过高的人，尽管身体状况良好，但是在三四十岁时就会出现第一次心脏病发作，那是因为他们体内有大量的 PCSK9 蛋白质。

另一方面，有少数人的 PCSK9 基因天生就有功能缺陷或严重障碍，因此

[1] 他汀（statins）：一种降血脂的药物。研究表明，他汀可以降低心血管疾病的发病率和死亡率。

[2] 婴儿潮（baby boom）：指在某一时期及特定地区，出生率大幅度提升的现象。美国的婴儿潮时期通常指“二战”后 1945-1961 年间，在此期间，全美有超过六千五百万婴儿出生。

[3] PCSK9：中文全名为“前蛋白转化酶枯草溶菌素 9”，是一种由肝脏合成的丝氨酸激酶，会导致体内低密度脂蛋白累积。

他们只有极少的 PCSK9，或者根本就没有。这类人群体内的低密度脂蛋白水平极低，就算他们吸烟、有糖尿病或身材肥胖，也很少会患上心脏病。

科学证明，如果能找到消除或减少 PCSK9 的方法，那么就能大幅降低体内的低密度脂蛋白水平，从而减少乃至消除患上心脏病的风险。毕竟，心脏病在美国是死亡人数最多的疾病，堪称“头号杀手”。

这一发现在制药行业中掀起了一阵激烈的竞争狂潮。为了研发 PCSK9 抑制剂，各大制药公司不惜一掷千金，招揽顶尖人才，采购最新设备，满心期待自家的研究团队能第一个喊出：“成功！”

阿波提根制药公司声称已经率先研发成功，并为该药品的商标注册为“普瑞瓦利亚”。现在，普瑞瓦利亚已经进入临床试验的最后阶段了。不出意外，几个月后，食品及药品管理局[1]就会批准它的生产发行。

《华尔街日报》称普瑞瓦利亚是“下一个立普妥[2]，在 2011 年专利保护失效前，立普妥是史上最畅销的处方药，达到了 1250 亿美元的销售额”。跟立普妥一样，普瑞瓦利亚的目标也是成为数千万美国人长期使用的药品，到时候服用者在有生之年内每天都会吃这种药。只要拿到专利权，制药公司就能确保在此后的二十年间合法垄断这种药品的生产和销售，从中牟利数十亿。

“随着上一代他汀类药品失去专利保护，他汀药品市场变得死气沉沉，非专利他汀药品的生产正在走向低成本、低利润的低迷时期。”《华尔街日报》报道说：“可是，有了普瑞瓦利亚，阿波提根制药公司仅凭一枚小小的药片就有可能重振他汀药品市场，并且独霸该市场十年乃至更久。”

阿波提根制药公司的首席执行官巴纳比·罗伯茨认为，这个设想一定会成真。他在接受采访时告诉《华尔街日报》：“这起诉讼毫无法律依据，我们将会动用一切法律资源来捍卫自己的合法权益。原告方只不过是个想象力丰富的淘金者，妄图借机牟利。我们绝不会让一个人无聊的白日梦阻碍这项造福人类的产品走向市场。”

---

[1] 食品及药品管理局（FDA）：美国联邦行政管理部门之一，隶属于美国公共与卫生服务部的联邦机构，主要负责通过对食品和药品的监管来保护并促进公众健康。

[2] 立普妥（Lipitor）：他汀类药物的一种，本名阿托伐他汀，“立普妥”是该药物的注册商标。

文章快结尾的时候，才写到了我，提及我曾为布雷克·富兰克林议员工作，当然也提到了“那起事件”。文中还说，在我担任法官的四年中，还从未遇到过如此引人注目的大案子。

“斯科特·桑普森是一位杰出的法官，他已经用事实证明了自己的不偏不倚、公正无私。”文中引用布雷克的话说，“我坚信本案的判决将会是公正、公平的。”

我记起前一天自己和布雷克的谈话。当他问我手头是不是有一个“药品案”时，我以为他指的是斯卡夫朗的那个违禁药品案。原来，他说的是阿波提根制药公司的案子。他以为我是因为这个案子才心神不定的。

毫无疑问，他这么想，是完全有道理的。如果我听从凯伦的建议，按部就班地研究一下备审案件表，找找哪个案子的诉讼双方有必要冒着敲诈勒索法官的风险来争取胜利，那么这桩案子无疑会轻轻松松脱颖而出，成为最有可能的选项。

看完《华尔街日报》的文章后，我又点进了“理性投机”网站，昨天正是这家网站的记者打来了电话。听杰里米的意思，这家网站专写一些不入流的八卦报道。结果，我发现情况比设想的要复杂许多。史蒂夫·波利蒂发表的报道是“阿波提根胜诉无望——大型专利诉讼案开庭在即，原告方诉讼请求打动法官”。

这行标题就像一记耳光打过来。什么？我被打动了？我什么时候被打动的？几分钟前，我听都没听说过原告方的诉讼请求，怎么就被打动了？

我接着向下看，文中写道，“斯科特·桑普森法官身边的知情人士”说我“准备支持帕尔格拉夫”，还说我正在对阿波提根制药公司施加压力，令他们妥协，因为“原告胜诉是必然的”。

这个所谓的“知情人士”只是波利蒂自己虚构出来的吧。

胃里传来一阵滚烫的灼烧感，我忍不住冲着电脑屏幕愤恨地咒骂起来。这下，大家都以为我的办公室里出了个什么知情人士，而且我还会把各种乱七八糟的想法都告诉他，悄悄地给他透露一些绝密的信息。如此一来，人人都会更加留心地关注我。可是，偏偏在这个时候，我已经因为斯卡夫朗的案子要接受审查了。

再往下看，情况就更糟糕了。报道的结尾处有一条更新，不对，是一条“最新资讯！！！”

“自本篇报道发表之后，阿波提根制药公司的股票价格大幅下跌。今日开盘价格是 92.72 美元，现在已经下跌了 6.44 美元。诸位，跌幅达到 7% 啊！恭喜诸位做空[1]的高手！”

波利蒂没有费口舌解释其中的运作规律。众所周知，对于股票而言，市场预期是颇为重要的。阿波提根的股票价格跟新药普瑞瓦利亚能否成功息息相关。看了这篇报道，股票分析师难免会担忧诉讼案不容乐观的前景有可能带来不良后果。波利蒂的虚张声势、危言耸听竟然能引起现实世界里真金白银的增减，这让我感到愤慨不已。

最令我生气的是，这篇报道严重扭曲和捏造了我的形象，而我对此却毫无还手之力，只能看着这个满口谎言的博客徒生闷气。我把电脑显示器当成了波利蒂，狠狠地戳了一下开关。

有几分钟，我就这么气呼呼地坐在那儿，满肚子都是对这个记者的仇恨。然后，我长长地叹了一口气，重新把显示器打开了。冲着一个网站大发雷霆是无济于事的，眼下最重要的是拯救我的女儿。

还有一篇报道没查，说不定这一篇带来的关注度和造成的影响力更大。我返回搜索引擎，输入“斯科特·桑普森法官 纽约时报”。

《华尔街日报》关注的焦点是“帕尔格拉夫诉阿波提根案”涉及的市场问题，而《纽约时报》则从人性角度出发，将这桩诉讼案称为“当代的大卫与歌利亚[2]”。

此时，我已经完全了解这个事件中的“歌利亚”了，而这篇报道中则介绍了被比作“大卫”的丹尼·帕尔格拉夫。他是一个不受雇于任何公司的自

[1] 做空（sell short）：股票、期货等投资术语。在股市上，当投资者对股价看跌时，可以从证券公司、信托公司等金融机构借入股票并卖出，这些股票并非投资者实际持有，这种做法被称为做空或卖空。在实际交割前，这些售出的股票必须被重新买回归还给借出者。如果股价按预期下跌，那么股票购回价肯定低于之前的售出价，投资者就获利。反之，如果股价上涨，购回价高于之前的售出价，投资者就会遭受损失。

[2] 大卫与歌利亚（David and Goliath）：指《圣经·撒母耳记》中记载的大卫与歌利亚的故事。歌利亚是一个高大的腓力士将军，带兵进攻以色列军队。由于他拥有无穷的力量，无人敢出来应战。最终，年幼的大卫打败了他，并在日后统一以色列，成为著名的大卫王。

由化学家，平日里开着一辆老旧的旅行车。他改造了这辆车，以用过的植物油当作燃料。那些植物油都是他亲自去饭店里收集的，为此，他跑遍了自己居住的宾夕法尼亚州中部小镇的大小饭店。

帕尔格拉夫是一名科学奇才，十三岁时成功申请了人生中的第一项专利，十七岁大学毕业，二十一岁就拿到了博士学位。此后，他接连在几个制药公司从事产品研发工作，但是却对于这类公司的狭隘视野深感不满。最后，他决定自己单干，于是便在家中成立了一个实验室。没有了老板的干预，他终于可以随心所欲地试验各种出人意料的革命性想法。当他觉得正在进行的实验将要有所突破时，他能不眠不休地连续工作三十个小时以上。一旦有了新的发现，他就去申请专利。然后，他再设法引起大公司的兴趣，让他们能把自己的创新成果投入生产，并投放市场。

迄今为止，他最成功的一项专利是一种酶，可用于生产低致敏性的婴儿食品。只是这笔生意在两年前就没得赚了。那家一直为这项专利掏腰包的公司已经跑去购买另一种酶了。

不过，当他正忙着寻找下一个发财机会时，却突然发现自己其实已经坐拥一棵硕大的摇钱树了。早在六年前，他就曾经折腾过 PCSK9 蛋白质。他推测 PCSK9 跟糖尿病有关，于是草草地弄了个 PCSK9 抑制剂出来，并且赶紧申请了专利。结果后来发现，他提出的 PCSK9 跟糖尿病有关的理论是完全错误的，所以他就把这事儿抛在脑后了。直到几年前，各大制药公司纷纷在PCSK9抑制剂的研发上狠下重金，相关的新闻报道也层出不穷，他才又记起了这回事儿。

他本可以站出来，当即宣布自己才是这场角逐的胜利者。但是，帕尔格拉夫知道，从市场角度来看，他的 PCSK9 抑制剂不够切实可行。他并不知道要如何大量生产这种抑制剂，而且，他的抑制剂不能口服，必须直接注射到血液中。不过，他有专利权，可以证明自己是第一个发明 PCSK9 抑制剂的人。因此，他只要耐心地等待就行了，哪个公司先将 PCSK9 抑制剂投入临床试验，他就起诉哪个公司。

根据专利权法，你原本打算将自己的发明用于何种用途，并不要紧。如果你发明了一种网，本来想用它抓蝴蝶，结果有人想用它来捕鱼，那么专利权依然属于你。等到阿波提根制药公司开展第三阶段的临床试验——大规模药物试验，也是取得食品及药品管理局批准许可前的最后一步——他就立马向法院提出了诉讼。

在这篇报道文章的中间，放了一张丹尼·帕尔格拉夫的照片。他戴着一副约翰·列侬[1]式的圆形眼镜，眺望着远方。灰色的长发扎成了一条马尾，胡子一直垂到胸前，圆鼓鼓的肚子向外凸着。

撰写报道的记者没有采访到帕尔格拉夫，不过，文中提到了他的律师罗兰德·希曼斯的回应。这名律师是“克兰斯顿与希曼斯”律师事务所的合伙人。该事务所位于切萨皮克[2]，主攻专利法领域的案件，麾下约有五十位律师。他们负责的案子多数都在弗吉尼亚州东部地区法庭审理，因为这里素来有“办案神速”的美名。专利权案是颇重时效性的，原告往往都希望能尽快得到结果。

“帕尔格拉夫先生的重大发现能帮助数以千万计的人摆脱心脏病的威胁，对此我们深感欣慰。”希曼斯说，“但是，阿波提根制药公司完全无视此药是由帕尔格拉夫先生率先发现的事实，在尚未取得专利使用权之前，他们无权擅自将此药推向市场。”

《纽约时报》也没有采访到阿波提根的首席执行官。不过，文中援引了该公司新闻发言人的话：“阿波提根制药公司强烈谴责对本公司的专利侵权指控，并将全力维护自身的合法权益，坚决反对恶意诬告，绝不接受谈判协商或庭外和解。”

这篇报道到此就结束了，但我的目光还停留在最后这段话上，反复咀嚼其中的含义。

绝不接受谈判协商或庭外和解。

因此，有人便采取了绑架孩子这种极端的手段。他们心里清楚，只有这个办法才能确保自己得到想要的结果，除此之外别无他法。

狂风骤雨般的现实扑面而来，我这才意识到自己的处境有多么凶险。这是一桩大案子，牵涉数十亿美元，而且还与心脏病治疗的未来息息相关。无

[1] 约翰·列侬（John Lennon，1940—1980）：英国摇滚乐队“披头士”（Beatles）的成员，常戴一副镜片为正圆形的眼镜。

[2] 切萨皮克（Chesapeake）：美国弗吉尼亚州的一个独立市。

论是从我个人的角度还是从职业的角度来看，这都是前所未有的大诉讼案。

从投机取巧的小网站到大型主流报社，大批的新闻媒体都将时刻关注着案件的进展。全美国都在看着，全世界都在盯着。这群观众，人数众多。他们都期望我做一个公平公正、不偏不倚、沉着冷静的裁决人，一个法律权威的象征，一个掌控全局的“尊敬的法官大人”。

然而，我什么都掌控不了。绑匪们已经证明了，他们才是掌控一切的人，就连我的头发往哪边梳，都由他们说了算。即便他们让我光着身子不穿衣服上法庭，我也得照办不误。我只是个木偶，被看不见的手用无形的线牵制着。而且，如果我在执行命令上出现了哪怕一丁点儿差池，付出的代价就有可能是我女儿的生命。

一时间，面对庞大的现实，我呆若木鸡、心惊胆战，只能抱着胳膊静静地坐在椅子上。我觉得双腿发软，已经站不起来了。我努力回忆多年前在瑜伽课上学过的冥想法，试图让自己镇定下来，但我只觉得恶心想吐，根本无法平稳气息。而且，我也没法把思想放空，相反，我的大脑中就像交通高峰期的十字路口一样拥堵不堪，无数的念头都争着抢着要冲出来。

假如我再想一想爱玛，想到不管我在经历着什么，她遭的罪都要比我多出十倍，那么我就恐怕要晕过去了。于是，我拼命集中注意力去想艾莉森。我想起她砍柴的样子，每一次挥臂都是一次情感的宣泄。我想起她今天早上有多么坚强，想起她为我们家付出的努力，想起她绝不屈服的模样。她跟我一样心存疑惧，但仍然强撑着挺起腰板、面对生活。

我的目光看向桌上的另一个相框。艾莉森的所有照片里，我最喜欢这一张了。虽然是在婚礼那天拍摄的，但却不是传统的新娘捧花照。照片中的她坐在镜子前梳妆，镜头冲着她的背影。可能有人叫了她的名字或跟她打了招呼，她正应声回头。相机抓拍到了她回眸时的侧脸，而另一半脸则映在镜子中。两张侧颜虽然角度略有不同，但是都写满了希望与乐观。在她即将结婚的日子，在新生活的第一天，她对无尽美好的未来满怀憧憬。

照片中的女人能战胜一切困难。那么，她选择的男人当然也不能示弱。

我勉强抬起胳膊伸向鼠标，关闭了浏览器，然后转向案件管理系统。我想看看，除了两大报纸和一个不负责任的小网站提供的报道之外，“帕尔格拉夫诉阿波提根案”还有没有什么别的信息。

根据时间表，下周一要召开一次审前会议[1]。这是个好消息，意味着本案的进展比我设想的要快。

虽然在审前会议召开之前，还有一些庭前步骤要进行，但那些都在我的职责范围之外，所以这个案子才没有进入我的视线。首先，帕尔格拉夫要提交诉状。然后阿波提根要做出回应。接下来，双方代表律师便参加当事方会议[2]，在会上开始讨论双方的争论点（通常是所有方面）和赞同点（一般根本就没有）。同时，他们还会讨论证据开示的问题，这决定了双方将向对方开示哪些证据，如向法庭提交的纸质文件或电子文档以及出庭做证的证人等。

接下来，法院就会召开审前会议，在会上对审判日程进行安排。通常，这些细节工作都由杰里米·弗里兰和珍·安·斯坦福来负责。一般来说，就算是“办案神速”，大型专利案的审理前后也得花上一年时间。

一想到将有那么长时间见不到爱玛，我就感到心痛如绞。

我浏览着诉状和答辩状，只觉得胳膊越来越沉，就像灌了铅一样。我已经明白案子要向什么方向发展了。这一类专利案的审判结果常常取决于马克曼听证会[3]。

“马克曼听证会”这一术语源于 20 世纪 90 年代中期最高法院的一个重要判例，即“马克曼诉威斯幽仪器公司案[4]”。当时，最高法院面临着如下的争论：专利的保护范围究竟是法律问题还是事实问题？二者之间有着重要的

[1] 审前会议（Rule 16B Conference）：依据《美国联邦民事诉讼规则》第 16 条 B 项，在开庭审判前，法院需召开一次或多次由当事人及其律师参加的审前会议，同法官做非正式交谈。目的是提高庭审质量，促进庭外和解。

[2] 当事方会议（Rule 26F Conference）：依据《美国联邦民事诉讼规则》第 26 条 F 项，诉讼双方在提交诉状和答辩状后，应召开由当事双方代表律师参加的当事方会议，明确争议焦点。

[3] 马克曼听证会（Markman hearing）：又名“释义听证会（Claim Construction Hearing）”，是一种美国地方法院的审前听证会。在专利案中，当原告提出专利侵权指控时，依照惯例，法院应举行马克曼听证会。其间，法官通过审查各方证据，确定专利声明中相关关键词的恰当含义。

[4] 马克曼诉威斯幽仪器公司案（*Markman* vs. *Westview Instruments*）：美国最高法院 1996 年判例。该判例的焦点集中在“对于专利声明的解读究竟是法律问题还是事实问题”，其区别主要在于，法律问题是由法官判断的，而陪审团则负责判断事实问题。

区别，因为在司法体系里，陪审团判断事实问题（如被告人是否杀人），而法官判断法律问题（如杀人是否违法）。

在马克曼一案中，最高法院裁定，专利权在本质上是由法律规定的，保障了专利发明者在一定时期内独享产品专利的权利。因此，法官必须对单项专利的保护范围做出释义，决定何者包括在该专利的保护范围之内，而何者则已经超出到该专利的保护范围之外。同时，当事各方均需就如何解读特定的声明内容说服法官，其实也就是引导法官顺着他们自己的思路进行判断。

在马克曼听证会中，法官的判决也称为“马克曼判决”，对于诉讼案的后续发展影响重大。实际上，马克曼判决常常可以一举定胜负。如果该判决对原告有利，那么被告就会提出庭外和解。任何一个理智的被告辩护律师都不会让自己的委托人在这种情况下出庭接受审判，因为被告败诉几乎已成定局，而且将会是惨败。

反过来，如果该判决对被告有利，那么有时原告就会干脆撤诉，因为这样的官司再继续打下去，只会变成一场耗资昂贵而胜利无望的苦战。

马克曼听证会将在整个案件审理过程的早期举行，远远比最终的开庭审判日要早。因此，无论对我还是对爱玛而言，这都是个好消息。

战线已经非常明朗了。双方都认为自己是正义的，都觉得自己握有令人信服的证据，都迫切地需要得到我的支持。并且，有一方甚至采取了极端的手段来达成目的。

可是，究竟是哪一方？

自然而然地，我立即开始怀疑这个一心赚钱的大型制药公司就是邪恶的一方。在阿波提根这么大的公司里，上到首席执行官，下到员工，不知有多少人都顶着巨大的压力要确保这项至关重要的新产品顺利上市。

我弯腰凑到电脑前，敲了几下键盘，在“维基百科”上找到了“罗伯茨”的词条。

他是英格兰人，简历上写着他获得了牛津大学和剑桥大学的学位。从网上的照片来看，他的样子就像是个慈祥和蔼的老爷爷，一头雪白的头发，不过却仍然剪成了毛头小子的发型。他已经在阿波提根制药公司担任首席执行官二十年了，并因此成为在财富500强企业中任职时间最长的首席执行官之一。

他看起来完全不像绑架犯。不过，他既然能够在首席执行官的交椅上坐了这么久，肯定是一个强硬、果断的领导者，能够预见问题并主动解决。今天阿波提根的股价大跌，我能轻而易举地想象出诸位大股东惊慌失措地打电话给他，提心吊胆地问，罗伯茨先生，你打算怎么办？而他会安抚他们说，别担心，一切尽在掌握之中。然后，他会打电话给亲信的部下，确认一切都按计划进行。而那个部下，就是负责策划绑架我孩子的人。

另一方面，一想到丹尼·帕尔格拉夫，我的脑海中就勾勒出一个胡子拉碴的科学家，成日里开着一辆用植物油做燃料的破旅行车。要我把他想象成一个绑架犯，还是有点儿困难的。

那他的律师呢？那就说不准了。我对律师并无成见，因为我自己就在法庭上亲眼见过许多非常可敬的律师。但是，那种为了名利而不择手段的律师还是存在的。这件案子的原告若能胜诉，他的律师将会分得数十亿美元的三分之一。这笔财富足以引诱任何人了。

我不认识罗兰德，他从未在我的法庭上露过面，因此我便开始在网上搜索关于他的信息。“维基百科”没有他的词条，不过我在《弗吉尼亚律师周刊》[1]上找到了一篇介绍他的文章，旁边还配有两张照片。

其中一张照片拍的是他正站在自己的律师事务所前，把整个门框都撑满了。他简直就是个巨人，身高至少得有六英尺八英寸[2]。他肤色黝黑，黑色的眉毛非常浓密，而脑袋上却光秃秃的。他的衬衣袖子卷了起来，露出肌肉发达的小臂。他就像是动物群体中强壮的雄性首领，居高临下地俯视着相机镜头，仿佛这小玩意儿是他接下来将要征服抢夺的战利品。

另一张照片拍的是他正搂着妻子，那个女人腰肥体圆，块头也很大。

据这篇文章说，八十年代时他是弗吉尼亚大学篮球队的队员，并且得到了去欧洲打职业赛的邀请，但是为了上法学院，他拒绝了。他把对运动的热爱转移到了打高尔夫球上，并曾经在两杆之内就获得了参加全美公开赛[3]的资格。

---

[1]《弗吉尼亚律师周刊》（*Virginia Lawyers Weekly*）：首发于 1986 年，主要为美国执业律师提供法律信息，如今在纸质刊物之外，还提供网页版刊物及邮件订阅等服务。

[2] 1 英尺约为 30.48 厘米。

[3] 全美公开赛（US Open）：指美国一年一度的全国高尔夫公开锦标赛。

身为律师，他常年主攻专利法，最厉害的特长便是将复杂的高科技案例的案件描述转化成非职业法官[1]和陪审团能充分理解的措词表达。

文中引用他的话说："当年我打篮球时，有幸遇到了几位杰出的教练。他们是非常优秀的老师，能把各种概念都解释得清晰明了，因此队员们也个个心悦诚服。庭审也是如此。我就是在引导陪审团接受我的观点。"

文章里还写到了他的一些个人信息。他住在纽波特纽斯，家中有妻子和两个十几岁的孩子。放假时，他会去打猎和钓鱼。文中绝大部分的内容主要是按照时间顺序细数他在法庭上取得过的胜利。几年前，弗吉尼亚州黑人律师协会还授予了他"年度律师"的荣誉称号。

但有趣的是，虽然这篇报道显得辉煌耀眼，但是我却能感觉到罗兰德·希曼斯的野心远远未得到满足：他打过美国大学篮球联赛，但是却没能打入美国职业篮球联赛[2]；他的高尔夫球技可以击败乡间俱乐部的人，但是职业选手只要几杆就能赢了他；就连他那些法律上的成就，虽然属实，却总显得欠一些火候。终于，在经历了多年的辛苦打拼后，他迎来了这个千载难逢的良机。一旦成功，他就能名垂青史了。

这样一个人，会不顾一切全力以赴地抓住机会吗？

当然。他一定会。

我不会对巴纳比·罗伯茨放松警惕，但是我觉得罗兰德·希曼斯才是我要找的人。

19

我正打算再多了解一下跟希曼斯有关的资料，这时，琼·史密斯从隔壁办公室打来了电话。

"喂，史密斯夫人。"我说。

---

[1] 非职业法官（lay judge）：指在民事诉讼的庭审中负责协助法官的人。

[2] 美国职业篮球联赛（NBA）：始于1946年，是一个由北美三十支队伍组成的男子职业篮球联盟，为美国四大职业体育联盟之一，也是世界上水平最高的篮球赛事。

“法官阁下，很抱歉打扰您，不过拜尔斯法官的内庭从里士满打来了电话。拜尔斯法官问，您现在是否方便通话？”

焦灼感瞬间就回来了，我还没想好该如何跟巡回上诉法院的首席法官解释昨天那莫名其妙的判决。

可是，我没法再拖延了。他事先给我发过邮件，在没有收到我的回复的情况下，现在直接打来了电话。这是摆明了不许我回避。唉，如果换作是我，怀疑自己的辖区内有一个法官涉嫌受贿，估计也不会轻易善罢甘休吧。

先前好不容易赶走的软弱无力又卷土重来，这一次不只是双腿，连整个身体都没有力气了，拿在手中的电话听筒显得重如千斤。

“法官阁下，您还在吗？”

“在，在。把他的电话接进来吧。”我说。

“好的，请稍等。”

史密斯夫人挂断了电话，我忐忑不安地等着拜尔斯的声音传来。我对拜尔斯的了解基本只来自传闻和网络。他是一位前任联邦检察官，如今则是一名监督法官的首席法官，负责维护法官一席的神圣与尊严，并为司法独立而努力奋斗。他公开反对强制最低量刑[1]，曾在国会小组委员会前发表了著名的证词，指责他们将法官变成了“分配刑罚的机器”。从联邦司法体系的方方面面来看，他都是一个光明磊落、值得尊敬的人物。

“喂，桑普森法官，感谢您接听我的电话。”从口音听来，他俨然是一位典型的弗吉尼亚绅士。

“哪里，这是我的荣幸，拜尔斯法官。”我拼命地捏造出一种沉着、冷静的声音，尽管我的内心正在翻江倒海，“您有什么事吗？”

“昨晚我给您发了封邮件。不知道有没有——”

“我看到了。我正要给您打电话呢。”

“嗯，谢谢。我希望您能……”他刚开了个头，便话锋一转，“是这样的，您瞧，我完全明白，身为一名法官，做出的每个决定都是有原因的，而普通大众或其他……对内情不尽了解的人可能无法充分理解这些决定。所以，

[1] 强制最低量刑（mandatory minimums）：美国法律规定，犯下某些罪行的人一定要被判刑，至少接受最低监禁量刑。这是法律对法官的司法自由裁量权的限制。

我希望您能不吝赐教，谈一谈您在斯卡夫朗一案上的想法。”

上帝保佑他！对于法官在自己法庭上的自主权，拜尔斯真的是给予了十足的尊重。其实，他完全可以直接质疑我的判决。

“没问题，”我说，“不过，我能不能问一下，您为什么想听这个？”

这句话怎么听都显得十分防备。

“呃，当然可以。我……唉，其实，昨天的庭审上有一个父亲出庭做证了，那个父亲是？”

“托马斯·伯德。”我说，他在庭审上的表现实在令人难以忘怀。

“对，没错。托马斯·伯德。伯德先生似乎跟诺福克中学关系匪浅。他是学校的董事会成员。而他的儿子……”

“迪伦。”

“对，没错，迪伦。迪伦在诺福克中学好像颇受欢迎，他在学校的一个朋友是迈克尔·雅各布斯的儿子。”

我吓得差点儿把电话听筒给扔了。迈克尔·雅各布斯的名字如雷贯耳，他是国会议员，是弗吉尼亚州第二选区[1]的共和党代表。跟普通的政客不同，他丝毫没有沾染众议院里四处弥漫的争强好胜、口无遮拦和不择手段。他以前是一名在中西部服役的海军中士，退伍之后便来到弗吉尼亚州落脚，靠着开连锁洗车店赚了一大笔钱。他坚定地支持国防、支持老兵，这一点在竞争激烈的第二选区成为了重要的竞选筹码，因为当地选民有不少都是现役或退役的军人。此外，他还为自己打造了朴素的平民形象，不仅把头发都剃光了，而且还骑着自己的哈雷[2]摩托车去参加竞选。

“这两个孩子都是棒球队的队员，从小一起长大，两位父亲的关系似乎也很好。”拜尔斯说，“坦白说，您下达的判决严重激怒了伯德先生。他给雅各布斯议员打了电话，而后者则当即打给了自己的好友吉思议员。”

听到这里，我越发觉得心惊胆战了。

[1] 弗吉尼亚州第二选区（Second District of Virginia）：美国国会在弗吉尼亚州的一个选区，包括阿可麦克郡、北安普敦郡、弗吉尼亚海滩市以及诺福克市和汉普顿市的部分地区。

[2] 哈雷（Harley）：全名哈雷－戴维森公司（Harley-Davidson, Inc.），是美国的摩托车制造商，公司成立于1903年。

尼尔·吉思也是一名共和党人，担任众议院司法委员会[1]主席。宪法有着多种限制司法权的规定和措施，而吉思担任的职位无疑是其中最重要的一个存在。美国司法会议[2]的所有弹劾意见都需经他过目。

“然后，吉思就打给了我，让我务必密切关注此事。”拜尔斯说，“当然，我绝不想让您或任何人觉得，我会让政治上的地位和权势来影响我对事实的判断。”

“不，当然不会。”我说。然而我们两个都心知肚明，这纯粹是冠冕堂皇的谎言。

“而且，我必须要强调一点，此刻只是在进行初步问询而已。”他说话的方式让人明显能感觉到，在初步问询之后还有后续措施，“不过，接下来恐怕至少在表面上还是会有一些……抱歉，我觉得，如果您能详细解释一下，那么大家就能更好地理解您的决定。作为这个案子的法官，您是最为熟知内情的，我还是希望您能跟我谈一谈。”

“好。”我一边答应，一边仍在努力地消化这些突如其来的新情况。

雅各布斯和吉思都是强敌，而拜尔斯是我目前可以用来抵抗他们的主要防线。按照前面提到过的《司法行为规范与失职处理法案》，只有首席法官才有权决定是否要成立特殊调查委员会来进一步处理对法官的投诉。所谓特殊调查委员会，基本上就跟西班牙宗教裁判所[3]一样，只不过是由一群法官组成而已。特殊委员会将调查意见上交至美国司法会议，后者的成员也都是法官，他们经过投票决定是否将该意见移交至国会。

或者，首席法官也可以驳回投诉，以息事宁人。这是我迫切需要的结果。我必须得编出一个能触动他的故事出来。

---

[1] 众议院司法委员会（House Judiciary Committee）：是美国众议院的常务委员会，负责监督联邦法庭、执法机关及联邦法律执行机构的司法执行。

[2] 美国司法会议（US Judicial Conference）：前身为“高级巡回法官会议”（Conference of Senior Circuit Judges），于1922年由美国国会创立，旨在制订用于司法法院管理的政策和规则。

[3] 西班牙宗教裁判所（Spanish Inquisition）：于1480年由天主教双王（即阿拉贡国王斐迪南二世和卡斯提尔女王伊莎贝拉一世夫妇二人）共同创立，旨在维护王国内天主教的正统性。

“嗯……我知道，这个判决非比寻常，”我试图先让拜尔斯相信，我并没有丧失对事实的判断力，“而且我也并不是经常如此。其实，我从来没有……起码在我的记忆中，从来没有如此偏离量刑准则的做法。因此，我完全理解此事会引起关注。而且……您干这一行有多少年了，杰布？”

我这样突然叫出他的昵称，也许显得有些太过亲密了。但是我必须让他觉得我们是朋友，而且还是同事。

“我记得到今年十月份就满二十二年了。”

“在这二十二年中，您坐在法官席上，是否曾有过这样一种感觉，觉得内心深处对某人或某事产生了强烈的感触？”

“当然。”

“那么，也许您就能明白我昨天的感受了。我知道，在外人看来，我似乎蛮不讲理。但我只是……当时，我看着被告人，”我不想提他的名字，免得让拜尔斯觉得我太感性，“我被他的……真诚深深地打动了。他说……”

我顿了一下，突然想到拜尔斯也许会查看庭审记录，那么他就会发现斯卡夫朗根本没说几句话。

“他说的并不多，但他说话的样子令人十分感慨，”我继续说，“有一种……难以言明的感觉。这个人身上有一种实实在在的真诚，杰布。我觉得如果能再给他一次机会，他一定能……”

这话实在是站不住脚，连我自己听着都不信。我得抓紧扭转局面，把故事编得像样一点儿。

“我明白这个人已经有过很多次机会了。但是，在他身上有某种令我深感触动的特质，让我不禁想起了……唉，他让我想起了一个故人，那个人获得了第二次机会，并且因此改变了人生。”

“那个人是谁？”拜尔斯问。

“噢，这无关紧要吧。”

“嗯……我倒觉得这一点挺重要的。这就是为什么人们有时会不理解我们所做的决定，有一些看似客观的事情的确会变得非常主观。”

拜尔斯显然产生了兴趣，我简直都能感觉到他正在贴近电话听筒。机不可失，时不再来，我得趁热打铁，顺势把这个话题展开。没错，杰布，别人不明白这份工作有多么艰难。我们法官也是有血有肉的人，不是自动售货机。

“说起来，也是陈年往事了。他是我在工作中遇到的一个年轻人。当时，我还在富兰克林议员的办公室就职，那起枪击事件也还没发生，”我拼命从自己那过去的悲惨中榨取博人同情的部分，拜尔斯肯定也知道我当年中枪住院的事，“议员鼓励我们积极参加社区活动，于是我便自愿担任了‘青少年会[1]’的导师。我负责辅导的那个年轻……”

“他叫什么名字？”拜尔斯问。

我的大脑突然一片空白。我赶紧翻开放在桌角上的文件，这是一份集体诉讼案[2]的诉状。原告名单的第一个名字是“凯斯·埃克顿”。

“凯斯。”我说。

第二个名字是“罗德尼·布鲁姆恩萨尔”。

“凯斯·布鲁姆。”我接着说，“他是……他是一名非常优秀的运动员，橄榄球打得很好。但是，他在阿纳科斯蒂亚[3]的一个街区里长大，那里很混乱，常有年轻人误入歧途。他惹了事儿，被警察抓起来了。当时他已经年满十八，不再是未成年人了。我和凯斯谈了很多，他也明白事情的严重性，于是我劝他在庭审时对法官坦诚地讲出心里话。我觉得，任何明眼人都能看出来，对于凯斯来说，那一刻是人生的十字路口，不同的方向决定着不同的命运。而那位法官，他……他宽恕了凯斯，尽管这有违量刑准则。最终，免遭牢狱之灾的凯斯凭借橄榄球特长获得了大学的奖学金。现在他在一所高中工作，担任数学老师，同时兼任校橄榄球队的教练。他凭借自己的力量，改变着孩子们的命运，做了许多好事。我向您保证，如果他当年进了监狱……”

“那他学到的东西跟在大学里学到的就截然不同了。”拜尔斯突然插嘴道。

“嗯，是啊。可是，那位法官并没有把他当作一个惹是生非的黑人小伙，相反，法官看到了他那巨大的潜力。结果，凯斯以实际行动报答了那位法官给

[1] 青少年会（Boys & Girls Club）：指美国青少年会（Boys & Girls Clubs of America, or BGCA），这是一个全国性组织，为青少年提供课后辅导。

[2] 集体诉讼案（class action）：一种特殊的诉讼案件，当事方之一是由多个人组成的，并由其中一人作为集体代表。

[3] 阿纳科斯蒂亚（Anacostia）：华盛顿特区里一处历史悠久的地区。

予他的信任。我觉得，多数时候，我……我在法庭上见不到凯斯·布鲁姆那样的人。但是昨天，我觉得自己在被告人身上看到了某种特质。庭审时，他的整个家族都来到法庭陪着他。在被捕之前，他一直在努力工作。直觉告诉我，如果我能给他一个机会，他也会像凯斯一样珍惜它，最终证明这个决定是正确的。”

“那么，您的意思是，这个结果是出于道德和良心的判断？”

“是的，没错。这是一个非常主观的决定。”

这个故事显然打动了拜尔斯，令他颇有感触。他不停地表达着自己的赞同，最后我确信他暂时不会对我采取什么行动了。

等我们礼貌地互道再见、挂断电话之后，我才开始考虑这个故事将会带来的后果。

这位巡回上诉法院的首席法官也许会相信我的话，认为我真的是出于一片好意。那么，他就会出面替我周旋，而迈克尔·雅各布斯和尼尔·吉思早晚会对此事失去兴趣，到时候他们自然就去别处寻乐子了。若果真如此，那可算是从枪林弹雨中死里逃生了：我可以保住法官的职位，按照绑匪的要求做出判决，从而把爱玛救出来。

不过，拜尔斯也有可能会发现凯斯·布鲁姆纯粹是我虚构的人物。

那么，这枪林弹雨可就齐齐地射向我的脑门了。

我根本来不及去洗手间，只能一把将废纸篓拽到面前，接着就吐了个昏天黑地。

20

过了大约半个小时，其间我尽力清理了呕吐物和嘴里残留的酸臭味儿，然后继续瘫在椅子上，浑身软弱无力。这时，我听到了轻轻的敲门声。

来人肯定不是琼·史密斯，因为她的敲门声非常强劲有力。在我手下工作的法官职员都不敢擅自打扰我，只有两个人可能会在办公室关着门的时候来找我。既然不是史密斯夫人，那就只能是另一个人了。

于是我说："请进，杰里米。"

杰里米·弗里兰走进我的办公室，脸上带着神秘莫测的微笑。

"很抱歉打扰您，"他说，"只是发生了许多事，所以我想来看看您是不是还好。"

"谢谢，"我说，但愿他别闻到空气中残留的呕吐味儿，"请坐。"

他顺从地坐下，交叠双腿，把手放在了膝盖上。

"我听说拜尔斯法官给您打电话了。"他说。

他用一种十分含蓄、态度模糊的方式把话题挑了起来。杰里米肯定想过了，颇具争议的判决加上首席法官的电话，情况肯定不妙。但是，他并不明说，而是等着看我的反应。

"我们谈得不错。"我说。然后，为了稍微满足一下杰里米的好奇心，我补充道："当然，他主要是想跟我谈谈斯卡夫朗一案的判决。我们交换了意见，觉得身为法官，大多数时候都应遵守量刑准则，但是在极少数情况下，直觉判断会让我们做出连自己都感到意外的决定。而对我来说，斯卡夫朗一案就是如此。"

我能看出来杰里米想问为什么，但是良好的礼仪习惯使他忍住了。我觉得松了一口气，我实在是不想再讲一遍凯斯·布鲁姆的故事了。知道的人越多，谎言就越容易被揭穿。

杰里米没有在判决的原因上多做纠缠，而是问道："您觉得拜尔斯会理解您的做法吗？"这显然是他最大的担忧。

说白了，意思就是：麻烦解决了吗？我需不需要开始准备递简历换工作？

"他当法官已经有很多年了。他自己也有过几个跟斯卡夫朗案相似的判例。"

"噢，那就好，"杰里米说，"说点儿别的吧，我估计您今天上午应该已经看过那些跟帕尔格拉夫有关的报道了吧？"

我点了点头。

"那个投资网站您也看了？"

我忍不住翻了翻白眼："天哪，快别提了。那写的都是什么啊！"

"噢，这么说，那不是……"

"杰里米，千万别跟我说你信以为真了。"

“呃，这个……我知道您没有跟这个记者谈过，但是我以为您也许是不小心对某个人透露了一些想法……”

上帝啊！

如果连我手下的职员都以为“理性投机”上的文章有事实依据，那么其他人会怎么想？

“绝对没有！”我坚定地说，“那个人写的报道全是他自己的臆想。在今天早上之前，我压根儿就不知道还有这么一个案子。”

“对了，关于这一点，我真的非常抱歉。居然让您通过新闻报道来了解这个案子，这是我的严重失职。”他说，“我在备审案件表上看到过这个案子，但我当时并没有意识到它的重要性，否则我一定会——”

我打了一个停车的手势制止了他：“别这么说，这不怪你。真要说起来，我还不如你。我根本就没在备审案件表上看到这个案子。”

“唉，这可真是……按理说，一看是专利案，再看还有‘克兰斯顿与希曼斯’事务所，难免会想：‘哼，又来了。’如果我当初看到了罗兰德·希曼斯的名字，我肯定会停下来仔细研究研究的。”

他刚说出“希曼斯”这个名字，我就产生了兴趣。我发觉他似乎对这个人有所了解，于是便问：“你以前跟他共事过吗？”

“几年前他参与了里士满的一个上诉案。我本来打算今天上午再回顾一下那个案子，有很多细节我已经记不清了。那是……六年，不对，八年前吧？”

“你觉得他怎么样？”

“还行吧。”

“我在《弗吉尼亚律师周刊》上看到了他的照片。他看起来很高大。”

“对，他是个大块头。”

“还有呢？我想了解一下他的性格。”

杰里米重重地叹了一口气：“我有很久没见过他了，不过……我觉得，他是个很有野心的人，对于自己的目标咬定不放。可话又说回来，哪个原告律师不是这样呢？而且，他非常喜欢利用新闻媒体作为武器。不过，我估计这一点您已经见识过了。”

“没错。”我说，然后顿了一下，因为我不知道该如何提出我最想知道的问题。最后，问道："根据你对他的了解，你觉得他会不会为了胜诉而做一些……不道德的事？"

杰里米一边皱眉，一边思考着这个问题。

"噢，我也不知道。"他说，"他的确会把事事都做到极致。不过他是个聪明人，应该不会越界。您是不是……有什么特别担心的事？"

"没有，没有。没什么特别的。我只是……"

我没再说下去，因为我看到杰里米咬了咬嘴唇。这是他紧张不安的标志。

"怎么了？"我说，"你想到了什么？"

他又咬了咬嘴唇，说："我能否坦诚地跟您说几句话？不是作为法官和专职文员，而是作为朋友说几句话，行吗？"

"当然可以。"

他抬头看了看天花板，又低头看了看地板，最后突然脱口而出："您能不能申请撤换，不接手这个案子？"

这个要求实在是非比寻常，我不由得大吃一惊，没有立即回答。

杰里米从未要求我放弃哪个案子，也从未对待审案件的范围产生过什么意见。他总是欣然接受一切，不管是大案子还是小案子，抑或是难以分类的案子，他都来者不拒。

我只能问："为什么？"

"我只是……我对这个案子有很不好的预感。"

我也是。跟他比起来，我对这个案子的反感肯定是有过之而无不及。

"你能具体说说吗？"我问。

"也没什么具体的原因。"

"但是，这……你是不是担心这个案子中的利益冲突？"我追问道，"或者对案子的是非曲直有什么……"

"不，不是。"

"那你是担心舆论？"

"呃……有一点儿吧。我只是……我有很不好的预感，而且……尤其是在斯卡夫朗案宣判之后，拜尔斯法官也打来了电话，再说……法院里有传言，说那个骑着哈雷摩托的迈克尔·雅各布斯也插手了这件事，他找了尼尔·吉思，后者对您非常生气。这……这是不是真的？”

没有必要否认。

“是的。不过，我也告诉你了，我觉得拜尔斯会站在我这一边的。所以，我并没有特别担心。”

“即便如此，我还是觉得我们应该低调一些，不要再引起更多的注意了。我们应该缓一缓，等斯卡夫朗一案的风波过去，再开始审理大案子。就算您要求撤换，也不会有人瞧不起您的。您可以说自己对科学技术类的案子不熟悉，觉得换个法官能处理得更好。下周一就要召开审前会议了，趁现在抽身正合适，否则就陷得太深了。”

我向后靠在椅背上，细细地打量着他。这个请求实在太奇怪了！作为专职文员，绝不会仅仅因为对舆论稍有担心就恳求法官从案件中申请撤换。

他用湛蓝色的眼睛盯着我说：“请您考虑一下，这对我来说意义重大。”

“好。我会考虑的。”我撒谎说。

“谢谢！谢谢您！”

他站起身来，我又对他微笑了一下，内心却觉得空落落的。在共事的四年中，杰里米一直对我忠心耿耿。可是，我不仅无法满足他的要求，而且我也不能坦诚地对他解释个中缘由。

等他离开，我便开始给他写电子邮件，说我很尊重他，也很珍惜我们的同事情谊，但是我不能临阵退缩，因为这是我身为法官的职责。然后，我把这封邮件设置成明早 8：37 定时发送。

这样，起码看上去我还是考虑了一天的。

杰里米走后，大约又过了半个小时，敲门声再次响起。

这回便是琼·史密斯了。

史密斯夫人是一个一丝不苟的人，十分注重细节：穿在她身上的衬衣，就连最上面的扣子也扣得严严实实。

她的丈夫多年前就离开了她，早在我们开始共事之前，她的孩子也长大了，都去了别的城市生活。每当我问起她上周末做了什么，她都会说她在教堂做了礼拜，还会跟我讲她听到的布道。如果她心情不错，你也许还会听到她哼曲子，哼的肯定是唱诗班唱的赞美诗。

从我宣誓就职的第一天起，她就一直担任我的助理，但是她从来没有直接喊过我的名字。虽然我已经反复跟她说，不要那么客气了，但她就是不听。我估计，在她看来，我的名字就是“法官”。最后，我实在是没辙了，只得妥协。不过，我也有自己的对策：如果她不改口，一直叫我“桑普森法官”，那我也尊称她“史密斯夫人”。

于是，在听到敲门声后，我便应道：“请进，史密斯夫人。”

“我来是想提醒您，帕尔格拉夫案有新文件入档，”她说，“是一份原告申请初步禁令[1]的紧急动议[2]。”

当她提到“帕尔格拉夫”时，我心里一惊，但是面上却不动声色，只是简短地说了一句：“谢谢。”

“需要我给您打印出来吗？”

“不用了，我在电脑上看就行。谢谢。”

她没再说别的，走的时候顺手带上了办公室的门。

既然这是一份紧急动议，那么我得在数小时内就做出回应。我的第一反应是给杰里米打电话，几乎每次遇到这类问题，我都会咨询他的意见。但是现在不行。他会以此为理由，继续说服我把案子交给其他法官审理。所以，我只能自己考虑这份紧急动议在全局中的意义，以及这份动议背后所隐藏的原告的诉讼策略了。

这份动议提交的时间点非常可疑。希曼斯完全可以在递交原始诉状的时候一并提交初步禁令的申请。但是，他却按兵不动，一直等着。也许他是想借此施压，来达成庭外和解。第一步，提交诉状，第二步，将上诉信息透露给新

[1] 初步禁令（preliminary injunction）：法院在法律案件的最终审判结果没有宣布之前下达的禁令，目的是限制当事一方继续采取某种行为或强制当事一方继续采取某种行为，直到案件宣判为止。如果最终被禁令约束的一方败诉，那么该禁令通常会由暂时性的初步禁令转变为永久禁令（permanent injunction）。

[2] 紧急动议（emergency motion）：在美国法律中，动议是一种用来申请决定的程序手段，用于请求法官对案件做出某种决定。在行政诉讼、刑事诉讼和民事诉讼的各个阶段都可以提交动议，但法院需要至少五个工作日审议并对动议约束方下达动议通知书。紧急动议是一种特殊的动议，不受上述时间限制，需要法院迅速做出决定，以避免产生不可弥补的损害。

闻媒体。现在到了第三步：申请禁令救济[1]。如果这一步成功了，那么阿波提根制药公司的股票会跌得更惨，巴纳比·罗伯茨在股东之间就成了众矢之的了。

这一切都表明，希曼斯应该不是策划绑架的人。如果已经把法官玩弄于股掌之间了，那又何必要费心费力地寻求庭外和解呢？

我想不通的是，阿波提根制药公司为何没有进行庭外和解。为什么不干脆拿出五百万美元给丹尼·帕尔格拉夫来息事宁人呢？对于像阿波提根这样的财富500强公司，区区五百万只是小菜一碟，根本不足挂齿。

可是，阿波提根并没有这么做。为什么？说不定是因为公司里的高层已经牢牢地掌控了法官，所以他们根本无须进行庭外和解。

在浏览这份文件时，我发现巴纳比·罗伯茨竟然在无意间给希曼斯提供了有用的素材。该动议中引用了这位首席执行官在接受《华尔街日报》时的发言："我们绝不会让一个人无聊的白日梦阻碍这项造福人类的产品走向市场。"这样一来，原告就有了申请紧急禁令救助的基础，因为被告亲口承认了将会继续侵犯原告的专利权。在专利侵权案中，初步禁令若能得到批准，则预示着申请禁令的原告有了更大的胜算。对于当事各方来说，这是一个不言而喻的暗示，意味着法官认为原告的要求是合理合法的。

我一边翻阅归档在这个案件下的所有文件，一边认真考虑案件的是非曲直。突然，我停住了。没错，身为法官，我有自己应尽的职责。

但是，作为父亲，我的职责更为重大。我绝不能批准这条禁令。虽然我不知道究竟是哪一方绑架了爱玛，但是我知道，如果我批准了原告的禁令申请，那么阿波提根制药公司就非常有可能会争取庭外和解。而庭外和解是不需要法官的，当然也就不需要法官的孩子了。

既然如此，就不必多想了。我下定决心，开始起草对这份紧急动议的决定，准备驳回罗兰德·希曼斯的申请。

快写完时，我的手机突然振动了。那个900的号码发来了一条短信：

下午三点准时批准那条申请禁令的动议，否则某人的眼球就不保了。

---

[1] 禁令救济（injunctive relief）：即前文提到的初步禁令，在专利案中表现为防止被告方进一步侵权的禁令，是法院给予原告方的救济措施。

21

弟弟卡在游戏的第 28 关，打了好几个小时才打通关。现在，他好不容易到了第 29 关，结果又出现了一个变态的新敌人，怎么打都打不过去。

午饭时分，哥哥走进了厨房。他双手叉腰，一脸愁容地四下打量。

“这会儿是不是太安静了？”他问。

“说不定她睡着了。”弟弟嘟囔道。

“你上回听见她发出动静是什么时候？”

“大概一小时前吧，”他撒谎道，其实已经有数个小时都听不到任何动静了，“她哭了一会儿，后来就没声音了。”

哥哥看向女孩儿的卧室门：“我们去看看，检查一下。”

他俩都没动。

最后，哥哥摇了摇头，走向了那扇门。门锁不是朝着卧室内，而是朝着卧室外，目的是把里面的人锁住，而不是防止外人进去。哥哥打开门锁，推开了门。跟往常一样，卧室里很昏暗。他一时间没看到小女孩儿在哪儿，不过他知道她肯定没有逃跑。这里只有两个出口：卧室门，但是一直都反锁着；窗户，但是早就被漆封了。而且，一旦窗户打开，警报就会响起。然后，他听到了什么动静。那是微弱的喘息声，从床的另一侧传来。

哥哥把手机自带的手电筒打开，三步并作两步穿过了房间。那个小女孩儿平躺在地板上，她脸色通红，满脸都是小斑点，眼睛肿得快要睁不开了。他大声喊来了弟弟，两人一起目瞪口呆地俯视着她。

“你对她做了什么？”哥哥问。

“没有啊！对了，很可能是因为那个。”他边说边指向梳妆台，放在上面的花生酱三明治被咬了几口，但是涂满花生酱的面包皮被撕掉了。他又多余地补充了一句：“我觉得她过敏了。”

哥哥弯下腰，仔细听了听她那艰难的呼吸声。

“她需要看医生。”弟弟说。

“绝对不行。”

“可是万一……”

“如果她能活下来，那就没事儿。”

“那要是她死了呢？”

“那也无所谓。我们依然可以提供她还活着的证据。”

看到弟弟一脸疑惑，于是哥哥便解释道：“从死了的小孩儿身上一样可以剁下手指头来。”

22

我本来就没理清思路，这条最新指示让我更加摸不着头脑了。不管是谁绑架了我的女儿，他们都已经知道自己能顺利地得到想要的判决了，为什么还要我批准禁令？他们直接拿下马克曼听证会就行了，干吗还要折腾这些中间步骤？

起草新决定时，我觉得脑子都快转不过来了。等我写完，距离他们要求的发送时间还剩下大约一个小时。我一直在揣测当事双方的诉讼策略，就像在跟自己玩左右互搏一样，可是却依然一头雾水、毫无收获。此刻，我不想再沉浸于这种无谓的猜想了，决定找点儿实实在在的事情做，于是便打给了艾莉森。

“喂。”她的声音很小，我估计她很可能是在某个公共场所。

“喂，我就是打来问问。一切还好吗？”

“还好，”她说，然后立马又纠正道，“我是说，你也知道，就那样。”

“是啊，我明白。”

“我们现在在生物博物馆。”

“萨米怎么样？”

“挺好的。”她说。

“那就好。我能跟他说句话吗？”

“呃……能倒是能，不过我其实不知道他现在在哪儿。”

“什么？这是什么意——”

“别紧张，”她赶紧说，“他跟珍妮、凯伦在一起。我自己到入口处的小餐厅来买点儿咖啡。”

“噢，好。抱歉。”

“没事。一切都很好，放心吧。”

“你现在方便说话吗？”

“方便。怎么了？”

她还不知道“帕尔格拉夫诉阿波提根案”，于是在接下来的十五分钟里，我把情况跟她说了一下。她认真地听着，还提了一些问题，但我只能回答其中几个。她显然还没有放弃怀疑贾斯蒂娜的想法，不过同时，她并没有否认罗兰德·希曼斯也有很大的嫌疑。

最后，我把禁令的事情也告诉了她，不过没有提短信上关于眼球的威胁。我们两个人中有一个知道就行了，没必要让她担惊受怕。

“所以，你要在三点做出回应？”她问。

“对。我已经写好了，”我对她保证说，“我一定会看好时间发过去的。”

“有一群妈妈刚进了餐厅，”她压低了声音说道，“我得挂了。”

“好，”我说，“爱你。”

她假装兴高采烈地大声说：“我也爱你，亲爱的。晚上回家见。”

正如跟她许诺的一样，我一直盯着时间看。等到手机屏幕上的时间显示从2:59变成3:00时，我立刻将动议发送到了职员办公室。

又过了不到一刻钟，史密斯夫人告诉我，“理性投机”的史蒂夫·波利蒂打来了电话。毫无疑问，我让她回复说无可奉告。但是，在下午离开法院之前，我登录了“理性投机”的网站，想看看他是不是又猜测了我对帕尔格拉夫一案的想法。果然，最上面的第一篇报道赫然便是：“联邦法官无情出击，阿波提根前景不利”。

“正如‘理性投机’的上一篇报道所言，负责这起万众瞩目的‘帕尔格拉夫诉阿波提根案’的法官将会对被告方施压。”文章开头写道，“现在我们已经有了确切的证据：联邦地方法院的斯科特·桑普森法官已批准了帕尔格拉夫申请的初步禁令。这显示出法官对原告的支持，同时也将给阿波提根制药公司带来数十亿的损失。是的，你没有看错，是数十亿，不是数十万！诸位，还不快卖卖卖！”

又来了。

史蒂夫·波利蒂坚称我支持原告，但他绝不可能有真实依据。因为在收到短信之前，连我自己都不知道我会批准禁令。

我考虑了一下波利蒂真的有知情线人的可能性，那么这个人肯定在我身边，而且还得让波利蒂相信我会给他或她透露消息。会是谁呢？

杰里米？

不可能。杰里米根本就不想让我接手这个案子。

史密斯夫人？我想象不出她有何动机要这么做。

其他法院职员中的一个？不太可能。哪个记者会相信一名法院初级职员能接触到法官的内心思想？

于是，我的结论还是跟先前一样，那就是这所谓的知情人士只是波利蒂捏造出来的。我不禁又感到愤慨不已，不单因为这个骗子写了关于我的歪曲报道，而且大家似乎还都相信他了。

“**最新资讯！**”也证明了这一点。阿波提根的股票价格又跌了 3.7 美元，今天的跌幅是它有史以来最大的。在这起诉讼案公之于众之前，阿波提根的股票刚创下 52 周以来的价格新高，然而如今它的价格已经比当时下跌了 12 美元。

这篇报道下方有 578 条评论，我只看了看最前面的几条。留言的都是一些博客用户，主要是感谢史蒂夫·波利蒂的报道迅速而准确，同时还不忘吹嘘一番，有的人说自己已经及时抽身了，还有的人签了做空交易合同，随着今天阿波提根的股票下跌，合同也增值了不少。

我厌恶地关上显示器，愤愤不平地嘟囔着骂了几句波利蒂和他的读者。这感觉就像是他们把快乐建立在别人的痛苦之上，不仅是我的痛苦，还有其他人的痛苦。只要有凭借这些虚假报道赚钱的投资者，就有相应承受损失的投资者。

离开内庭时，我喃喃地对史密斯夫人道了声再见。在法院出口处，我没有像往常一样跟本·加德纳闲聊橄榄球，而是直接上了车，向“河畔农场”驶去。

我刚穿过汉普顿桥梁隧道[1]，在64号州际公路上随着车流开开停停。这时，手机响起，把我吓了一跳。看到屏幕上显示的是“富兰克林”时，我才松了一口气。

“下午好，议员。”

“下午好，法官大人。”他回应道，“我没有打扰你处理重要案件吧？”

“没有，幸好我还不用在64号州际公路上开庭审案子。”

“哈哈，那就好，那就好……今天《华尔街日报》上的文章不错吧。”

“是啊，多谢你替我美言。”

“不客气。我本来想告诉他们你平日里特喜欢折磨人，不过我想了想，还是决定保守这个秘密。”

“感激不尽。”

“所以原告还是挺有机会的，对吧？”

“噢，这我可不知道。”我简单地说道。我知道他只是在闲聊，并没有任何恶意。但是，我现在不能把自己对帕尔格拉夫一案的想法告诉任何人，即便是可敬的布雷克·富兰克林也不行。

“你不是批了禁令嘛，对不对？我刚才在彭博社[2]的消息上看到了。”

“嗯，是啊。”我没别的话可说，只能答应着。

“巴纳比·罗伯茨这下可惨了。”

“你认识他？”

“见过。他在‘健教劳养’面前发过几次言。”

所谓“健教劳养”，指的是参议院的健康、教育、劳动与养老委员会，布雷克是委员会的成员之一。这个委员会就是把所有难搞的问题都揉到了一起，不过正因如此，我以前很喜欢做与之相关的工作，因为都颇具挑战性。

“你对他印象如何？”我问。

“这个嘛……他是个首席执行官，这类人不都一样吗？狂妄自大，趁

[1] 汉普顿桥梁隧道（Hampton Roads Bridge-Tunnel）：横跨汉普顿锚地的隧道，连接64号州际公路和60号美国国道。

[2] 彭博社（Bloomberg wire）：彭博有限责任合伙公司（Bloomberg L.P.）旗下的国际新闻通讯社。

人不注意还夺人钱财，一边从背后微笑着拍你的肩膀，一边就把你的钱包顺走了。”

“明白。”

“这些就不说了，我打电话来是有别的事儿。我刚刚才发现，周日下午我在纽波特纽斯有个募捐派对要办。如果你跟艾莉森愿意来的话，我会很高兴的。”

艾莉森肯定无法忍受在这种情况下公开露面。不过，我还是得装着若无其事的样子。

我说：“哦？那我得出多少钱啊？”

他笑了：“我还没穷到要你出钱呢！不过，如果这个所谓的派对办得不太成功的话，我看还是得让你掏一点儿。”

布雷克是一个名副其实的中立派议员，在如今这个两党对立、竞争激烈的时代，他在政坛上显得尤为与众不同。他最初从政时是一名共和党员，但是后来他觉得共和党在对待社会政策方面的态度过于强硬，于是便改入了民主党。结果，共和党把他当作可耻的叛徒，而民主党也无法完全信任他。双方对布雷克的态度都不冷不热。虽然如此，他已经成功地连任三届了。他在两大党都待过，因此几乎跟参议院里的每个人都有交情。这使得他在华盛顿各种讨价还价的政治交易中如鱼得水、一帆风顺。而且，他还颇为擅长在竞选活动中宣传自己。很少有人能在竞选旅行[1]中表现得比他优秀。

如今，布雷克在为第四届任期的竞选忙碌，然而却遇上了一个棘手的强敌。此人是一名非常有钱的企业家，同时还是坚定的保守派。党内的保守主义者都被他煽动得激动不已，围着他团团转，而且他还大谈创造就业机会的问题，以此成功地吸引了中立派的支持。他一方面是资金实力雄厚的对手，另一方面还是席卷全国的“反现任[2]”浪潮的支持者，布雷克腹背受敌，正面临着政治生涯中前所未有的一场恶战。

“让你的秘书把派对的具体信息用电子邮件发给我吧，我看看能不能去。

---

[1] 竞选旅行（whistle–stop tour）：一种政治竞选活动，政客会在短时期内到众多小镇上亲自露面，做一些简短的演讲。

[2] 反现任（anti–incumbent）：指的是反对现任当权者，支持选举新人。

主要是我不知道艾莉森这周末有什么打算，不过我相信她肯定很愿意见你的。”

最后这句话是半真半假。艾莉森对布雷克向来没什么好感，不管是在“那起事件”之前还是之后。现在我已经不在布雷克手下工作了，她的不满也随之减轻了许多。不过，旧怨有时的确难消。

“好，”他说，“多保重。”

“你也是。”我说完便挂断了电话。

当我到家的时候，艾莉森的车没有停在车道上。现在还不到五点，她和萨姆肯定还在弗吉尼亚州生物博物馆。

在这片二十亩[1]的土地上，我只看到了一个人，那就是贾斯蒂娜。我驱车从小屋旁驶过时，正好瞥见她提着箱子走向她自己的车。我还是不确定她是否真的有嫌疑。但是，艾莉森至少有一点是对的：只要我们还怀疑她与此事有关，就不能留她住在身边。

停好车后，我径直朝家里的卧室走去，换上了一条牛仔裤和一件陈旧的法兰绒衬衣。然后，我下楼来到酒柜前，倒了一大杯混了奎宁水[2]的杜松子酒。

我端着酒杯，来到屋后的门廊坐下，望着前方的约克河。平常我都把这当作一种享受——周五下午，伴着闪耀在河水上的夕阳小酌一番。我明白，此刻无法从中获得跟以往一样的轻松和愉悦了，但只要能从残酷的现实中稍稍逃离，哪怕只是片刻也好……

然而，等到酒杯见底，我也没感到丝毫安慰。于是，我转身回去又倒了一杯更浓的酒。

我正喝着第二杯酒，门铃忽然响了。我迈着沉重的步子，踉踉跄跄地穿过厨房，来到门厅。今天上午吐过以后，中午也没吃什么东西，刚喝的酒很快就上头了。我意识到自己已经有些重心不稳，而且也不像平常一样谨小慎微，我都没看看门外是谁就把门打开了。

站在门口的是贾斯蒂娜。她穿着一件无袖背心和一条贴身的黑色瑜伽裤，正适合搬家这种辛苦费力的活儿。由于来回地搬箱子，她的身上出了一层薄

[1] 1 亩等于 666.67 平方米。

[2] 奎宁水（tonic）：一种无色的碳酸饮料，口味略苦，常用于调酒。

薄的汗。

“噢，你好。”我说，我的声音因喝酒而变得很含混。

“您好，法官阁下。”她说，“我只是来跟您道个别，我要走了。”

说着，她自己就进了屋，大门在她身后关上了。“还有，我想把钥匙还给您。”她说着，把钥匙递给了我，“我把本田车的钥匙留在小屋的挂钩上了。”

“谢谢。你考虑得很周到。”

“桑普森夫人和孩子们在家吗？”她问。

谢天谢地，她说的是“孩子们”。也就是说，我们昨晚的古怪言行并没有让她怀疑到爱玛出事了。

“他们出去了。”我说。

“噢。”她说，然后顿了顿。也许她在等我详细解释一下，但是我没说话。

“无论如何，”她说，“看来是要说再见了。”

“嗯。”

“请帮我跟萨姆和爱玛也说一声再见。”

这份工作她已经做了两年，如今却被草草地解雇，而且还失去了住的地方。假如她当真是无辜的，那么这一切的确是痛苦的折磨。显然，她希望能得到一个郑重的道别，但我给不了她。

“谢谢你来还钥匙。”我说。

“不，是我该谢谢您。”她说，我看到她的眼睛湿润了，“我真的会非常想念这里的。”

她朝我迈了一步。也许是我看错了，但她确实微微地弯了一下腰。不，不只是微微地弯腰，她还把胸部朝前挺了一下，黑色的蕾丝文胸从背心下露了出来。她的身上忽然散发出一种甜甜的香气。她是不是喷香水了？

“您总是对我那么好。”她说。

她突然把右手放到了我的左肩上，紧接着便倾身向前靠了过来，同时另一只手伸向我的另一个肩膀，脚尖也踮了起来。

我真的真的不知道她想干什么。这有可能只是一个简单的拥抱——因为她在我们家的小屋借住了两年，而且还帮忙照顾了两个活泼吵闹的孩子，所以在临走时，她纯粹想通过拥抱来表达一下感激。

或者，她是在勾引我。

在酒精的作用下，我已经无法准确判断究竟是哪种情况了。但若果真是后者，那她为何要这么做？我还没那么自负，一个漂亮的二十一岁大学生怎么可能真的喜欢上一个身材臃肿的四十四岁老法官？那么，她是想保住这份工作？或者她有更大的阴谋？到我们的卧室里偷东西或者安装窃听器？还是要完成绑匪交待的其他任务？

我来不及多想，便决定立刻从这个状况中抽身而出。我摇晃着身子，笨拙地躲避她的接触，蹒跚着向后退去。由于惯性的作用，她没能刹住车，一头朝我撞了过来。结果情形变得非常尴尬。

“呃，好，那么……”我说着把她推开了，“再次谢谢你把钥匙送过来。”

我走到门口，把大门打开，清楚地表示我希望她离开。当我跟在她身后来到门廊上时，艾莉森的林肯车出现在车道上。我默默地看着那辆车停下，然后才转回头继续送贾斯蒂娜。可贾斯蒂娜已经走了。萨姆刚从车后座上下来，贾斯蒂娜在等他。

“嘿，贝比斯库，”她叫着萨姆的土耳其名字，“来抱抱。”

她张开了双臂，而天真无邪的萨姆也像往常一样，毫不犹豫地冲向她的怀抱。这时，艾莉森从驾驶座上下来，开始大吼。

“别碰他！”她咆哮道，“萨姆！回你的房间去，立刻！”

萨姆突然停下了脚步，一脸困惑。在过去的两年中，这两个女人都给了他许多关怀，对于一个六岁的孩子来说，两年是很长久的。萨姆呆呆地站着，目光在她们之间游移不定。

“快去，萨姆！”艾莉森大喊道。

他耷拉着脸，听了妈妈的话。当他从我身边经过时，两条小小的腿走得飞快。

“爱玛呢？”贾斯蒂娜问，“我想跟她说——”

“再见，贾斯蒂娜。”艾莉森坚决地说，“你该走了。”

“可是，难道我不能——”

“再见。”艾莉森怒视着她重复道，贾斯蒂娜退缩了。

艾莉森双手叉腰看着她离开，然后便来到门廊上找我。

“她过来干什么？”艾莉森问。

“来还钥匙。”

也许还有别的企图，但是我不打算说了。那只是我的一个猜测。

“你让她进屋了？

“呃，是啊。她都敲门了。”

艾莉森瞪着我：“你喝酒了？”

“嗯，我回家之后喝了点儿鸡尾酒。”

她没有答话，但是脸上的表情却非常不满。就这样，她气呼呼地与我擦肩而过，进了屋。

23

那天晚上，我们没怎么说话。艾莉森去客房睡了，她说不想因为自己的辗转反侧打扰我睡觉。

当我醒来时，天还没有亮。我做了一个惊心动魄的梦，梦里的我还在参议院工作，一直等着在某个参议院委员会面前发言，可我却不知道自己的发言内容是什么。我手上有一张纸，我开始读纸上的内容，结果所有的字都消失了。于是，我赶紧去问身边的同事。奇怪的是，那个同事是杰里米，可我在参议院工作时根本就不认识杰里米。而且，不管我怎么恳求他，他就是不跟我说话。

有一个议员不停地向我提问，但我却看不到他。后来，我听到了枪声，这才发现那个议员就是布雷克·富兰克林，而且是他在冲我开枪。我躲不开，甚至动不了。我的身体完全不听使唤。于是，子弹一颗接一颗地朝我飞过来。我连尖叫声都发不出，只能看着鲜血从身体中喷涌而出。

虽然我已经不是第一次做这类噩梦了，但是这次的梦比以前的都要糟糕。在梦里，枪手通常是没有脸的，而这一次，枪手却成了布雷克。

从噩梦中醒来发现只是个梦时，人一般都会感到轻松。可现在，我醒来后，却要面对比任何噩梦都要残酷的现实。恐惧包围着我，每一次心跳都是一次惊悸：爱玛不在了，爱玛不在了，爱玛不在了……

现在时间还早，但是我不想睡了。这张床就像烧红的热炭，我一刻也不愿躺了。而且，经过这漫长孤独的一夜，我已经下定决心：爱玛还没回来，我不能坐视不理。我必须得做点儿什么，而最有用的事情大概就是多了解一下罗兰德·希曼斯。

我换好昨晚穿的衣服，戴上一顶棒球帽。给艾莉森留了一张纸条，跟她说我产生了一些想法，需要出门去查证一下。然后，我就钻进了自己每天都开的那辆别克昂科雷[1]多功能SUV[2]。我事先在律商联讯[3]上查到了希曼斯在纽波特纽斯的住址，这时便用导航定位了前往的路线。

从64号州际公路下来，又拐了几个弯，便到了希曼斯家。他的房子很大，四四方方的，有许多不规则的屋檐线条和形状奇特的石料镶面，估计他本来是想让房子显得格调高雅，结果却反而显得廉价庸俗。屋前的车道有一片可以供车辆掉头的圆形区域，中间立了一个篮球架。

跟泰德沃特其他地方一样，此处地形平坦、视野开阔。因此，即便我把车停在了道路拐弯的尽头，也依然能清楚地看到希曼斯家的房子。我曾在法庭上听过一些证词，据说联邦调查局会花上好几天乃至好几周来盯梢。于是我便拉低帽檐，做好了一切心理准备，打算迎接一场持久战。

没想到，才过了不到三十分钟，希曼斯本人就出现了。他跟照片上一模一样，是个不折不扣的大块头。他背着一个高尔夫球袋，跟宽阔的肩背对比，球袋显得非常小。他步履矫健、肌肉发达，走起路来像个运动员一样。杂志上的简介说他已经五十岁了，但是当他经过篮球架旁边时，我想他依然可以轻轻松松地扣篮成功。他把那袋球杆丢进了一辆金色雷克萨斯SUV的后座，这辆车上有一个自选车牌[4]，写着“专法”。应该是“专利权法”的缩写吧。

可能他打算利用周六上午去打一轮高尔夫球。

---

[1] 别克昂科雷（Buick Enclave）：由通用汽车公司发行的一款大型跨界SUV汽车。

[2] SUV（sport utility vehicle）：运动型多用途汽车，车型构造类似于旅行车。

[3] 律商联讯（LexisNexis）：一个提供联机法律搜索和商业搜索的公司。

[4] 自选车牌（vanity plate）：一种特殊的车辆号牌，车主缴纳额外费用来自选车牌的号码或字母，并且可以在车牌上写一些标语、口号或缩写词等。

也可能他正要去找那两个大胡子的绑匪。

他很快就将车倒了出来。当他的车经过我的车旁边时，我急忙弯腰低头。等到他的车快驶到视线范围之外了，我才发动汽车，偷偷地跟着他。不久，他开上了通往诺福克市的64号州际公路。这个方向周围有许多高尔夫球场，但是也有更多的地方可以藏匿一个被绑架的孩子。

我跟在他后面，虽然他的车并不难跟，但我始终注意保持着三四辆车的距离。三十分钟后，他从州际公路转向了泰德沃特大道。

这是通往诺福克市中心的一条路。虽然我对这里并不是非常熟悉，但我知道附近并没有高尔夫球场。不过，周围也没有森林，这是个问题。因为萨姆说过，他们被关在了森林中的一个小屋。

我跟着他穿过了弯弯曲曲的城市街道，来到一处名为“根特”的街区。然后，他的车放慢速度，开进了一个小小的购物中心。

要是我也跟着他去停车场，那未免太可疑了，于是我把车停在了购物中心外。我扭过身子，刚好透过后车窗看到他从SUV上下来，走进了一家花店。

五分钟后，他又出现了，手里拿着一束用白纸包着的鲜花。他回到车里，重新上路了。

我们一前一后，很快就来到了一片全是老房子的小区，其中有几栋门前还挂着说明该房屋历史悠久的牌子。街道越来越窄，驶过几个街区后，前面的SUV又一次减速了。它拐上了安妮公主路，开向一处名为“肯辛顿”的大型公寓住宅，住宅所在的院子大门紧闭。

我也慢慢地开过这条岔路，但是并没有拐弯，因为我不知道该如何通过门禁。这对希曼斯来说显然不成问题，他摇下车窗，对门卫说了一句话，大门便缓缓地打开了。

院门朝着的街道两侧有停车位，于是我赶紧找了个地方停车熄火。下车时，我正好瞥见了希曼斯。他也已经在院子里停好了车，从驾驶座上下来，一手握着那束鲜花。

这里显然不是爱玛被囚禁的地方，但是我依然感到非常好奇。我看着希曼斯迈开大步向前走，最后消失在了拐角处。

我在院外沿着街道奔跑，试图找一个好点儿的角度看看他往什么地方去了。但是他的身影被树木和建筑挡住了。于是，我还是回到自己的车旁守着，起码从这儿我能看到希曼斯的车。

为了打发时间，我开始猜测自己看到的这一切究竟是什么情况。一个男人告诉自己的妻子说要去打高尔夫球。然后，他来到了一个根本就没有高尔夫球场的地方，半路上还顺便去了一趟花店。他买了一束鲜花，最后来到了某个人的住处。

结论不难推测：罗兰德·希曼斯有外遇了。

我对这一点并不怎么意外。有很多男人都对妻子不忠，而罗兰德·希曼斯看上去就不是省油的灯。

不过，情况似乎还远不止于此。我隐隐约约地想到了什么，但是又不确定，我反复地思考了很久，这个想法才渐渐明朗起来。

肯辛顿公寓这个名字很耳熟，我之前在办公室里似乎听到过。我手下的职员中肯定有人住在这里。我拼命地想了想，几乎可以确定，那个人就是琼·史密斯。是的，正是那位虔诚的、离异的法官助理。

难道罗兰德·希曼斯背着妻子跟史密斯夫人有了外遇？

24

昨天夜里，那个小女孩儿差点儿就死了。弟弟真的任她自生自灭了。可是，哥哥有些担心，假如老板知道他们意外地把人质害死了，不知会做何反应。于是，哥哥出门买了一些抗过敏的药，给小女孩儿灌了下去。

忙活了一夜，哥哥只盼着能有个安安静静的上午，结果十点一刻时，网络电话突然响了。

“喂？”哥哥说。

“法官溜号了。”老板的声音传来。

“什么意思？”

“他今天早上出门了。你没在监控画面上看到吗？”

“他看起来只是出去办点事儿，我以为没什么大不了的。”

“哼，我现在告诉你，后果重大。”听筒里的声音说，“得让他马上回家。”

“为什么？你觉得他是去见警察了？”

“那倒不是。但那个女人想让他回去。”

这已经不是老板第一次提到跟他合伙的“那个女人”了。那个女人想这样，那个女人想那样。就是因为那个女人不许，所以他们才不能把小女孩儿绑起来，要不然事情岂不是容易得多！哥哥已经对那个女人的命令感到厌倦了。

“我到底是替那个女人干活儿，还是替你干活儿？”

“别废话，你赶紧把法官弄回家。快！”

25

我原本打算一直守在这里，以防罗兰德·希曼斯从肯辛顿公寓出来后还要去别的地方。然而，我的监视工作很快就泡汤了，因为我收到了一条艾莉森发来的短信：

我有重要的事情跟你讲，必须当面谈。你能不能现在回来？

我有重要的事情跟你讲。这话说得也太含糊了吧？不过，这里应该也没什么太大的看头了，如果她真的想让我回去……

于是，我回复了一条短信：我在诺福克。马上就回。

临走前，我又朝着发生这桩风流韵事的方向望了一眼，然后便发动汽车，掉头向“河畔农场”驶去。

在过了毫无斩获的四十分钟后，我又回到了家门前那条长长的车道。从后视镜里，我能看到车轮带起的尘土在飞扬。萨姆侧卧在屋前的草坪上，细细的小胳膊撑着金发的小脑袋。

我下车走近，看到他正在用一根折断的树枝挖洞，小小的洞口周围堆着一些挖出来的泥土。他的表情是典型的“烦恼脸”。

在绑架事件发生之前，我会毫不犹豫地说，萨姆是一个活泼开朗、性情温柔的孩子。他的体内仿佛有一台发动机，只要有正确的燃料做动力，他就能兴高采烈地一路奔跑下去。只不过他需要的不是机油、汽油和氧气，而是食物、睡眠和爱玛。

妹妹是他快乐的关键。从他们诞生开始，就一刻都没有分离过。在这周二之前，他们的每一个夜晚都是在同一个屋檐下度过的。

如今，妹妹不在身边，他根本就不知道该如何独处。

“嘿，小家伙，你在干什么呢？”

“没什么。”他闷闷地说。

“你在想爱玛，对吗？”

“嗯。”他依然低垂着眼帘，没有抬头。

“如果爱玛在家的话，你现在会做什么？”

“可能会玩儿‘橡子市场’吧。”

“橡子市场”是一个模拟商人买卖的游戏，规则非常复杂，我一直都没搞清楚具体怎么玩儿。但我仍然提议道：“那我来陪你玩‘橡子市场’，怎么样？”

“不要。这和跟爱玛玩儿不一样。再说，你都不知道怎么玩儿。”

我无言以对。

“那你想去探险吗？”我问。对于萨姆来说，所谓“探险”其实就是到家附近的树林里走一走。之所以叫“探险”，是因为没有目的地。我们会随心所欲地漫步，在树林中发现倒下的大树，找到干涸的小溪，有时还能跟小动物或小动物留下的痕迹不期而遇。

平时，这是他最喜欢做的事情。但这一次，他说：“不了。”

我想起艾莉森的话，要带他做一些有益活动。于是我说：“好吧。现在我要进去跟妈妈说几句话，一会儿就出来。不如你想一想，有没有什么好玩儿的事情是可以咱们俩一起做的，好吗？”

“好。”他说。

他继续挖地上的小洞，我向屋里走去。我不想大声喊艾莉森，于是便在房子里轻轻走动，四处寻找她。最后，我在洗衣房找到了她。她透过窗户望着萨姆，手里攥着一条爱玛的粉红色小裙子，应该是刚从洗衣机里拿出来的。这是爱玛最心爱的裙子，随着时间流逝，虽然这条裙子已经短得快遮不住她的小屁股了，但爱玛就是舍不得把它当作旧衣服捐出去。

看到这条裙子，我的眼前忽然浮现出一个悲惨的未来。我们在自欺欺人地等待中度过余生，把爱玛的房间保持得干干净净、一切如初，仿佛她随时都会回来一样。身边的每个人都小心翼翼、谨言慎行，他们不敢告诉我们真相——我们的女儿再也不会回来了，我们要接受现实——而且他们也不明白，我们已经是行尸走肉了，虽然身体还麻木机械地动着，但心灵已经死了。

我呆呆地盯着那条裙子，直到艾莉森看向我。

"你回来了。"她说着，拍了拍那条裙子，然后把它搭在了晾衣架上。

"嗯，我回来了。"我说。

她弯下腰从洗衣机里又拿出了几件湿衣服。

"你要跟我说什么事？"我问。

"啊？"

"短信呀！你不是给我发短信说有要事跟我讲吗？"

她猛地转过头来："我根本就没有给你发短信。"

我刚想把手机拿出来给她看，告诉她确实有这么一条短信。然而，我一下子想起之前也有过类似的情况。这么做只是徒劳而已。

"短信上说了什么？"她问。

"说让我回家，因为你有重要的事情想跟我当面谈。"

"绝对不是我发的。"

"那么，肯定就是他们发的了。"我说。用不着解释"他们"是谁，艾莉森跟我都心知肚明，"问题是为什么？"

艾莉森还没来得及猜测，我立马就想到了答案："噢，天哪！他们一定是知道我去跟踪希曼斯了，所以想把我引开。"

"什么意思？什么叫'跟踪希曼斯'？这就是你说要查证的想法？"

我把早上的事情都讲了一遍，她的脸色立刻就变得非常难看。

"怎么了？"我问。

"怎么了！你知不知道自己在做什么？跟踪？你又不是什么专业的私家侦探！万一被他们发现了怎么办？"

"我很小心的。"

"那也不行，这太冒险了！如果他们发现了，并且因此而惩罚爱玛的话——"

"对，对。"我说，"我不会这么干了。我只是……我只是不想坐以待毙。”

“唉，我懂。你还记得那个威廉斯堡的实验室吗？”

“记得，怎么了？”

“他们说验 DNA 太浪费时间了，但是他们可以从纸箱上提取出指纹。为了方便比对，我给了他们两样东西，一样是本田车的钥匙扣，一样是烤面包机，上面都有贾斯蒂娜的指纹。不过，他们还需要咱们俩的指纹，以便从提取出的指纹中排除。昨天离开生物博物馆后，我顺便把提取工具拿回来了，现在在厨房里。”

她发出了一声重重的叹息。

“怎么了？”

“我只是又想起昨天在生物博物馆的事了。凯伦和珍妮……唉，我知道她们只是努力想‘转移我的注意力’以及‘表现得跟平常一样’。可是，珍妮一直在抱怨自己的换班表，因为在她那完美无瑕、不需操心的生活中，根本就没有其他事情可抱怨了。而凯伦则喋喋不休地唠叨那些老一套的话题，什么她跟马克在家里的角色完全颠倒啦，马克没胆量要求升职啦，福利局变化太大，自己辞职太久所以没人肯雇她啦，社会对待有孩子的妇女不公平啦。

“没错，她们确实是想让我放松心态，别去想爱玛。可我只能麻木地回答她们‘噢，是吗？’‘真的吗？’那感觉就像是逼着自己假装感兴趣。在那种情况下，我觉得自己甚至都无法呼吸了，只想找个洞藏起来。可我不能，因为我还有一个儿子要照顾，我得努力让他恢复正常，而且……”

她不满地发出了一声嘲讽的冷笑。

“凯伦今天早上给我打电话道歉了，我估计她也意识到了，她们昨天实在是太不识趣了。”她说，“可是，我还是觉得……很不好受。”

“我明白。”我说，看着她又把一条裙子展开，搭在了晾衣架上，“至少萨米昨天玩儿得还算开心吧？”

“是啊。对了，我差点儿忘了。今天早上打电话时，凯伦跟我商量了一件事，我想听听你的意见。”

“哦？”

“她说，我们已经有两次在深夜收到绑匪送来的东西了，所以她觉得很可能还会有第三次。”

“所以呢？”

“所以，她觉得应该在晚上监视房子周围，趁某个绑匪来送纸箱时抓住他，也许我们可以逼他说出爱玛在哪儿。她提议由她自己、珍妮和杰森来轮流放哨。”

“放哨？难道他们要拿着一杆猎枪站在门廊上守着？”

“方式应该不会那么显眼，但实质差不多。你觉得这主意怎么样？”

我靠在门框上，考虑了一下这样做的负面后果，但一时之间也想不到什么。

“好吧。我觉得应该可以。”

“我当时也是这么回答的。”艾莉森说，“听起来他们打算从今晚就开始。”

“好。”我说。

“那就这么定了。对了，你能不能现在就把指纹采集先弄好？省得我老是惦记。”

“没问题。”

“千万要按照说明小心操作，我可没有多余的工具了。”

我把十根手指的指纹都留在了指定的采集工具上，然后便走出屋去。萨姆已经开始填埋刚才挖的小洞了，还是用那根树枝，把泥土都拨弄进去。

“嘿，小伙子，”我说，“想好我们去干什么了吗？”

他没有抬头，说：“也许我们可以去钓鱼。”

我看向河水。现在快要到正午时分了，河水正在上涨，秋风扫过水面，劈开了阵阵波浪。在这种情况下，不会有任何东西上钩的。与其在河水里放线，还不如在草坪上放线。可是，跟自己的孩子一起钓鱼时，如果只想着钓上来点儿什么，那就是没领会到这项亲子活动的真谛。此刻尤其如此。

“好主意！”我说，“咱们去拿渔具吧！”

萨姆从草地上爬起来。我们很快就全副武装，朝着河边出发。“河畔农场”有一个小小的码头，多年来，它经过各式各样的飓风与毫不留情的东北风的洗礼，虽然有些磨损，但是依然挺立。站在这个小码头上钓鱼，在不同的情况下会有形形色色的收获，如黄花鱼、斑鱼、红鼓鱼等，有时候甚至还能钓上岩鱼。

我砍下一截鱿鱼，萨姆一把接住了。在过去的这个夏天里，我最大的成就便是教会了他和爱玛钓鱼。他们俩已经学会了自己穿鱼饵、自己抛鱼线。我还没穿好自己的鱼饵，就看到他像模像样地把线抛进了水里。

随后，我们就肩并肩地坐下来等待。萨姆现在已经变得耐心多了，以前鱼线只要稍有异动，他就会拉出来看看。

“那么，今天早上你在家都做什么了？”我问。

他耸了耸肩：“没什么。”

“看电视了吗？”

“看了。”

“早饭吃的什么？”

“面包。”

他的目光盯着河水，秋风吹乱了他那漂亮的金发。

“是吗？对了，昨天去生物博物馆玩儿得怎么样？”我问。

“不错。”

“看到鲨鱼了吗？”

弗吉尼亚州生物博物馆里有一个海水鱼缸，里面养着几种小型鲨鱼。萨姆可以花上半个小时，一直看着鲨鱼一圈一圈地游。对一个六岁的孩子来说，半小时可是相当长了。艾莉森总是会假装很害怕鲨鱼，而萨姆就会告诉她不用害怕，因为鲨鱼都在玻璃里面，是出不来的。

“看了。”

“那你有没有告诉妈妈别害怕呀？”

这时，他天真无邪地说：“妈妈不在那儿。”

“因为她去买咖啡了？”我问。

“不是。她没跟我们一起去，是凯伦姨妈和珍妮姨妈带我去的。”

“也就是说，妈妈根本就没去博物馆？”

“对啊。”他仿佛松了一口气，就好像来回说了半天，我总算明白了。

“那她去哪儿了？”

“她去办点事儿。”他说。

“什么事儿？”

他又耸了耸肩，嘟囔着：“不知道。”

“小家伙，你确定吗？”我问，“妈妈真的不在那儿？”

“真的不在。”他说。

我盯着起伏的河水和空空的鱼线，心里想的却不是钓鱼的事。

26

后来，整个下午我都在不断回忆和艾莉森的谈话内容。

首先是前一天吃早饭的时候，她说：“我打算今天带他去生物博物馆。”没错，她确实也提到了两个姐姐。但她说的是让姐姐们陪着一起去，而不是让姐姐们代替她去。然后，是我们打的那通电话。当时她声称自己就在生物博物馆的餐厅里。最后，是今早。她讲完了要说的话，突然又提起了两个姐姐在博物馆里的言行。

在这三次交谈中，她从未提过自己去办事儿或是跟萨姆分头行动。当然，很可能她并非故意隐瞒，只是没说而已。至于原因，我觉得或许是她的压力太大，结果忘了说，又或许是因为有更重要的事情要说，所以一时忽略了。

但是，她在那段时间之内究竟做了什么？到底是何等重要的事情，竟能让她为之离开了受过惊吓而今依然惊魂未定、心理脆弱的儿子？

我一直在寻找时机，想假装若无其事地问一问她。终于，晚饭以后，机会来了。萨姆去了起居室，我们允许他在洗澡前可以再看一个电视节目。我和艾莉森则在厨房里洗碗。

“我们钓鱼的时候，萨姆跟我说了去生物博物馆的事。”我开口道。

“哦，是吗？”艾莉森答道。

“他跟我说，他又花了好长时间看鲨鱼。”

“老样子。”

我不知道该怎么理解这句“老样子”。因为不管在不在场，都可以这么说。于是，我打算再追问一下。

“他有没有告诉你别害怕鲨鱼？”我问。

“呃，我记不清了。”

她是真的记不清了？还是在逃避问题？

“那你能不能试着回想一下？”我问。

“为什么？”

她停下手中擦锅的活儿，看向了我。我赶紧说：“就是那个嘛，你不是说我们得时刻关注他有没有创伤后应激障碍的迹象。我觉得，如果他像以前一样告诉你别害怕鲨鱼，那很可能就说明他没问题，一切都好。因为面对危险的鲨鱼，他并没有惊慌失措，却还记得要宽慰妈妈，告诉妈妈鲨鱼不危险。你明白我的意思吗？”

“嗯，应该明白了。”

“那他有没有告诉你别害怕？拜托了，这很重要的，你回忆一下。”

她答应了。我发现她的眼睛开始向上看，接着向右看。我曾在一次庭审上听联邦调查局的犯罪侧写师[1]说过，这是典型的欺骗标志。然后她说：“是的，我想他说了：‘别担心，妈妈。鲨鱼在玻璃的另一侧呢！’”

“你确定他真的这么说了？”

向上看，向右看。

“确定。”

我点了点头，装出一副满意的样子，接着便低下头继续洗碗，生怕她看出异样。我觉得自己撑不住了，内心有某种东西正在粉碎、崩塌。我想赶紧离开这里，离开厨房，离开她的身边。

虽然我给了妻子解释的机会，而且还给了她反悔纠正的机会，但是她不仅装聋作哑，而且还肆无忌惮地欺骗我。她亲口说了一个谎言，然后又自己一口咬定了。这让我怎么想？我们在一起的二十五年中，她有没有骗过我？

好吧，她当然是骗过我的。在抽烟的问题上，她就没有说实话。二十来岁时，艾莉森还抽烟，那个年代公共场所还没禁烟。她的烟瘾并不大，不是那种一天一包的人。但是如果我们去酒吧玩儿，她就会抽一支，或是在派对上，有人抽烟，那么她也会跟着抽一支。还有，如果她感到紧张、不安、压力巨大，她也会抽烟。

[1] 犯罪侧写师（profiler）：从事犯罪侧写工作的人。所谓犯罪侧写（criminal profiling），是指执法机关用来确定嫌疑犯特征和分析犯罪模式的一种调查手段和工具。

我们准备要孩子的时候，她戒了烟，我以为她再也没抽过了。可是有一次，大概是三年前吧，因为是结婚纪念日，我决定到她工作的地方去给她一个惊喜，带她出去吃一顿午饭。当我在停车场停车时，突然瞥见她站在办公楼的指定吸烟区吞云吐雾。她一看到我的车，马上就熄灭香烟，转身返回了楼里。三分钟后，当她来到大厅来迎接我时，她的身上飘来了香皂和牙膏的气味。

那次事情过去几个月后，我到她工作的学校参加基金募捐活动，结果在她的办公桌抽屉里发现了几乎满满一包香烟。出于好奇，我在香烟盒的角落压了个小小的折痕。一周半以后，我又趁她不在时，寻了个借口到她的办公室去。我发现还是那一包香烟，不过里面只剩下一半了。看来她每天只抽一支烟，估计就是在午饭时间吧。在过去的三年中，有那么六七次，我在她的呼吸间或衣服上闻到了淡淡的烟草味儿。但是，我从未对她提起过。这并不是什么大事儿，一个女人应该有自己的小秘密，不是吗？

然而，如今我却深感困惑：因为这个小谎言一直没有被揭穿，所以她就觉得自己可以抛出一个更大的谎言吗？

我借口说头痛，想躺一会儿，然后尽快离开了厨房。

为了我的孩子，也为了让自己心安，我必须集中精力好好地思考一下。不过，我必须抛开丈夫的身份。这个身份会让我感情用事，阻碍我做出明智合理的判断。

我要以一个法官的身份来思考。

如果我的法庭上有一个被告人被指控绑架，而且检方还出示了证据，就跟现在对艾莉森不利的证据一样，那情况会如何发展？假设这是一次法官庭审，即被告人放弃了要求由陪审团审判的权利，直接由身为法官的我来决定被告人是否有罪，那么这样一场庭审会有怎样的结果？

检方证人 1 号：来自蒙特梭利小学的帕姆女士，这是一位像奶奶般和蔼可信的人，而且没有撒谎的动机。在艾莉森去学校接孩子的时候，帕姆女士认出了她。这跟陌生证人的指证不同，因为帕姆女士很熟悉艾莉森，而且她的工作职责之一就是要辨别开车来学校接孩子的人。她甚至还清楚地说出了棒球帽、墨镜等穿着细节。

检方证人 2 号：一个小男孩儿，虽然年纪太小，证词可信度较低，但是他也指认了自己的母亲就是开车的人。在盘问中，他承认自己在车上的大部分时间都盯着电视屏幕看了，不过他依然觉得是母亲在开车。

检方证物 1 号：一段监控录像，拍到了一辆被告人拥有的汽车。在帕姆女士所说的时间点，孩子们上了这辆车。同时，录像还显示司机是一个很像艾莉森的女人。

检方证物 2 号：由被告手机向被绑架孩子的父亲发送的短信。第一条短信说她会去接孩子。另一条短信说让父亲回家，从而阻止了他继续追踪一个嫌疑人。

对了，被告辩护律师应该会在审前动议中提出将短信从证物中排除，因为没有证据能表明这些短信确实来自被告人的手机。而检方则会反对说，也没有任何证据能证实这些短信不是来自被告人的手机。因此，不论是哪位法官，都会准许检方使用证物 2 号，同时给被告人机会来证明自己没有发送那些短信。在证明这一点上，被告人的表现似乎非常可信。

然而，被告人的其他证词有颇为可疑之处。第一，她坚决主张——注意，是坚决主张！——不论是她自己还是她的丈夫都不能向执法机关寻求帮助。通常不是只有罪犯才不希望警察参与吗？第二，她撒谎说跟儿子一起去了生物博物馆，但事实证明并没有。检方无须在这一点上多费口舌，法官自然就会明白：对一件事说谎的证人，往往会在其他事情上加以欺瞒。

还剩下一个不解之谜，那就是当儿子在生物博物馆的时候，她真正去做的事情究竟是什么？也许她去见了自己的同伙？又或者她去看了自己的女儿？

此外，被告人还主动进行指纹鉴定，并且自愿在房子周围设立警卫站岗放哨。然而，这太像是精心策划的 O. J. 辛普森 [1] 式的脱罪手段了，仿佛是凶手本人在振臂高呼：我们会不惜一切代价找到真凶！在这种贼喊捉贼的情况

---

[1] O. J. 辛普森（O. J. Simpson，1947—）：全名奥伦萨尔·詹姆斯·辛普森（Orenthal James Simpson），前美国橄榄球运动员、广播员、演员，同时还是一名已被判刑的重罪犯。辛普森因涉嫌杀害前妻妮可·布朗（Nicole Brown）及其朋友罗纳德·高曼（Ronald Goldman）被捕，该案件曾轰动一时，但因证据不足，法庭于 1995 年宣判辛普森无罪释放。在刑事诉讼无果的情况下，受害者家属提起民事诉讼，陪审团一致认为，辛普森对高曼的被殴打及意外死亡事件和布朗的被殴打事件应付责任，并于 1997 年判辛普森对受害者家属支付 3350 万美元的赔偿金。2007 年，辛普森又因持械抢劫和绑架被捕，再次轰动公众，并于次年被判处有期徒刑 33 年，现正在服刑中。

下，警卫是无论如何都抓不到任何人的，科学鉴定也绝无可能起到应有的作用。

至此，被告落座。这些就是我做出判决的全部依据了。那么，我会得出怎样的结论？

答案呼之欲出，却也非常荒谬——艾莉森跟这起绑架案有关吗？

我内心里那个情感丰富的丈夫在大声尖叫：不！绝对不可能！无论什么样的母亲都绝不会让自己的孩子置身于如此恐怖的境地，更不要说是艾莉森了！她生育了这两个孩子，并且将他们抚养长大。从尚在襁褓的婴儿时期，到蹒跚学步的幼儿时期，再到如今活泼可爱的童年时期，她一直无私地、深深地爱着孩子们。

再说，她为什么要做出这种事情？难道她想帮丹尼·帕尔格拉夫捍卫专利权？难道她想保护阿波提根制药公司的股东们？她根本就没有合理的动机。

可是，我内心里那位明智理性的法官会怎么想呢？

法官知道，检方无须证明被告的动机。他只需要看看那两个证人，再看看那段监控录像和两条短信，这一切都指向同一个结论。

因此，法官会顺理成章地判她有罪，并且在当天夜里心安理得地酣然入睡。

27

我的确是一个法官，但却无法将自己从丈夫或父亲的身份中抽离出来。所以，这天夜里，我辗转反侧、异常煎熬。

我的五脏六腑纠结在一起，每一次呼吸都无比艰难，不可承受的压力带来了深入骨髓的痛苦。在过去的四天里，一想到有陌生人绑架我的孩子，我就已经悲痛难当了。如今，想到如此可怕的事情居然有可能是来自身边人的背叛，而这个人不是别人，正是我的伴侣、知己和我那两个孩子的母亲，这种感觉就像堕入了十八层地狱。

如果这是真的，我该怎么办？我在真假的判断之间挣扎、分裂。夜渐渐深了，我反复地回忆，在过去的一周、一个月乃至一年里，我跟艾莉森曾说过的话、做过的事。我想试图从中找寻一些线索，好判断眼前的猜测究竟是真是假，但却一无所获。

我躺在床上，看着熟睡的艾莉森，有好几次都想把她摇醒，亲口问一问事情的真相。然而，我知道自己不能那么做。如果她真的牵涉其中，那她是不会讲出实情的，而且还会再编一个谎言来蒙骗我。如果她是无辜的，那么这种无端的指控会撕裂我们婚姻中最重要的信任，那可就无法弥补、覆水难收了。

夜深人静时，我悄悄地下了床。我相信，如果她确实与此事有关，那么不论她如何小心谨慎，都会留下蛛丝马迹。

首先，我看了她的手机。我检查了她的短信，但并未发现有何异样之处。接着我又看了她的通话记录，大部分都是备注名为“凯伦手机”、“妈妈宅电”、“工作”或其他通讯录中保存的号码。只有两个陌生的号码，我上网查了一下，发现其中一个是我们格洛斯特的家庭医生的办公电话，而另一个则是威廉斯堡的法医鉴定实验室。一切都很正常。她的电子邮箱也非常干净。

不过，短信、通话记录和电子邮件都是可以删除的，说不定她已经清理过了。而且，她也可能还有另外一个手机，专门用来跟同伙联系。

接下来，我翻了她的钱包，觉得那里面说不定会有一些线索，如收据、支票或便条之类的东西等。可是，仍然一无所获。

我努力地思考，还有什么小地方是她觉得不会泄露秘密的？我打开笔记本电脑，登录了我们的“快易通[1]”账号，想看看是否有异常的桥梁或隧道通行费记录。但一切都很正常。

此时，既然已经打开了电脑，我便顺手转到她的脸书[2]账户。艾莉森常用的密码来回就那么三个，非常好猜。

登录以后，我浏览了最近六个月的状态更新，大部分都是跟双胞胎有关的可爱内容或是跟家人一起拍的照片。然后我又查看了她的好友列表，想看看是否有我不认识的人，结果也没什么特别的。最后，我看了她的站内私信。

最近的几条私信都没有什么问题。但是大约一个月前，有一条特别的私信。

[1] 快易通（E-ZPass）：美国的电子过路费收缴系统，可用于大部分道路、桥梁和隧道的过路费收取。

[2] 脸书（Facebook）：美国的一个社交媒体网站，提供社交网络服务，类似于中国的人人网，可以帮助用户查找到校友或同事等。

发送者不是别人，正是艾莉森的高中前男友——保罗·德雷瑟。

他在私信中说，他换了手机号码，现在把新的号码告诉她。同时，他还说他们两个已经很久都没有联系了，他有一些消息想告诉她，非常希望两个人能恢复联系。

艾莉森的回复是："没问题。我明天打给你。"

我努力平复内心涌起的那股冲动而荒谬的嫉妒之情。是的，保罗·德雷瑟确实是她在高中时期的男友，也是她的初恋。他们在一起度过了两年的热恋时光，当时两人的父亲都是厄尔巴索[1]郊外布利斯基地[2]的驻军。可是，在高中毕业的那个夏天，艾莉森的父亲被派到了新的基地，很快保罗的父亲也被派往别处。因此，他们不仅要到不同的地方去上大学，甚至在假期都无法见面了。他们没有选择维持一场艰难的异地恋，而是直接分手了。艾莉森曾告诉过我，她花了大一整整一年的时间才从失恋的阴影中走出来。

不过，那都是多久之前的事情了？差不多得有四分之一个世纪了吧？我要是还觉得嫉妒，那未免也太可笑了。

理所当然地，我点开了保罗的个人主页，先去看了照片。我从来没见过他，但现在看来，他无疑长得非常英俊：比我高出一个头，宽肩窄腰，下巴长得像电影明星一样。有一张照片拍的是他在沙滩上，配图文字简单地写道："塔希提岛[3]！"他赤裸的上身晒成了古铜色，而且小腹非常平坦。另一张照片拍的是他在阿斯彭山[4]滑雪，还有一张照片拍的是他在瑞士攀岩。这个男人的生活看起来就像是由一个又一个的精彩假期串联而成的。

我一下子想起了艾莉森曾拿保罗·德雷瑟开过的各种玩笑：保罗会开着游艇从我们家门前的码头经过，把她从无聊的生活中解救出去；保罗会给她买珠宝和豪车；保罗会带她去很棒的地方旅行等。这类玩笑都有一个不变的主题，那就是她只是凑合着跟我过日子，等着保罗来接她。

---

[1] 厄尔巴索（El Paso）：位于美国的得克萨斯州。

[2] 布利斯基地（Fort Bliss）：位于美国得克萨斯州厄尔巴索的美军基地。

[3] 塔希提岛（Tahiti）：位于南太平洋的一个小岛，是法属波利尼西亚（French Polynesia）最重要的岛屿。

[4] 阿斯彭山（Aspen）：美国西部的一处滑雪胜地，位于科罗拉多州的阿斯彭市郊。

这些真的只是玩笑，对吗？

在他所有的照片中，既没有妻子，也没有孩子。于是，我便点开了“个人简介”的选项，查看他是否有伴侣。

他没有。感情状态一栏写的是“单身”。

而且，住址栏写的是弗吉尼亚州亚历山大市，这一点也让我很烦恼。这个满世界到处跑的保罗，如今居然就住在离我们家这么近的地方。

然而，在“个人简介”的页面下，还有一条最为恐怖的信息，看到的那一瞬间令我觉得不寒而栗。那就是“工作”一栏。

在这一栏中，保罗·德雷瑟写下了自己工作的公司，正是“阿波提根制药公司”。

我的脑袋嗡嗡作响，双手不停地颤抖，狂跳的心脏快要爆炸了。尽管如此，要把所有线索拼成一个设想并非难事。就算这个梦魇般的设想不一定是真实的，但至少是有可能的。

我能想象出保罗参加一场公司的会议，会上讨论了这起专利诉讼案——除此之外，阿波提根的人还能谈些什么？然后，他们发现在这起事关重大的案子里，当事法官跟他们公司毫无瓜葛，但却恰好是保罗前女友的丈夫。

他很可能把这个情况和盘托出了，于是其他的高管们就怂恿他去接触艾莉森。说不定高大魁梧、英俊迷人、性感帅气的保罗能跟前女友旧情复燃，从而为公司效力呢！或者至少他可以从她那儿打探到一些有用的消息吧。

也许一切就是从那里开始的。最初，他只是想接近我和这桩案子。但是，当他跟艾莉森取得联系后，二人一拍即合。显然，他们曾经相恋过，而初恋总是令人难忘的。我深知这一点，因为艾莉森就是我的初恋。

不难想象，保罗肯定是再一次对艾莉森燃起了激情。从某种程度上来讲，四十四岁的她比十八岁时更美丽了。别的不讲，单说她跟同龄人相比，就显得分外年轻、优雅，这是上天对她的眷顾。

但是，艾莉森也同样被保罗迷住了吗？毫无疑问，她从来就没有真的忘记过他。命运和现实迫使他们分离，因此他永远都是她未实现的一个梦。如今，这对擦肩而过的恋人再次相遇了。

绑架事件除了能给保罗的事业带来巨大的好处之外，会不会还是艾莉森和保罗带着孩子私奔、共同开始新生活的第一步？他们会不会在我下达判决之后，利用某种便利的手段铲除障碍，把我摆脱掉？

这种事情想一想就觉得匪夷所思，但同时却又再平常不过了。我记起不久前曾看到过的一条新闻：位于新泽西州的一个教堂禁止神职人员注册脸书账号，因为总有夫妻为了婚内出轨的问题来找牧师咨询，而这些出轨事件都是通过社交媒体死灰复燃的。

我努力平复心情，提醒自己这一切都只是猜测。现在只有一条脸书私信，还有一次紧随其后的通话（尽管艾莉森的手机通话记录里没有显示，但她很可能是用了家中座机或者预付费的匿名手机），以及保罗在阿波提根工作的事实。

我又在网上查了一个小时，却并没有得到多少信息。保罗·德雷瑟肯定在阿波提根制药公司工作，不过，好像是市场销售部的。可无论是在阿波提根的官网上，还是在领英[1]的网站上，都没有写明他的职位、所属的办公室以及具体的工作内容。

不过，那都是些细枝末节。眼下最重要的问题——在我心目中堪比世界大战级别的问题——便是艾莉森究竟有没有做出这种事？

几天之前，我会说，尽管我知道的不多，但我起码了解自己的妻子。我与她息息相关。我们已经在一起二十五年了，这是我们成年后的全部人生。这期间的记忆里，她未曾缺席过。

在“那起事件”发生之后，一颗小小的子弹彻底地改变了我的观念，我首先想到的便是艾莉森，她永远都是我幸福和快乐的源泉。从读大学，到读法学院；从我担任法院职员，到我成了工作狂，甚至到我为了富兰克林议员拼命工作到差点儿丧生的时候，她都一直全心全意地爱着我。

有时，我觉得自己不值得被她如此深爱；有时，我不明白她为何爱我，但我坦然地接受了这份爱。她的爱就像璀璨的光芒，在我的宇宙中长明而不灭。

假如这道光芒真的背叛了我，变得堕落而黑暗，那我的世界该怎么办？

我的耳畔不停地回响着一位离异的朋友曾说过的话。他是这样描述婚姻破裂的：那一刻，婚姻在指责和仇恨中轰然崩塌；那一刻，他才意识到自己

[1] 领英（LinkedIn）：创办于2002年，是一个通过互联网提供商务和职场社交服务的平台。

的妻子完全是一个陌生人，她的行为举止完全不可理解；那一刻，他才明白，他认识的那个女人、爱过的那个女人，早已不复存在。

这一切是否正发生在我的身上？

讽刺的是，此刻我最想对之倾诉心声的人正是艾莉森，但她却是最不可能的人选了。在我弄清事实之前，我无法对她吐露一个字。而且，当我还怀疑她的时候，我也很难跟她坦诚交谈了。

我只能默默地看着她，无声地祈祷，但愿这只是噩梦，更愿这噩梦不要成真。

28

第二天早上，艾莉森说了两个提议，让我觉得非常担忧。

第一，她说想去教堂，但她要自己一个人去。

去教堂并没有什么稀奇的，但只身去就不一样了。搬来格洛斯特以后，因为家庭的缘故，我们常常去教堂做礼拜。我们并不想将宗教强加于孩子，他们应当自由选择自己将来想做什么、想成为什么样的人，但是我们觉得至少应该让他们接触信仰。因此，我们便常常全家人一起去教堂做礼拜。

她解释了原因。她说我们平时都是四个人去，现在最好不要三个人去；如果只身前往的话，她就可以对教堂的人说我身体不适，而她也不愿独自把孩子们拽上。而且她还说，她有很多想为之祈祷的事情。

然后，她又说了第二个提议：让我去参加布雷克的募捐派对。

显然，布雷克的秘书把派对详情给我们两个人都发了。跟我先前预料的一样，艾莉森一点儿都不想参加。但是，她觉得这对我来说是一个散心的好机会，我可以借机从家庭和工作的重压下逃离片刻，喘口气。她说："出去走一走吧，跟布雷克好好玩儿，别再想这些烦心事儿啦。"她说得简单，真要做到谈何容易！

实际上，这两个提议我都不喜欢，但是我却都同意了。主要是因为我不知该如何拒绝。同时，我内心的惊惧又大大地加深了。

她想去教堂，真的纯粹只是想寻求精神安慰吗？

还是说，她要以此为借口，溜出去找保罗和爱玛？

整整一个上午，我一边陪着萨姆，一边绞尽脑汁地想这个可怕的怀疑究竟是真是假，然而却无能为力。

给萨姆做早餐时，我打开了厨房里的小电视机。电视上在放新闻，镜头给到了我姐夫上司的上司的上司安迪·惠普尔，他正在就自己所做的慈善事业接受采访。据马克姐夫说，惠普尔预测到了 2008 年的金融危机，将公司的全部投资及时从股市撤出，转投避险领域，因此在金融业界声名大噪。其他公司都损失惨重，但是惠普尔联盟最大的一支基金却暴涨百分之二十八，创造了业内奇迹。

作为一个金融世界的投资大师，他长得很不起眼儿：身材矮胖，下巴肥硕，头发很短，发际线过高。

他给市中心的一个青少年会捐了两千五百万美元，为此，记者正在对他歌功颂德。我看着他的嘴一张一合，却没听到他在说什么。我恍惚地想着他的钱。如果我有两千五百万，我能摆脱眼下的困境吗？金钱能让爱玛回家吗？

由此，我展开了更多的幻想。也许马克能帮我联系到惠普尔，然后惠普尔借给我一大笔钱，只要能保证爱玛平安归来，即使用余生来还上这笔债，我也心甘情愿。

又或者，两千五百万美元也无济于事？惠普尔有庞大的金钱资源，可我也手握司法权力啊！如果他遇到我的情况，会不会跟我同样一筹莫展？这世上真的有金钱和权力都买不到的东西吗？

等艾莉森从教堂回来之后，距离下午的募捐派对已经没有多少时间了，我们匆匆地谈了谈有关萨姆的话题——他吃了什么，我们在家做了什么，他看起来好不好——然后我就出门了。

这次的募捐派对在纽波特纽斯的一个游艇俱乐部举行，名为“与议员共度周日——在午后的小型派对上邂逅布雷克·富兰克林”。虽然布雷克如今已是一名民主党人了，但他还是像共和党人一样通过举办派对来募集资金。

我到了以后，工作人员给了我一个名牌，上面写着“桑普森法官”。我知道他们只是想表示对我的尊重，可如果我有修正液的话，我肯定会把“法官”二字涂掉。在法院时，我不介意别人叫我“法官”。但是在其他地方，我还是更愿意用自己的本名“斯科特·桑普森”。

虽然这个派对叫“小型派对”，没想到受邀前来的人居然这么少，这也就意味着每位参加者的花费都很多。一张入场券说不定有一千块吧？或者五千？我并不关心具体价格是多少。还是他的政策顾问时，我就从来不蹚竞选资金这摊浑水。

当我走进这个乡间俱乐部的宴会厅时，我看到布雷克议员正在跟两个有望出钱的赞助人热切地聊着天儿。布雷克的胸膛很宽阔，身高刚过六英尺。他的头发虽然已经都变成了灰色，但依然浓密而卷曲，如年轻时一样。他的头颅很大，身材非常健壮，容貌气度均与众不同，在电视画面上显得尤为英气勃发。

布雷克是个活力充沛的人，也正是这一点支撑着他在政界走到了今天。他出身于一个劳动阶级家庭，父亲是纽波特纽斯造船厂的工人，母亲是普通的家庭妇女。他凭借自己的努力上完了大学，同时结交了一些有钱的朋友。他以三寸不烂之舌说服这些朋友出钱投资，成立了一个房地产开发公司。在 20 世纪 80 年代，由于军费开支增加，汉普顿锚地变得繁荣起来，布雷克也借机赚了一笔钱。然后，在美苏冷战结束之前，他就卖掉了公司，不久后美国的房地产界就迎来了泡沫破裂的惨淡时期。

他之所以进军政界，是因为他想让下一代跟自己一样，能有白手起家、追求梦想的环境和机会。共和党与民主党都非常欣赏他的这条从政理由。

我看着布雷克，他已经马不停蹄地来到了几个老富豪面前，跟他们有说有笑地聊着天儿。这几个老人让我想起了瓷器：既脆弱又昂贵。在我与布雷克共事的数年间，起初我以为他的谈笑风生都是假的，或者至少是装出来的。我觉得他是不得已而为之，因为他很明白，在政坛打拼全靠人脉。身为政客，必须要做到人情练达。

结果，后来我才发现，他根本就没有那么深谋远虑。他只是单纯地享受用拥抱和握手来表达友谊，而且他还喜欢讲故事。他不仅愿意结交新朋友，而且还会为了与旧友重逢而满心喜悦。他的热情都是出自真心实意，绝无虚伪、造作。

从我刚踏进这里开始，就有一个服务生端着摆满香槟酒的托盘朝我走来。他满怀期待地看着我，仿佛我见到他过来应该欢天喜地似的。这时，我才意识到来这儿真的是个天大的错误。香槟？此时此刻，我怎么能喝得下庆祝的香槟？爱玛身处危险之中，我怎么喝得下？艾莉森说不定正在背后算计我，我怎么喝得下？我只想找个地洞钻进去一了百了算了！

不要说真的喝了，光是想一想就让我觉得反感。我甚至想把整个托盘都掀翻在地。

服务生微笑地看着我。周围的每个人都拿了一杯香槟，我知道自己应该表现得跟他们一样。可是，我不能。

我要离开这儿。现在，马上。

"不用了，谢谢。"说完，我转身打算离开。

正在这时，布雷克突然从另一个方向朝我走来。他从托盘上顺手拿起一杯香槟，塞进了我的手里，同时用他的胳膊亲热地搂住了我的肩膀。

"见到你太好啦，真是太好啦！"他说，"谢谢你能来。"

从附近的某个地方传来了相机快门的"咔嚓"声。

"我的教女怎么样？"

他把胳膊拿开了。由于有摄影师在场，我不得不挤出了一个微笑："挺好。"

相机又"咔嚓"、"咔嚓"地响了几声。布雷克毫不在意，但我却觉得紧张不安。

"不错，不错。"他说着又把我拽到身边，"我还没忙完，不过你可以等等我，一会儿我来找你，好吗？我们可以一起吃晚饭什么的。"

然后他就走了。我仔细端详着手里的香槟，在一种莫名的冲动之下，我将它一饮而尽，食道里传来了灼烧感。我不喜欢香槟，但还是示意服务生再拿了一杯过来。

也许艾莉森是对的。也许我应该试着抛开一切，暂时逃脱重压，缓一口气。整整一周，我都在法院里演戏，现在也可以在布雷克面前接着演。

我仍然无法强迫自己跟人交谈，但是我灌下了第二杯香槟，接着第三杯。等到派对现场的工作人员宣布议员要讲几句话时，我已经满脸通红了。我摇摇晃晃地找了个座位，刚坐下，布雷克就开始了"展望祖国美好前景"的缩短版演讲。这个演讲我已经听过许多次了，只不过每次都会有细节略作改动。在这种场合下，类似的演讲总是很受欢迎。在场的观众听了以后会觉得，如果他们在一个乡村俱乐部的午后派对上捐出一些钱，那么他们的前景也会很美好。

接着，布雷克谈到了近在眼前的选举，谈到了每一票都弥足珍贵。在之前的几次全州选举中，弗吉尼亚州的选票都更倾向民主党人，但竞争激烈、优势颇微。这一次，民意调查显示布雷克的支持率略逊一筹，因此他难免会提及选票一事。

最后，他开始感谢主办这次活动的金主以及其他提供了帮助的朋友。我漫不经心地听着，没怎么在意，可是却突然听到了自己的名字。

“……他曾为我工作多年，是华盛顿最杰出的政策顾问。他对我的帮助数不胜数，多亏有了他，我才能显得比自己实际上要聪明许多。”布雷克说到这儿，来宾们发出了一阵善意的笑声，“如今，他正在担任弗吉尼亚州东部地区的法官，继续为国效力。诸位可能看到过，他的名字出现在《华尔街日报》和《纽约时报》上与阿波提根案相关的报道中，如今他可是个大名人了。桑普森法官，你能跟大家招手示意一下吗？”

我不知道自己该不该为这场政治表演陪秀，但还是依言挥了挥手，心里觉得非常尴尬。

“谢谢。现在你们都认识他啦，诸位当中若有人这周在阿波提根的股票上赔了，想把钱找回来，这下可知道该去讨好谁了吧！”

他说这番话时，咧着嘴笑了。整间屋里的人就像提前说好了似的，一起爆发出大笑声。表面上，我也跟着他们一起笑，努力表现得随和自然。但内心里，我却感到非常愤慨。

他凭什么让大家都来关注我！而且他居然还暗示我有可能被讨好，我的观念有可能被酒会上的闲聊所左右！对于我的正直而言，这简直是莫大的侮辱！

唉，也许我之所以反应如此激烈，正是因为我知道自己已经毫无正直可言了。不过，我还是尽快找了个机会，在不引人注目的时候悄悄溜走了。

他还是找别人共进晚餐吧。

29

哥哥拿着一张纸，来到小女孩儿的房间跟前，转动了门把手。

门锁应声弹开，发出了清脆的“咔嗒”声，他走了进去。一开始，他没有看到她，后来她从床的另一边露出了脑袋。

“你在那儿干什么？”他问。

小女孩儿站起身来。

“没什么。”她飞快地说。

他走到她站的地方，低头盯住她。小孩子根本就不会撒谎，他看出来她明显是有所隐瞒，但却不知道究竟隐瞒的是什么。

“给我看看你的手。”他说。

她把双手伸出来，手掌摊开，上面什么都没有。哥哥眯起了眼睛，他还是不相信她。

他又开始想，如果他们能把她拴在床上，或者用其他有效的手段限制她的行动，那就好了。那样，他们就不必总是提心吊胆地猜测她有什么企图了。

可问题是那个女人。不管她是谁，反正她不同意把小女孩儿绑起来。

算了，不想了，还有活儿要干呢！他抓住小女孩儿的胳膊，把她拽进洗手间。这里的灯光很亮，小女孩儿不由得眯缝起眼睛。他将那张纸递给了她。

“拿着。”他说。

“为什么？”

“拿好了。”

“这是什么？”她问。

“闭嘴，别问了。”

哥哥从口袋里掏出手机，戳了几下之后，相机启动了。然后他看向她。

“不对，不是这么拿。”说完，他把纸翻过来，让有字的一面冲着自己，“这样。”

小女孩儿听话地拿住了纸，但是却开始低头研究纸上的字。

“不对，不对。别看那张纸，看着我。”

小女孩儿没理会他。

“别惹我，要是再不抬头，我就打你。”

他们的老板说过，不能打孩子。那个女人显然反复强调了这一点。

但是她又不在这儿，有必要的话，哥哥还是会下手的。

“听到没有！”他咆哮道。

最终，小女孩儿抬起了头。

“这才对，”他说，“看镜头。”

当镜头捕捉到小女孩儿脸上那茫然的表情时，他赶紧拍了几张照片。

30

到家时，我仍然对富兰克林的言行感到愤愤不平。我打定主意，今天一晚上都不理艾莉森，或者尽量敷衍过去。我走到门厅，经过她身边时，突然闻到了某种味道。

是烟味儿。

虽然味道很轻，但我的鼻子和大脑还是认出来了，这绝对是烟味儿。

“等等。”我对艾莉森说。她已经朝厨房走去了，锅里正煮着给萨姆吃的意大利面，烤箱里还烤着晚饭要吃的鸡肉。

“嗯？”她应了一声，转过身来，但依然站在原地不动。

我一步步走向她，直到我们俩都快贴上了。我用力地吸了吸鼻子，闻着空气里的味道。

“怎么了？”她说着，倒退了两步。

“你刚才抽烟了？”我问。

“没有。”她答得很难令人信服。

“那我经过你身边时，为什么闻到了一股烟味儿？”

她闻了闻自己的衣服，从左肩闻到了右肩。

“我不知道。”她说，“我和萨姆之前去了趟杂货店，在门口正碰上一个抽烟的人向外走。说不定……”

我又一次靠近她，现在我们俩已经站在厨房里了。食物的香气飘来，我什么都闻不到了。

“让我闻闻你的手。”我说。艾莉森习惯用右手抽烟，多年来一直如此。

“什么？”

“把你的手伸出来。我想闻一闻。”

“不要。”她抬起左手，抓住自己的右手。

“你何必紧张？如果你没有抽烟，我是闻不出什么来的。”

“斯科特，这太可笑了！”

“所以，你否认了？你否认自己抽烟？”

“对，我——”

“在怀双胞胎之前你就已经把烟戒了，对吗？”

“别说了。”她说，“你简直是莫名其妙。我们谈这个干吗？”

“因为我很清楚我闻到了什么。”

“你以为自己是什么高中校长吗？”

“你就坦诚地告诉我你抽了一根烟，那又怎么了？你是个成年人，只要你愿意，你当然可以抽烟。何必要隐瞒？”

“我没有……这简直无聊透顶。”她说，然后便推开我，转身去做饭了。

“我知道自己闻到的是什么。”

她没有理我，我也没再跟她说话。继续这样捉迷藏也没有必要，她的反应已经说明了一切。苍白无力的否认，顾左右而言他的闪躲。

我心里清楚，这不是什么大事。每天抽一支烟相对来说并没有什么严重的危害，在生活如此艰难之时，如果我的妻子想以此来缓解情绪、减轻压力，那是她的权利，没有任何问题。

但是，她为什么要撒谎？

结果，那天夜里睡觉时，这件事又让我耿耿于怀。我早早地就上床了，想好好休息一下，为第二天上午的审前会议养好精神。可我睡不着。我想起了她办公桌抽屉里的那包烟，想起了她在办公楼吸烟区吞云吐雾的样子。

在执法界，有一个关于打破玻璃的著名理论。如果警察忽略了轻微的犯罪案件，如蓄意打破窗户这类的行为等，那么就会使罪犯产生一种无视法律的心理，最终酿成大祸，犯下严重的罪行。

假如当初我直接质问她抽烟的事情，保罗·德雷瑟这档子事儿现在还会发生吗？

还是说，只要保罗·德雷瑟重新闯入她的生活，这一切就必然会发生，根本无法阻挡？长久以来，对艾莉森来说，我的存在是否就只是某种安慰？我在脑海中回忆这些年她提到过保罗的所有场景。我觉得，即便是开玩笑的时候，他在她心目中的重量也远远超过了一个普通的高中前男友。

我在床上翻来覆去了一两个小时，心里还是乱七八糟的，我感到非常痛苦。最后，我起身去了洗手间，找出了“那起事件”后医生给我开的安眠药。那时，刚动完手术，伤口疼痛难当，但一般只要吃一片药，我就可以沉沉入睡。不过，这药已经过期很久了。

我不在乎，一下吃了三片。

我不太清楚自己什么时候睡着的，也不知道艾莉森什么时候上床的。

我只知道我是被吵醒的。是一声如惊雷般的枪响。

当我跳下床时，枪声的音波依然在树林间回荡。

“什么声音？”艾莉森笔直地坐了起来。

我已经大步走到了卧室门口，虽然身体东倒西歪，但是内心意志坚决。

“别出去！”艾莉森大叫道，“千万——”

“你别管，你去陪着萨姆。他很可能被吓着了。”

我没有等她回答就立刻出门跑下楼梯。我打开了屋外的灯，然后就穿着单薄的睡裤和T恤，一把推开了家里的大门。我希望能趁开枪者逃走之前瞥见他是谁。然而，开枪者非但没有逃走，而且还从门廊的一角绕到了我的面前。我呆住了。我曾经被枪口指过，我不想再来一次了。

不过，那个拿枪的人根本就没有看我。他将手中的来复枪指向了前院中的一个方位，手指还扣在扳机上。他戴着夜视镜，镜片向上翻起，从头到脚都穿着一身丛林迷彩服，脸上还涂着黑色颜料。

尽管有涂料和夜视镜的伪装，我还是认出了他。开枪者是二姐夫杰森。原来凯伦提议的夜间巡逻已经开始了。

“杰森，你到底——”

这时，我听到门阶下传来了一声哀号。我走到门廊边上，看到了一个男人，他躺在一小片落满松叶的草地上，距离房子大约八十英尺。他很年轻，骨瘦如柴，此刻正紧紧地抱着一条腿，嘴里不断地蹦出乱七八糟的脏话。

“敌人说不定还有武器，”杰森对我说，“你待在这儿别动，等我先去确定一下再说。”

那个孩子在地上痛苦地扭动身体，不时还用手掌重重地拍打地面。我看着他，恍惚觉得腋下的旧伤口传来了一阵剧痛。我永远都不会忘记自己刚刚中弹后的感受，那种痛苦是难以言喻的。而且，那种痛苦还会让人完全丧失行动力。在动作电影里，中了枪的男主角还能英勇地继续战斗，但那都是虚构的。在现实生活里，人一旦中了枪，便只求让伤口的疼痛停下来，不管付出什么代价。你只觉得那痛苦是致命的，什么勇敢，什么反击，早就统统抛诸脑后了。

“必要的话，我可以一枪打爆他的脑袋。”杰森大声说。

那孩子停止了咒骂，赶紧说：“饶命啊大哥。我发誓我绝对没有任何武器，我发誓！”他剧烈地吸气、呼气。

杰森走近他，用枪管顶着他的脑袋，命令道：“把手举起来给我看看，小浑蛋。举手，快！”

他把双手从伤口上拿开，颤颤巍巍地举了起来。

“再举高点儿。”杰森说着，又朝他迈了一步，抬起脚恶狠狠地踹了一下他的腹部。杰森的脚上穿着一双厚重的黑靴子，看起来很可能还是钢头靴。

那孩子发出一声凄厉的尖叫声，他蜷缩起身体，弯曲起没有中枪的腿来保护自己。受伤的那条腿笔直地瘫在地上。他呜咽着说：“求求你，饶命！噢，天哪！求你了，真的好痛。”

杰森终于不再用枪口顶着他了，但是却把枪杆高举了起来，仿佛还要打这个孩子。也许是打腿，也许是打头。

“杰森，住手，快住手！”我说，“他已经够受的了。”

我急忙跑向他们，赤裸的脚在路上被一枚松果硌到了，我不禁吃痛地叫了一声。看到杰森把枪放下，我才渐渐放慢了脚步。他把手伸进了厚厚的背心，不知那是不是防弹衣。刹那间，我还以为他要掏出一把手枪来将这个孩子杀了。

不过，他只是拿出一个手电筒，打开后照亮了面前的俘虏。

这个年轻人也就是二十岁左右。他的下巴上长了乱糟糟的小胡子，上身穿着一件背心，露出了几处文身。其中有一个很大的文身图案，看起来像是迪斯尼的小美人鱼，只不过没有把她胸前的贝壳也文上。他的皮肤很粗糙，泛着灰黄色。我在法庭上见过一些吸食冰毒成瘾的人，他们的皮肤也是这个样子。绑架我孩子的人肯定是心思非常缜密，可他看起来一点儿都不像。

杰森用手电筒照亮他的脸。他眯起眼睛，稍稍避开了刺眼的光芒。

"小子，你大半夜的跑到这儿来干吗？"杰森毫不客气地问道。

"杰森，交给我吧。"说着，我抬起一只手放在了他的肩上。然后，为了安抚杰森的情绪，我又特意补充了一句，"辛苦了，你先去休息一下。"

我俯身跪在这个年轻人跟前。他的牛仔裤已经被鲜血染成了深色。子弹射中了他的大腿，在裤子上留下了一个边缘异常整齐的圆洞。不过，我看不清裤子下面的伤口，不知道他到底流了多少血。

"年轻人，你叫什么名字？"我问。

"博比，"他赶紧说，"我叫博比·罗，先生。"

"好的，博比·罗。现在请你告诉我：你在我家的院子里做什么？"

"有人给了我五百块，让我把一个信封放在您家的门廊上。先生，我发誓，仅此而已。"

一个信封？那肯定是绑匪叫他送来的。"信封在哪儿？"

"我不知道。估计是刚才那个——"说到这儿，他骂骂咧咧地说了一个难听的词来指代我的姐夫——"开枪打中我的时候，把信封弄掉了。"

杰森听到了这句咒骂，立刻火冒三丈。他向前迈了一步，作势要再踹这个孩子一脚。"好了，别放在心上，"我告诫他，"先让我找找那个信封。"

我努力地找了几分钟，可是却一无所获。杰森仍然拿着那个耀眼的手电筒，这使得我的眼睛无法适应黑夜，很难看清周围昏暗的草地上到底有没有信封。

"好吧，先不管那个信封了。"我说，"你说有人给了你五百块。是什么人？"

"我不知道。他不是这儿的人。他的口音像俄罗斯那块儿的，或者是其他什么地方的，我也不太清楚。而且他还留着大胡子。"

外国口音。大胡子。这跟萨姆描述的毛毛脸坏蛋非常相似。

博比又抱着腿开始呻吟起来。

“你觉得咱们需要叫个救护车吗？”杰森问。

我正准备列出一堆不能叫救护车的理由，诸如急救人员会打电话通知警方，急诊室的医生遇到枪伤必须上报等。但我还没来得及开口，博比就抢先插嘴拒绝了。

“不要，先生，求求您了，先生。如果被我的缓刑监督官知道了，他会把我塞回监狱的！我身上大概还有五年的刑期，我不想进去蹲号子。不用叫救护车，我会没事的。”

他把手按在伤口上，紧紧地闭上眼睛，忍住不发出声音。

“你觉得我们能帮他止血吗？”我问杰森，“我可不想让这个孩子死在我家院子里。”

“我没用空头弹，”杰森说，“我用的是实头弹。”

“所以呢？”

“所以子弹应该直接从他体内穿出去了。”在说这句话时，杰森带着一种从未中枪的人才有的活泼自在，仿佛子弹只要不留在体内，就不痛了似的。

我低头看着博比，他的胸脯在剧烈地起伏。

“杰森，能不能劳驾你跑一趟，去一下家里的洗衣房？洗衣机上有一些旧床单，应该都很干净。你帮我把床单撕成布条拿回来。如果艾莉森问起来，你什么都别说，只叫她陪着萨姆就行。”

杰森是个军事迷，一向喜欢服从命令，听了我的话，马上便依言一路小跑进屋了。

“好了。”我说。然后，不知是为了安慰那个孩子还是为了安慰我自己，我又说了一句，“你会没事的，博比。”

他点了点头，接着又闭上了眼睛。杰森把手电筒拿走了，只剩下门廊上的灯光照在我们身上。我的眼睛又渐渐地开始适应黑夜，但是仍然没有看到信封在哪儿。看来，我只能等日出后再找了。

“再给我讲一遍吧。”我说，“从头开始：有个留着大胡子、操着外国口音的男人让你把信封放在我家的门廊上。”

“没错。我刚从沃尔玛超市出来，他就走过来说，喂，小子，你想不想赚一千块钱？”

“一千块？我记得你刚才说是五百块。”

“他先给了五百块，让我把信封放在那儿，如果我能带一个喂鸟器回去，就可以得到剩下的五百块。他说——”他搂着自己的腿，牙齿磨得“咯咯”作响——“他说您家的门廊上有很多喂鸟器。”

怪不得先前丢了两个喂鸟器，肯定是被之前来送东西的人拿走了。他们每次都找个新人来送，博比·罗是第一次来。绑匪显然对我们家门廊上的装饰非常熟悉，带个喂鸟器回去就证明已经把东西送到了。

“所以，你要拿着喂鸟器去见那个人，去……哪儿？还是去沃尔玛吗？”

“对，他说他会在那儿等我。”

他会等你才怪。如果我是绑匪，难道我会在沃尔玛的停车场不惜冒着暴露自己的风险，一直徘徊不去，就为了等一个二十岁的臭小子把喂鸟器给我，然后我好给他钱吗？

绝无可能。我会立马大踩油门儿离开停车场，因为我知道自己的同伙正在监视着这栋房子，他自然能看到东西有没有被送到。

“如果你愿意的话，你可以回去找他。”我说，“但是这只是在浪费时间。我觉得那个人早就走了。”

这时，杰森带着撕成布条的床单回来了。

“好，我们开始吧，”我说，“帮我把他的腿抬起来。”

博比发出一阵呻吟。

“闭嘴！”杰森说，“小子，绑架犯可不是什么善茬儿。你在跟他们厮混之前就该搞搞清楚！”

“绑架犯？”博比尖声说道，“你们都是绑架犯？”

“不是。不是这么回事儿……你就别管这么多了，管好你自己。”我对杰森感到非常恼火。像他这样口无遮拦，搞不好会危及爱玛的性命。

我严厉地盯着杰森说：“注意一下你在说什么，别随便说话。”

我们继续忙活，不久，伤口就被紧紧地扎住了，第二层床单上只有零星的血迹渗出来。我和杰森开车把他送了出去，然后他便开着自己的车走了。

我跟杰森分手后便回了家。艾莉森睡在萨姆的床上，他们蜷缩在一起。

萨姆抱着爱玛熊，安心地躺在“妈妈熊”怀里。眼前的情景让我觉得，别管什么香烟不香烟、保罗不保罗的，艾莉森跟这桩绑架案绝对不可能有任何关联。

回到卧室，我直接倒在盖着床罩的床上，闭上了眼睛。我觉得如今体内的肾上腺素已经退去了，安眠药应该会起作用了。

可实际上，我的神经依然很兴奋。过了一会儿，我还是毫无睡意，于是便起身到厨房煮了些咖啡，等着日出。我关掉了屋内屋外所有的灯，让自己的瞳孔渐渐放大，慢慢适应了黑暗。

喝了一杯半的咖啡后，我觉得外面的黑夜已经不那么黑了。现在看起来更像是一种脏兮兮的灰色，黎明快要来了。我抓紧把剩下的半杯咖啡喝完，然后便来到了屋外。

没过多久，我就找到了要找的东西。距离博比·罗流血的地方约二十英尺处，有一个细长的马尼拉纸制信封[1]，正是他拿了钱要送的那一个。之前的信封上都有黑体字，这一次的信封上什么都没有。而且，从外面摸上去，感觉里面很硬，好像是一张硬纸板。

我把它拿回厨房，打开灯，拆开了信封。果然有一张硬纸板，里面还夹着一张相片纸。我拿起硬纸板，相片纸滑落了下来。

那是一张爱玛的照片。她的头发都没了，只剩下一点儿金色的头发茬儿。她的脑袋因而显得又小又古怪，样子非常狼狈。她的肩膀耷拉着，表情很沮丧，右手举着一大张纸，小手就像洋娃娃的手一样。

纸上印着几个字：**审前会议？加快进展，爸爸。我能不能活全看你了。**

我靠着厨房的柜子滑落下去。爱玛的感受全都写在了脸上。只要看一眼她的表情，就能感受到恐惧、困惑和痛苦，这让我心碎不已。我把头埋在双臂间，流下了眼泪。过了好一会儿，我才鼓足勇气又看了一眼照片，想找一找跟她的位置或绑匪有关的线索。

然而，什么都看不出来。她的背后只有一大片普通的米黄色板墙，那堵墙有可能就在隔壁，也有可能远在南半球的某个地方。

我又盯住了女儿那孤寂的小脸儿。从上幼儿园开始，她就识字了。毫无

---

[1] 马尼拉纸制信封（Manila）：一种用很厚的浅棕色纸张做成的信封，因制纸的成分中有马尼拉麻（manila hemp）这种植物而得名。

疑问，她肯定认出了那张纸上的字。

作为一个六岁的孩子，她是如何理解一个死亡威胁的，我不得而知。但是，她看向镜头的目光和阴沉下垂的嘴角告诉我，她恐怕已经清楚地知道是怎么回事了。

我们都终将懂得，生命是一份幸运的礼物，而不是一个永恒的保证。生命的尽头只有一个，那就是死亡。可是，对于一个一年级的孩子而言，这份顿悟未免来得太早了。

我想伸出双臂，拥抱这张照片。我想痛骂绑匪的麻木不仁。我想对女儿说，爸爸一定会想办法保护她。我想把全世界的荆棘都砍掉，使它们不能伤害她。我只是想像全天下的父亲一样，能够解决问题，让孩子平安无事。

加快进展，爸爸。我可以做到，这当然没问题。可绑架爱玛的人为什么想让案子加快进展？一般情况下，专利案越快解决，对原告越有利。这也是为什么有许多专利案都会找上我们这个“办案神速”的法院。

但是，假如绑架案的幕后指使是罗兰德·希曼斯或者其他原告方的人员，那么他们为什么还急着要加快进展？他们掌握了法官，就算按部就班地照流程来，也已经胜券在握了。还是说，因为怕夜长梦多，所以绑匪只是单纯地想快点儿了结此事？也许他们怕爱玛会逃跑，也许他们怕自己会被发现。

的确，出岔子的可能性虽然很小，但是随着时间的流逝，可能性会越来越大。或许是出于这个原因，他们才想加快进展的。这回，我跟他们第一次达成了共识。

我比他们还急着想结束这一切。

31

早上，在为了上班而洗澡并穿衣打扮时，我一直处于精神恍惚的状态。

在艾莉森的要求下，我已经把夜里发生的事情原原本本地给她讲了一遍。然后，我给她看了那张照片。她泪流满面，跟我一样愤怒和悲伤。她看到照片的那一刻微微地趔趄了一下，看起来是如此自然，仿佛发自本能，令我忍不住想去相信她。她那紧握双拳、浑身颤抖的样子实在太逼真了，我觉得没有哪个演员能演得出来。

或许，我只是在自欺欺人？如果她是绑架事件的参与者，肯定早就知道我会收到那张照片，那么她是不是已经提前练好了这套情绪反应，就等着装给我看？

到了法院，我还是不确定事实的真相究竟是什么。当我走进内庭时，只有琼·史密斯一个人在。她正拿着一个喷壶忙着给办公室里的植物浇水。

自从周六早上到肯辛顿公寓转了一圈之后，我看史密斯夫人的眼光都不同了。这个穿着毛线衣、平底鞋和长裙的保守女人，真的是罗兰德·希曼斯追求的对象吗？还是说她的吸引力不在外表，而在于她能接触到这个特大专利案的法官？她有没有在经意或不经意之间把我的生活细节透露给他，结果促成了绑架事件的发生？

“早上好，法官。”说着，她把喷壶中的最后几滴水浇在了一株小灌木上，“我今早在报纸上看到了一张您的照片。”

“哦？”我说。

“报纸就在我的桌子上，如果您想看的话，直接拿去就行。”

我走到她的办公桌前，看到了一份《每日新闻》，在本地版内页的右上角有一张我跟布雷克·富兰克林的合照。这是一张抓拍的照片，画面上的我们正在交谈。他的胳膊搂着我，我手里甚至还拿着一杯香槟，这让我觉得非常难堪。整张照片都显得颇为交际主义和精英主义。跟政客相识是一回事，而过从甚密又是另一回事了。

包括这张照片在内的三张照片都放在同一个标题下，即“富兰克林议员举办纽波特纽斯募捐派对”。没有文章报道，只有一个标题。

“我看到了，谢谢。”我花了片刻工夫才回过神来，假装随意地问道，“史密斯夫人，周末过得怎么样？”

“过得很好，谢谢您挂念。”此刻她已经浇完水坐了下来，“这周牧师讲了《马太福音》。”

我等了一下，但是她没再说别的了。

“你……有没有招待什么客人，或者有其他的社交活动？”我问。

她抬起头来看着我。这个问题已超出了我们周一早上谈话的正常范围了。

“周日那天我去了姐姐家吃晚饭。”她说。

“噢，怎么样？”

“不错。挺好的。”

又没话说了。

“我记得你住在肯辛顿公寓，对吗？”

“没错。”这回，她已经开始用奇怪的眼神看我了。我佯装不知，若无其事地继续对话。

“那里好像是个招待宴客的好地方。”我试探着说。

“算是吧。”

她并不打算主动说什么了。如果琼·史密斯真的与罗兰德·希曼斯有染且不愿明说，那么至少她心里清楚这种关系是不道德的。我得追问一下，若是问对了问题，说不定就能从她的眼睛里看出心虚。

“史密斯夫人，你认不认识一个名叫罗兰德·希曼斯的律师？”

她毫不犹豫地说：“应该不认识。”

“他是帕尔格拉夫案的原告律师。”

“噢。”她答应了一声。

又没有下文了。她的目光很坚定，没有丝毫可疑之处，我什么都看不出来。

“好吧，我去工作了。”我说。

“嗯。”她说。

当我走进自己的办公室关上门时，她已经开始哼起一首赞美诗的前几个小节了。

大约二十分钟后，我来到小厨房倒咖啡，正好瞧见杰里米·弗里兰来了，他正坐在自己的办公室里。我停下脚步，敲了敲他办公室的门框。上周五——确切地说，是上周六早上8:37——我已经发电子邮件拒绝了他拜托我申请撤换的要求，现在我得看看他情绪如何。如果我的专职文员心怀不满，那么光靠我自己，根本没法处理这么大规模的案子。

“早，”我说，“有空吗？”

“有，当然有空。”他说。

他的皮肤微微泛红，很可能是因为他在上班前去跑步锻炼身体了。我轻轻地把办公室门关上。

“抱歉，打扰你了。”我说。

“哪里的话，法官阁下。”他说，“其实我正打算去找您。”

我与他面对面地坐在办公桌前，顺便扫了一眼桌上的监控画面。这个东西总能吸引人的目光，即便画面上什么都没有。

我清了清嗓子，说：“关于我周六早上给你发的那封邮件——”

“还是我先说吧。”他抬手打断了我，“您瞧，从周五到周六，我想了整整一夜，在收到您的邮件之前，我就已经明白自己说了傻话。其实周六早上我本打算给您发个邮件说‘别把我说的话放在心上’，结果却先收到了您的邮件。”

“真的吗？”

“当然啦。我觉得我只是……有时候我觉得自己就像它们，”说着，他指了指瑟古德和马歇尔，这两条鱼正在他身后漫无目的地游着，“仿佛我们时刻都身处一个鱼缸之中。我们平时就待在这小小的内庭里，跟外面的世界相隔绝，我们自己做着自己的决定，谁知道其他人都怎么想？又不是说法院后面有个意见箱，可以收集大家的意见和建议供我们参阅。可是，这时候出了一个斯卡夫朗案，我们忽然就真的知道了大家的想法，因为他们频频在背后议论我们——抱歉这么说，但您也知道事实确实如此。

“接着，又来了一个帕尔格拉夫案，这个案子显然会引起极大的关注，我们所置身的鱼缸仿佛也变得更加渺小了。我觉得，我只是……只是一时被担忧冲昏了头，仅此而已。”

“好吧，”我说，“我理解。”

我理解，但只能理解一点儿。说实话，这件事其实非常古怪，不过我已经没有多余的精力去探究了。

此刻，我必须把注意力都集中在审前会议上。一般情况下，法官只需要在这种会上露个脸就可以走了，剩下的细节问题都交由法院职员来处理。然而，由于昨晚送来的那封信，我必须更加亲力亲为了。

“那么，今天上午的审前会议准备好了吗？”我问。

“应该是。珍·安把会议地点安排在了214，”那是法院二楼的一个会议室，“不过，我不知道那儿的椅子够不够用。”

“怎么？”

“您看到备审案件表上的律师名单了吗？我都没敢把它打出来，估计得用上整整一片热带雨林的木头做成纸张才能把那些名字打全。”

听了这话，我并不感到吃惊。像阿波提根制药公司这种财大气粗的被告方，对待律师就像对待游行上分发的糖果一样，随便抓起一大把就往案子上扔。这也是很合理的。律师多一些，通常就能准备得更好一些。而准备得好一些，通常就能赢。金钱是万能的，在法庭上尤其如此。

“我还没看。都有什么人？”

“嗯……原告方只有罗兰德·希曼斯和两个助理律师。至于被告方，弗农·威拉兹是阿波提根公司内部的法律顾问，但这次担任首席辩护律师的是克拉伦斯·沃思。他是纽约的‘莱斯利、詹宁斯与罗利’律师事务所的资深合伙人。”

我记得最近一次翻看全美百大律师事务所排行榜时，这个‘莱斯利、詹宁斯与罗利’事务所不是排在第五，就是排在第六。

“还有谁？”我问。

“克拉伦斯·沃思从事务所带了五个律师来。华盛顿特区的‘格拉哈姆、法隆与法利’事务所来了三个，估计他们主要负责对付食品及药品管理局方面的工作。‘麦克道尔—沃特斯’事务所负责专利权方面的工作，这应该又是四个律师。然后，‘埃杰顿、阿尔伯特与索普科’事务所还派了两个律师来充场面。”

“埃杰顿、阿尔伯特与索普科”事务所是诺福克本地的一家律师事务所。他们在本案中其实也就是负责笑脸迎人，并且在法院上下打点关系。被告方之所以雇用他们，主要是由于法律的硬性要求，即被告辩护律师中必须有人具备在弗吉尼亚州联邦法庭上出庭辩护的资格，而且阿波提根公司也想利用弗吉尼亚州当地律师的出身背景，从原告方手里分得一点儿主场优势。

加起来一算，被告方这就已经有十五位辩护律师了，而且还不包括阿波提根公司内部的法律顾问。考虑到这些律师的高额诉讼费，我们很可能要面对一个每小时价值一万美元的律师代表团。从罗兰德·希曼斯的立场来看，只带着两个助理律师，却要面对如此庞大的阵仗，实在是前景堪忧。

因此，希曼斯完全有可能采取非常手段来谋求胜利。

“听起来得坐满一屋子了。”我说，“你和珍·安打算怎么对付他们？”

“能不能把这伙人都锁在屋里，等他们吵完了再一块儿放出来？”

虽然他是在开玩笑，不过据我所知，确有法官干过类似的事情。但我显然不能这么做。

“那估计不行。”我说，“证据开示的情况怎么样？”

“哎，别提了，希曼斯恨不得把全世界都搬到证人席上去。他申请的证人有十七个科学家，还有阿波提根制药公司的制药部门主管、首席财务官和首席执行官巴纳比·罗伯茨。他还要求被告方开示一大堆文件、资料等。沃思肯定会想办法讨价还价，尽量削减开示文件的数量，但我觉得最终我们还是得满足希曼斯的大部分要求。”

“好吧。那你和珍·安打算怎么安排具体的审前日程呢？”

“我们本来打算给证据开示安排六个月的时间，但考虑到沃思说不定还会要求将这个时间延长，所以很可能最后会定八个月。然后，再拿出两个月来为马克曼听证会做准备。”

十个月。没有爱玛的十个月，简直不可想象。

然而，我还是说：“明白了。好，我觉得那就都准备得差不多了。”

“您要来跟我们一起参加审前会议吗？”

“嗯，”我说，“我会来瞧瞧，跟当事双方见见面，打个招呼。”

然后，再下一剂猛药，彻底改变整个局面。

32

等到审前会议进行了整整一个小时后，我才轻轻地敲了敲214会议室的门。我估摸着，到了这个时候，他们应该已经开始进行深入的讨论了。

珍·安来开了门，我顺着门开的方向，侧身闪进了会议室。趁着众人还没察觉到法官来了，我先快速地环顾了一周。房间里摆了一张长长的会议桌，两边各有八张椅子。被告方显然是先到的，因为他们抢占了背靠窗户的那一侧。

根据时下流行的心理学所言，背后有大片开阔空间的人会显得比背后靠墙的人更加强大、更有气势。

被告方那一侧的八张椅子都坐了人，椅子后面还站了八九个人。为了决定谁坐谁站，他们肯定是唇枪舌战了一番，还好我没见到那个场面。

原告方这一侧只有罗兰德·希曼斯和他的两个助理律师，还有丹尼·帕尔格拉夫。原本，我以为相形之下他们会显得很可怜，不过希曼斯的存在感太强了。他摆开架子，一个人就占了三把椅子的空间。《纽约时报》把这起案子的双方比喻成了大卫与歌利亚，这么说固然有道理，可就算希曼斯真的是大卫，那也是个威风凛凛的大卫。

等到我进入了大家的视线，所有的谈话都停止了。在场的众人都站起身来，兴高采烈地迎接我。作为一个法官，不管什么时候都有人巴结奉承，这是没法避免的。

见面介绍的环节充满了刻意的逢迎和虚伪的笑声。希曼斯一直使劲儿驼着背，利用手臂长的优势，站在一定的距离之外跟我握手，生怕自己的影子会笼罩在我身上。他很清楚，自己的块头和肤色会给人带来怎样的印象，他可不想吓坏了眼前这个小个子的白人法官。

被告方打头阵的正是克拉伦斯·沃思，他也是“莱斯利、詹宁斯与罗利”事务所的首席律师。他是一个身材瘦削的白人男子，身高有六英尺多，穿着颇为考究，显得很有涵养。

接着走上前跟我握手的是阿波提根的法律顾问弗农·威拉兹，然后又是一大群我记不住名字的人，反正里面没有保罗·德雷瑟就是了。我发现在场的有些人根本就没必要来参加这次审前会议，他们大老远地从纽约、华盛顿等地赶到诺福克，其实就是为了跟我握手的这三秒钟而已。

这种做法很愚蠢，但在他们看来，这是游戏规则的一部分。再说了，反正埋单的是阿波提根制药公司。我沿着桌子绕了一圈，最后来到一位仪表堂堂、头发雪白的绅士面前，我见过他的照片。

“很荣幸见到您，法官大人。我是巴纳比·罗伯茨。”阿波提根的首席执行官用一种十分圆滑的“牛津加剑桥”的口音说道，他将“巴”这个字发得非常饱满、厚实。

这下我充分明白了这桩案子对于阿波提根制药公司的意义。他们的首席执行官居然抛下了一切事务，专门跑来参加这个本该是例行公事的日程安排会议。整间会议室里，唯一一个不愿曲意逢迎的人就是帕尔格拉夫。在跟我握手的时候，他依然昂首挺胸，摆明了他认为我跟他不是一个智力级别的人。毕竟，你十三岁的时候申请到属于自己的专利了吗？二十一岁就获得博士学位了吗？都没有。只要大天才丹尼·帕尔格拉夫在场，我们这些人就是挤破了头也只能争当屋里第二聪明的人罢了。

“请坐，诸位，请坐。”我说。于是有座位的人就都坐下了，而我则依然站着，“我相信，今天上午弗里兰先生对各位应该招待得还可以吧？”

杰里米笑了，各位律师也都微微一笑。

“很好。那么关于庭外和解谈得怎么样了？有什么进展吗？”我问道。作为一个法官，在这种情况下只能这么说。

大块头希曼斯马上抓住了这个机会，说：“法官大人，我已经给被告方很多机会了，但他们根本就不领情。”

“法官大人，”沃思气恼地说，“原告方就给我们提出了两个选择，要么把专利期限内普瑞瓦利亚获利的百分之五十五分给他们，要么一次性支付给他们五百亿美元。面对如此无理的要求，我们怎么能达成和解！”

“无理？”希曼斯大声道，“你们想用我方委托人的专利，居然还——”

“谢谢你，希曼斯先生。”我一张口，希曼斯便立刻住嘴了，“听起来庭外和解是不大可能了。那证据开示讨论得怎么样？”

于是，双方便展开了你来我往、针锋相对的唇枪舌战，我在旁边装出一副认真倾听的样子。总结起来，就是沃思认为十七个科学家太多了，在他看来有十个科学家出庭做证就足够了。而且，他还拒绝上交希曼斯要求的许多文件和电子邮件，他说其中包含了阿波提根制药公司的大量内部情报，因而不能妥协。我耐心地等着他们把主要的观点都说完，然后便问他们建议如何安排审前日程，结果又引发了新一轮的口水大战。

“好了，好了，”我故意做出不耐烦的样子，其实我也确实有点儿不耐烦了，“看来，你们双方在这场会议上是达不成什么共识了。”

我假装无奈地看着他们，仿佛这一屋子都是调皮捣蛋的淘气鬼。“女士们、先生们，我充分理解这桩案子的重要性及风险性，”我说，“我完全可以把这些争论都推给手下的职员来处理，但我决定为大家节省宝贵的时间和成本，直接告知诸位我打算怎么办。”

此言一出，许多人都坐直身体，竖起了耳朵，等我往下说。

“首先，在证据开示的问题上，我同意沃思先生的看法，十七个证人太多了。我建议削减到十个。希曼斯先生，你可以选出十个你觉得最重要的证人出庭。”

沃思的脸上闪过了胜利的喜悦，但很快就因为我接下来的话一扫而空了。

“不过，我认为希曼斯先生有关文件和电子邮件的要求都非常合情合理。我们会将所有资料妥善保管、绝不外泄，这样阿波提根制药公司也就不必担心竞争对手会窃取情报了。我相信希曼斯先生行事会非常小心谨慎的，而且我们也会让帕尔格拉夫先生签署一份严格的保密协议。这样就比较公平了吧？”

双方都不敢有任何异议。到目前为止，这些提议就像所罗门[1]宣布要把男婴劈成两半一样，看似不偏不倚，其实各打一棒，这也是法官最为人诟病的做法。但我并没有说完，重头戏还在后面。

“接下来，我再说说审前日程的安排问题。诸位应该都知道，我于上周五批准了初步禁令。鉴于罗伯茨先生在公开场合发表言论，说要无视专利侵权的可能性，执意将普瑞瓦利亚推向市场，我觉得我也别无选择，只能批准禁令。”

罗伯茨脸红了。

我继续说：“但这样一来，一种有可能拯救上百万人生命的新药就要延迟面世了，对此我感到十分担忧。身为法官，我的职责就是在做决定时权衡利弊。目前看来，大众的利益显然才是最关键的，我想应该尽量不让法庭阻拦这种新药去造福人类。因此，从明天开始，给你们两周的时间来完成证据

---

[1] 所罗门（Solomon）：指以色列王所罗门。据希伯来《圣经》记载，有两个母亲带着一名男婴来到以色列王所罗门面前，她们都坚称这个孩子是自己的，各执一词、争辩不休。所罗门便宣布，最公平的做法就是把男婴一刀劈开，分给两个母亲一人一半。判决一下，其中一个女人便立刻放弃，同意将孩子让出来，只求能保住孩子的性命。而另一个女人则满不在乎地说那就把孩子劈开吧。因此，所罗门便判断，一心保护孩子的女人才是孩子真正的母亲。

的取证与开示，两周后的周五举行马克曼听证会。”

这番话无异于投下了一枚炸弹，瞬间将诉讼程序的井然有序炸得片甲不留。“格拉哈姆、法隆与法利”事务所的一个律师惊讶地张大了嘴，下巴都快掉到地上了。还有一个律师，我估计是来自“麦克道尔—沃特斯”事务所的，干脆发出了一声惊呼，仿佛他被人打了一拳似的。

在这群律师里，还是经验丰富的沃思最先反应过来了，但他开口说话时也是结结巴巴的。

“但……但是……法官大人……恕我直言，您这是说要让一年的工作在……在……不到三周之内完成？”

“没错，沃思先生。”我平静地说，“所以，我建议你抓紧时间。”

“但我不知道该怎么——”

“噢，别哭哭啼啼的了！”巴纳比·罗伯茨大声说，然后他站起来，指着我喝道：“这简直是蛮不讲理！不到三周的时间如何准备这么复杂的案子？这太荒唐可笑了！你不能这么做！”

这下，沃思面临的情况变得更加棘手难办了，他连忙出言安抚自己的雇主：“罗伯茨先生，我们会没事的。你能不能——”

“不，我们有事！这……这根本就不可接受！肯定有对付这种情况的规定，我们要上诉！立刻！”

“罗伯茨先生，没有这种上诉规定。”沃思无奈地从牙缝里挤出一句话。

“这太荒诞了！”罗伯茨更加频繁地用手对我指指点点，“你以为你是谁？这是什么不入流的法庭？”

“巴纳比，闭嘴！”沃思大吼道，然后他赶紧转向我，“尊敬的法官大人，对于我方委托人的失控言行，我深表歉意。法庭绝对是正确的，我们一定会遵守您规定的日程安排，只要希曼斯先生肯合作就行。”

“希曼斯先生会好好合作的。”那个大块头律师扬扬得意地说。

“很好，”我说，“那就这么定了。”

绑匪不是想加快进展吗？现在成了，而且快的可不是一点儿半点儿。

当我走出门时，会议室里一片寂静。

等到大门一关上，屋里立刻炸开了锅。

33

在这一天剩下的工作时间里，我一直埋头处理各种文书。联邦司法机构的特产就是文书，我恰好可以用冗杂的文书工作当借口，不跟任何人说话。

晚上，我回到了已是情感雷区的家中。我跟艾莉森简单地聊了几句，问了问她和萨姆这一天是怎么过的。在艾莉森看来，这些提问就像普通的心理评估问题一样——她怎么样？萨姆怎么样？他们做了什么？可是，一旦她不在周围，我就立刻把各种细节跟萨姆对一遍。至少关于这一天，他们的描述是一致的。

吃晚饭的时候没有人说话，气氛很紧张。餐桌边的空位叫人心碎，哪怕看一眼都觉得痛苦。饭后，我坐在沙发上看电视。数晚的辗转反侧和午夜惊魂让我精疲力尽，结果还没撑到萨姆的上床时间，我就先在电视机前睡着了。

不知何时，我醒了过来，然后便转移到客房继续睡了。第二天上班之前，我和艾莉森都绝口不提我独自睡在客房的事。

在开车上班的途中，我一心希望今天能风平浪静。然而，当沃尔特·E. 霍夫曼法院大楼映入眼帘时，这份希望瞬间就破灭了。

一排新闻采访车停在法院主入口外的街边。我在车身上看到了美国广播公司[1]、哥伦比亚广播公司、全国广播公司和福克斯广播公司的标志，这些车辆都是来自各大广播公司驻本地的电视台。在人行道旁，一群扛着长枪短炮的摄影师和工作人员正在忙着布置场地。这显然是一个不同寻常的早上。

我绕过喧闹的人群一角，开进法官的专用停车场，然后便匆匆地下了车。不知为何，我已经隐隐地感到不安了。

“外面这大张旗鼓的是要干吗？”过安检时，我问了本·加德纳。

“说是要开新闻发布会。”加德纳说。

“谁召开的？”

[1] 美国广播公司（ABC）：美国商业电视广播公司，后文提及的哥伦比亚广播公司（CBS）、全国广播公司（NBC）及福克斯广播公司（Fox）也均为美国知名的商业电视广播公司。

"就是咱们那个尊敬的国会议员，雅各布斯先生。"

我全身都僵住了。加德纳嘟囔着说，也没人提前通知法院方面，他们都来不及分派相应的工作人员维持秩序。

"有没有人知道这个新闻发布会是关于什么的？"我尽量装作漠不关心地问道。

"那谁知道呀？说不定他只是搞点儿噱头而已，这些政客，您还不了解嘛！我只听说发布会九点开始，但愿开个两分钟就抓紧结束吧。"

我勉强挤出一个微笑，但估计笑得比哭还难看，然后我就赶紧上楼了。内庭里厨房区域的墙上装了个小电视，我切换频道，最后找到了有早间新闻节目的哥伦比亚广播电视台。

现在距离九点还有一刻钟，电视画面上有一个红头发的人正在谈论高压系统。我把手机拿出来，在网络新闻上搜索"斯科特·桑普森法官 迈克尔·雅各布斯议员"，但却没有找到任何相关的内容。

快到整点时，画面切换成了从外部拍摄的联邦法院。很快，剃了光头、脑袋尖尖的迈克尔·雅各布斯出现了。他一脸怒容，站到了一个临时的讲台后，面前的台子上摆满了带有各大媒体标志的麦克风。他穿着短袖马球衫，小臂上露出了一组海军陆战队的文身。他手下很可能有穿着方面的专业顾问，考虑到选区内有大量军人投票，顾问肯定是让他尽可能地在公众场合将这组文身露出来。

"早上好，感谢各位的到来，"他用一种军官特有的粗哑声音说道，"上周四，就在这个法院，发生了一起嘲弄正义的恶劣事件。有一个名叫雷肖恩·斯卡夫朗的人，他是一名前科累累的毒贩，在已经认罪且本应在狱中服刑至少十五年的情况下，居然被立即释放了。他绝不是普通的毒贩，而是对社会有巨大威胁的罪犯。由于他藐视法律的权威，最终导致了一位前途大好的年轻人英年早逝，那位年轻人名叫迪伦·伯德。"

屏幕上迅速闪过了一张迪伦的照片。我一下子想起了他父亲说过的话，心中感到一阵绞痛。*我好想念我的儿子。思念的痛苦时时刻刻都在折磨着我。法官大人，您能明白这种感受吗？*

不过，我也对雅各布斯及其手下狡猾的工作人员感到了不小的厌恶。他们显然是提前就把那张照片提供给所有的本地电视台了，却让各大电视台都保密，一直等到新闻发布会开始后才亮出这张照片。这根本就不是什么临时召开的新闻发布会，而是一次精心策划的政治宣传，他们打算通过这种手段来展示一个公仆是如何为了选民而奋斗的，是如何手握公平与正义，反抗高高在上、不受约束的联邦法官的。他们事先制订好计划，最大限度地发挥事件的戏剧性，就是为了作秀给选民们看。因为还有不到七周，国会议员就要改选了，而雅各布斯要保住自己的位子。

我能看穿这场政治游戏中的所有把戏，因为我曾经就站在幕后，多次为台前的政治家出谋划策。

“做出这个判决的法官名叫斯科特·桑普森，”雅各布斯继续说，此时画面已经从迪伦的照片切换到了我的官方证件照，“他拿着纳税人的血汗钱，本该将雷肖恩·斯卡夫朗这样的败类关进监狱。然而，桑普森法官却将这个罪犯放回了我们的社区、学校，使他能够继续肆无忌惮地伤害我们的孩子和无辜的市民。”

画面又切回到法院前，只不过这一次换了个角度，拍摄的范围更大了。这回，我看到了那位悲痛的父亲托马斯·伯德，他站的位置被巧妙地安排在了雅各布斯的右后方。

雅各布斯愤怒地挥了一下手：“我无论如何也不明白桑普森法官为何要这么做。若想知道真相，只能去问他自己了。一个在臭名昭著的贩毒团伙中地位颇高的成员，居然能大摇大摆地走出监狱，免受任何惩罚，我们真的应该问一句：为什么？我想，我们都知道墨西哥的司法体系是如何运行的。但这里是美国，我无法接受墨西哥的司法出现在美国！”

我握紧了拳头。雅各布斯在暗示我被人贿赂了，但他所用的言辞却又非常宽泛，无法称之为诽谤中伤。而且，雷肖恩·斯卡夫朗明明只是个街边的毒贩，雅各布斯却把他说成了一个大毒枭。

雅各布斯结束了这番慷慨激昂的热烈演说，并介绍了托马斯·伯德。接下来，受害者的父亲便上前发言了，跟他在法庭上的陈述相比，这次的版本显然经过了精心打磨。至少在我听来，谈到儿子的过错时，他轻描淡写地一语带过，但是却着重渲染了他自己的愤怒和这个判决给他带来的伤害。应该说，这种做法多少令人减轻了对他的同情，只是减轻的还不算多，因为他的痛苦依然是真实的。

这时，艾莉森打来了电话，她肯定对于正在发生的事情感到非常惊慌。但是，我没有接，而是把手机调成了静音，让她的电话自动转到了语音信箱。

在发言快要结束时，伯德哽咽得说不出话来了。不过在此之前，他已经发表了至少五段感情充沛、趋于完美的内心独白，在接下来的一天中，这五段的视频剪辑无疑会登上各大新闻媒体的报道。雅各布斯算好时机，顺势递上了一张手帕，于是整个场面瞬间就变成了极富戏剧性的电影画面，镜头贪婪地捕捉着这一刻，闪光灯此起彼伏地亮了起来。然后，雅各布斯拥抱了伯德，并且安抚地拍了拍他的背。

最后，雅各布斯回到讲台前，发表了结束语。

“联邦检察署说，他们一定会采取一切合法手段，继续上诉来推翻这个恶劣的判决，并且将那个毒贩绳之以法、关进监狱。但是，我们决不能让做出此等判决的法官继续留在法官席上。我曾经试图通过恰当的申诉程序来表达不满，可遗憾的是，巡回上诉法院的首席法官告诉我，对于桑普森法官而言，这是个所谓的‘良心判决’，因此首席法官不打算继续追究。”

说到这儿，雅各布斯挑起了一边的眉毛，仿佛在说：这种鬼话谁会信？我对杰布·拜尔斯的感激之情瞬间转化成了对这个国会议员的强烈憎恶。

“我别无他法，只能公开呼吁，希望桑普森法官能主动辞职。如果他不立即请辞，那么我就会联系我的好友兼同事，也就是众议院司法委员会的主席尼尔·吉思，请他针对此事启动弹劾程序。”

说完这番声明后，他郑重其事地停顿了片刻，然后说：“现在，我和伯德先生可以回答诸位的提问了。”

我关掉电视，不想再接着看迈克尔·雅各布斯作秀了。从某种程度上来讲，他刚才说的话，以及他短期内所能做的事，其实并不值得我担忧。毕竟，司法委员会要经历数月的调查取证才能启动弹劾程序。

真正迫在眉睫的问题是，有一大堆记者正准备打探我的事情，想知道斯科特·桑普森法官为什么会做出如此奇怪的判决。没错，如果他们真的能把实情挖掘出来，那么我的工作倒能保住了。

但是，我的女儿却要性命不保了。

二十分钟后，史密斯夫人接到了第一通要求采访的电话，我让她转达“无可奉告”。很快，更多的采访电话接二连三地打了进来。

这场新闻发布会看来是结束了。望向窗外，我能看到一些新闻工作人员正把采访设备从人行道搬到了法官停车场外。我很清楚他们想捕捉到怎样的画面：我从大楼里走出来，一脸惊慌和内疚；记者们蜂拥而上，高喊着各种别有用心的问题，仿佛他们真的想知道“我的想法”似的。

我不会让他们称心如意的，我要等他们走了以后再出去。如果有必要，我可以在法院里待到半夜。

但没过多久，杰布·拜尔斯也打来了电话，这回我无法避而不接了。当这位巡回上诉法院首席法官的声音传来时，我还来不及平复心情，脉动声还在耳中“咚咚”作响。

他省去了嘘寒问暖的环节，开门见山地说：“我想，你已经察觉到法院外面闹得天翻地覆了吧？”

“唉，是啊。”

“我对此并不感到意外。周一的时候，我和吉思谈过了，我说尽管这个判决非同寻常，但是我认为其中并无不妥之处。吉思当时就对我明确表示过，他觉得雅各布斯不会善罢甘休的。”

“我看出来了。”我说，然后补充道，“谢谢你对我的信任，杰布。我非常感激。”

“不用客气。说实话，我也不确定自己是否真的理解你下达的判决，但是我将誓死捍卫你做出判决的正当权利。我绝不会容忍自己辖区内的法官被强权霸凌，尤其对方还是这种二流平庸的立法者，他这么做无非就是想在晚间新闻上露个脸而已。”

“谢天谢地。”

“可是，我必须得说，”他顿了顿，我产生了一种不祥的预感，“我觉得媒体会问一些非常尖锐的问题。”

不用他说，我已经在担心了。我说：“是啊，我也这么觉得。”

“因此，我认为比较明智的做法是发表一份声明。这件事情已经在公众和政界中闹得沸沸扬扬了，这是性质非常恶劣的指控，如果不加以回应，恐怕对司法界会造成不好的影响。我不愿让人们指责我们是用法官袍来遮遮掩掩的人。”

尽管杰布在电话那头看不见，但我已经开始拼命地摇头了：“恕我直言，杰布，我觉得这并不是最好的解决方案。以前我替富兰克林议员工作时，曾经接触过几次媒体。新闻界就像一种寄生虫：它吃得越多，就变得越大、越饥饿。你给它的越多，它想要的就更多。唯一能使之丧失兴趣的办法，就是不理会它，让它饿着。”

“我知道你在这方面有经验，一般情况下我也同意你这个观点。可是，我认为你此刻应该堂堂正正地站出来。很久以前，我父亲曾经告诉我，对付强权霸凌的办法就是勇敢面对，逃避是解决不了问题的，因为恶霸都是吃硬不吃软。我还是觉得，你应该发表一份声明，把凯斯·布鲁姆的事情说出来。”

事态的发展瞬间就变得惨不忍睹。一份有关凯斯·布鲁姆的声明会招来许多细细盘查，根本就站不住脚。我都能想象得到，一堆野心勃勃的记者到处寻找一个实际不存在的高中橄榄球队教练，那个场面实在是太可怕了。要不了多久，他们就会发现自己找的只是个虚构的人物。

我必须让拜尔斯放弃这个公关策略，不幸的是，只有一个办法能做到：继续撒谎，在一场很可能已成输局的赌博上将筹码加倍。

“呃，杰布，我不确定能不能那样对待……凯斯。如今，他已经有了事业、家庭，并且融入了新的生活环境，他身边的人没有必要了解他的过去，除非他是出于自己的选择，亲自告诉他们。”

拜尔斯没有立即回答，于是我补充道：“这不是他的战斗，而是我的战斗。如果我把他拽进来，那是不公平的。”

“你还跟他保持联系吗？”

“没有。好几年都没联系了。”

“嗯……如果你主动联系他，告诉他你打算怎么做，你觉得如何？”拜尔斯建议道，“你可以先征得他的许可，再用他的经历。我觉得，他现在肯定也常常跟自己教导的孩子们讲述年轻时的过错。假如他知道自己的经历鼓舞了你，说不定会觉得非常自豪，因而也愿意鼓舞其他人呢。”

“我……我不知道，杰布。这感觉就好像严重侵犯了一个人的隐私。凯斯——”我艰难地挤出这番话来——“也许会认为，他应当帮我摆脱眼下的困境，以此来报答我当年的劝慰并补偿他自己年轻时的过错。但即便如此，我依然觉得那样做是不对的。”

“我有一个朋友在《时代电讯报》[1]做记者。他是一个善良、正直的人。如果我把凯斯·布鲁姆的名字透露给他，让他就此事追踪报道一番，你觉得如何？”

电话那头显得非常安静，我努力平复着自己的惊慌失措。显然，一个《时讯报》的记者不仅无法解决我的问题，反而会将我推入万劫不复之境。

拜尔斯等着我回答，我说：“这样一来，就像靠新闻界审理案子一样了。我还是想自己承担。如果国会想对我展开审查，甚至为此指派一位特殊公诉人，那都没问题。他们查不出什么来的。我绝对不是那种在海外开个秘密账户存上几百万巨款的人。”

拜尔斯依然没有说话，但我觉得他已经被我说服了。然后，拜尔斯突然冒出一句：“在这档子事儿了结之前，你确定还要继续审案吗？”

作为巡回上诉法院的首席法官，拜尔斯也兼任巡回上诉法院司法委员会的主席，该委员会只要签署一条指令，就可以立即让我停止对所有案件的审理。没错，指令的签署需要经过整个委员会投票通过，不是拜尔斯一人所能决定的。但是他能对此施加巨大的影响。

在这种紧要关头给帕尔格拉夫案换法官……

我尽量让自己的声音不出卖内心的慌张：“我明白你的意思，但是恐怕这会被别有用心之人当作定罪的标志。这样一来，强权霸凌的一方就得逞了。我向你保证，绝不会让这些乱七八糟的事情扰乱我的心神，我依然可以正常地审理案子。”

他想了想，说：“好吧，我们随时关注事态发展。”

“同意。”

---

[1] 《时代电讯报》（*Times-Dispatch*）：指《里士满时代电讯报》（*Richmond Times-Dispatch*），是弗吉尼亚州首府里士满最主要的日报之一。

“保持联络。”他说。

“当然。谢谢你，杰布。”

我挂断了电话，把脸埋在了手里。

34

一个骑着哈雷摩托车上班的国会议员要弹劾一个曾经中枪受伤的联邦法官，这个故事可谓卖点十足，媒体界的众人都想从中分一杯羹。

随着时间渐至中午，我惊恐地看到雅各布斯的声明稿件和伯德的发言视频以铺天盖地之势遍布有线新闻和互联网，散播速度之快堪比八卦丑闻。许多数年没有联系的来自大学、法学院和参议院的朋友，纷纷发来电子邮件或短信，要么是为了表示精神和道义上的支持，要么是有记者联系他们，于是他们想问我该如何回应。富兰克林议员也打过两次电话。

我不加理会，让所有电话都转到了语音信箱，包括艾莉森的电话。她的电话是我最不想接的。可是，一味的回避对她来说显然不起作用。她打了五六次之后，我终于接起了电话。

“喂。”我说。

“噢，天哪！你为什么一直不接电话？”她尖声说道。

“我很忙。”我生硬地说。

“你应该看到那个……那个……”

“新闻发布会？”

“嗯，对，就是那个号称新闻发布会的东西。那个蠢货真的可以这么做吗？站在那儿指责你，说……说你……”

“说我被贿赂了？显然他可以。而且如果你仔细想想，某种程度上而言，我确实被贿赂了。只不过原因跟他想的不同罢了。”

“但他真的……我是说，他有权让人弹劾你吗？”

“听着，你只要操心萨姆就行了。我的工作我自己操心。”

这时，我隐约听到了家里的电话铃声。

“估计又是记者打来的。”她说，“他们一直没完没了地打电话。我本来以为咱们家的电话号码是不公开的信息。”

“记者总有办法搞到电话号码的。”

“那地址呢？他们会不会直接找上门来？”

“我觉得应该不会，他们也许会搞到我们的邮箱编码，但是找不到具体的地址。”

在“那起事件”发生以及我出任法官后，我就采取措施，在一位国安部朋友的帮助下，确保我们的家庭住址不出现在任何公开记录上。但愿这个措施有用。否则，如果我们家车道上停了一排新闻采访车，不知绑匪看到以后会做何感想。

“如果真有人找来了，我该怎么办？”她问。

“告诉他们这是非法入侵，让他们滚开。”

“你……你能不能回家？如果你在的话，我会觉得好受一些。”

“我现在被困住了，有点儿走不开。”我说着，将目光投向了窗外，“而且，万一有记者跟踪我回去，那就麻烦了。不如你跟萨姆去妈妈家吧？或者去凯伦家？收拾点儿东西，到她们那里过一夜，或者多待几天也行。”

这样一来，他们就不会被记者骚扰了，我也不用再跟她说话了。而且，有家人在身边，她就没法跟保罗·德雷瑟私会了，对吗？吉娜或凯伦总不会放任她去做这种偷偷摸摸的事吧。

“好吧，我觉得我们……嗨，宝贝，”艾莉森的语调中突然变得非常温柔，“我在跟爸爸打电话呢。”

萨姆显然走进屋了。我能听到他在说话，但听不清他说的是什么。我只能听清艾莉森的话。

“没有啦，宝贝，妈妈很好。”

他又隐隐约约地说了些什么。

“你真是个超级贴心的小男子汉。你先下楼去看个电视节目，怎么样？等跟爸爸聊完以后，我马上就去给你做个玉米热狗。”

她没再说话，估计是等着萨姆离开房间，然后她小声地说：“他说我看起来很不安，问我是不是还好。”

“这孩子真的很爱妈妈。”我说着说着，不禁哽咽了。无论现实多么残酷，无论自己多么难过，萨姆依然关心着妈妈。

艾莉森继续小声说：“斯科特，我已经觉得六神无主了。万一有记者发现……发现你这个判决背后的真正原因，那该怎么办？”

“不会的。唯一知道实情的人就是绑匪，他们总不至于也开什么新闻发布会吧。”

“可万一有记者跑到学校去，发现我们不让孩子去上学怎么办？万一我姐姐被记者堵在路上，结果为了捍卫你便决定把真相说出来，又怎么办？”

“噢，天哪！你必须得告诉她们，什么都不能说！绝对不能——”

“我知道，我知道。我的意思是，要保守秘密太难了，记者会使出浑身解数来打探的。这……一切都失控了！”

你才发现吗？这句话差点儿就脱口而出。然而，一句轻蔑的话并不能解决任何问题。最后，我还是决定将实话实说。

“听着，我知道此刻你想让我给你一些安慰和劝解，但是我做不到，因为我自己都不得安宁，你明白吗？你说得对，一切都失控了，其实这段时间一直如此。我——”

我本来想说我们无能为力，但是我突然产生了一个想法：她现在才为事态失控而感到惊慌失措，是否因为之前的一切都在她的掌控之中？因为她和保罗之前没想到会有这种暴露的风险？想到这里，我便改了口：

“我无能为力。”

“嗯，我……我知道。好吧。我想……我想我还是带着萨姆去妈妈家吧。我们今晚就在那儿留宿，说不定明晚也先不回来了。”

“就这么办吧。”我说，“我晚些时候再给你打电话。”

“好。爱你。”

我深深地吸了一口气，暗暗提醒自己，我并没有确凿的证据能说明妻子与绑架案真的有关联。然后，我说：“我也爱你。”

新闻媒体的工作人员陆陆续续地收拾东西走了。有一些逗留到午后时分，还有一些一直等到了我下班的时间。最后一批则是守到太阳下山后才离开的。

所有人都走光了之后，我又多等了一个小时，然后才匆匆跑出大楼，生怕会有记者扑上来大声提问或者有摄影师把强光灯照在我的脸上。

然而，一个人都没有。

开车回家的路上，我给艾莉森打了个电话。她让我也去她妈妈家，但是我拒绝了。我告诉她的原因是我想假装一切正常，做个样子给绑匪看。我跟萨姆也通话了，但只有两分钟，我只能让他短暂地跟我说几句话。挂断电话以后，我独自回到家中，度过了一个孤寂而沮丧的夜晚。

第二天早上，我开车快速地从法官专用停车场旁驶过，想看一看是否有记者守着。不过那儿一个人都没有。但愿这意味着我已经是明日黄花、无人问津了。

走进大楼后，我告诉琼·史密斯说我有一些文件要处理，除非发生紧急情况或重要事件，否则我不想被打扰。然后，我躺在自己办公室的沙发上，掏出手机，打算看看爱玛的旧照，寻求一些安慰。

然而，我非但没有得到安慰，反而开始无声地落泪了。这是自欺欺人的把戏，我的大脑根本就不买账。没错，照片上的小姑娘看起来幸福、快乐、平安。但是现实中的小姑娘却害怕、孤独，并且有生命危险。

束手无策、坐以待毙的感觉让我透不过气来。

尽管我的脑海中总是会浮现出折磨人的画面，想象着艾莉森跟保罗·德雷瑟在圣特罗佩[1]的沙滩上度假，但是更为理智的想法告诉我，罗兰德·希曼斯仍然是最合理的嫌疑人。

最终，阿波提根制药公司还是会将新药普瑞瓦利亚推向市场的，差别只在于是否要向丹尼·帕尔格拉夫交纳专利使用费，而保罗·德雷瑟也依然会在那儿工作。没错，如果阿波提根赢了，当然能赚更多的钱。但就算赢不了，也还是有的赚，股价再跌，也还是值钱的。但对于希曼斯和帕尔格拉夫而言，情况则大不相同。从他们的立场上看来，成败就在此一举了。

我原先就没法把帕尔格拉夫想成罪犯，如今见了他以后，觉得更加不可能了。他是一个如此高傲的人，肯定坚信自己会胜诉，因为他觉得自己是正确

[1] 圣特罗佩（Saint-Tropez）：位于法国东南部的一座海边小城，拥有美丽的沙滩，是著名的度假胜地。

的。而且，他也希望能堂堂正正地开庭审理此案。那样一来，他就可以证明自己被埋没的才华，并且让世人知道，是他发明了能够终结心脏病的 PCSK9 抑制剂。对他来说，名誉跟金钱是一样重要的。

可希曼斯并不关注这些。他心里清楚，自己面对的是一支近乎无敌的律师军团。要想抓住这次千载难逢、此生难遇的良机，保证赢得这场诉讼，他只能让法官屈服。

如果再像先前一样跟踪希曼斯，很可能会酿成大祸。他已经知道我长什么样了。在周二曝出那件大新闻之后，别说是他了，如今汉普顿锚地至少有一半居民都认识我这张脸了。我必须低调行事，不能随意抛头露面。而且，艾莉森说得对，我并不是专业的私家侦探。

但是——我不知道自己怎么会花了这么久才想到这一点——我可以雇一个真正的私家侦探。

35

他叫赫伯特·思里夫特，他的侦探事务所就叫“赫伯特·思里夫特与助手们”。我翻遍了黄页，之所以选择他，不是因为他声称自己在格洛斯特郡警察局有过二十五年的工作经验，也不是因为他保证要价公道，而是因为他用了几个词来形容自己，其中最重要的是“守口如瓶”。

在他提供的可以预约的时间段中，最早的便是周四中午。他的办公室距离法院约有十分钟路程，是一栋坐落在北安普敦大道旁的破旧房屋，看起来就像是独户独院的家庭住宅一样。

在踏上这栋房子的门阶时，我忽然觉得楼上似乎还有睡觉起居的地方。看来，这里不仅仅是“赫伯特·思里夫特与助手们”的办公场所，而且还是赫伯特·思里夫特本人真正的家。

走进门厅后，我听见有人在对面的房间里高声说：“我在这里，请进。”

我依言而行，很快便跟一个瘦削、灰发、戴眼镜的男人见面握手了。他大约五十多岁，衣服上散发着浓重的烟味儿。

"我是赫伯[1]·思里夫特。"他说话的声音细而柔和。

"您好。我是卡特·罗斯。"我说。这是我从自己喜欢的小说上随便借来的一个名字。

"请坐，罗斯先生。有什么可以为您效劳的吗？"

"呃，首先，我的真名并不是卡特·罗斯。您能接受吗？"

如果他说不能，那么我会立刻离开他的办公室，趁他还没抽完一支烟的工夫，马上就找到下一个私家侦探。但是他的反应非常平淡。

"没关系。我有许多客户一开始都是如此。最后，他们中的大部分都出于信任而把真名告诉了我，因为他们发现我是非常严肃认真地对待他们的隐私。只要您能预先付款，您想用什么名字都行。"

他说话很快，言语间充满了自信，显得颇有能力。我已经开始觉得，这个赫伯·思里夫特正是我想找的人。

"那没问题。"我说。

"那么，这位神秘先生，我有什么可以为您效劳的吗？"

"我想让您去跟踪一个名叫罗兰德·希曼斯的律师。不知您认不认识他？"

他摇了摇头："我替许多律师工作过，但并不认识这个人。"

这很正常。负责专利案的律师不怎么需要私家侦探。

"您有他的照片吗？"思里夫特问。

"您可以直接去网上搜索他，会查到一篇登在《弗吉尼亚律师周刊》上的文章，里面有两张他的照片。"

他立刻便开始在键盘上打字了，同时说："那么您为什么想让我跟踪他？"

"可以不说吗？"

"当然可以。"他轻松地说，"只是如果知道客户的意图，有时候会方便一些。打个比方，如果您觉得他跟您的妻子有染，而他突然——"

"这不是出轨的问题。嗯……实际上，我知道希曼斯先生确实背着他的妻子出轨了，但并不是跟我的妻子。他的感情生活不是我要关注的焦点。"

"好吧。那么您想让我——"说到这儿，他的屏幕上肯定是弹出那篇

[1] 赫伯（Herb）：赫伯特（Herbert）的简称。

文章了，因为他立马顿住了，然后惊讶地说——“哇，他可是个大块头，对不对？”

“身高差不多得有六英尺八英寸。”我说。

“那估计是不会跟丢了。”思里夫特微笑着说道。

我没有笑。

“行吧，那您想让我跟踪他多久？”他问。

“您能二十四小时监视他吗？”

“当然可以，如果您真的需要的话。不过我得坦白告诉您，这样很可能只是浪费钱，大部分人并不——”

“是不是浪费钱，我并不担心，”我说，“我担心的是您能不能一直跟踪他却不被发现。”

“我就是干这一行的。”

“说真的。千万别让希曼斯发现您，这一点对我来说非常非常重要。绝不能让他知道自己被人监视了。”

“明白。”

“那您能全天不间断地盯住他吗？”

“没问题，先生。我没有结婚，不是那种赶着回家的人。大部分跟踪工作都会由我自己完成，通宵的时候我可能会让合作伙伴来跟我换班。”

“合作伙伴，指的是‘赫伯特·思里夫特与助手们’的助手吗？”

“没错。我只有几个助手，但都非常值得信任。他们很专业的。”

他向后靠在椅背上，跷起腿来，把一只脚的踝关节搭在了另一条腿的膝盖上。他穿着一双黑色的平底便鞋，看起来这双鞋走过不少路了。

“好，那么具体流程是怎样的？”我问。

“定好工作量后，您先付款。接下来，您就是老板了，您想让我怎么办，那就怎么办。我这边只需要您签一份标准协议，表示您理解一旦开始工作就不能退款，而且您也同意一切服务条件。”

“那没问题。然后呢？”

“如果有什么需要我关注的特殊情况，比如监视对象的某些行为或者他去见的某些人，那么我一旦发现就会立刻联系您。如果您确实没有什么具体要求，那么我可以写一份报告，总结一下监视对象去的所有地方、见的人和做的事。当然，在跟踪的过程中我也会拍照留证。不过，这种跟踪监视会有一些限制因素。一旦监视对象进入了家或办公室，那么我只能通过相机的长焦镜头尽量观察了。”

“您会跟踪他的车吧。如果他常去同一个地方——”比如爱玛被关的地方——“您能告诉我吗？”

“当然。”

“好。那您什么时候可以开始工作？”

“如果您愿意的话，现在就行。”

这是个让人欣慰的答案。“我应该付你多少钱？”

“我的要价是每小时 75 美元，不包括跟踪过程中产生的其他花费。如果您真的想让我进行二十四小时监视的话，那就是每天 1800 美元。”

他也许以为我听到价格后会退缩，但是我说：“好。现在是周四中午十二点——”我停下来看了看手表——“十三分。据我所知，从踏进这里的那一刻起，计价就开始了。我们下周一的这个时间再见，如何？”

这样，我就能掌握罗兰德·希曼斯在工作日和周末的所有动向了。我相信，有了这么大的信息样本，我一定能抓住他的破绽。

“没问题。”

“那就是整整四天二十四小时的监视，总共需要花费……”

我停下来开始算账，而他却抢先一步算好了：“7200 美元。”

“没错，7200 美元。我能付您现金吗？”

他微微一笑：“既然您不肯告知真实姓名，恐怕我也只能要现金了。”

“好，”我说，“我现在跑一趟银行，半小时后回来。”

结果根本没用那么久。我在五分钟的路程之内就找到了我们家存款的那个银行的分行。我们的活期账户上有 1.5 万美元的存款，于是二十分钟后，我带着 72 张百元大钞回去了。虽然都是崭新的钞票，但我没想到摞在一起居然只有这么薄。

赫伯·思里夫特拿出了一份一页纸的协议，我看都没看就签上了“卡特·罗斯”的大名。然后，我就把钱给了他。也许这真的只是浪费钱，也许得不到任何有用的结果。但是，我依然感到十分安慰。因为这让我觉得自己起码做了点儿事情，爱玛仿佛也离我更近了一些。

为此，花多少钱我都心甘情愿。

我开车返回诺福克市中心。此刻正值午饭时间，交通有些繁忙，我的车被堵在了路上，这时手机突然响了。是艾莉森打来的电话。我们周二晚上通过一次电话，当时我告诉她我要在家过夜，后来周三下午又通过一次电话，她说她要继续在妈妈家过夜。两次的通话时间都不长。

“喂。”我说。

“喂。你现在是自己一个人吗？有空吗？”

听起来，她好像在外面，应该是在马路旁边。为了盖过环境的噪声，她的说话声音很大，我估计那噪声应该是由于马路上来来往往的车辆。

“嗯，我刚结束午休。”我说。从某种程度来讲，这的确是实话。

“我和萨姆刚才回了一趟家，大门上插着一张警察的名片。”

“警察？”我重复道。

“格洛斯特郡警察局的一名警察。他在名片上留言说：‘请给我回电。’”

“噢，天哪！”我的大脑一片空白，一时想不出该作何反应。

“为什么会有警察的名片？出什么事了？”

“我不知道。”我说。

我真的不知道。是因为雅各布斯议员设法令人逮捕我吗？或是因为姐夫在我家开枪伤了人？还是跟爱玛有关？很难讲到底是哪桩事先找上门来了。

“你能不能给这个人回电话？”艾莉森说，“我不擅长处理这种事情。”

“当然，我来打。”我说。

我将车停在路边，艾莉森把名片上的联系方式给我念了一遍，这个人叫哈罗德·加利，是格洛斯特郡警察局的侦缉警长。最后，艾莉森说她要去妈妈家，然后便挂断了电话。还有一点她没有说，但我们两个都心知肚明。绑匪给我们的指示非常清楚：不要轻举妄动，务必保持沉默。

我们知道，绑匪正监视着我们家。

当看到哈罗德·加利警长把名片塞进我们家门缝时，他们会作何感想？就算这位警长开的不是警车，穿的不是警服，绑匪肯定也能猜测出他究竟是谁。

警察要伪装成一般人，并没有那么容易。

我拨通了哈罗德·加利的电话，响了两声之后，我听到一个吐字清晰的声音传来：“喂，我是加利警长。”

“您好，加利警长。我是斯科特·桑普森法官。您是不是在我家门口留了张名片？”在自报家门时，我犹豫了一下，思索着要不要加上“法官”二字。不过，最后我还是决定要尽量运用手中的筹码。

“噢，您好，法官阁下。感谢您回电。”他说。

“应该的。请问有什么事吗？”

“您在家吗？我能不能到您家去打扰一下？十分钟到十五分钟就行。”

“不在。”我说，“我在上班，是我妻子告诉我说您留了名片让我回电。”

“噢，明白了。那今晚行吗？”

“请问您有什么事？”

“呃，其实也没什么。职责所在，有点事情需要调查。”

“所以究竟是什么事？”

“我还是想当面亲自跟您讲。”他说，“花不了多少时间的。您今晚下班后能给我十分钟时间吗？”

“我们今晚已经有安排了。”

“那明早怎么样？明天我六点就开始工作，我可以在您出发上班之前先赶到您家里。”

“最好还是不要。”我说，“请问，您究竟要做什么？”

他顿了顿，然后说：“法官阁下，恐怕我要搜查您的住所了。”

“原因呢？”

我听到他叹了一口气。

“我……我不能讲，阁下。”

“好吧，那我也不能让您搜查我的住所。”

“法官阁下，我对此感到非常抱歉，真的。如果您能配合的话，事情会容易许多。”

“恕难从命。”

他又顿了一下，说：“如有必要，我会申请搜查令的。”

即便我身为法官，也无法挑战搜查令的权威。警察局只要有合理的依据，就能申请搜查令。所谓合理的依据，就是指因合乎情理的理由而相信有犯罪案件发生。因此，申请搜查令的门槛是很低的。萨姆一心相信圣诞老人今年会顺着烟囱蹦下来，而警察有时比一个六岁的孩子还容易轻信。

“那看来我们就没什么好谈的了。”说完，我挂断了电话。

我重新开车上路后，给史密斯夫人打了个电话，告诉她我觉得不太舒服，下午就不去法院了。加利一定会申请到搜查令的，当务之急是赶在他到达之前回家。我必须要给绑匪传递消息。

我把车开得飞快，远远超过了道路限速。我在脑海中编了个司法紧急情况的故事，如果有警察令我停车，我就能以此为借口蒙混过关。赶到“河畔农场”后，我立刻直奔家中放工艺美术用具的柜子，寻找能派上用场的东西：几张大号的海报用纸，一支粗头的黑色马克笔。这支笔写的字非常清晰，从远处也能看到。我用马克笔在一张纸上写下：**我们保持沉默了。**然后，又在另一张纸上写下：**他们有搜查令，我们无能为力。**

这样做也许用处不大，但我还是想尽量清楚地表明加利警长是不请自来的。同样的内容我又写了三份，然后用胶带把它们分别贴在了房子的四面。

完成这项任务之后，我便来到了前院，查看是否有残留的证据需要我清理。三天前，博比·罗还血流不止地躺在这片草地上，如今这里却痕迹全无。既没有血迹，也没有松叶堆积异常的地方。我仔细检查之后，确信没有问题，于是便站在房前的门廊上等待警察的到来。我的胃里很不舒服，恶心作呕的感觉阵阵袭来。

我想起了爱玛，想起了她的手指。

36

哥哥在去洗手间时经过了监控屏幕，当时他就发现情况有些异常。此刻，他双眉紧皱，死死地盯着显示器上的画面，但却搞不清楚是怎么回事。

房子的正前方贴着两张长方形的大白纸，其他位置的摄像头也在房子的另外三面捕捉到了同样的东西。早在周一时，他派去送信的那小子被枪打中了，之后就一直风平浪静、再无异动。说起来那次枪击事件其实是意料之中的，因为在周一之前的那两晚，他们就已经见到有守卫在房子周围来回走动了。

可是眼前的情况却是意料之外的。

“喂，快来一下。”他冲着厨房喊道。

弟弟正闲得无聊，赶紧跑到门口：“怎么了？”

“你看那个。”他说着，指了指屏幕，“你能看懂上面写的是什么吗？”

弟弟坐下来，点击了一个看起来像放大镜的按钮。很快，镜头就向纸张拉近了。

“‘我们保持沉默了。他们有搜查令，我们无能为力。’”弟弟用英语念了一遍，然后又用自己的母语说，“这是什么意思？”

“我不知道，但肯定有事发生了。你能把监控录像倒回去吗？”

“哪个摄像头的？”

“三个都倒回去。”

弟弟操作了一下，监控录像开始快速地向前倒，直到一个女人开着一辆林肯 SUV 出现在了画面上。

“停，就从这儿开始放。”哥哥命令道。

兄弟俩盯着屏幕，这个女人停好车后走向了房前的门廊，她的肩上搭着两个背包。他们曾经囚禁的那个小男孩儿也跟在她身后。走到门口时，她从门缝里拽出一张小小的纸条看了看，然后便带着孩子返回车上，驾车离开了。

“接着往回倒。”哥哥说，“我要看看是谁留的那张纸条。”

弟弟又开始倒录像，突然，另外一辆车出现了。

“好，从这儿开始。”哥哥说，“放中间那个摄像头的画面。”

画面上的那辆车有两根排气管，也就是说这是一辆警车。车上下来的男人是个光头的非裔美国人。他穿着一套运动服，身上并没有警徽标志，但是兄弟俩打眼一看便知道，他是个警察。

他走上门廊，按响了门铃，但无人应门。于是，他便绕着房子走了一圈，透过窗户向里张望了一下。最后，他回到前门，从口袋里掏出一张卡片，在上面写了些什么。把卡片塞进门缝后，他便离开了。

“你怎么看？”哥哥问。

“不知道。我们是不是得打个电话请示一下？”

“只能如此了。”他答道，然后便去厨房拿网络电话了。

等到他把事情的来龙去脉讲清楚后，电话另一头的声音非常坚决地说：“我觉得，必须要警告一下了。”

“怎么警告？”

“你们决定就行。”

“可‘那个女人’怎么办？她不是说我们不能伤害这个女孩儿吗？”

“她的事，你们不用操心。”那个声音说，“我自会处理。你们干好自己的活儿就行。

37

我让这几张海报纸在外面贴了一个小时，估计这个时间应该足以将信息传达到位了。然后，我就把它们都撤了下来。我可不想等警察来了看到之后再问东问西的。

大约又过了一个钟头，下午四点半，我听到车道上传来了汽车发动机的声音。来的是两辆车：有一辆是警车，开车的人是一个身材健壮的警官，长了一张娃娃脸，看起来绝对不超过二十三岁；另一辆是普通的福特金牛[1]，由一个光头的黑大个儿驾驶，我估计这一位应该就是加利警长了。

当他们下车时，我走下门阶迎了上去。我并不是想对他们示好，而是想让他们尽快离开。

“您有搜查令吗？”加利刚从车上下来，我便问道。

他又钻回车里，从前座上抓起一个信封，递给了我。

搜查令必须详细写明搜查目的和搜查范围。否则，狡猾的辩护律师就会伶牙俐齿地向法官提出抗议，指出搜查发现的证据是不可用于庭审的。保护

[1] 福特金牛（Ford Taurus）：美国福特公司生产的一款轿车。

公民免受无理搜查和扣押的美国宪法第四修正案[1]只有寥寥几十字，一张纸巾就能印得下。可是，由此产生的判例都能装满一艘航空母舰了。

这份搜查令写得很详尽。上面说，持有此搜查令的警察有权搜查在我名下的“主要住宅以及其他房屋、居所或建筑物，无论是临时性还是永久性的、独立还是非独立的，均包括在内”。而且，令状中写的搜查范围并未以地址的形式标明，而是更加精确地用街区和纳税批号来表示。

然而，真正令我大吃一惊的是搜查目的。

“绑架的证据？”我说，“你们认为我绑架了别人？”

“法官阁下，我们也是奉命行事，您就行个方便吧。”加利疲惫地说。

“请。”我说，我知道自己别无选择。

我带他们走上门阶，然后帮他们打开了房子的大门。加利先进去了，那个壮实的小伙子紧随其后。

我在后面跟着他们，加利粗略地扫了一眼一楼，接着下到了地下室，在底下待了一分多钟。然后，他上到二楼，简单地看了看每个房间。

“有阁楼吗？”他问。

我把他带到通往阁楼的地方，用绳子拉下小梯子。

我说：“从这儿上去。”

他爬到一半，便能探头看到阁楼了。他看了一眼便下来了。

“好，我看完了，”他说，“对不起，打扰您了，法官阁下。”

我觉得更加困惑了：“您能告诉我这究竟是怎么回事儿吗？”

“您认不认识一个年轻人，名叫大卫·蒙哥马利？大卫·J.蒙哥马利？”

“不认识。”我说。

“如果您见过他的话，肯定有印象。他的胳膊上有一个他自己特别引以为自豪的文身，图案是一个光着上身的美人鱼。”

我拼命装出一脸茫然。这个大卫·蒙哥马利就是博比·罗了，那孩子显然是跟我说了个假名。

“我从来没听说过大卫·J.蒙哥马利这个名字。”我说的是实话。

---

[1] 美国宪法第四修正案（Fourth Amendment）：于1792年3月1日开始实行的宪法修正案，旨在禁止无理搜查和扣押，并要求搜查令和扣押状的发出有相当理由的支持。

“是啊，我估计也是。”加利说，“大卫是我们警局的常客了。现在有一大堆对他不利的指控，他迫切希望能寻个方法给自己脱罪。据我所知，这周早些时候，他去找了自己的缓刑监督官，讲了个天方夜谭，说住在这儿的两个人把某人给绑架了。他以为能借此戴罪立功，让缓刑监督官放自己一马。至于这乱七八糟的情报是怎么来的，我看怕是他吸毒吸多了产生的幻觉。”

我想起来当时杰森一时说漏了嘴，结果博比·罗一直嚷嚷着说我们都是绑架犯。

“毒品是社会的祸端。”我说，努力表现得像一个公正的法官。

“那个缓刑监督官只得上报给我们。虽然大卫·蒙哥马利这番异想天开的话几乎不可能是真的，但我们还是得按规矩展开调查。唉，其实谁都不信……正如我说的，职责所在，没有办法。打扰您了，法官阁下，真的非常抱歉。”

“没关系。”我说，其实有关系。

我一面领他们出去，一面满心希望并祈祷着，但愿绑匪不要看到刚才发生的一切。

目送他们远去，我忽然记起了萨姆小时候的一桩事。那时，他的一岁生日才刚刚过去几个月，他一天到晚都精力充沛、四处乱窜，丝毫不在意周围潜藏的危险。要想时刻盯着他，就已经够累人的了，更别提还要同时看住他和他妹妹两个淘气包了。

他们两个跑到了我们位于北弗吉尼亚州房子的卧室里。当时，我可能也不够留神。他们一直在卧室门附近愉快地玩闹着，突然爱玛把门关上了，夹住了萨姆的手。萨姆在惊慌中一把抽出手，结果食指的指甲被夹掉了。

潜意识里，我知道自己应该当一个沉着冷静的父亲，在关键时刻扮演稳重可靠的角色，上前劝慰和安抚孩子。毫无疑问，如果是我的手受伤了，那我最多也就是抱怨两句，然后就包扎一下，该干吗干吗去了。

可是，看到鲜血从我儿子的手指上涌出，我的身体瞬间抖得像筛糠一样。我只得叫了一个邻居过来帮忙处理伤口。那时我明白了大多数父母都明白的一个道理：有些事，发生在孩子身上比发生在自己身上还要令人痛苦。

我一边想，一边低头看着自己的手，张开、握拳、再张开。

趁自己还没完全陷入惊慌失措的状态，我先给艾莉森打了个电话，想告诉她家里没事，可以回来了。但她没有接。于是我又给吉娜家打了个电话。

结果，接电话的人也不是吉娜，而是凯伦。她拿腔作势地说："喂，这里是鲍威尔家。"

"噢，你好，凯伦，我是斯科特。你怎么也在？"

"孩子们放学了，我带他们过来陪萨米玩儿。"

"玩儿得怎么样？"

"这群淘气包已经把厨房都闹得天翻地覆啦，所以我们叫他们去外面玩儿了，免得等会儿把房子也给拆了。"

"嗯，听起来他们在外婆家度过了一个幸福快乐的下午。"我说，"艾莉森在吗？"

"她在睡觉。"凯伦充满歉意地说，"她到这儿的时候太累了，所以我们就先叫她回营休息了。"

"回营休息"，意思就是回房间睡觉。艾莉森很早之前就告诉过我，她不像是生在鲍威尔家，倒像是生在部队上，就连日常对话中都有军队用语。

"需要我叫醒她吗？"凯伦提议道。

"当然不用。你帮我转达一下吧，就说我打电话来了，家里一切都好。她跟萨姆如果想回来的话，随时都可以。"

凯伦把电话听筒稍稍移开，我听到她说："是斯科特的电话。"估计是吉娜来问了。然后凯伦又拿起听筒说："那张名片的事儿怎么样了？"

"没什么。你……你告诉艾莉森的时候，就说是警察共济会[1]要募捐，而且那个警察是穿着便衣来的，叫她别担心。"

"你说的这些都是真的？"她问。

"不是。但我不想让她有太大的压力。"

"杰森跟我说了那天晚上的事。"她说，"警察之所以会来，是不是因为这件事？"

"嗯，差不多吧。警察来搜查了房子，虽然他们已经走了，但是——"

"但是现在你担心晚上绑匪又会送东西来。"凯伦替我把话说完了。

[1] 警察共济会（Fraternal Order of Police）：美国的警察互助组织，由宣誓就职的执法人员组成。

“是啊。如果情况糟糕的话，他们要送的东西很可能不适合派外人前来，而是得由他们亲自送。你觉得今晚的守卫是不是可以多一些？”

“明白了。多谢提醒。”

“我是说，他们也有可能不会——”

“但也有可能会，”她说，“别担心，包在我身上。”

38

虽然艾莉森睡了个下午觉，但是晚上她和萨姆回到家时，她的眼睛周围依然有黑眼圈。

周二早上一别之后，我们就没再见面了。现在的她看起来很疲倦，比我印象中的样子要疲倦得多。

她回来时，我正在厨房里做沙拉。她走进来找我，我这才发现她身上的衬衣显得特别宽松，而扎进腰里的部位却又小又窄。她肯定瘦了。我们这段时间都没怎么吃东西。而且，据我所知，自从萨姆回来的那天以后，她再也没有劈柴了。不知疲倦如她，终于也失去了活力。

她穿过厨房，一下靠在了我的身上。她身上已经瘦得有些皮包骨头了。

我能感受到心理压力在她身体上的表现，毫不夸张地说，她正在由于担忧而日渐消瘦。既然如此，她应该跟爱玛被绑架的事情无关吧？人根本骗不了自己的身体，不是吗？

“你回来了。”我说，“妈妈家里怎么样？”

“还行。当然，她很担心我们。不过她那里一切都还好。”

“萨姆在那儿过得怎么样？”

“我觉得挺好的。他跟表哥表姐或者奶奶在一起总归是要好一些，在家里的时候，他不管干什么都惦记着爱玛。在别的地方，至少他还能散散心。能有表哥表姐一起玩儿，他很开心，而且只有我们三个人时，外婆也一直陪他玩儿各种游戏。”

“那就好。你睡得怎么样？”

她放开我，直起腰来，打了个哈欠："其实我觉得现在反而更累了。"

我看向自己刚才正在切的胡萝卜，突然觉得连抬一下手的力气都没了。可是，我想到妻子总该吃点儿东西，于是便说："今晚你想吃中餐外卖吗？我真的不太想做饭了。"

"唉，我也是。"她疲劳地说。

"好，那我去打电话叫外卖。"说着，我向厨房外走去。

"不，还是我出去买吧。你陪陪萨姆怎么样？他很想你。"

我也很想他。我说："好，这样也好。"

艾莉森很快就离开了。我把厨房里的用具收拾好，然后便来到了起居室，萨姆正在搭一条精巧的斜坡，准备用他的"风火轮"来一场车赛。

"嘿，好孩子，"我说，"来给老爹一个抱抱。"

他听话地照做了。虽然他很快就摇晃着身子走开了，但能再次把他揽在怀里，我已经感到非常欣慰了。

"你想玩儿赛车吗？"他问。

"当然啦。"

"好，等我先把赛道搭完。"

他开始搭一段非常惊险的环状赛道，全部精力都用在拼接那些橘黄色塑料片上。有那么一会儿，我没有说话，只是出神地看着他信心满满地忙活。

接着，我回过神来，想起艾莉森不会走开太久，现在是我单独跟他聊天儿的最好时机。于是，我便开始了例行的探问。

"小家伙，今天过得怎么样？"我问。

"不错。"他说。萨姆虽然这么回答，但未必真的过得"不错"。只要情况允许，他总是习惯简短地回答。

"你和妈妈都做什么啦？"

"我们去了福来鸡[1]。"他头也不抬地说道，手上不停地忙活着。

"就是沃尔玛超市旁边的那个？"

"没错。"

[1] 福来鸡（Chick-Fil-A）：，美国快餐连锁店，始于 1946 年。

“然后你们就回外婆家了？”

“对啊！”

“在外婆家玩儿得好吗？”

“挺好。”

“都玩儿什么了？”

“我和外婆玩儿乌诺牌[1]呢。然后表哥表姐来了，我们就去外面玩儿了。”

“我听凯伦姨妈说了，”我说，“你真是个乖孩子，让妈妈有时间能睡觉休息一下。”

萨姆依然盯着赛道，说：“妈妈没睡觉。”

“哦？”我的大脑里又敲响了熟悉的警钟，“那你在外面玩儿的时候，妈妈做什么了？”

“她不在。”

警钟长鸣。

我努力让自己别太当回事儿，但是却不由自主地竖起了耳朵。片刻之前，我还说服自己压抑住对妻子的怀疑，而此刻，这些疑虑统统都苏醒了。

“她去哪儿了？”

“不知道。”他说，手上的赛道搭建工作已经完成了，“爸爸，我们现在玩儿吗？”

“好，不过再稍等一下。也就是说，妈妈没跟你一起在外婆家待着？”

“一开始在，后来走了。”

“她去哪儿了？”

“不知道。”

“她走了多久？”我问。

“不知道，有一会儿吧。”

“一个小时？”

“可能吧。”

“两个小时？”

---

[1] 乌诺牌（UNO）：一种美国的纸牌游戏。

“也有可能。我不知道。”

我点了点头，不知道还能再问些什么。我的妻子又一次在大白天消失了。虽然她有机会告诉我，但却还是撒谎，依然说她在妈妈家睡觉了。

关车门的声音传来，艾莉森回来了。就算我还有什么问题，也不能继续问了。

“爸爸，我们能不能开始赛车了？”萨姆又问了一遍。

“当然啦！”

“选一辆车吧。我要选红色的，红色的速度超级快。”

家里的大门打开，艾莉森高声说自己回来了。当我把黄色的风火轮赛车放在赛道上时，我突然产生了一个念头：凯伦替她掩盖了真相，而且吉娜也听到凯伦这么做了。因此，不仅艾莉森偷偷溜走，不知是去见保罗还是见爱玛，而且她们家的人明明知道却不说，都跟她串通好了。

这顿中餐吃得食不甘味，我跟妻子面对面地坐着，却始终没有抬头正眼瞧一下她。

她试了几次，想跟我说说话，但是我的脑子里一片混乱，根本就反应不过来。最后，她放弃了，只是闷闷地低着头把食物在盘子里捣来捣去。整张餐桌上唯一的动静就是叉子的“叮当”声。

我实在无法将眼前亲眼所见、亲手所触的艾莉森，跟背地里鬼鬼祟祟的艾莉森联系起来。那个看不见的艾莉森就像是个黑暗的阴影，仿佛隔着一层迷雾，时而可见，时而消失。唯一能看清她的镜头就是这个六岁的孩子，可这个孩子却几乎无法理解自己所看到的一切。

这让我们之间产生了前所未有的疏远。说到底，无论她是否跟爱玛的失踪有关，无论她是否跟保罗旧情复燃，无论她的家人在其中扮演着怎样的角色，我都只是在猜测而已。比猜测更加真实的，是随之而来的怀疑和沉默，它们给我们的婚姻笼罩上了一层黑暗。此时此刻，我们本该相亲相爱、彼此支持，但是却渐行渐远、分道扬镳了。

我也许可以试着跟她谈一谈，就算讲得含蓄一些，不直接质问她的谎言也行。可是，一想到绑匪又可能会送来什么可怕的东西，我的心中就一团乱麻。

饭后，我吃了阿司匹林，但脑袋依然生疼，就像有大锤在敲打一样。

我们安顿好萨姆上床睡觉以后，我就倚在床上看《国家地理》[1]，一心希望这些异域的风景照片能带我从残酷的现实中逃离片刻。艾莉森对晚上可能会发生的事情一无所知，她去浴室悠闲地洗了个澡。

然后她又花了很长时间吹头发。以前她常常这样坐在地板上，让暖风吹过自己的头发，让低沉的“嗡嗡”声安抚杂乱的心绪。这是她沉思冥想的方式。

当她从浴室出来时，身上只裹了一条浴巾。她走到我躺的这一侧床边坐下，把手放在了我的大腿上。

“亲爱的。”她说。

我手里拿着杂志，一言不发地抬起了头。

“你觉得，我们可不可以……”她说着，开始用手抚摩我的身体一侧。

“噢。”我不知该说什么。要说我此刻最不想做的事情就是做爱，那未免表达得太过轻描淡写了。

“我只是……我现在需要你。我想感受你的拥抱。”她轻轻地说，“我很想你。我们……我是说，我们几乎连话都不说了，斯科特。不过我明白，我真的明白。语言……有时候是无力的。但是我依然想感受到我们还是密不可分、心心相印的，即便只是片刻也好。”

我们在一起的二十五年中，我从未拒绝过她的主动。为什么要拒绝？我爱她，爱跟她在一起，爱她身上的每一寸肌肤。我坚定地相信，能一起交谈说笑、能亲密相拥的夫妻是不会离婚的。既然交谈说笑已经不可能了，那么我们至少能像以前一样亲密相拥吧？

但是不行，她对我说谎了。我怀疑她的主动只是烟雾弹，只是想让我掉以轻心的诡计。而且，杰森、凯伦或珍妮还在窗外守着，几小时前格洛斯特警局的警察还来搜查过这个房间，保罗·德雷瑟还在我的噩梦中挥之不去，爱玛还时时刻刻都承受着巨大的痛苦。

不行，现在不行。

---

[1]《国家地理》（*National Geographic*）：美国国家地理协会（National Geographic Society）的官方杂志，首刊于1888年，以地理、历史和世界文化为主要内容。

“对不起，”我说，“我觉得还是——”

她把目光移开了。当再次转过脸来时，她的眼睛肿了。

“那我能不能只是……只是跟你一起躺一会儿？”

我没有说话，但是却往旁边挪了挪，她在我身边蜷缩着躺下了。

“你能抱着我吗？”她问，声音变得更小了。

我用一条手臂搂住她，感觉到她的身体在颤抖。她哭了，但是她没有发出任何声音。我知道，我应该陪她一起落泪。

可惜，我不相信她的表现是真的。

39

等我确定艾莉森睡着之后，便给她盖上一条毯子，接着就悄悄地下床了。

我蹑手蹑脚地来到客房，连床罩都没掀就合衣躺下了。反正我不会睡觉，没必要把床单弄脏。我没有开灯，在黑暗中静静地等着，时刻准备迎接外面的枪声。

大约一小时后，我听到床头柜上传来了细微的声音，是手机振动了。我把手机拿起来，解锁了屏幕。收到了一条短信。发信人是艾莉森，或者得加个引号，“艾莉森”。因为真正的艾莉森正在隔壁睡觉。

短信上写着，*不许再有警察来了*。后面还附了一个视频文件。

我按下了播放键，心脏开始咚咚狂跳。在备受折磨的二十秒钟中，我焦急地等着视频加载。

开始播放了。

画面一片漆黑，什么都看不到，仿佛有人把镜头盖起来了一样。不过有声音。那是一种细细的呜咽声，虽然像是被捂住了嘴，但声音依然很尖。听起来就好像是一头受伤的小动物从喉咙里发出哀鸣。

接着，视频中的声音突然变大了，尖叫声中混杂着人类喃喃说话的声音。这时，我才知道那不是什么小动物，而是我的爱玛。她正承受着痛苦，非常非常痛。

我把脸凑近手机，但什么都看不到。画面依然一片漆黑，只有我的女儿在发出痛苦的喊叫声。疼痛、恐惧，那是谁都不愿听到孩子发出的声音，更别提是自己的孩子了。

血液涌上了我的大脑，我已经拿不稳手机了。随着呼吸变得越来越急促，我明白恐慌又一次袭来了，不，我不能倒下。

“噢，上帝啊，救救她吧！”我无声地哭泣着，“上帝啊！”

她的尖叫声逐渐消失了，又变成了先前的呜咽声。她到底怎么了？谁伤害了她？

新一轮折磨又开始了。爱玛的哭喊声越来越大，仿佛她已经预见到将要发生可怕的事情了。我能听到她在求饶：“不、不、不、不——”

然后，又是一声撕心裂肺的尖叫。那声音如此尖锐，一时之间，手机扬声器因无法负荷而发出了嗡鸣声。

突然，视频中出现了画面。可我只愿自己永远都不要看到这种画面。

镜头里拍的是爱玛。她躺在脏兮兮的油毡地板上，周围的环境看起来像是洗手间。她的四肢都被捆住了，脚踝和手腕被绑在了她身后，画面中拍不到。但是，绳子显然捆扎得非常紧，因为她那小小的身躯向后弯成了一个C的形状。她身上都湿透了，只穿了一条短裤。她全身都在颤抖，不，是抽搐。

她的脸上全是鲜血。她那被剃光头发的小脑袋躺在地板上，周围也有许多红色的血迹。她的头或者脸显然是受伤了，但是鲜血太多了，我根本就无法分辨伤口究竟在哪里。

她的嘴里也在流血，好像她咬到了舌头。可这些都不是最糟糕的，最糟糕的是她的眼睛，瞪得大大的，目光中充满了极度的恐惧。光看着这双眼睛，我都忍不住要尖声大叫了。

这时，视频结束了。屏幕上显示，这个视频的长度是三十八秒钟。而我却在这短短的时间内苍老了一百岁。

接下来的数个小时都在绝望中流逝而过，我已经无法理性地思考了。我没有再看那个视频，生怕它将我仅剩的一丝理智也吞噬掉。然而，视频的片段却不断地在我脑海里一遍遍回放。

凌晨两点左右，我来到书房，打开笔记本电脑。我迫切地想要给大脑灌输一些美好的画面，于是开始浏览以前的家庭照片：爱玛在好莱坞打扮成迪斯尼公主的模样；爱玛躺在我们家门前的河滩上，身上铺满了河泥；爱玛跟她妈妈一起烤松饼；爱玛穿着复活节的衣服准备去教堂，她对着镜头做鬼脸；爱玛在国会大厦前，那是我们家最近一次去华盛顿旅行时拍的。

最后，我点开了一个去年冬天拍摄的视频。

画面中，爱玛的羽绒服下穿了一层又一层，裹得严严实实的，她的胳膊都像企鹅一样从身体两侧向外张开了。她戴着一顶像小猫咪一样的针织帽，整个额头都被盖了起来。她面朝上，躺在一层薄薄的白雪上，雪下的草地还隐约可见。

“宝贝，你在干吗呢？”我听到自己的声音发问。

作为回应，她开始欢快地手舞足蹈，拍打着地上的白雪。

“我是天使，爸爸！我是天使！”她唱着歌儿，声音清亮又纯真。

“当然啦，你就是我的天使。”我说。

她停下了动作：“爸爸，真的吗？”

“爱玛·格蕾丝·桑普森，你永远都是我的天使。”我对她郑重地保证，于是她又开始扑腾着手脚，像剪刀一样开开合合，脸上带着幸福的笑容。

我把这段视频又放了一遍，再放一遍，眼含泪水地看着、看着。当我回到客房时，我满心希望自己能把这幸福的画面放在所有想法的最前面。但是，依然无济于事。她躺在那个洗手间地板上的场景立刻浮现了出来，就像一支毫不留情的敌军，不断地入侵我的记忆。

紧随其后的是许多前所未有的情绪。失望、软弱、愤怒、心痛、仇恨、不安，接着又是愤怒……

我不知道该用什么样的词才能充分形容这种感受：身为父母，眼睁睁地看着孩子承受巨大的痛苦，虽然那种痛苦你能看得到甚至能感受到，但却无力让它消失。

我躺在黑暗中，望向窗外。

没有星光的夜空渐渐迎来了灰蓝色的破晓。不久，橘黄色的黎明告诉我，起床的时间到了。虽然我的灵魂在灼烧，但天已经亮了，我只能努力装出一副若无其事的样子，去面对这残酷的世界。

40

艾莉森似乎打算给我留出更多的个人空间，她没有再跟我多做交谈。我拖着疲惫的身体，默默地为上班做准备。我没有吃早餐，只喝了一杯咖啡。

在前一天夜里，我考虑过这段令人毛骨悚然的录像是否能洗脱艾莉森参与绑架事件的嫌疑，如果我还觉得她会如此残忍无情地折磨爱玛，那我肯定是疯了。然而，我得承认，这个视频也有造假的可能性。我估计她的身体之所以会不停地抽搐，是因为遭到了电击，但我并没有在视频中看到电池电瓶一类的东西。也许我看到和听到的一切都是用高科技伪造出来的，也或许这只是我自己在绝望中的期盼而已。因此，在判断妻子是否表里不一的这个方面，我依然一筹莫展。

无论如何，我都决定不告诉她这个视频的事情。我们俩有一个看到就够糟糕的了。

很快，我就逼着自己出门了。穿过车水马龙的汉普顿桥梁隧道之后，我终于拖着沉重的步子来到了内庭，到的时间比往常晚了一些。

史密斯夫人已经在办公桌前坐着了，跟平时一样，打扮得十分拘谨。我想起了赫伯·思里夫特和他的长焦镜头，不知道他是不是已经捕捉到罗兰·希曼斯与史密斯夫人私会的证据了。

“早上好，史密斯夫人。”我说。

“早上好，法官阁下。您今天觉得身体怎么样？”

她能看出来我昨晚没睡好？有这么明显吗？接着，我才突然记起，头天下午为了赶回家，我特地打电话到办公室说自己身体不舒服。

“好多了，谢谢挂念。”我说，但我知道自己的脸色看起来应该不太好，“昨天这里一切还顺利吧？”

“嗯，已经基本回到正轨了，只有几家媒体还打了电话来。”

“看来他们终于明白了无可奉告就是无可奉告。”

“不过，今早有一通电话是找您的，”她说，“就是那个总打电话来的人，

‘理性投机’的史蒂夫·波利蒂。”

“一样，还是无可奉告。”

“我对他说了无可奉告，我只是觉得应该让您知道他打过电话。”

“谢谢。”我说。

然后，她说了一句话，让我瞬间警醒起来。

“帕尔格拉夫案有一份新文件入档。”

“噢。”我说，其实我很想问，这回又怎么了？

“我已经把文件打出来了，”她说，“放在您的桌子上了。”

“谢谢。”我又说了一遍。

我慢悠悠地走向自己的办公室，等门在身后关上以后，我便立刻快步横穿房间，径直走向办公桌，那份文件就放在桌面的正中央。这是一份由罗兰德·希曼斯代表丹尼·帕尔格拉夫提交的文件，当我看清文件标题时，差点儿被自己的口水呛到。只见标题上写着：“撤换动议[1]”。

罗兰德·希曼斯想让我对这个案子放手。

这份动议的核心内容就是认为我与本案有利益冲突，因为阿波提根制药公司是布雷克·富兰克林议员的主要经济赞助方。而富兰克林不只是我的“前雇主和亲密好友”（他本人曾公开亲口承认），而且还是“桑普森家孩子的教父”。

罗兰德·希曼斯怎么会知道这些？这已经不是普通人会知晓的信息了，自从“那起事件”发生之后，新闻媒体再也没做过相关报道了。就连我的法官任命听证会[2]上都没有提到这些，要知道，那种听证会可是能掘地三尺把各种相关情报都挖出来的。

我继续往下看。据希曼斯所言，阿波提根制药公司已累计贡献了“超过210万美元帮助布雷克·富兰克林竞选，其中既有直接赞助竞选委员会以帮助布雷克·富兰克林进行连届选举的资金，也有通过名为‘美国健康前瞻’的政治活动委员会间接赞助的资金，该委员会的管理者正是阿波提根制药公司

[1] 撤换动议（Motion to Recuse）：若负责审判案件的法官与该案件本身有利益冲突，则诉讼双方均有权提交动议，要求撤换法官。

[2] 法官任命听证会（confirmation hearing）：由美国参议院司法委员会举行的听证会，会议通过多方考量，决定是否任命某位受到提名的候选人担任联邦法官。

首席执行官巴纳比·罗伯茨”。而且，巴纳比·罗伯茨也“以个人名义提供了超过 15 万美元的资金帮助布雷克·富兰克林开展竞选运动，这个金额是法律允许范围内的最高赞助金额”。

将这份文件中申诉的内容说得直白一些，那就是：阿波提根花天价收买了布雷克·富兰克林，就相当于我也受了他们的恩惠。

随文件提交的证据之一是一份扫描的剪报，内容是我们两个在募捐派对上被抓拍的那张交际感十足的照片，镜头中的我手里还拿着一个滑稽的香槟高脚杯。他的胳膊搂着我的肩膀，我看起来完全就像是在他身边溜须拍马的奉承者。但真正引起我注意的是另一样证据。那是一张布雷克和巴纳比·罗伯茨一同进餐的照片。更奇怪的是，从美联社[1]在电讯中为这张照片配的文字说明来看，这是三周前的周五拍摄的。

那个时候，帕尔格拉夫案的诉状已经提交，这个案子也分派到我的法庭了。虽然我还不知情，但杰里米·弗里兰以及其他工作人员已经开始着手准备了。那么，罗伯茨肯定也得到了消息，只是不知他当时是否了解我跟布雷克的关系。

他们两个吃饭时，讨论了这个案子吗？布雷克有没有答应要明里或暗里替阿波提根来游说我？金钱对于政治的影响，恐怕怎么强调都不为过。我深知两百多万美元的巨款可是能在政界发挥巨大作用的。

他们一起吃了顿饭，一周半后，我的孩子就被绑架了。

我无法把布雷克想象成绑架犯。他爱我的孩子们，而且他还是爱玛的教父。他绝对不会故意伤害她的。

可是，他会不会告诉巴纳比·罗伯茨一些跟我和我的家人有关的事情？比如我们住在哪里，孩子们在哪儿上学，我们日常生活的习惯等。我的人生导师究竟有没有出卖我？

这是让我紧张不安的原因之一，另外一个原因则是我渐渐意识到，罗兰德·希曼斯跟爱玛的事毫无关系。他不会要求撤换一个尽在他掌握之中的法官。同样地，帕尔格拉夫也不会是嫌疑人。希曼斯必须要征得委托人的

[1] 美联社（Associated Press）：美国的非营利新闻机构，总部位于纽约市。

许可才能递交撤换动议文件。

因此，如果不是希曼斯或者帕尔格拉夫，那么就肯定是阿波提根制药公司的某个人了。也许是巴纳比·罗伯茨，也许是保罗·德雷瑟。

但问题是，我完全不知该如何应对，无助感再次扑面而来。

撤换动议的审批过程有一个主要矛盾，那就是这份动议必须首先由当事法官批准。而理论上讲，当事法官已经了解案件内容并且认为自己可以作为该案的裁决者。因此，为了避免审批过程显得有失公允，当事法官有时会要求由另外一位法官来审批撤换动议。

想到这里，我问自己：如果这份动议要求撤换的是我的一位同事法官，那么我会如何审批？很简单，我肯定会建议这位法官自行申请撤换。

可现在的情况不允许我这么做。

虽然我不能同意撤换，但我还是得起草一份决定作为对撤换动议的回应。外面有一大堆律师正在翘首以盼，满心希望我能同意撤换，那样一来，他们就可以不必火急火燎地忙着准备证据开示了。我拿起电话，拨打了杰里米的分机号，等他接听之后，我说道："你能来一下我的办公室吗？"

两分钟后，他坐到了我的面前。我无须问他是否看过了这份动议，因为他已经开始咬着嘴唇做沉思状了。

"我希望我们今天就能针对这份撤换动议做出决定。"我说。

"当然。最好还是抓紧放手吧。"

"不，"我坚定地说，"我们要驳回这份动议。"

杰里米·弗里兰是个一向忠心不贰的专职文员，在我们共事的四年间，他从未质疑过我的任何决定。但此刻，他却说："法官阁下，此话当真？"

"是的，杰里米。"

"法官阁下，我无意冒犯，但是我认为您没有其他选择。您必须从本案中撤换出来，这才是唯一合理的决定。在雅各布斯议员提出指控的情况下，您不能再做出不理智的决定了。这太冒险了。我是说，想一想拜尔斯法官——"

"这关拜尔斯法官什么事？"

杰里米不再咬嘴唇了。

“您瞧，法院职员们都在议论纷纷，”他轻柔地说，“我听说拜尔斯法官建议您在弹劾一事的风波过去之前先停止审理案件。您也知道，他有权强制您暂停工作。司法委员会肯定会跟他保持意见一致。眼下是个机会，您可以借此向他表明您是一个非常理智的法官。而一个理智的法官在面对这样的动议时，都会选择置身事外。我并不是说希曼斯的申诉都是真实正确的，我只是说您应该想一想外人是如何看待此事的。”

我一言不发地盯着他，看着他身上那一尘不染、剪裁合体的西装，还有领口那整齐利落的领带。我感到非常愤怒，甚至有些怨恨，他怎么能如此满不在乎、毫不在意！对他来说，一切都可以用理性来解决，这只不过是一个快速判断、无关紧要的决定，唯一需要考虑的后果就是办公室里的职员会不会讲些闲言碎语。

我恨他。

对于正在发生的事情，他根本连一丝一毫都不明白。

“法官阁下，拜托，”他继续说，“您就不能再考虑考虑？或者问一问其他法官的想法？”

“为什么？”我突然说道，“就因为你上周让我申请撤换，而我没有照办？就因为你那不肯明说的屁大点儿的私心没有得到满足吗？”

他的嘴巴张大了。

“杰里米，不管你或者罗兰德·希曼斯或者别人怎么想，我负责审理这个案子是一点儿问题都没有。是，阿波提根赞助我的前老板，可那又怎么样？这丝毫不影响我对这个案子做出公正的判决。而且，如有必要，我会非常愉快地解释给拜尔斯法官听。现在，我要你起草一份决定来驳回这个动议。你写还是不写？”

“法官阁下，我只是——”

“你给我滚出这该死的办公室！”

他呆住了，一动不动。

“滚，马上，”我咆哮道，“我要工作了。”

他沉默地站起来，在离开办公室时，轻轻地把门带上了。

41

我能感到愤怒在脸上熊熊燃烧。还没反应过来自己在干什么，我就抓起电话按下快捷键，拨通了布雷克·富兰克林的电话。

“喂，法官大人。我正打算今天给你打个电话呢，想问问你跟你的新女友雅各布斯议员处得怎么样？”

“跟雅各布斯无关，”我简短地说，“我正在看阿波提根案的原告提交的一份抗议，上面说阿波提根和巴纳比·罗伯茨多年来一直赞助你的竞选运动。是不是真的？”

“嗯，差不多吧。”他说。

“差不多？”

“好吧，没错，是真的。但你为什么听起来这么惊讶？给我提供赞助的又不只是阿波提根一家，还有其他各大主要的制药公司。拜托，我可是‘健教劳养’的成员哎。你知道‘健’代表的是‘健康’吧？你难道从来没看过我的赞助人名单吗？”

“那不是我负责的领域。”

“好吧，好吧，我可以肯定，我的确是拿了阿波提根的钱。”

“而且是数百万。”我说。

“我不知道有没有那么多，但这是公开的记录。如果你愿意，你随时都可以查到具体金额。你为什么对此大惊小怪的？”

“天哪，布雷克，阿波提根是我手头有史以来最大案件的被告方。他们就算不是你的最大赞助方，也是最大赞助方之一了，你难道就不能提一句吗？”

他沉默了一会儿，然后说：“这么问也许会很傻，不过，为什么？”

“为什么？你难道没看出来这其中有那么一点儿利益冲突吗？”

“但是，你已经不再为我工作了。这都已经过去四五年了吧？谁规定你一辈子都是我的手下啊？”

“那无关紧要，布雷克。是你提名我担任法官的。而且，你还邀请我去参加各种募捐派对。你是爱玛的教父，人人皆知我们是朋友。你在华盛顿待了这么久，应该知道，即便只是表面上显得有利益冲突也已经够糟糕的了，人们根本不在乎究竟实际上是否有利益冲突。”

“噢，真是的。臭小子，你说话的口气越来越像《华盛顿邮报》[1]那伙人了。”

“别再开玩笑了，布雷克。你给我打过电话，问过关于这个案子的问题。当初我刚批准禁令时，你就在电话中试图套我的话。之后，你是不是立马就给巴纳比·罗伯茨打电话了？哦，或者你是等了两分钟，抽完烟再打的？”

“你这是想暗示什么？我不喜欢——”

“我没有暗示。我是在明确地说，你早就被巴纳比·罗伯茨收买了，而你现在正按他的要求行事。”

“等等，你有点儿太过分了。我收巴纳比·罗伯茨和阿波提根的钱，是因为我必须这么做。这就是政治，难道还用我给你解释吗？如果我觉得收了他们的钱就要任凭他们摆布，那我肯定叫他们趁早拿着钱滚蛋。你还不了解我吗？你为我工作了那么长时间，真的认为金钱能令我折腰吗？”

“我已经不知道自己是为一个什么样的人工作过了。”

“好吧，那我就说得明白点儿：我没有被他收买，也没有被任何人收买，而且我非常痛恨——”

“三周前，你有没有跟巴纳比·罗伯茨一起吃饭？”

他沉默了一会儿，我能听到他的呼吸声变得非常微弱。

然后，他用一种比刚才小了许多的声音说：“是的。三周前，或者一个月前，差不多就这个时间吧。你……你是怎么知道的？”

“美联社的记者拍下了你们两个进餐的照片。这也是原告方提交的证据之一。”

他沉默得更久了。于是我便补充道：“上周我向你问起过罗伯茨，但是你说你跟他不熟。”

“我跟他的确不熟。天哪，斯科特，我是跟他吃了顿早饭，又不是跟他上了床。”

---

[1]《华盛顿邮报》（*The Washington Post*）：一份美国的日报，是华盛顿特区流传最广的报纸，始发于1877年12月6日，是该地区历史最悠久的报纸。

“你有没有跟他谈过这个案子？”我问。

他没有说话。

“你有没有跟他谈过我？”我问。

他说：“我们谈了什么，根本不关你的事。但是我还是要告诉你，不论是有关诉讼案还是你本人的话题，我们都没有涉及。我们只是谈了一些市场监管方面的问题，那是一次非常得体非常光明正大的交谈，就算是在《华盛顿邮报》或者联邦选举委员会[1]面前，这样的谈话也没有任何不妥。法官阁下，不知你是否了解，美国宪法第一修正案[2]保障公民向政府请愿的权利。”

“有些人请的愿怕是比别人多吧。”我说。

“噢，听听你自个儿说的这叫什么话！我们谈完了吧？不管你指责我什么，我还有更重要的事情要忙。”

“没错，谈完了。”

“好。”说完，他就挂了电话。

42

随着这一天的结束，这极度漫长的一周也进入了尾声，而我的愤怒也终于变成了疲惫。

当我离开法院时，我收听了艾莉森给我留的一段语音信息，她说凯伦邀请我们去吃晚饭，她会带着萨姆先去，然后我们在凯伦家碰面。

“如果你不想去的话，就别勉强了。我们可以回家见。”她最后说道。

她的声音里有一种非常温柔的语调。在内心深处，我仿佛能听到她正在打破我周围包裹的硬壳。我顺着她这最后一句话拒绝了这顿晚饭，免得一晚

[1] 联邦选举委员会（Federal Election Commission）：1975 年由美国国会创立的独立监管机构，负责监督竞选经费的规范问题。

[2] 美国宪法第一修正案（First Amendment）：于 1791 年 12 月 15 日实行的美国宪法修正案，禁止国会制订有关下列事项的法律：确立国教或禁止信教自由；剥夺言论自由或出版自由；剥夺人民和平集会或向政府请愿、申冤的权利。

上都在不停地算计来算计去：她家的人在谎言中扮演着什么样的角色？凯伦的眼神或者马克的手势是否有什么隐藏的含义？

然而，最终我觉得自己还是应该去一下，我有义务去见一下凯伦和其他帮我们守夜的人。撇开我那些有可能是被害妄想的念头和信任问题不谈，为了他们的安全，我应该告诉他们，虽然昨晚没有实物送来，但是发来了虚拟的信息。守夜的危险系数其实没有降低，反而大大增加了。

而且，我很想念萨姆。

于是，我便驱车前往劳威家的住所，那个街区中所有的房子都长得几乎一模一样，面积均超过了四千平方英尺。我一直觉得劳威家的房子太大了，放眼望去，到处都是空荡荡的地毯。一年前，他们家的热水泵坏了，用来替换的装置简直大得吓人，他们手头的现金全用上都买不起，于是我和艾莉森还借了钱给他们。

不过，在家族中，有一个空间宽敞的房子还是有很多好处的：室内有足够的空间可以让每个人都伸展四肢躺下。有时候，要想让一大家子人聚在一起欢度假期，大房子还是必不可少的。

我发现孩子们都在屋外漫无目的地奔跑玩耍。我逮住了满头大汗的萨姆，抓紧时间抱了抱他，然后他就迫不及待地继续横冲直撞了。

我来到房子的大门口，没有敲门，径直走进去，循着熬洋葱的味道来到了厨房。鲍威尔家的四个女人——吉娜、凯伦、珍妮弗和艾莉森都穿着围裙，忙着做一道道美味佳肴。

“你来啦。”艾莉森一看到我，便开心地说。她走过来，吻了我一下：“你看起来累坏了。”说着，她便摸了摸我的后脑勺。

“是啊，我觉得很累。”

“开饭前你要不要先睡一会儿？”

“不了，我觉得睡了更糟。”

“好吧，”她说，“我们商量着今晚是‘我们做饭，你们洗碗’，所以他们几个都去门廊上喝酒啦。你要不要拿瓶啤酒去跟他们一起？”

“好。”我说。

这时，我突然看到桌上有个空的红酒瓶，于是便产生了一个主意。劳威家的洗衣房一角有个宜家[1]的红酒架，是那种顶到天花板的大酒架。“其实，我想喝点儿红酒，”我说，“凯伦，你能不能陪我去挑一瓶？”

“你自己随便拿一瓶就行。”她说。

“我不想喝贵的。”我不情愿地说，“你也知道，我根本就不会品酒，万一拿了瓶好酒就浪费了。”

她抬头看了一眼，我立刻给了她一个意味深长的眼神，表示挑红酒不是重点，我有别的事情要跟她谈。

“好，稍等。”说完，她便用毛巾擦了擦手。

她领我走向那间洗衣房。到了以后，我小声地把视频的事情告诉了她。她问能不能看一下视频内容，我告诉她最好不要。但是她坚持要看。

于是，我便打开视频，将手机递给她。然后我就走出洗衣房，把门关上，守在外面。我真的不想再看一遍了。

看完以后，她打开了门。她的脸色变得煞白，一丝血色都没有。

“现在你该明白我为什么不让你看了吧。”我说。

她颤抖着摇了摇头，从牙缝间倒吸了一口冷气：“这些狗娘养的浑蛋，要是被我逮住……”

她有些走神，思绪沉浸在复仇的幻想中。然后，她又转而对我说：“听着，我知道你没有问我的想法，而且我答应过尊重你的意见。可是，事到如今，你能不能至少考虑一下让联邦调查局介入？”

“你疯了吗？绝对不行。你想过后果没有？”

“难道你不觉得他们能追查到这个视频的发出源头，一举擒住这群罪犯吗？这样一个视频可不是简单的文字短信，肯定有许多数据需要传输。我敢说，联邦调查局肯定能查到他们的 IP 地址或手机信号塔——”

“不行，”我坚定地说，“这些罪犯行事非常小心谨慎，他们肯定会掩盖信号的发送路径。那些上传非法视频的人经常这么干。我们……我们不能冒险。警察总共来了不到十分钟，而且我尽量传达了自己没有跟警方合作的信息，但他们还是对爱玛做出这种事来。如果他们发现我们找了联邦调查局，

[1] 宜家（IKEA）：瑞典的家居品牌，是全球最大的家居用品零售商。

天知道他们会怎么办。他们显然时时刻刻都监视着我们家，还有我工作的地方。我……不行。”

“好吧。我只是觉得，如果那是我的女儿——”

“但那不是。我和艾莉森已经做了决定，”为了说服她，我把她妹妹也当作权威搬了出来，“我之所以告诉你视频的事情，是因为我觉得你有权知道，因为你在帮我们守夜。但是，你要尊重我们的意愿，好吗？求你了。”

我恳求地看着她。她抬起手，把一缕垂下来的金发别在耳后。这个动作让我想起了艾莉森。

然后，凯伦的表情变得柔和了一些。她眼睛下面的皮肤非常松弛，眼袋也很严重。一直以来，我只知道自己的疲惫，而没有发现其他人也已经筋疲力尽了。每隔两晚——或者更频繁地——在我们家外面抱着一杆来复枪守夜，她已经太累了。

“好吧。”最后，她说道，“可我要明确地说，我不赞同你的做法。但是，好吧。”她从架子底部抓起一瓶红酒，然后我们便回去了。

不久，我就来到屋后的门廊上，跟其他几个丈夫碰面了。他们正坐在椅子上望着屋后的树林，小口小口地喝着啤酒。马克的脚搭在栏杆上。杰森斜靠在椅子上，这些天的守夜肯定也让他累坏了。

“晚上好，诸位。”我说。

“嗨。”马克说着，点了点尖尖的脑袋。

“恕我直言，伙计，”杰森说，“你的样子憔悴得怪吓人的。”

“明白。我自己也察觉到了。”

我把身后的推拉门关上，然后便坐下来啜饮红酒，跟大家聊天儿。我发现他们刚刚改变了谈话的主题，想为了我讲一些积极向上的事情。结果，杰森就开始谈论自己喜欢的那支橄榄球梦之队。直到推拉门再次打开，他才停住了话头。

开门的人是艾莉森，她身上还穿着围裙。她盯着我，目光中充满了愤怒。随后，珍妮便匆匆地赶到了，似乎她想拉住艾莉森但没来得及。吉娜和凯伦跟在珍妮后面，她们好像也试图阻止艾莉森，但也没能成功。

艾莉森指着我尖声喊道："你这个大浑蛋！"

然后，这个我深爱的女人，这个半生都睡在我身边的女人，不仅胡言乱语地咒骂我，甚至上来开始一通猛打。我不知该如何是好，只得抬起双臂护住脸，摆出了掩护自己的姿势。

"昨晚你之所以不想跟我做爱，就是因为这个？"她大喊道，"因为你已经跟你的小女友上过床了？"

她的手掌本来是摊开的，现在干脆握成了拳头，疯狂地打在我的肩膀和后背。过了大概不到三秒钟的工夫，吉娜和珍妮终于把艾莉森从我面前拉开了。

"你到底在说些什么？"我好歹有机会能说话了。

艾莉森的目光中依然有熊熊燃烧的怒火。她被自己的母亲和姐姐拉开了，但是却仍然拼命地想要挣脱。要不是她们拉着，她肯定就把自己那 112 磅重的身体一头甩过来了。

"你告诉他，珍妮，"她命令道，"你把你告诉我的都告诉他。"

所有人都看向珍妮，而珍妮则一脸的难为情。

"我只是说，我昨天在商场里看见贾斯蒂娜了，而且……而且她还穿着一件非常漂亮的大衣。"

"一件非常漂亮的真皮大衣！"艾莉森纠正道，仿佛那件大衣的料子至关重要似的，"斯科特，你就把钱花在这上面了？一件皮大衣？还是说一件皮大衣外加一套公寓？哦，对了，应该是一件皮大衣加一套公寓再加热情似火的床上服务吧？"

这下，所有人都在看我了。

"亲爱的，我真不知道你在说——"

"你这个卑鄙的骗子！你以为我是白痴吗？我告诉自己不该怀疑你，以为你之后肯定会跟我解释的。可是现在我知道那些钱是拿去干什么了！"

"什么钱——"

"我今早去自动提款机取钱了，大天才。你真以为我不会注意到账户上的钱少了那么多吗？你真以为我不会发现你取了七千二百的现金？说真的，你能不能至少试着掩盖一下自己在情妇身上花钱的证据？比如从孩子们的大学基金或者其他地方拿钱？"

“艾莉森——”

“天哪，我怎么会没想到呢？你让她在家门口住了好几年，最后是因为我发火了所以才让她走的。可是你已经离不开她了，对不对？没错，所以你必须——”

“你能不能闭一会儿嘴，听我说？”我大声说，“我没有背着你乱搞，我雇了个私家侦探，懂吗？”

这话好歹是对艾莉森起了点儿作用。她的双臂仍然举在空中，仿佛还要打我，不过她不再试图挣脱家人的阻拦朝我扑过来了。

我继续说：“你还记得我上周六去跟踪那个原告律师罗兰德·希曼斯吗？你说我那样做很愚蠢，你说得对。所以，我就雇了一个私家侦探来跟踪他。这个侦探名叫赫伯·思里夫特，他的事务所叫‘赫伯特·思里夫特与助手们’。从黄页上就能找到他的联系方式，如果你愿意的话，可以打电话跟他确认。告诉他你是卡特·罗斯夫人，他自然就知道了，因为我用的就是这个假名。”

这会儿，艾莉森的双臂已经垂在身体两侧了。

“噢。”她说。

大家都站着，谁也没有说话，而艾莉森的激动情绪也渐渐消退了。

“没事，让我过去吧。”她对妈妈说，于是她妈妈便放开手，让她走向了我。

“对不起。”说着，她把一只手放在了我的肩上，“真的对不起。”

“没关系。”我说，然后她拥抱了我。

“我只是太累了。”她说，“太累了。”

我完全明白她的感受。

那天晚上，我们回到家后不久，我的身体终于撑不下去了。我都不记得自己是何时入睡的，只知道一夜无梦。直到第二天早上，我都起不来床。每次我想爬起来，都会迷迷糊糊地又睡过去。

等到我好不容易从床上坐起来时，已经九点多了。厨房里放着已经冷掉的法式吐司面包和培根，艾莉森留了一张便条，说她和萨姆去树林里散步了。

眼下正是给赫伯·思里夫特打电话的好时机。没有必要再浪费时间或金钱在罗兰德·希曼斯身上了。

电话响了三声之后，我听到一个声音传来："喂。"

"喂，您好，我是卡特·罗斯。"

"您好，罗斯先生。"

"事情进展如何？"

"很顺利。我现在正在一处复合式公寓这儿。"

"是不是肯辛顿公寓？"我问。

"没错。"

至少希曼斯和琼·史密斯的关系不是露水情缘，还挺始终如一的。

"您是怎么通过门卫的？"我问。

"罗斯先生，给我点儿信任嘛。我就靠干这行吃饭了。"

我想起了思里夫特那双走过许多路的黑色平底鞋。

"嗯，说得对。"我说，"我估计您在停车场里也没什么乐子，等得也够无聊了，我打算取消这次跟踪的任务。"

"当然可以。不过，我能问问原因吗？"

"我只是……搞错了情报。"

"好的，没问题。"

"如果我没记错的话，至今为止，您已经完成了接近四十八小时的跟踪监视了。那总共就是三千六百块。我能否在下周一到您的办公室去把剩下的钱拿回来？"

"抱歉，罗斯先生，但是您跟我签了协议，上面写着不退款，您还记得吗？"

其实我真的没有印象了，但是我说："噢，好吧。"

"您还想看我写的报告吗？"

"嗯，还是看看吧。"我说，总不能白花钱吧。

"怎么给您？"

"我会创建一个新的邮箱账户，然后给你发一封邮件。你可以将报告回复给我。"

"好的，"他说，"有关不退款的规定，我真的非常抱歉。有时候，干我们这行的只能如此。"

"没关系，我毕竟签了协议嘛。"好吧，严格来讲是卡特·罗斯签了协议，但没有必要这么斤斤计较。

“如果您想让我在剩下的两天中跟踪别人的话，我会很乐意效劳的。”

我不知道他这话是出于真心的还是随口一说而已。不过，没多考虑，我就决定接受这个提议。在罗兰德·希曼斯递交那份动议时，我早该想到自己让赫伯特·思里夫特盯错了人，不过眼下明白过来还不算晚。

是时候让他去跟踪另一个嫌疑更大的人了。

“其实，如果能那样的话就太好了。真的可以吗？”

“当然。您已经给过钱了，罗斯先生。”

“好。这个人不需要二十四小时的监视，每天十小时就够了。差不多从早上八点到晚上六点。如果可以的话，您下周一早上开始工作就行。”

“没问题。”

“我会把照片和地址用邮件发给您，”我说，“跟踪对象的名字叫艾莉森·桑普森。”

43

弟弟已经把游戏玩到第42关了，正忙着打倒一个新敌人。而哥哥则在……某个地方。弟弟从来都很不耐烦，也不问他去了哪儿。

烟灰缸旁放着一支点燃的香烟。他把烟拿起来，放在嘴边深深地吸了一口。突然，震耳欲聋的声音响彻房间。他猛地站起了身，椅子都被碰倒了。这显然是警报声，但是警报为什么会响？

从他站的位置，能看到前门和侧门，两扇门都是关着的。然后，他便望向小女孩儿的卧室，这才意识到：小女孩儿要逃跑。

他立刻冲向她的卧室，一把打开卧室门，发现她正靠墙站着，吓得一动也不敢动。床头柜被推到了窗户底下，而那扇窗户已经打开了约有一英尺。她肯定是一听到警报响起就从床头柜上跳了下来。

“喂，喂！”他大喊道，“你要干什么？”

小女孩儿瑟缩着退到了墙角。

“别动。”他说。

他看向窗户。原以为这扇窗户已经被漆封了，可是仔细观察之下，他看到窗户边缘处有一些磨损的痕迹。她肯定是找到什么金属碎片，然后把封漆刮掉了。

现在，他只能找些胶合板来把窗户四边都钉住，才能确保她不会跑出去。为了干这个活儿，他只能晚点儿再打通第 42 关了。

“你是个坏孩子，”他说，“坏孩子要受惩罚的。”

说完，他一把抓住她的手腕，然后把嘴里叼着的香烟拿下来，将燃烧的那一头压在了女孩儿胳膊的内侧。

44

在这周剩下的时间里，一想到自己命人跟踪艾莉森的事情，我就不敢跟她对视。

我心里的一部分认为，这么做非常糟糕。说真的，什么样的男人会雇个私家侦探来跟踪自己的妻子？我真的要变成这种人吗？

但我心里更大的一部分却觉得，这是一个正确的决定。至少我很快就能知道事情的真相了。

艾莉森似乎一直在找机会跟我沟通，但我却始终避免与她交流。我把全副精力都放在了萨姆身上。他好像已经适应了爱玛不在的生活，起码从某种程度上而言是这样的。他发明了可以自己一个人玩的游戏，而且闷闷不乐的时候也少了一些。

尽管如此，我依然能经常看到他那以前不常出现的“烦恼脸”。而且，总有一些事物会唤起他对她的记忆。有时，他会跟爱玛熊讲话，仿佛那是他的妹妹一样。有时，他会故意去做或者故意不做爱玛喜欢做的事情。在周日早上，我一边煎薄饼，一边问他想不想让我把薄饼摊成 S 形[1]的。

[1] S 形：萨姆名字的首字母是 S，爱玛名字的首字母是 E。

他回答说："爸爸，你能不能摊一个 E 形的？"

结果，我是哽咽着把薄饼煎完的。

撇开这些小小的伤心时刻不谈，我们总算是撑过了周末的两天。不知不觉间，我已经面对着琼·史密斯，开始了周一早上的例行交谈。我知道，这看似若无其事的闲聊其实是一出滑稽的喜剧，我们心里各怀鬼胎却并不说破。

"史密斯夫人，周末过得怎么样？"走进内庭时，我问道。

"很好，谢谢您。这周牧师把《马太福音》讲完了。"

我微微一笑说道："真不错。"

然后，我就走进自己的办公室，打算去查看她跟希曼斯私会的证据。等到阿伯提根一案的风波过去之后，这份证据会让她自己悄悄地离职的。周六时，我创建了一个新的邮箱账户，并且以卡特·罗斯的名义给赫伯·思里夫特发了一封邮件，如今他已经回复了：

尊敬的罗斯先生 / 桑普森先生：

随信附上有关前一个目标对象的调查报告。若您不另做要求，此事便告一段落了。

我已经做好准备工作，研究了新目标对象的住所，或者说是您的住所。友情提示，下次您想对私家侦探隐瞒身份时，请记得不要开自己的车到侦探事务所。

不过，现在我已经知道这个调查对象就是您的夫人，因此我希望您能准许我进入您家的树林及周边范围。您家的房子距离大路还有相当长的一段距离，如果我能获准潜伏在房子周围，那么跟踪她的工作会变得容易许多。

感谢您让我继续效犬马之劳。

赫伯特·思里夫特 谨上

执业私家侦探

赫伯特与助手们

我坐在办公桌前，若有所思地用手指敲着桌面。一两分钟后，我想好了，觉得赫伯·思里夫特知道我是谁也不要紧，只要他跟自己宣称的一样为客户保密就行。于是，我便迅速回了一封简短的邮件，告诉他随时都可以进入我家的树林和周边范围，但前提是不能惊动我的妻子。然后，我便打开了他在邮件中附上的那个很大的 PDF 文件。

这份文件开头是对罗兰德·希曼斯行踪的记录，其中以“目标对象”来代指希曼斯本人。每一条记录前都有详细的时间，而记录的内容果然非常枯燥：

上午 9：17——目标对象到达位于布兰波顿西街 214 号的办公室

中午 12：33——目标对象离开布兰波顿西街 214 号，步行前往赛百味[1]快餐店

中午 12：41——目标对象离开赛百味快餐店，返回位于布兰波顿西街 214 号的办公室

没多久，我就对这些文字叙述感到无聊了，于是便直接去看照片。一页一页翻下去，全是罗兰德·希曼斯下车前往自己家或办公室的照片。

他唯一一次出远门是在周五，那天他去了诺福克市中心的万豪酒店[2]，“莱斯利、詹宁斯与罗利”事务所的律师在这家酒店租了个会议室，称之为“作战指挥中心”。他们采取了一种非同寻常的措施，即让提供证词的科学家从各地赶来这里。一般情况下，都是律师亲自去找证人取证，而不会反过来让证人坐飞机自己来找律师。可是鉴于我规定的日程安排太过紧张了，他们只能这样把所有证人都聚集到一起来节省时间。

前面的照片并没有什么特别的，最后我看到了周六早上的照片。我发现希曼斯又一次离开家去了花店，然后进了肯辛顿公寓的大门。

这跟他上周六的行踪一模一样。我向下翻页，看到了希曼斯停车的照片，接着是他拿着花束从车上下来的照片。

赫伯·思里夫特离得比我当初近多了，而且他所处的角度也很好，镜头慢慢地追随着希曼斯走向公寓的身影。因此我能清楚地看到之后发生的事情。

---

[1] 赛百味（Subway）：美国快餐连锁店，主要卖三明治和沙拉。

[2] 万豪酒店（Marriott）：美国的跨国酒店公司，主要经营可供住宿的酒店及其他住宿设施。

接下来是一张罗兰德·希曼斯沿着屋外门廊走路的照片，然后是他站在一扇大门外的照片。

下一张照片中，门打开了。

但开门的人不是琼·史密斯。

是杰里米·弗里兰。

后面的照片更是铁证如山了：罗兰德·希曼斯拥抱了杰里米。

然后，仅剩的一丝怀疑也被打破了，因为接下来的照片中显示，门关上的那一刻，他们两个接吻了。

这是最后一张照片了。我回去查看文字记录，发现希曼斯进入肯辛顿公寓的时间是上午8:12，在9:17时，记录写道："客户来电，要求取消对目标对象的监视。"

但我已经获取了足够的信息。罗兰德·希曼斯确实跟我手下的一名职员有染，只是并非我先前猜想的那个人。

我呆呆地坐了足有五分钟，一直盯着最后那张照片，惊异于自己的推测竟然错得如此离谱。毫无疑问，我误判了罗兰德·希曼斯，固定思维让我以为男子气概跟异性恋必然是挂钩的，实则不然。

而且，我先前也并不知道杰里米住在肯辛顿公寓。我可以肯定，我们刚开始共事时，他并不住在那里。也许是他听到史密斯夫人称赞肯辛顿公寓，所以后来才搬过去的。

当再一次浏览照片时，我渐渐地想通了一些事情。首先是杰里米请求我主动申请从这个案子里撤换出来。他知道自己无法参与这个案子，因为他跟原告律师是情人关系，但是他又不能明确地告诉我罗兰德·希曼斯跟他有这么一段风流韵事。希曼斯已婚有子，而且还被弗吉尼亚州黑人律师协会评为"年度律师"，我估计他并没有出柜，也不愿冒险让任何人发现他是个同性恋。

至于杰里米，他找到了一个贴心的秘密情人，可以在每周六的上午跟他甜蜜幽会。这段婚外恋很可能已经持续了相当长的一段时间。杰里米说他是多久前第一次见到希曼斯来着？当时他还在上诉法院工作，那显然就是在跟我共事之前，这样算下来，至少有四年了。如果我没记错，他好像说的是六年或八年前。

时至今日，他们这段持久的罗曼史几乎都可以称得上是一场婚姻了。

我回想起杰里米小心翼翼地走进我的办公室，求我主动申请撤换，整个过程中他都咬着嘴唇。其实，从帕尔格拉夫案出现在备审案件表上的那一刻起，他就已经知道自己必须让我对这个案子放手。只是，他以为还有更多的时间来处理这件事。

然而，这桩案子很快就在媒体的大肆宣传下闹得沸沸扬扬，公众的视线都被吸引过来了，此时已经无法悄悄地从案子中抽身了。既然无法让我主动放弃这个案子，他便和希曼斯一起想出了递交撤换动议的主意。动议中的大部分情报都是杰里米透露给希曼斯的，这就是为什么希曼斯会知道富兰克林议员是爱玛的教父。

他们认为，这份动议一旦提交，我肯定会就此罢手。这样一来，希曼斯就不必担心自己在胜诉后会因为跟杰里米的关系而导致判决结果无效；杰里米也无须担心将来若想跟希曼斯光明正大地在一起会害自己丢掉工作。

他们的计划可谓万无一失，只可惜他们面对的是一个意志坚定、绝不让步的法官。

现在的问题是，我该如何处理这一大堆新情报？如何处理这些本来是我无从得知的真相和不该看到的照片？如果从道德角度出发考虑的话，我就该把杰里米叫到办公室来，将他立即解雇。

可是，道德不是我此刻考虑的重点。爱玛才是。

就算杰里米欣然接受解雇的命令，并且静悄悄地卷铺盖走人，大家还是会注意到的。我最不想见到的情况就是引人注目，无论这份关注是来自雅各布斯议员、杰布·拜尔斯还是新闻媒体的人，后果都不堪设想。而且，万一杰里米被解雇的理由泄露了，那我就真得从这个案子中撤换出来了。

因此，我想好了，等马克曼听证会结束以后，我再来处理此事。至于现在，我得想办法把撤换一事压下去。不能让杰里米和罗兰德·希曼斯再开动脑筋想出什么新花招逼我放弃案子了。

我的电脑屏幕上还显示着赫伯·思里夫特那份 PDF 的最后一页，内容就是那两张拥吻的照片。我按下了打印键，然后拨通了杰里米的分机号。

一分钟后，他来到了我的办公室。我从打印机上拿起那页纸，将它递向桌子对面："请你看看这个。"

杰里米的面容是很端正的，此刻却变得异常扭曲。但他很快就恢复了正常。他已经偷偷维持这段关系有六年或八年的时间了，也许他一直就做好了有朝一日会被发现的心理准备。

"您是从哪儿得到照片的？"他平静地问，"这是您拍的吗？"

"不是。"

"那是谁拍的？"

"这就不用你操心了。"我说。

"但是怎么——"

"听着，你只需要知道一点，那就是这事儿结束了。到此为止。不要再想着把我从这个案子上弄走了。跟你的男朋友也说一声。"

他低下头，又一次看了看那两张照片。"好。"他说。

"你可以走了。"我说。

他没有走，反而抬头直视着我的双眼。

"您为什么不解雇我？"他问。

这个问题提得如此突然，我差一点儿就把实话说出来了。好在我及时稳住了心神，然后说："别废话，走吧。"

45

想想以前平静快乐的日子，距今就像冰河世纪一样遥远。那时，周一晚上家里总要举行一周一度的"戴帽跳舞"游戏。

简单易懂的规则是这个游戏的魅力之一。我们有一筐帽子，在音乐开始之前，每个人都随便选一顶戴上，也可以选好几顶，如果不觉得很傻的话。一旦音乐响起，就开始跳舞，你觉得头上的帽子跟音乐配什么舞蹈好，那就跳什么舞。等到音乐结束，再选一顶新的帽子。

自从几年前我们家发明了这个游戏开始，从没有哪个周一的晚上落下过。

今天又是周一，然而已经连续两周没人敢提帽子的事儿了，就像我和萨姆不再提“父子游泳日”一样。我们心照不宣地决定，大部分家庭活动都推迟到爱玛回来再说。

因此，这天晚上，我们也还是按近来的习惯度过。我和艾莉森互不交谈，假装自己很忙碌。而萨姆则一直在看电视，如今他看电视的时间比以前长多了。等到我们两个当中有一个觉得他已经看得太久了，便会陪他短暂地玩儿一会儿。

我们一起玩儿了一盘“超级战舰[1]”，然后艾莉森就带着萨姆上楼去睡觉了。我在厨房里洗碗，这时忽然听到了哭泣声。

是萨姆在哭。

绑架事件发生之前，我可能会让艾莉森来处理这些小插曲。

但现在情况不同了。我立刻放下刷锅的钢丝球，三步并作两步跑上楼去。

“出什么事了？”一踏进萨姆的房间，我便大声地问道。

我发现萨姆刚洗完澡，头发还是湿的，他的睡衣也半贴在湿漉漉的身体上。他正站在房间中央啜泣。

“爱玛熊不见了。”艾莉森用安抚的声音说道。

萨姆熊和爱玛熊是孩子们经常带着到处跑的玩伴，因此也常常会玩儿着玩儿着找不到了，至少一周能丢两回。所以一般来讲，这是正常情况，不是什么大事。

但此刻跟往常不同。

非常不同。

“好吧，别慌张，”我提高声音说道，“你最后一次是在哪儿看见它的？”

在断断续续的呼吸和伤心的抽泣之间，萨姆说：“我……我……不……不知道。”

“拜托，小家伙，好好想一想。你最后一次跟它玩儿的时候，是在哪儿？”

[1] 超级战舰（Battleship）：一种两人玩的猜字游戏。

萨姆显得更加垂头丧气了。艾莉森说："他不知道，斯科特。别问了。"

"我只是想帮忙。"我说，我的耐心正在渐渐丧失。

"你这样只会让情况更糟，就像在审问证人一样。"

我激动地挥舞着双手："我只不过是问他知不知道那只破熊在哪儿。这哪里是审问——"

萨姆开始放声大哭。这不是孩子们偶尔耍脾气的样子，倒像是因为伤心过度而突然崩溃了。他的小胳膊紧紧地抓着身体两侧，嘴巴张得很大，就像万圣节的南瓜灯一样。

"我只——只——只是想要爱——爱——爱玛熊。"他呜咽着说。

"我告诉他了，我们可以明天找爱玛熊。"艾莉森说，"今天已经太晚了。"

听了这番话，萨姆又爆发出新一轮的大哭。他一直表现得很勇敢，也许太过勇敢了，一直把心事都埋藏起来。他之所以会如此伤心，虽然不全是因为那只玩具熊，但也可以说就是因为那只玩具熊。有时候，在孩子面前，小问题就等于大问题。

"他想要那只熊。"我说，"我们找找那只熊吧。"

"明天再找。"

萨姆哭得更响了。那哭声就像一把利刃，划过我的大脑皮层。

"不行。"我说，我试图让自己的声音显得冷静，但却失败了，"我们，现在，就去找，那只熊。"

"斯科特，这不——"

"你到底来不来帮忙？"我一边问，一边已经开始寻找床底下了。然后，我又查看了衣柜后面，这里是爱玛熊常常藏身的地方。接着，我翻了翻衣柜里的衣服，有时候它会混在衣服里。我还找了堆放毛绒玩具的角落，那里也是爱玛熊经常出没的地方。

艾莉森目瞪口呆地看着我，而萨姆则站在原地继续号啕大哭。

"拜托了，好孩子，"我说着，单膝跪在了萨姆面前，抓住了他那瘦削的小肩膀，"给我点儿提示。你最后一次是在哪儿见到爱玛熊的？好好想想，肯定会有一点儿印象吧。"

他拼命地呼吸了几次，然后说道："我觉得，可能……可能……可能是在起居室。"

我冲出萨姆的卧室，几乎脚不沾地地朝楼下奔去。起居室里摆满了各种玩具，有"林肯积木[1]"、"风火轮"和"乐高[2]"等。通常，我们会要求孩子们在玩下一样东西之前先把前一样收拾好，但最近我们已经不再严格要求萨姆了。

我匆匆地扫了一眼房间，接着便开始在家具底下寻找。我把咖啡桌、沙发和安乐椅都搬了起来，然后还把沙发垫都胡乱地拽了下来。

我又翻了翻装帽子的大筐。肯定在这里：萨米那么喜欢"戴帽跳舞"的游戏，说不定他带着爱玛熊一起在这周围偷偷玩儿了，而爱玛熊就藏在土耳其毡帽或无檐小便帽下面呢。

我把帽子一顶接一顶地从筐里拿出来，丢在地上。可是整个筐都见底了，爱玛熊却没找到。

房间的一角摆着花盆。也许它藏在这片盆栽的小灌木后面？我把每个花盆都向旁边挪动了一下，并没有发现爱玛熊，反而把脏兮兮的泥水都弄到了实木地板上。

于是，我马上又来到摆放娱乐设施的地方。由于电视机、机顶盒、音响、无线路由器、电缆调制解调器等都放在一起，所以有许多狭小的缝隙和角落。其中任何一个地方都可以轻易藏得下一只小小的泰迪熊，因此我必须毫无遗漏地全找一遍。

我必须要找到它，它肯定就在某个地方。好好的一只玩具熊，总不可能凭空消失吧。

由于快速地翻找了这么多东西，我的身上开始出汗了。但我不在意。我已经来到了那个装玩具的大柜子前。没错，萨姆肯定是误将爱玛熊跟"超级战舰"的猜字板一起收进柜子里了。

拉开柜门后，我不知不觉间把柜子里的玩具都翻得乱七八糟。"倒霉

[1] 林肯积木（Lincoln Log）：美国的一种儿童玩具，是可以组合成堡垒或建筑物的小积木。
[2] 乐高（Lego）：由丹麦乐高集团推出的一种塑料组合玩具。

棋[1]”、“抱歉棋[2]”、“糖果乐园[3]”、“坡梯棋[4]”、“大富翁[5]”，有些棋盘掉在地上碎了，还有很多骰子、沙漏、塑料小玩意儿和卡片也都散落在地上。但我不在乎这些玩具，爱玛熊才是最重要的。

接着，我又将目光投向了嵌在对面墙上的书架。萨姆有时候喜欢把爱玛熊扔来扔去，说不定它落到了书上，然后又掉到书后面的空隙里去了。

我按照从左上到右下的顺序，一次抄起两三本，一排一排地把书拿下来，地上很快就摞了好几堆。每次伸手去拿书时，我都告诉自己：就在这后面了，爱玛熊就藏在这儿，等我把这几本书拿下来，就能看到它那用线缝上的笑脸了。我不仅想象着成功找到爱玛熊的时刻，而且还幻想着将爱玛熊递给疲惫的萨姆时的喜悦，到时候，他脸上的泪水很快就会变成感激的微笑。

还剩下几百本书时，我听到艾莉森的声音从起居室门口传来。

“停手吧，斯科特。”她温柔地说，“萨姆已经睡了有二十分钟了。我抚摩着他的后背，他很快就沉沉入睡了。他只是累了。我们可以明天早上再找爱玛熊。”

我没有停手，也没有搭理她。我还没找完。

“那只熊不是你的女儿，”她说，“找到爱玛熊并不等于找到爱玛。”

又一排书落在了我脚边的地板上。

“斯科特，你看看这个房间。停下来，看一眼。”

她轻轻地抓住我的手腕，阻拦我继续去拿书架上的书。我这才如梦初醒，接着仿佛灵魂出窍一般，开始久久地审视自己。

我看到的是一个驼背、秃顶、绝望的中年男人。他满头大汗，衬衣没有扎进腰带里，而是耷拉在外面。他所处的房间一片狼藉，就像刚被强盗洗劫过一样。他的妻子胆怯地看着他。他就像是一个疯子。

我重重地坐在地板上，靠着已经几近全空的书架。我身旁都堆满了书。

---

[1] 倒霉棋（Trouble）：一种棋盘游戏，类似印度的十字戏。

[2] 抱歉棋（Sorry）：一种棋盘游戏，跟“倒霉棋”非常相似。

[3] 糖果乐园（Candy Land）：一种简单的棋盘游戏。

[4] 坡梯棋（Chutes and Ladders）：源于印度的一种棋盘游戏，又名“蛇梯棋”（Snakes and Ladders）。

[5] 大富翁（Monopoly）：1903 年源于美国的一种棋盘游戏。

艾莉森在附近蹲下，拍了拍我的肩膀。

“没事了，亲爱的。”她安抚地说，“没事了。”

“对不起。”我说。

“没事了。”她又说了一遍。

我觉得她想靠近我一些，但周围全是书，她过不来，因此只能轻轻地摩挲着我的大腿。

然后，我再也撑不住了。我突然卸掉了全身的力气，痛哭起来。我的腹部不由自主地收紧，肩膀在颤抖。我任凭眼泪流下，已经没法再控制自己了。整整一天，我都在假装一切正常，但此刻我再也撑不住了。

艾莉森把一摞书搬到旁边，然后在我身旁跪下，用双臂搂住我，轻声细语地安慰我。这个女人不知道自己被一个我雇来的私家侦探跟踪了一天，她用温柔的母爱关怀我，就像刚才她照顾自己的儿子一样。

等我终于控制住腹部的肌肉，不再蜷缩着身子时，她便将我的头抱在胸口，让我的眼泪流在了她的衬衣上。她的男孩儿们今晚都很无助。

第二天早上，我们找到了爱玛熊，它就在饭桌旁爱玛的座位上。

就在萨姆放的位置上。

46

周三，弟弟睡到上午才起床，然后便依照惯例开始查看前一晚的监控录像。

周二晚上看起来很平常。画面上会时不时地出现守夜人的身影，要么是一个男人，要么是两个女人中的一个。除此之外，一切都很平静，跟前一晚没什么两样。而且，跟这一周多以来的每个夜晚都差不多。

看完以后，他便将监控镜头的焦距恢复正常，准备捕捉又一天相安无事的录像。这时，他突然发现了异常状况。

画面上有一个男人，好像并不是在法官家周围巡逻的守夜人。他离镜头太远了，根本看不清他的样子，不过能看出来他的头发是灰色的。他背靠着一棵大树站得笔直，仿佛是想躲藏起来，不被房子里的人瞧见。他正在抽烟。

“喂，喂，”他喊道，“快来，你得看看这个。”

哥哥立马就出现了。

“你看看第三个画面。”弟弟说。

他弯腰凑近屏幕：“这是谁？”

“我不知道，以前没见过。”

“他在干吗？”

“好像是在监视那栋房子。”

“你能把镜头拉近看看他吗？”

“他站的位置已经是画面的边缘了。如果我把镜头拉近，就看不到他了。”

“你觉得他是警察吗？或者是联邦调查局的人？”弟弟问。

哥哥摇了摇头：“他是一个人。联邦调查局的探员都是结伴行动的。”

“我们觉得他是一个人。说不定还有人藏在我们看不见的地方呢。”兄弟俩盯着那个男人，而那个男人则盯着那栋房子。有一会儿工夫，他们三个都一动不动。

“我们要打电话报告吗？”弟弟问。

“不用。我们还没搞清楚具体情况。要不你去看看是怎么回事儿？”

哥哥话音刚落，弟弟立马就开始行动了。闲了这么多天，总算是有活儿可干了，弟弟不禁松了一口气，颇有如释重负之感。

47

经历了爱玛熊的事件之后，我逼着自己一直等到周三上午才给赫伯·思里夫特打电话。这已经是我全部的耐心了。整个周二，每当情绪低落时我都会想：艾莉森在做什么？我的私家侦探用镜头捕捉到什么出人意料的画面了吗？此刻她是否正在跟保罗·德雷瑟共同密谋？这会不会是我们作为丈夫和妻子的最后一天了？

周三上午，拨通思里夫特的手机号码时，我的手在不住地颤抖。可是，电话响了很多声都无人接听，于是我给他留了个语音信息。接着，我打给他的事务所，又给事务所的电话也留了一条语音信息。

我将手机放在桌面上，以免错过电话或短信，然后便无精打采地开始工作。明天，我们有个案子要开庭审理，那是一个违禁药品案，跟斯卡夫朗案差不多，只不过没有引起绑匪的注意。他们已经不需要再试探我了。

我跟负责起草判决前报告的缓刑监督官进行了一次电话会议，通话结束后不久，杰里米就敲响了我办公室的门。

我们这套办公室并不宽敞，同事之间抬头不见低头见。而且大家的工作都联系紧密，因此我们没法完全避免互相接触。但是，自从为了那两张希曼斯的照片争执过之后，我跟杰里米就再也没有好好交谈了。平常只剩下一些例行公事的邮件往来，在走廊上碰面时，也只是简单地点点头。

我估计，他来大概是要把话挑明说开，或者假意缓和气氛。毕竟，我们总不能一直这样下去。

“请进，杰里米。”我说。可是，他的样子依然很生硬，毫无服软讲和的迹象。他快步穿过房间，走到我的办公桌旁，也不坐下，就这么站着说话。

“我刚接到一通电话，对面有一屋子律师冲着免提听筒乱作一团。”他说，“丹尼·帕尔格拉夫今天上午没有露面做证。”

我困惑地歪了歪头：“什么叫他没有露面？他可是原告啊！”

“我也不知道该怎么说。按照证据开示的日程安排，他本该在上午九点到达万豪酒店提供证词，但他没有来。他们一直试图联系他，但是电话无人接听。他们还去了他住的旅馆，可是他已经退房走人了。总之，他彻底失踪了。”

“但是……为什么？”

杰里米摊开双手：“消化不良，拉肚子去了？我怎么知道？”

我看了看电脑屏幕上的时间，已经12 : 08了。我能想象出一大帮律师挤在一间狭小的会议室里，呼吸着沉闷的空气，并且喋喋不休地争论该怎么办。最终他们决定如果到了正午还不见帕尔格拉夫，就打给我的内庭，也许桑普森法官会有办法。

先前，我蛮不讲理地将证据开示程序的截止日期定为下周二，如今还有不到一周了。我看过双方律师的日程表，上面排得满满当当，根本就没有拖延的余地。而且，如果缺少了丹尼·帕尔格拉夫的证词，别管是一个字还是一万字，他们都无法顺利完成整个证据开示程序。

我忍不住咒骂了一句。

“他们没挂电话，还在等着，”杰里米说，“我告诉他们我先来请示一下。现在我该如何回复他们？”

“告诉他们继续找。说不定帕尔格拉夫只是临阵脱逃，躲到某个小咖啡馆去了。如果最后还是找不到他，那就让罗兰德·希曼斯和克拉伦斯·沃思在下午五点坐到我面前来。”

说着，我指了指办公桌前的两把椅子。

“好，”杰里米说，“我会如实转达。”

整整一个下午，我无数次抬头去看办公室对面墙上的挂钟。我的焦虑一部分是由于那个失踪的原告以及他的缺席所带来的日程延误，但还有一部分则是因为我的私家侦探也音信全无了。

就连翻看手机上爱玛的照片也无法让我混乱的思绪平静下来。因为，有些照片中难免会出现艾莉森的身影。结果我又开始想：拍这些照片的时候，她是否已经开始策划阴谋了？相机能否捕捉到一个人内心中潜藏的恶意？

只有赫伯·思里夫特才能告诉我确切的答案。也许他正忙着跟踪我的妻子，所以没来得及查看手机？可监视工作总有许多枯燥无事的阶段，这种时候也干不了别的，只能一遍遍地查看手机来打发时间。无论如何，我下午又给他的手机和家中都打了好几次电话，但仍然无人接听。

难道他看到了非常糟糕的情况？是不是艾莉森参与了绑架自己女儿的事件，所以他觉得难以启齿？还是说，他已经有所怀疑，但是却不敢肯定，所以没有立即回电？疑虑和猜测让我仅剩的理智都荡然无存了。

快到下午五点时，我已经能听到律师们抵达内庭的嘈杂声了，但依然没有私家侦探的消息。我的情绪也从困惑变成了愤怒：他怎么能让我如此心神不定？他难道不明白对一个派人跟踪自己妻子的男人而言每秒钟都是煎熬吗？

我尽量将这些思绪抛在脑后，努力集中精力准备应对手头的麻烦事儿。从外面的接待区传来了史密斯夫人的声音，她正在礼貌地问律师们是要水还是要咖啡。不过，我估计他们此刻恐怕更想来杯酒。

来者是三个人：希曼斯和沃思，这是我先前要求见的人；还有一个是阿波提根制药公司的法律顾问弗农·威拉兹，他是不请自来的。

我请他们三个和杰里米一起都进了办公室。互相握手时，大家的脸色都非常凝重。现在我们有五个人，坐在办公桌前有些太过拥挤了。于是，我便带领众人坐到了窗边的小会议桌旁。“好，我们开始吧。”我说，“请问谁能给我讲一讲，今天到底是怎么回事？”

沃思将修长的手指交叉在一起，冲对方律师点了点头，说：“他是你的委托人，还是你来说吧。”

希曼斯坐直了身体。尽管没把腿长算上，他也依然比在座的各位都高出一个头。“法官大人，实话实说吗？”他说，他的声音低沉而洪亮，“我的委托人本来应该在今天上午九点出面提供证词，可是却没来。”

“你知不知道他为什么不露面？”我问，“是因为情绪紧张吗？”

“法官大人，我觉得在对方辩护律师在场的情况下谈论我的委托人似乎不——”

“别废话，希曼斯先生。”我说，“我们现在又不是在法庭上，没人做记录。你就直接回答我的问题。”

他畏缩了一下。可以肯定，在法院之外，没人敢这么欺负罗兰德·希曼斯。但实际情况是，在沃尔特·E. 霍夫曼法院大楼的石灰岩之内，我才是那个六英尺八英寸的巨人。

“呃，好吧，我估计他是有些紧张，”希曼斯说，“但这也是人之常情，他只是个科学家，又不是律师。他以前从没做过提供证词这类的事情，也从未涉身过任何诉讼案件。而且，这回面对的被告方还有，多少，差不多五十二个律师吧？”

“没那么多。”沃思淡定地说。

“您说得对，法官大人。他应该是有点儿紧张，而且他本来就是个性情古怪的人。不过，我还是没想到他会有临阵脱逃的念头。”

我烦躁地叹了口气。有时，法官会故意表现出不耐烦的样子，以此来推动司法体系中进展不如意的事加快速度。但我现在的焦虑还真不是装出来的。

“好吧，所以他既没有露面做证，也没有接听电话。”我说，“那你应该派人去找他了吧。”

“我派了一个助理律师去他住的旅馆找他，那是一家位于高速公路旁的六号汽车旅馆[1]。我们原告方可负担不起万豪酒店这样的大手笔，法官阁下。我以为他是睡过头了，或者他的车出毛病走不了了。可是，他和他的车都不在旅馆了。”

“就是那辆用植物油作燃料的汽车？”我问。

“没错。”

“好。然后呢？”

“助理律师打电话告诉我她发现的情况。于是，我便如实转告了沃思先生，而他非常绅士地提出让他手下的人也帮我们一起找。”

“身为本次开庭的参与者之一，我认为这是我应尽的责任，”沃思插话道，他显然很高兴能借此机会给我留下好印象，“今天，我们派了约二十个人在全城四下寻找帕尔格拉夫先生，还有——”说着，他看向了希曼斯——“希曼斯先生的事务所也派了五六个人。我们以为帕尔格拉夫先生肯定会……呃，简单来说，我们觉得一定能找到他。可现在看来，我们估计他很可能已经离开本地了。”

是啊，二十多个人找一个胖胖的戴着约翰·列侬式眼镜的大胡子科学家，如果他真的开着一辆植物油作燃料的旅行车在诺福克市满城瞎逛，那肯定很容易就能找到。

我转向希曼斯：“那么，你的意思是，眼下你完全不知道自己的委托人在哪儿？”

“是的，法官大人。”希曼斯有些无精打采地说道。

我沉默了一会儿没有说话，因为我得试图压制自己快要爆发的情绪。要是让我找到丹尼·帕尔格拉夫，我会让他提供证词的。不过，首先我要把他掐死。

弗农·威拉兹打破了沉默。

“尊敬的法官大人，在当前的情况下，我觉得应该将证据开示程序的截

[1] 六号汽车旅馆（Motel 6）：廉价的连锁汽车旅馆，在北美地区约有1100家分店。

止日期推后。实际上，我方委托人会欣然赞同将整个证据开示的日程延缓一下，并且——”

“你是……威拉兹先生，对吗？”我打断他道。

他点了点头。我想把他也一块儿掐死。

“我记得今天我应该没有让你来这里吧，而且我记得刚才也没有询问你的意见。但既然你已经不请自来并且主动提出了看法，那么我就跟你坦白地讲清楚：这件案子中的各项工作不允许有任何推迟。外头还有上百万人都等着用这支新药来延长生命呢。清楚了吗？”

“是的，法官大人。”他说。

“至于你，希曼斯先生，我也就不绕弯子了。我给你四十八小时找到你的委托人把他带来提供证词，否则我就判你藐视法庭。因此，你要么找到帕尔格拉夫，要么就在监狱里度过周末。听明白了吗？”

“可是，法官大人，我怎么才能——”

“你想现在就让我判你藐视法庭吗？”我问，“我可以让法警署今晚就给你安排住的地方。如果你觉得六号汽车旅馆比不上万豪酒店的话，那你尽可以去试试汉普顿地区监狱。”

这是赤裸裸地公然滥用法官权力。我痛恨自己要借助这种方式，但我也绝不能让步。希曼斯可能也明白我的坚决了，于是说：“不用了，谢谢您，法官大人。我会找到我的委托人的。”

“很好。”我说，“我觉得，你们都有不少活儿要忙。去吧。”

三个律师拖着步子离开了。杰里米从始至终都没有讲一句话，直到他们走了，他还静静地坐在桌前。

“怎么了？”我先发问了。我几乎无法与他对视，而他却直勾勾地盯着我。

“我也想问您同样的问题。”

“公众的利益决定了这件诉讼案必须按日程进行并尽快得到解决。”

“嗯，”他说，“我知道。”

我不想再被他的目光盯着了，于是便离开了会议桌，回到了办公桌前。我重重地坐下，假装在看电脑屏幕上的文件。我的急躁情绪已经消退了，我觉得身体有些发抖。

最后，杰里米站起身走过来。

“法官阁下，究竟发生了什么事？”他问，“说真的，这……这不像您的作风。今天是周三，您为什么不跟孩子们去游泳了？”

我不理睬他，装作忙着看手机的样子。我翻着爱玛在夏天拍的照片。她穿着新买的泳衣，站在我们家门前的河滩上摆着姿势，就像一个优雅端庄的女王。我记起当时我拍这张照片时的想法：小女孩儿是怎么学会这种站姿的？是看着其他女人学会的吗？还是从迪斯尼动画片中的公主身上学到的？或许是天生的？

“法官阁下？我能帮上什么忙吗？”

“别问了，你走吧。”我喃喃地说。

然后，我便起身去了办公室内的专用洗手间，一直待到我认为他离开为止。

48

我已经没有必要再留在办公室了，但我还是在办公桌前又坐了半小时，假装为第二天的审判做准备。最后，我只得承认，自己只是在拖延时间，而原因很简单：我想去一趟“赫伯特·思里夫特与助手们”的事务所/家，看看这个人为什么不回我的电话。我实在没法在猜疑中再度过一晚了。

艾莉森肯定在等我回家，但我现在不能回去。于是我便给家里打了个电话。

“喂？”

“喂，是我。”

“嗨。”她说话的声音很清脆，我能听到电话听筒中隐隐约约传来了动画片的声音。

“我得晚一些回家了，手头有事要处理。”

“多久能解决？”她问。

“我也不知道。”

“主要是……我……我很想让你快点儿回家。”

“怎么了？”

“等一下。”她说，我听到动画片的声音渐渐变小，最后没有了。

她低声说：“今天早些时候，我听到了枪响。枪声听起来很近，肯定就在咱们家周围。我不敢让萨姆出门，我自己也不敢出门了。”

“也许是有人打猎吧。”

“总共有两声枪响。”她没有理会我的猜测，继续说道，“前后间隔大约五秒钟。”

“一枪将猎物打倒，再补一枪彻底杀死。”

“可是我们立了‘禁止狩猎’的牌子呀！”

我不好让她向狩猎监督官投诉，只能说：“亲爱的，我也不知道该怎么说。总之，我会尽快回家的，现在只有一件事需要处理了。对不起。”

她显然有些不满，直接便挂断了电话。

现在是差二十分钟七点。赫伯·思里夫特在六点时就该结束对艾莉森的监视了。如果他直接回去，那么六点四十五分就能到家。

我收拾好东西，很快就开车在暮色中向赫伯·思里夫特家驶去。十分钟后，我拐上了北安普敦大道，将车停在他那栋破旧的老房子旁。我走上门阶，按了三次门铃，但无人响应。

这家伙去哪儿了？他为什么要躲着我？我一边大声咒骂，一边踩着重重的步子绕到房子后部。只要赫伯·思里夫特在这儿，那我无论如何都要找到他。

车道尽头有一处老旧的车库。我透过裂缝的玻璃张望了一下，里面停着一辆小卡车。

那么，他确实在家？他到底有没有跟踪我的妻子？我又一次咒骂起来。

这栋房子后部也有个入口，我气呼呼地走上门阶开始敲门。我能听到里面传来声音，要么是电视机，要么是收音机。于是，我更加用力地又敲了敲门。

“思里夫特先生？”我站在后门的门口，双拳叉腰，大声说道。

无人应答。

这回，我开始用手掌砸门了：“思里夫特先生，这未免太过分了！我可是付过现金的！”

隔壁房子的门廊上出现了个灰发的女人，她用怀疑的目光盯着我。

“别多管闲事！”我大吼道。

她赶紧退回自家屋里了。

我又对后门拳打脚踢了一番，同时大声喊着他的名字。我火冒三丈地大步跑回车里，从手提箱中拽出一个记事簿，撕下一张纸草草写道："思里夫特先生，请回电！"我在这行字下画了三道下画线，然后把自己的名字和电话号码也写上了。

我返回后门处，将这张字条塞进了门把手上方的门缝里，这样他就不会漏看了。然后，我便气呼呼地驾车离开了。

49

等到哥哥看见车前灯照亮门前的车道时，天色已经完全黑了。

虽然车前灯没有像预期的一样开关两次发出安全信号，不过哥哥已经清楚地看到了来的那辆车就是自家的货车，开车的人也是自家兄弟。一切看起来都很正常。

哥哥解除了安全警报，不耐烦地等着弟弟进门。

"你去哪儿了？"哥哥不满地问道，"你走了一整天！"

弟弟手里拿着一个大号的塑料保险盒，咧着嘴笑了。

"你应该给我打个电话的，"哥哥继续说，"我很担心。"

"我没事儿。"他说着，嘴咧得更大了。

"你身上怎么有股威士忌的味儿？"

"回来的路上去了趟酒吧。"

"什么？你疯了吗？"

"成天待在屋子里，我都闷坏了。你总是一个人出去，也不带上我。"

"这单生意能赚很多，"哥哥劝诫道，"那么多钱做补偿还不够吗？"

"我就是去小小地庆祝一下嘛！"

"你这个蠢货，那太冒险了！万一有人认出你，怎么办？"

弟弟笑了笑："你还真以为这些'乡巴佬'——"他用英语说了这个词——"会跑到国际刑警组织的网站上去查看通缉犯的照片呀？"

哥哥扮了个鬼脸，说："好吧，这些就不说了。那边情况如何？躲在树林里的那个男人是谁？"

"那个人嘛，咱们再也不用操心啦。"

"什么意思？"

弟弟把塑料保鲜盒递过来。哥哥刚打开看了一眼，就立马合上盖子又把保鲜盒塞回给了弟弟。"天哪！"他说。

弟弟的脸上依然带着微笑，他将保鲜盒放进了冰箱。

50

到了周五下午，有两件事还是悬而未决。

一、赫伯·思里夫特没有给我回电，尽管我已经多次留言催促，但依然杳无音信。二、罗兰德·希曼斯没能找到丹尼·帕尔格拉夫。

根据我早先的威胁，这第二件事按理说是要导致原告辩护律师被关上一个周末了。可是，当杰里米·弗里兰替情人恳求我网开一面时，我还是答应了。从现实角度来讲，要是真把希曼斯关进十五英尺高的铁丝网里头，那他就更难找到自己的委托人了。

至于赫伯·思里夫特，他似乎已经离开本地，到别处去了。也许这样反而更好。一周以来，我一直小心翼翼地向儿子打探消息。对于每一天的活动，他和艾莉森的描述已经没有异样了。艾莉森没有不告而别，也没有将萨姆单独托付给他的姨妈们，而且也没有再谎称午休其实开溜了。我偶尔会登上她的脸书账户看一下，但并没有发现任何异常情况。

本周的最后一项司法工作安排在周五下午两点，那是一场假释撤销听证会。这也就意味着有一名重罪犯在假释期间做了不该做的事情，现在政府急于将他送回监狱。说起来，这类听证会可谓十分平常，不过对于当事人来说，这却是涉及人身自由的大事。

被告人是一名光头的白人男子，一看就是饱经风霜的硬汉，跟我以前在法庭上见过的许多犯人一样。他请了一个私人律师，这名律师穿着不合体的西装，这是他第一次在我的法庭上露面。

公诉人又是威尔·哈波德。作为助理检察官，他本该在开庭时抬头挺胸，面朝法官立正站好，但他却一直低着头，似乎不想看我。在雷肖恩·斯卡夫朗一案的审判问题上，他肯定没对杰布·拜尔斯说什么好话。

我尽量简短地说了几句话作为审理过程的开始，然后便让哈波德发言了。他依然躲避着我的目光，说："谢谢您，尊敬的法官大人。"

哈波德开始陈述对被告人的指控。被告的两次药检都不合格，而且他拒绝接受第三次药检；此外，假释官令他不得跟一些人见面，他也无视命令，依然跟他们混在一起。这些指控均可以将他再次送入监狱。

当然，哈波德仍必须提供跟指控内容相关的证据。于是，他申请让缓刑监督官出庭做证。缓刑监督官的证词还是老一套，类似的话她说了至少有一百遍了，我听了也不下一百遍了。这名女监督官轻拂头发的样子有一点儿像艾莉森，我突然想起了花草香的味道。

在过去的这一周里，我们家的所有洗手间中都出现了一些装着干花的小容器，还有其他各色的香薰物件。我刚开始觉得很困惑，因为艾莉森从来不用这些花草香料的。

后来，周四吃完晚饭后不久，我去了楼下的洗手间。在丁香、肉桂等各种花草的香气之中，飘来了一种难闻的气味。那是呕吐物的气味。紧张焦虑严重影响了艾莉森的消化系统，她刚吃完晚饭就吐了出来。仔细搜寻之下，我还发现了一罐空气清新剂，这也是我们家以前从没有过的东西。

撇开此事不谈，单是看看艾莉森，我就能发现担忧给她的身体带来了何等伤害。她瘦了许多，眼皮整日都耷拉着。以前，她的一举一动都充满了少女的活力，现在却变得缓慢、迟钝，仿佛她在一夜之间就老了许多。

这些是无法伪装的，对吗？如果她知道自己的女儿安然无恙，能够按时吃饭并远离花生和坏蛋的匕首，那么她也不会出现这种反应了。

我正沉浸在这种想法中，突然被告辩护律师的一声大喝将我带回了法庭。

"反对！"他喊道，"这与本案无关！"

哈波德反驳道："这能显示出被告人危险的行为模式。"

"这是极为不公平的，尊敬的法官大人。这已经远远超出了假释撤销听证会的范围，完全是一种无理的指控。我现在立即就能提出至少三个判例来说明：班尼特案、布朗案及美国诉费勒案。”

我被逮了个措手不及，完全不知该说什么。我扫了一眼庭审记录员，希望她能明白我走神了，可以将引起这番争执的证词给我重新念一遍。但是，她也一脸期待地看着我，等着我开口。

因为这时候的确该轮到法官说话了。

我能感到自己的耳朵变得滚烫。法庭职员伸长脖子望着我，法院警务人员紧张地调整了一下站立的重心。

结果，是哈波德先打破了沉默。

“法官大人，您根本就不知道我们在说什么，对不对？”他说。

他愤慨地将双手挥向空中。没有哪个检察官胆敢在法官面前做出这样的举动，但经过斯卡夫朗案的风波以后，哈波德显然觉得自己有权蔑视我的法庭了。姑且不论他这种想法是否正确，我必须掌控局面，挽回我仅剩的尊严。

“哈波德先生，你的行为很不礼貌，”我努力用笃定的口吻说道，“你必须要给予本法庭足够的尊重。听明白了吗？”

他一脸讥讽的看着我，但嘴上却说：“是，尊敬的法官大人。”

“好。”我说，“反对有效，现在继续。”

哈波德不以为然地撇了撇嘴。虽然他控制住了自己，没再出现什么激烈的言行，但他肯定已经开始盘算着该如何像杰布·拜尔斯打小报告了。桑普森法官的行为严重失职，有辱弗吉尼亚州东部地区法庭……

他并不知道，我对自己的恼火程度远胜于他对我的不满。无论这场听证会于我而言是多么平淡枯燥，这都是与被告人生密切相关的大事。不管他是不是重罪犯，我都应该认真对待。况且我已经宣誓，要忠实地代表联邦司法体系履行职责。

我刚上任时，一名新同事就曾经告诉我：身为法官，一刻都不能松懈。一旦在法官席上落座，我的一言一行就变得至关重要。

直到我正式宣布将罪有应得的被告人押回监狱时，我依然为自己的表现感到非常难堪和恼怒。我回到内庭，一把扯下了法官袍，然后倒在了椅子上。

办公桌一角堆了一摞新的文件，史密斯夫人总是会把需要我过目的东西放在桌角。这摞文件的最上面放着一个稍稍鼓起的联邦快递包裹，信封的一侧上印着“机密”的字样。

我皱着眉头把它拿了过来，这时，我看到了发件人的姓名。

雷肖恩·斯卡夫朗。

信封上还有发件人的地址和电话号码，但无疑都是假的。我可以肯定，不管是试图追查包裹的来源还是想提取上面的指纹或获得其他有用的信息，都是不可能的。事实已经证明，绑匪们在这方面非常小心谨慎。

如今，惊慌失措于我而言已是家常便饭，我努力地平复着情绪，拆开了信封。瞬间，我感到自己的胃重重地坠了下去。

在信封底部有一个透明的三明治包装袋，像包一截午餐吃的小胡萝卜一样，包着一根人的手指。

51

那不是爱玛的手指。它显然是属于一个成年人的，而且很可能是一名男性。

这多少给了我一丝安慰。我趁人不注意，赶紧将这根手指深埋在法院大楼外的垃圾卡车底部。整个下午，我都心神不宁，深陷在无边的恐惧之中。我能想出上千个版本来解释这截手指是如何从一个人身上被砍下来，然后被包进塑料袋，最后被塞进快递里的，只是所有的版本都非常恐怖。

下班到家后，我不停地抱怨这一天过得多么糟糕。我用所能想到的一切借口——头痛、肚子痛、浑身痛——来躲避与艾莉森的交谈。我绝不能告诉艾莉森发生了什么，她的身体已经很虚弱了，我不能再给她添加更大的压力了。

只有睡眠才能令我脱离残酷的现实、徜徉在理想的世界。这天夜里，我在床上辗转反侧、难以入眠，心里不禁非常愤慨。生活上，我尽量把一切事情都做好、做对，我努力工作、遵守交通规则，我忠于妻子、热爱孩子。我到底做错了什么，竟招来这样一份装着手指头的快递？

漫漫长夜终于结束了，我松了一口气，赶紧爬起来去给萨姆准备早饭，好让艾莉森多睡一会儿。

等我收拾好厨房，萨姆便提议去树林里探险。我十分赞同。自从周一他大哭一场以后，我便格外留意他的情绪，尽管他并不明说或表现出来，但爱玛的不在，依然让他非常伤心。如果我们能让他忙着做别的，少去想爱玛，那么情况会稍微好一些。

走出家门，迎接我们的是一个非常清爽的早晨。草地上沾满了银色的露珠，姗姗来迟的秋日终于渐渐踏上了弗吉尼亚州的这片土地。这是今年第一抹秋天的痕迹。

我让萨姆来安排我们探险的路线，说是路线，其实也只是漫无目的地散步而已。我远远地跟在他身后，等他先穿过枝杈和树丛，免得它们反弹起来，打在我脸上。

萨姆很开心，一路上不住地对他所看到的一切表示惊叹，我很喜欢他跟我分享他自己的发现。仿佛那些好玩儿的东西，只有分享了，才是实实在在的有趣呢。因此，他一直不停地大喊："爸爸，快看这只蜘蛛！爸爸……这三棵树只有一个树根！爸爸……这是小鹿的足迹！"

我们走到了树林深处，我满足地听着萨姆喋喋不休地表达着欢乐，放任自己沉浸在他那充满惊叹号的世界里。我一直没太在意他说话的具体内容，直到我突然听见他说：

"爸爸，快看那些秃鹫！"

没错，前方的确有一小群尖嘴如钩的秃鹫正紧密地聚集在一摊腐肉上。

"噢，哇！"我按照萨姆希望得到的反应附和道。

萨姆停下了脚步，我离他越来越近，很快就跟他并排着站在了一起。我伸出一只手臂，搂住他的肩膀。我们的位置距离秃鹫还有大约两百英尺，它们完全不理会我们，只顾着享受面前的早餐。这可是顿不小的早餐，足以喂饱七八只秃鹫了。

我本来以为那是一头死鹿，因为树林里体形最大的动物就是鹿了。不过，秃鹫乌压压地围在一起，刚开始我看不清那究竟是什么动物。

然后，有一只秃鹫跳到了一旁。

这时，我看到了一双破旧的黑色平底鞋。

我愣了不到一秒钟，随即便站到萨姆面前，挡住了他的视线。

“好了，萨米，”我把他抱起来，指着来时的方向说，“咱们该回家啦。”

他在我的怀里扭动身体，咯咯地笑着，他以为我是假装严肃地在跟他开玩笑。

“不要嘛，爸爸。”

“妈妈很快就要醒了，咱们出门之前也没留个便条，她会担心的。”

“因为爱玛？”

“为什么说‘因为爱玛’？”我明知故问道。

“自从爱玛不在之后，”他提到妹妹的时候就像在提一个历史事件，“妈妈一看不到我就会很担心。”

“是啊，小家伙，因为爱玛。所以咱们还是回家吧。”

回去的路走得很慢。我抱着五十多磅重的萨姆，还得穿过荆棘丛生的灌木，实在走不快。等我们一走出树林，我就把他举起来放在肩头，大步跑回了家。

“你自己玩儿一会儿赛车，怎么样？”说着，我把他放在了起居室。

艾莉森在厨房里。她还穿着睡衣，正煮着一壶咖啡。她的举止很迟缓，仿佛还没有睡醒。

“我需要你在家里看好萨姆。”我气喘吁吁地说。

“没出什么事吧？”

“不，出事了。你在家看好他。”

“怎么——”

“艾莉森，”我打断她，然后靠近了一些，低声说，“外面有一具尸体。还记得昨天你听到的那两声枪响吗？他们杀人了。”

“噢，天哪！”她抬手捂住了自己的嘴。

我转身准备到屋外去，可她却一把拉住了我的衬衣：“等等，等等。那是……是谁？我是说死了的那个人，你认识吗？”

“不认识。”我撒谎道。

“噢，天哪！”她又重复了一遍，“你觉得是绑匪干的吗？”

“这是唯一合理的解释了。也许是某个可怜的家伙不小心撞见了他们，于是他们就……”

我用手比画了一个开枪的动作。

“那你现在要做什么？”

“还能做什么？当然是去把尸体埋了。”

“但是——”

“怎么？难道你要我报警吗？那他们会出动警车、验尸官和州法医署的人来我们家的。到时候必然会大大惊动执法机关，难道你想那样吗？”

她没有回答。

“你看好萨姆就行了，”我说，“一两个小时后我就回来。”

她松开了我的衬衣。我从后门出去，从车库里拿了一把铁铲。然后便按原路折返，找到了那群秃鹫聚集的地方。走近以后，我一鼓作气冲了上去，一边挥舞铁铲一边大声喊叫，驱赶它们四下散去。

现在，赫伯·思里夫特的尸体已经完全露出来了。我走到近前，发现秃鹫的啄食其实只是给尸体表面留下了伤痕，而最显眼的还是人为造成的伤口。

他头颅的上半部分有一大块肉不见了，他的胸口也有一道狰狞的圆形伤口。这应该就是周三时艾莉森说的那两声枪响造成的。

但是，他身上不止有这两个伤口。整个尸体都变得残缺不全了。他的手指都不见了，昨天寄到我办公室的肯定是其中一根手指。而且，他的牙齿也全被拔出来了。凶手残忍地破坏了尸体上有助于鉴别身份的所有部位。

结果，尸体变得面目全非。作为法官，我已经见过许多犯罪现场的照片了。我以为自己能处理好这件事。可是我错了。看到眼前的情景，我忍不住单膝跪在地上呕吐了起来，直到胃都快被掏空了，我仍在干呕不止。

从法律意义上来讲，这起死亡并不是我的过错，我不是扣动扳机的人。但是，从道德意义上来讲呢？

是我害赫伯·思里夫特被残杀了。我甚至没有跟他解释过他所要面临的危险。他身在明处，只有一架相机在手，而身处暗处的凶犯却全副武装。

“对不起。”当我试图恢复镇定时，不禁颤抖着说了好几次，“真的……真的对不起。”

我是在对赫伯·思里夫特说吗？还是在对无言的树木说？或是对令我绝望的上帝说？

最终，支撑我站起身来的依然是那份不变的动力：爱玛。如果有人发现了这具尸体，并且打电话报警的话，那些绑匪会折磨爱玛的。

我抓起掉在地上的铁铲开始挖坑。我选的地点距离思里夫特约有十英尺，我能够不太费力地把尸体拖过来，同时也可以不必在挖坑的时候看着他。

一下又一下，我用铁铲挖出他的坟墓，心里拼凑着他死前的经历。

这一切都源于我允许他进入我们家的土地范围之内。可问题在于，还有别人未经我的许可，却时刻监视着这里。虽然我这是明知如此，但当我让赫伯跟踪我的妻子时，我竟然完全没有顾及这一点。

我能想象出赫伯藏身在树林间，把相机的长焦镜头当作望远镜，监视着我们家的房子。我也能想象出，当他发现还有一个或好几个绑匪也在做同样的事情时，他会是怎样的大惊失色。

赫伯转身逃跑，可是绑匪从背后开枪击中了他。也许这一枪已经结果了他的性命，但绑匪想要确保万无一失，于是又冲他的脑袋补了一枪。然后，绑匪将他的尸体拖到这片占地十亩的树林中央，树林的一头是我们家，另一头是大路。接着，绑匪迅速地破坏了尸体，以防有人会意外撞见。不过，他们最希望的肯定是这片树林的主人先发现尸体并加以处理。

我一直拼命地挖着，娇生惯养的手上起了水疱，浑身是汗。等到我估计挖得差不多了，便利用铁铲作为杠杆，推动尸体滚进土坑。我让尸体面朝下掉了进去，然后便将挖出的泥土盖了回去。最后，我把树叶铺在了泥土上，尽量不留下赫伯·思里夫特曾在此出现的痕迹。

在离开之前，我做了一番祈祷。既是为了他的灵魂，也是为了自己的灵魂。

52

整个周末，我和艾莉森都轮流陪着萨姆玩儿。每隔几个小时，当陪着萨姆的人无法再假装平静时，便把他交给对方。否则，我们的头上便会笼罩起一层新的阴森沉郁。死亡的气息离我们越来越近了。

每次闭上眼睛，我都能看到赫伯·思里夫特那具残缺的尸体，那股腐烂的气味也同样挥之不去。从树林一回来，我就立刻洗了澡，但几小时后我仍然能闻到那股气味，于是便又洗了一次。那股味道仿佛已经粘在了我的鼻孔里，无论如何也消散不去。

这件事对艾莉森的影响更大。她既没有看过爱玛遭受折磨的视频，也没有见到那截断指。因此，对于她来说，这次事件证明了那些绑匪的残暴。她显得比我还要无精打采，在家里的一举一动都充满了疲惫。先前在面对这残酷的现实时，她所表现出的能量和活力，如今已经荡然无存了。她不再劈柴了，也不再风风火火地试图解决问题了。每次她把萨姆交给我之后，都会立即在儿子看不见她的地方颓然倒下。

周六晚上，我做了一个噩梦。我梦见自己拿着铁铲在树林里跑，而且我知道爱玛就在这片树林中的某个地方。那是我们家的树林，但看起来却跟平常很不一样，显得更加阴森和陌生。

在梦的第一部分中，我不停地被树根、灌木和藤蔓绊倒，树林里的各种植物都格外浓茂，而且荆刺密布。它们仿佛总是凭空出现，阻挡我寻找爱玛的脚步。有时候，我非常清楚自己的位置，可是下一秒钟却又迷失了方向。

在梦的第二部分中，我找到了爱玛，但她却被活埋了。我能听到她的尖叫声从地下传来。当我试图挖开泥土时，铁铲却断了。然后，铁铲又会自己重新长好，但是一开始挖土，便又断了。我定睛一看，结果发现手里拿的不是铁铲，而是一根花园里浇水用的水管。于是，我便开始徒手疯狂地去挖，但土地太硬了，就像一块铁板，根本就挖不动。爱玛的尖叫声越来越微弱，我知道快要来不及了。

最后，艾莉森把我叫醒了，因为我不仅大喊大叫，而且还在拼命地抓挠着身下的床单。

这个梦实在太过清晰和逼真了，在接下来的一天中，我时常会想起它。直到周日下午手机响起时，这个梦好像还堵在我的胸口。

我不认识这个号码。来电显示它的区号是917，也就是说这是从纽约打来的电话。本来我很可能不会接这个电话，但是萨姆此刻不在身边，我不能排除这是绑匪打来的电话。

于是，我按下接听键，拿起了手机，试探性地说了一句："喂？"

“请问是桑普森法官吗？”

“是我。”

“您好，我是来自‘理性投机’的史蒂夫·波利蒂。”

我惊讶得说不出话来。他又补充道：“我们公司是一个为金融界投资人士服务的网站。”

“我知道你是谁。”终于反应过来之后，我脱口而出，“你一直都给我的办公室打电话。可你怎么会知道我的手机号码？”

“我有一个知情线人。”他若无其事地说，好像他每天都会给一个联邦法官打电话。

这说明了一点：他的线人是真实存在的。我的手机号码的确不是什么国家机密，从孩子学校的家长通讯录到法院工作人员紧急联系方式上，处处都有。不过，这也绝不是史蒂夫·波利蒂单凭想象就能获得的信息。他肯定认识某个与我有关的人。

“您瞧，我知道您不能公开发表意见，”他说，“所以咱们的通话是绝对保密的，我不会录音，只是想跟您谈一谈。”

“绝对不行，不论何种谈话都不行。我现在应该马上挂电话了。”

“没错，但您不会挂电话的，因为我知道您的秘密。”

我全身都紧绷起来。自从迈克尔·雅各布斯在媒体面前公开抱怨过之后，我就一直害怕会出现这种情况：某位记者发现爱玛被绑架的事情，并且要将一切都曝光。

然后，我又仔细地想了想。就算有一名记者会发现此事，那也不可能是波利蒂。他远在纽约，而且一心只有金融界的小道八卦，他不会挖掘绑架事件的新闻。所以，他此刻只是在虚张声势吧？

“是……是什么秘密？”我结结巴巴地说。

“我的线人说，这个案子的结果基本定了，您已经想好最终的判决了。”

噢，天哪！

“荒唐至极，”我说，“谁告诉你的？”

“我不能说。”

“你不告诉我这个消息的来源，我如何反驳？”

“那就是说，您没想好最终的判决喽？”

“我……无可奉告。”

“理解。”他说，“不过您还是可以透露一点儿消息的嘛。比如，那个撤换动议是怎么回事？我一直在跟进这个案子，而您完全是站在原告方这一边的。那罗兰德·希曼斯为什么还想换法官？”

虽然这并不好笑，但我还是忍不住窃笑起来。这个家伙分明只是在试探我，或者说是我故意让他试探我。

“噢，不行。”我说，“我无可奉告。”

“您会开口的，因为关于这个案子，我掌握了一些您不知道的内情。”

这番话中既有挑衅又有嘲讽，但我却无法置之不理。他将一个如此肥美多汁的诱饵吊在钩子上，放在我面前晃来晃去，我只能一口吞下：“哦？是吗？比如说？”

“您知道丹尼·帕尔格拉夫正在与其他制药公司谈判出售专利使用权的问题吗？”

我不知道。我对丹尼·帕尔格拉夫一无所知，就连他现在身在何方我都不知道。这就是帕尔格拉夫失踪的原因吗？他正在与别的公司接洽？

“没错，”波利蒂继续说，“我的线人说，帕尔格拉夫对阿波提根的方方面面都感到非常恼火，尤其对巴纳比·罗伯茨深感不满，所以他准备带着自己的专利投奔默克[1]或者辉瑞[2]。他打算让这两家公司展开竞价大战，赢了的一方就能得到专利使用权，到时候就压根儿没有阿波提根的事儿了。”

“你的线人是这么说的？”

“怎么了？这情报不对吗？”

“无可奉告。”我说。其实不是“无可奉告”，而是“我不知道”。

“反正我一挂电话就会把这个消息写成报道，发布到网上去。”

“请便。”我说。

“好吧，轮到您了。您跟希曼斯之间到底是怎么回事？为什么他想撤换您？”

---

[1] 默克（Merck）：指美国的默克公司，是全球最大的制药公司之一。

[2] 辉瑞（Pfizer）：指美国的辉瑞公司，是全球最大的制药公司之一。

“我要挂电话了。”我说。

“我知道您的秘密。”他又重复了一遍。

“你什么都不知道。”我说。

他肯定什么都不知道。如果他当真知道我的秘密，肯定早就公诸于众了。

不过，我还是把史蒂夫·波利蒂的号码存在了手机里。关于这个案子，他似乎的确知道一些我不知道的内情，这些信息以后也许会很有价值。

我不太了解金融投资的运作，因此并没有完全明白波利蒂透露给我的情报究竟有何深意。周一早晨，我开车去上班，路上听着国家公共广播电台[1]下属的本地电台。

突然，主持人用戏谑的语气做了一番有关阿波提根制药公司的报道。

“下一条消息：制药巨头押宝重磅新药，豪掷千金却遭对手抢占先机。接下来，我们将会为您带来有关阿波提根制药公司的最新传闻及其引发的后果。”

接着，另一名主持人说：“对于阿波提根制药公司而言，这无疑是毁灭性的打击，眼下的情况可谓看不到一丝希望。”

我把广播关上了。阿波提根的处境有多么糟糕，我真的无须再听了。我还有许多更加紧迫的事情要处理，比如丹尼·帕尔格拉夫依然下落不明。

到达内庭后，我去找杰里米，但发现他还没来。于是我便告诉史密斯夫人，等他来了就让他来见我。我不知道自己在这段时间里做点儿什么好，于是便来到自己的办公室，打开了“理性投机”的网站，想亲自看看那篇引发金融大风暴的报道。

这篇文章十分简短而尖锐，强调“理性投机”有一位“从最开始就对这起诉讼案的各项细节了如指掌”的“独家线人”。

最后还附了几条“**最新资讯！**”

第一条：“**最新资讯！**史蒂夫·波利蒂将于今早7:45在福克斯商业频道露面。”后面紧跟着一个史蒂夫·波利蒂的视频链接。我以为波利蒂应该是一

[1] 国家公共广播电台（National Public Radio）：美国公私合资的非营利性质的媒体组织，在全美各地有900家公共广播电台。

个野心勃勃、初出茅庐的年轻人，一心只想着如何扬名立万。然而，画面上出现的是一个圆脸光头的中年男人。他看起来就像老龄版的查理·布朗[1]。

第二条："**最新资讯**！！！微软全国广播电视台[2]引用了本篇报道并标明来源为'理性投机'！"下面附了一张图片，截取了微软全国广播电视台画面上的字幕特写，内容如下："据'理性投机'报道，阿波提根制药公司将无缘发行下一代他汀类新药。"

最后，还有一条"**最新资讯**！！！"这一条是几分钟前刚刚发布的。

"华尔街的投资者尚未确认应该选择默克还是辉瑞，但是阿波提根已经迎来了重大的打击，股票价格暴跌 14.37 美元！自阿波提根的股票创下 52 周以来的价格新高之后，已经一路下跌了 27.84 美元，跌幅高达 30%。今天下午晚些时候，我们也许会看到一次虚假性反弹，不过那只是短暂的回光返照而已。诸位，除非您想抱着阿波提根的股票等到下个世纪，否则还是抓紧时间到当地交易所或者登录网上交易账户，把它们全部卖出吧！一旦本报道中的消息得到正式确认，情况只会变得更加糟糕。"

这篇报道下面跟了 935 条评论，这个数字令我大吃一惊。因为我知道，每当有一个人写下评论，就会有至少一千个人看过文章却没留下评论。对于一篇博客上的文章而言，这个浏览量实在太大了。

我能想象得出，这篇报道无疑会给阿波提根的总部带来严重的影响。巴纳比·罗伯茨说不定正面对着一群怒火中烧、怨声连天的大股东。他会不会打电话给保罗·德雷瑟，好确认一切仍在掌握之中呢？

倘若丹尼·帕尔格拉夫真要投奔别家，那么罗伯茨肯定是保不住这份工作了。对于阿波提根的董事会而言，新药的专利权就像一只能下金蛋的鹅[3]，

---

[1] 查理·布朗（Charlie Brown）：美国著名漫画家查理·M·舒尔茨（Charlie M. Schultz，1922—2000）的长篇连载漫画《花生》（*Peanuts*）的主人公，该漫画中最经典的形象就是圆脸光头的查理·布朗和他的宠物狗史努比（Snoopy）。

[2] 微软全国广播电视台（MSNBC）：由美国全国广播公司（NBC）和微软公司（Microsoft）联合开办的电视台。

[3] 下金蛋的鹅（golden goose）：出自《格林童话》（*Brothers Grimm*）中的一篇故事，故事中有一只鹅，每天都会下一枚金蛋。最后贪婪的主人为了一次获得全部的金子，便将这只鹅杀了，可结果却什么都没有得到。

他们也许能容忍与帕尔格拉夫共享这只鹅，但却绝对不能接受帕尔格拉夫将这只鹅抱到隔壁邻居家去卖掉。

当然了，前提是帕尔格拉夫有能够出售的专利权才行。这也就意味着，如今“帕尔格拉夫诉阿波提根案”对当事双方而言都是成败在此一举了。

现在的形势对爱玛有何影响，我还无从猜测。想要从如此庞杂的事件中理清头绪实在太困难了。

我真正能做的只有一心管好我眼下能掌控的事情，即定于周五举行的马克曼听证会。我估计绑匪会在那天给我下达命令。到时候我会完全按照他们的要求行事，这样爱玛就可以回到我们身边了。

我放任自己沉浸在短暂的美好幻想中：爱玛扑向我的怀抱，嘴里不停地喊着“爸爸、爸爸、爸爸”；艾莉森也恢复了正常，脸上浮现出真心的微笑，以拥抱和亲吻来迎接自己的女儿；我再也无须怀疑自己的妻子企图破坏这个家庭了；萨姆也重获了最好的朋友和另一半自己；我们一家人终于团聚了，可以一起野餐，一起玩“戴帽跳舞”的游戏，一起享受“父子游泳日”的欢乐时光。

我想得太动情了，当杰里米·弗里兰敲门的时候，我不得不擦去眼角的泪水，定了定神才说：“请进。”

他的神情十分冷漠，似乎仍在生我的气。

“您要见我？”他用上扬的语调问道。

“对。希曼斯找到帕尔格拉夫了吗？”

“他们周六终于联系上了，帕尔格拉夫明天来提供证词。”

“噢，那就好。”

杰里米没有任何回应。

“他有没有解释过自己为什么会临阵脱逃？”我问，“是因为他在跟辉瑞或者别的公司谈判吗？”

“我不知道。”

我盯着杰里米，想多了解一些情况：“你问了吗？”

“我问了，”杰里米答道，“但罗兰德说我知道得越少越好。”

“帕尔格拉夫很可能真的开始跟其他公司接洽了。”

“嗯，”杰里米说，“这个消息似乎已经传得沸沸扬扬了。”

然后，他就转身离开了，没再说别的。

53

上午，弟弟正昏昏欲睡，突然被一声喊叫惊醒了。

叫声是从小女孩儿的房间里传来的。

哥哥出去采购食物和日用杂货了，弟弟只能自己去查看是怎么回事。他从安乐椅上站起身来，朝小女孩儿的房间走去。他侧耳听了听，没再听到别的声音。他正准备转身离开，小女孩儿却又发出了一声大喊。

“出什么事了？”他问。

“有蜘蛛！”她尖叫道。

“弄死就行了。”

“我、我、我不敢。太吓人了。”

“拿几张卫生纸垫着，把它捏死不就得了。”

“我够不着，蜘蛛爬的位置太高了。”

弟弟不耐烦地翻了个白眼。他迅速地考虑了一下，怎样做才最省事儿？最后他想好了，与其听小女孩儿闹腾几个小时，还不如现在就花上三十秒钟亲自动手把那只蜘蛛解决了。

他转动把手，门锁应声而开。

他进门时，小女孩儿瑟缩着后退了几步，自从他用烟头烫了她以后，她就一直是这副胆小怕事的模样。他真该早点儿那么干，现在她明显比以前听话多了。

他关上身后的门。当然，他没法锁门，因为门锁在外面。

“蜘蛛在哪儿？”他问。

“那儿，”她说着，指了指洗手间，“就在马桶上方的天花板上。”

他穿过房间，走进洗手间，在天花板的角落里发现了一只小蜘蛛。他扯了一截卫生纸，站到马桶盖上，准备把它捏死。

然而，他刚伸出手去，就听到门把手转动的声音。他急忙跳下来，冲进卧室，可是小女孩儿已经不见了。

“喂！”他大喊道，“喂！你给我回来！”

他跑到门厅，却依然不见她的踪影。弟弟大声咒骂起来。安保系统还在工作，但警报并没有响起，这说明她仍然躲在房子的某处。但究竟是哪儿？

“给我回来！”他怒吼道，“敢紧给老子滚出来，否则有你好受的！”

54

那天下午，我本来应该做一些相对机械的工作，即按照流程将各种文件处理好交给下一环节的负责人。我努力想让自己忙碌起来，结果却盯着窗外的天空发起了呆，思考着没有答案的问题。

我现在彻底看不懂这个案子了。我已经排除了原告方的嫌疑，但如果是被告方绑架了爱玛，他们为何不直接命令我驳回原告的上诉、将此事了结呢？假如巴纳比·罗伯茨真的让保罗·德雷瑟在背后动了手脚，那为何还放任阿波提根的股票价格一跌再跌呢？

除此之外，爱玛不在身边的痛苦还一直包围着我。而且，一想到此时此刻有可能发生在她身上的可怕事情，我就感到惊恐万分。心痛与恐惧交织在一起，让我倍感无力。

因此，当下午的敲门声响起时，我并没有在工作。从敲门的声音来判断，来人既不是杰里米·弗里兰，也不是琼·史密斯。我还没说话，门就已经打开了。从门后探出了一个熟悉的金发小脑袋。

“嘿，小伙子！”我高兴地说。

得到我的回应之后，萨姆大喊了一声：“爸爸！”然后便踩着地毯冲向我的办公桌，一头扑进了我的怀里，仿佛他已经有好几个月没见过我似的。一个六岁的孩子对时间的概念很模糊，这未尝不是一件好事。

我享受了一个短暂的拥抱，然后他就挣扎着从我的怀里挣脱出去。

“见到你真好，小家伙。”说着，我揉了揉他的头发。

艾莉森也来到了我的内庭，她走进办公室，把身后的门关上。我看到了她，说：“你来了。”

“我们去了一趟动物园，”她说，“回家之前，我们想着也许可以来这里跑楼梯玩儿。”

法院大楼的楼梯年代久远，有着大理石砌成的台阶和镀铝的栏杆。出于某种只有六岁孩子才懂的原因，萨姆很爱在这里爬上爬下。

“行吗？爸爸，行吗？”

“有何不可？”我正想散散心，“咱们走吧。”

“其实，我在想能不能让弗里兰先生陪萨姆去玩儿。”艾莉森说着，脸上做了个若有所思的表情，作为母亲，她深知该如何悄然影响孩子的想法，“你觉得他会愿意吗？”

“噢，对呀，爸爸，他能带我去吗？如果可以，那就太棒啦！”

眼下，杰里米很可能没心情帮我任何忙，而且他说不定会留意到我和艾莉森突然只有一个孩子了。不过，我可以找个借口巧妙地解释一下。

“当然啦，好孩子。走吧，咱们去问问他。”我说。

萨姆抓着我的手，拽着我朝杰里米的办公室走去。

“您好，弗里兰先生！”他一看见杰里米，立马就欢快地开始问好。

“哎呀，你好，萨姆。”杰里米有些惊讶地说。

“爱玛跟她外婆在一起，做些女孩子喜欢的事情。”杰里米还没开口问，我就抢先解释道，“不过萨姆想到这里来跑楼梯玩儿，而且他说想跟弗里兰先生一起。你愿意陪他吗？”

萨姆的脸上带着灿烂的微笑，杰里米也回了他一个笑容。虽然他对我很不满，但是并不会拒绝我的儿子。

“当然啦，咱们走吧。”

我挤出了一丝微笑：“谢谢，弗里兰先生。”

他没理我。

“我能先喂鱼吗？能吗？”萨姆问。

“没问题，不过只能喂一点儿哦！”

“真的谢谢你，弗里兰先生。”我说。

他依然没有回答。当我离开的时候，我听到萨姆在轻声地哄着杰里米养的鱼："你好呀，瑟古德。瑟——古——德——"

我回到自己的办公室，发现艾莉森坐在了办公桌前的一把椅子上。

"有什么事吗？"我坐回了自己的座位。

"今天，那个实验室有消息了。"

"那个……实验室？"我一时没反应过来。

"就是威廉斯堡的实验室呀，帮忙检验指纹的那个。"

"噢，对，想起来了。"

"你说得对，出现在门口的那些纸箱、三明治包装袋和信封上都没有指纹。"

"太遗憾了。"我说。

"不过，他们在钥匙扣上发现了特别的东西。"

"钥匙扣？"

"就是本田车的钥匙扣。我说过我把钥匙扣和烤面包机都寄给了他们，好方便他们提取贾斯蒂娜的指纹做比对，你还记得吗？"

"嗯，记得。"

"他们轻而易举地就从烤面包机上提取了她的指纹，可是，钥匙扣上却有两组指纹。其中一组跟烤面包机上的指纹一致，也就是贾斯蒂娜的。但另外一组却既不是你的指纹，也不是我的指纹。"

"那是谁的？"

"这就是关键。不管那是谁的指纹，这个人很可能就是开着本田车去接孩子们的人。可惜这是一家私人实验室，他们无法接触到执法机关的数据库。"

"噢，对。"我说。

"但是，法警署可以接触到，"说着，她从钱包里掏出包在塑料袋里的黄铜钥匙扣，放在了我的办公桌上，"你认识不少法警，总能从里头找出一个愿意私底下悄悄帮忙的人，对吧？"

法官的固有思维让我本能地想要反驳："当然，可是要知道，数据库里大概只有一亿人的指纹记录，这也就意味着有三分之二的美国人都没有登记指纹记录。"

“但是，罪犯的指纹都登记了，”她提出，“联邦机关的工作人员也登记了，当年我父亲还让我们姐妹几个都登记了指纹，肯定有不少军人也会这样要求他们自己的孩子。”

我静静地坐了一会儿，想找出这个计划的破绽。我反复地权衡了一下，觉得利大于弊，值得冒险。也许这样做还是不会有什么结果，但是只要我小心行事，那也不会有什么坏处。

“好，”说着，我把那个装着钥匙扣的塑料袋从桌上拿起来，装进了口袋，西裤一侧立即鼓起了一个小包，“我找人去查一下。”

等萨姆终于爬楼梯爬累了，我便将他和艾莉森送上了车。艾莉森的车停在街边，法院里虽然有法官专用的停车场，但是对于法官的配偶却并无优待。

我回到法院，经过员工通道时，发现本·加德纳独自一人在执勤。这正是我期盼的好机会。

“你们家阿拉巴马打密西西比的那场比赛结果如何？”当他站起身来时，我问道。

“大获全胜！”他说，“阿拉巴马的进攻线[1]打得很精彩。”

为了不给我们添麻烦，本将金属检测门的检测标准设定得非常宽松，就算你拖着一个垃圾车走进去，检测门也不一定会报警。就连我口袋里的那一大块黄铜吊饰都不会引发警报声。不过，等我平安无事地穿过金属检测门之后，我又转身朝本走去。他已经坐在了为警卫准备的椅子上，以为我会像平常一样脚步匆匆地赶回内庭。

“嘿，本，我能跟你说句话吗？”

“当然，法官阁下。怎么了？”说着，他又站起身来。他身高中等，一头灰发，脸上带着随和的微笑。他身上穿着法院警务人员的蓝色制服，肚子鼓得像皮球一样。看着他，我想起了那种自家开着小五金店的老板，当你想要找水管配件时，老板总是会好心地来帮忙。

“我需要你帮个忙，其实还是个不小的忙。而且，你不能告诉别人。”

“具体是什么事呢？”他问。

[1] 进攻线（O-line）：美式橄榄球中有两条与得分线齐平的假想线，其中与球的前段切齐的是防守线，与球的后端切齐的是进攻线，攻守双方分别在攻防线两侧列阵抢球。

“你们警务人员跟法警署很熟，对吧？”

“呃，没错。”

“法警署有权查看联邦调查局的指纹数据库，是吗？”

“当然啦。”

我把那个装着钥匙扣的塑料袋掏出来：“我需要让这个钥匙扣上的指纹跟系统里的数据比对一下。上面有一组指纹是属于一个名叫贾斯蒂娜·凯末尔的年轻姑娘，她是土耳其人，持学生签证，所以我估计系统里应该没有她的指纹记录。但她不是问题，我好奇的是另外一组指纹，我想知道系统里是否会有匹配的记录。”

“好吧。这是为了……为了庭审还是……”

“不，不。这是私事。我们已经找过私人实验室来检验指纹了，但是他们没法接触到联邦调查局的数据库。我们……我和艾莉森，我们认为有人在偷家里的东西，但是我们想搞清楚以后再采取行动。”

这话基本属实。

他微笑了一下：“您不想单凭怀疑就把家里的保洁工解雇了？”

“对，差不多。虽然我可以直接去麻烦法警署的署长，可我还是想低调一些。毕竟不是什么大事儿，没必要惊动大家。如果你能帮忙的话，我们会非常感激的。”

“没问题。”

“我都不好意思说，其实我昨天就该把这事儿办成才对。”

“是不是太太催得您没办法啦？”

“可不是嘛。”说着，我露出了一个无可奈何的丈夫的微笑。

“明白。周末之前，我也许能帮您办好。”

“那就太好了！谢谢你！”

“冲啊，红潮！[1]”他说。

“冲啊，红潮！”我肯定道。

---

[1] 冲啊，红潮（Roll Tide）：阿拉巴马队的加油口号，因为阿拉巴马队又名“红潮队”（Crimson Tide）。

55

他们把整个房子翻了个底儿朝天。

在严厉斥责了弟弟的愚蠢行为之后，哥哥也参与进来，一起寻找小女孩儿，但是却无论如何也找不到。

他们把一切有可能藏人的地方都搜了个遍，一开始找得杂乱无章，冷静下来以后开始有条不紊地挨个儿搜寻，衣柜、卧室、洗手间，就连小女孩儿够不着的通风管道都没放过，然后又从头找了一遍，但依然一无所获。

不久，弟弟厌倦了哥哥的咒骂，便顶嘴骂了回去。然而两个人骂来骂去也于事无补。

夜已经深了，他们还在找，最后哥哥发话：不找了。小丫头早晚会肚子饿或者口渴的，到时候自然会出来，在那之前只要确保她不会逃出去就行了。于是，他们把两个床垫分别拖到通往屋外的两个大门旁，堵在门口。哥哥躺在正门的门口，弟弟则躺在侧门的门口，两人就这么和衣睡了。

他们睡得正酣，突然警报大作。

弟弟猛地跳起来，站得笔直。他疯狂地四下张望，终于在房间里发现了一个正在动的身影，但小女孩儿立即就从厨房水槽上方的窗口溜出去了。

“喂！”他大喊道。他冲向窗户，但这是一个非常愚蠢的举动，因为他没法像小女孩儿一样从小小的窗口钻出去。然后，他赶紧折返侧门，一把打开，跑到屋外的灯光下，刚好看见小女孩儿消失在森林里。

56

有些看似平常的话会牢牢地留在脑海中，挥之不去。也许一开始找不到好的理由来解释这种现象，但过一阵子就会开始想，这些词语背后肯定有什么深层的含义，所以才会深深地扎根在记忆中，让人频频想起。

那天等待我的又是一个漫长而无眠的夜晚，我躺在床上，不停地回想起本·加德纳用阿拉巴马口音问我的那句话：“是不是太太催得您没办法啦？”这句话在我的脑海中萦绕、挥之不去。

是吗？

这桩关于钥匙扣的事情，是否从头到尾都只是迷惑我的把戏呢？这会不会又是一种 O.J. 辛普森式的脱罪手段，是艾莉森版的血手套[1]？保罗是不是告诉她，应该让我转移视线、分散注意力？

第二天早晨，我仍在思考这些问题。吃早饭时，艾莉森说了一些话，我立刻有所警觉，竖起了耳朵。我问她这一天打算跟萨姆做什么。

她回答说：“噢，他的凯伦姨妈都替我们想好啦。她有几个朋友经营有机农场，她邀请我们过去。农场里有猪、羊、鸡和大大的干草堆。萨姆肯定会玩得很开心。”

我装作赞同的样子，附和着夸了几句，说这个主意很棒，但心里一直在想，前几次她离开萨姆身边时也做了类似的安排。每次都有能够抓住他注意力的事物，比如博物馆、小游戏，现在又冒出个农场来，而且总有珍妮姨妈、凯伦姨妈或者外婆来帮她打掩护。今天她是不是又要偷偷地去看爱玛？或者去跟保罗见面？

我不能再雇私家侦探去调查这些问题的答案了，我的良心会不安。就算我告诉私家侦探不能靠近我们家周围，只管在对象目标离开家以后跟踪她……那也不行。在赫伯·思里夫特遇害一事上，我实在无法原谅自己。如果新的私家侦探也出了意外，那我就承受不住了。但是也许我可以亲自跟踪艾莉森。

就这一次。然后，一切自然就真相大白了。

吃完早饭，我已经想好了计划。我打上领带，做出门前的准备。我可以请假不去上班，请一个上午的假还是可以的，艾莉森说上午就会带萨姆去那个有机农场。帕尔格拉夫案的律师们不会再找我了，在听证会举行之前，已经没有需要我出面解决的事情了。我完全可以旷工半天来做这件事。

---

[1] 血手套（blood gloves）：指的是 O. J. 辛普森涉嫌杀人一案中的关键证据，即一双血手套。据称，这双血手套为该案凶手作案所用，但是当辛普森在法庭上试戴这双血手套时，手套太小，手太大，这成为了排除他杀人的重要证据。

我吻别了艾莉森和萨姆，装作一切正常的样子。驾车驶上车道以后，我便立刻拨通了史密斯夫人的电话，给她留言说有一桩司法事务亟待我亲自前去处理，因此我上午就不去办公室了。

这时，我突然想起了赫伯·思里夫特在邮件里写过的话：友情提示，下次您想对私家侦探隐瞒身份时，请记得不要开自己的车到侦探事务所。

我想了一下，觉得自己这辆别克昂科雷确实太显眼，于是驱车前往一英里外的一家杂牌汽车租赁店。签过文件刷了信用卡，前后用了不到十五分钟，我便开着一辆非常普通的二手雪佛兰汽车上路了。我在心里默默地感谢了赫伯·思里夫特给我的教导。我在街边找了个停车的地方，这里位于我们家的车道与17号公路交汇口的西南角。然后，我便静静地等待艾莉森现身。

等到九点四十五分还不见人影，我不禁有些担心，生怕艾莉森和萨姆趁我租车的那个空当已经出发去有机农场了。我甚至开始考虑是否应该把车还回去，改日再试了。这时，我看到远方道路的拐角处出现了一辆车。为了确认，我多等了一会儿，等到看清车牌后，我可以肯定那正是艾莉森的林肯车。路口的红灯亮起，她便踩了刹车，停车的位置距离我大概不足二十英尺。不过，她的眼睛一直盯着前方，没有看见我。等到她驱车从我的车旁经过以后，我便发动汽车，跟了上去。

她左拐上了17号公路向北开，我在后面跟着。汇入车流以后，我放慢速度，故意将距离稍微拉远了一些。她开车经过了沃尔玛购物中心和沃尔特·里德[1]医院，道路周围的商店越来越少了，红绿灯的距离间隔也越来越大了。

不久，我们就开进了米德尔塞克斯郡，它位于我们住的格洛斯特郡的北邻。我开始怀疑这也许会是一次很长的路途。不过，事实证明，目的地已经不远了。我们之间一直隔着一辆小卡车，此时我从卡车的另一侧看到她的车亮起了转向灯。她要向右拐了。这时如果仍然继续跟踪她，会比较冒险。于是，我特意滞后了一些，跟她拉开了距离。经过一两公里的农场与树林以后，道路分岔了，她走了左边的路。要不了多久，她的车就会开到水边了，因为17号公路东侧的道路尽头是汇向切萨皮克湾的众多支流。

---

[1] 沃尔特·里德（Walter Reed，1851—1902）：一名美国军医，以他为首的医疗团队1901年提出并证实了有关黄热病是由一种特殊蚊子传播的理论。

很快，她的车就开始减速。我在后面大约十分之二英里处，也同样开始减速。她开车消失在左侧的一条碎石车道上。我没有跟着她，而是一直向前开。经过一条羊肠小道时，我看到入口处立着一个牌子，上面写着“甘果农场”。

我缓缓地驾车开过，看到农场里有许多温室，还有一个鸡舍、一座谷仓和一大群山羊。这的确是个农场无疑。沿着道路又开了几百码之后，我发现了一个可以掉头的地方。于是，我便调转车头又向回开了一点儿，停在了一处可以看到农场入口的地方。

我打算一直待在这里，耐心的等待就能给我答案。如果艾莉森在农场待上两小时、三小时、四小时，那么一切都跟她说的一样：只是妈妈带着儿子到有机农场去玩儿，没有什么特别的情况。可是，如果事实相反，那么艾莉森就会离开这里，到别处去。就这么简单。

我看了一眼雪佛兰车上的小小数字钟，它显示现在是上午 10:04。

57

弟弟快气疯了。他看到了小女孩儿跑进森林的准确地点。她前脚刚消失，他后脚就追进去了，他的腿比小女孩儿的长许多，按理说应该马上就能抓住她。

哥哥在一分钟内迅速地关掉了安保系统的警报，然后大吼着让弟弟保持安静。森林里一片漆黑，什么都看不清，他们只能靠听觉来寻找她。果然，弟弟听到了一阵窸窸窣窣的声音，是从……从哪儿传来的？很难判断。浣熊发出的声音没有这么大，别的动物发出的声音又没有这么笨拙。这一定是那个小女孩儿。他竖起耳朵，朝着他觉得有可能发出声音的地点仔细聆听，但是再也没有动静了。她显然已经在某个地方藏好了。

现在几点了？大概都已经凌晨三点了吧？黎明前，他们一直等着、听着。他们知道，她就在附近，只要她一动就会发出声音。后来，他们干脆出声地叫她，先是用各种能想到的东西来诱惑她，比如巧克力、冰激凌、洋娃娃。这一招并没有奏效，于是他们又转而恶狠狠地威胁她。

日出之后，他们便放弃了威逼利诱，开始更有组织地寻找她。他们估算了一下一个小女孩儿在一分钟之内能跑出多远，然后便将得出的数字翻倍，以这个距离为半径，展开了搜寻。当他们在这个范围内还找不到她时，便在原来的基础上继续扩大搜寻范围。周围完全没有她的踪影，她就像在这片土地上凭空消失了一样。最后，经过数个小时的寻找，他们又一无所获地回到了搜寻范围的中心起点。

“这样没用。”哥哥说，“我们得想点儿办法。你守在这里，一动都别动。她肯定就在附近。”

“你要去哪儿？”

“出去。我们需要动用高科技了。”

“为什么非得是你去？”哥哥凶巴巴地瞪了他一眼，然后便离开了。弟弟在原地站了一会儿，他真希望自己能靠玩游戏来打发时间。也许他可以快速溜回房子里去把平板电脑拿出来。没错，那样应该不会有什么风险。

58

艾莉森驾车拐进农场以后，恰好过了十二分钟，那辆林肯车的车头便出现在车道最前面。艾莉森将车短暂地停了一下，朝左侧看了看，然后便踩下油门儿，车胎带起了一些小小的碎石子。看起来，她正匆忙赶往某处。

她在农场里待的时间只够将萨姆介绍给大家，外加拜托凯伦照顾他。然后，她就赶紧出来了。如今我已经亲眼看到，难道还有什么疑问吗？

“噢，艾莉森。”我悲叹道。

我跟着她，驱车朝 17 号公路驶去。我感受到了背叛，那种感觉就像有人把一卷带刺的铁丝缓缓展开，插进我的血管里一样。

艾莉森怎么能这样对爱玛？怎么能这样对萨姆？对我？我已经开始考虑这桩事件的审判结果了。绑架。而且是两起绑架。如果要是碰上个野心勃勃的检察官，那肯定要判无期徒刑了。

可我真的想这样对待我孩子的母亲吗？让她永远被关在人性泯灭的牢笼里？难道我要让萨姆和爱玛在经历人生的大小事件——从换第一颗牙到拥有自

己的孩子时，都没有那个生育他们的女人在身边陪伴吗？

我不禁想起了一段往事。那时我刚三十岁出头，在华盛顿染上了一种来势汹汹的流感病毒。尽管如此，我依然在家拼命工作。当时我正在替布雷克起草某项法案，我认为那是关键任务，是重中之重。于是，不知天高地厚的我服用了大量的退热药、消炎药，在头昏脑涨中还坚持接电话、发邮件，时不时还得跑到洗手间干呕。当艾莉森回家时，我就是这么一副荒唐可笑的样子。她一言不发，把电话从我手里拿走，将笔记本电脑从我腿上移开，然后说："斯科特，你有生病休息的资格。你再怎么拼命，参议院也不会给你发全勤奖。"

事后，"全勤奖"就成了我们常开的玩笑。艾莉森怀孕以后，每一次的妇产科检查和超声波检查我都陪她去了。最后一次检查结束之后，她给了我一块有木框的小饰板，里面嵌着一张全勤奖证书。

"这个全勤奖，"她告诉我，"才是最重要的。"

那才是艾莉森。她明白孰轻孰重，知道家和万事兴。那样的她绝不会跟前男友私奔的。当年那个艾莉森去哪儿了？她凭什么觉得自己可以瞒天过海，将我蒙在鼓里？这一切太不真实了，令人难以置信。当艾莉森的林肯车开始减速时，我还试着想理解这残酷的事实。

此时，我们刚刚进入了格洛斯特郡较为发达的地区。艾莉森驾车驶上了左转专用道，道路尽头是一排矮矮的白色建筑，那是沃尔特·里德医院。后面还有一些其他建筑，如医疗办公室等。

她没有开往医院的主停车场入口，而是绕到了医院右侧。我看了看指示牌，这里可以通往员工停车场、急救车输送处以及其他地点，我没来得及读完指示牌后面的内容，车就开过去了。

开了几百码之后，她的车左拐了。道路变成了下坡，经过一处储水池后，又成了上坡。左手边有一栋建筑，标牌上写着"沃尔特·里德医疗中心"。

难道他们是想办法将爱玛作为病人软禁在这里了吗？情况开始变得扑朔迷离起来。我一心想着要在犯罪现场抓住妻子，注意力都放在自己的猜测上，目光变得非常短浅，完全没考虑到还有其他可能性。

然而，艾莉森没有去医疗中心，而是右拐驶向了另一栋建筑。

这栋建筑上写着"癌症诊疗中心"。

59

弟弟没有去拿平板电脑。虽然他很想去，但是如果能顺利完成这次的工作，他们就能额外得到十万美元的奖金。统治游戏世界的宏图伟业可以暂缓一下，以后再继续。

他一直待在搜寻范围之内，有时会再四下里找一找，以免先前错过了某个地方；有时又一动不动地站着，希望小女孩儿听到没有动静了，便会现身。

两个小时后，他听到车道上传来了货车发动机的声音。哥哥从车上下来，朝这边看了一眼，弟弟摇了摇头，表示小女孩儿还是没有出来。

“在那儿待着别动。”哥哥命令道。

弟弟打了个不满的手势作为回答。

哥哥进了屋，片刻之后，他带着笔记本电脑和一个工具包出现了。他开始着手做准备，从货车里拽出一个大盒子，按照说明书鼓捣起来。不久，他就组装出了一个玩意儿，看起来就像一架迷你型的直升机。

原来是无人机。弟弟微微一笑，这主意确实不错。

哥哥又将注意力转移到一个小盒子上。盒身上刻着一些字，最大的一行字写着“热成像摄像机[1]”。

哥哥很快就把摄像机跟无人机组装在一起，整个装置稳稳地悬在距离地面约几百英尺的空中。他盯着笔记本电脑的屏幕看了一会儿，然后便放下电脑，径直朝弟弟走去。距离弟弟还有不到二十英尺时，他放慢了脚步，停在了一棵倒下的大树旁。这棵树的树干斜靠在另一棵树上，大约成二十度角。

他仔细看着球状的根部。大树倒下时，根部被带离了土地，露出了一个小小的洞穴。之前，弟弟至少从这儿经过了三十次，但他根本没想到这下面能藏人。哥哥用穿着靴子的脚猛地踹了一下，将土块踢到一边，然后便弯下腰，

[1] 热成像摄像机（Thermal Imaging Camera）：一种采用热成像技术的摄像机。热成像技术就是将物体发出的不可见的红外能量转变为可见的热图像，以不同的颜色代表被测物体的不同温度。

伸手够向树根下面。

“抓住啦！”他扬扬得意地大喊道。

这番努力得到的回报是一声惊恐的高声尖叫。

60

艾莉森的车开进了停车场，停在了第二排。我开着租来的雪佛兰跟她一起进了停车场，不过她没有发现。她下了车，径直走进了面前的这栋建筑。

我把车停在林肯车的后一排，看着她走进了大门。我犹豫了一下，便跟在她身后进去了。留守在停车场静观其变的想法已经荡然无存了。

我们是一家人，不该再怀着秘密互相隐瞒了。我穿过大门，看到艾莉森站在医院服务台前。她背对着我，正在写字板的记录簿上写下自己的名字。就跟其他的癌症患者一样。

当大门在我身后关上时，她放下了写字板。一开始，她的目光看着别处，后来她才注意到有一个非常熟悉的身影正朝她走去。她转向我，瞪大了眼睛。

“斯科特？”她脱口而出。

然后，她的肩膀——我深爱的那对肩膀——颓然沉了下去。

“是我。”我轻轻地说。

我们面对面站着，中间相隔了约五英尺的距离，各自揣测着对方的想法，看向彼此的目光也略有不同了。她绷紧了脸，努力地控制着情绪。我的妻子是一个在公众场合很拘谨的人。

“我们要不要坐下来？”我问。

“好。”

我们走进宽敞的候诊区，灿烂的阳光洒在身上。一个女人戴着假发，闲闲地翻看着杂志。一个形容枯槁的男人在看手机，他的表情十分焦虑，就像一个已经在拳击场上被弗洛伊德·梅威瑟尔[1]打倒了十二轮却还要再上场的人

[1] 弗洛伊德·梅威瑟尔（Floyd Mayweather，1977—）：美国前职业拳击手，现为拳击赛经纪人。他被公认为最优秀的拳击手，在职业生涯的十九年间未曾被打败过。

一样。虽然明知不该如此，但我还是忍不住呆呆地盯着他们。在这些人的体内，有许多凶险的癌细胞正在蚕食他们的生命。现代医疗会竭尽全力地除掉这些癌细胞，但采用的方式无疑是残忍的——用辐射来轰炸病人，给他们注射毒药，以及用锋利的手术刀切开他们的身体。

这就是癌症。癌症不仅仅是一种医学诊断，更是一种扭曲的生活方式。不是病人得了癌症，而是癌症掌控了病人。

生活已经如此艰难，而我的妻子却还要面对癌症。

我的妻子得了癌症。我还无法完全理解这其中的含义。如今，艾莉森显然已经带着这个认知生活了一段时间，而我却刚刚得知。

我回想起之前的一切迹象：体重剧减、呕吐、疲劳，这些症状都只被我当作爱玛失踪带给她的压力了。还有那些无法解释的缺席事件，我像个偏执狂一样认为她是去看我们的女儿、跟绑匪见面，甚至跟她的前男友私会。实际上，她只是利用那些时间瞒着我来看医生。

她选了角落里的两个椅子，这里距离其他病人坐很远。我们并排坐下。

“那么……”我说。

“那么……”她重复道。

“你知道多久了？”我问。

“萨姆回来以后的第二天，我在洗澡时发现了一个肿块。”

“天哪！”

“是啊。”

“肿块在什么位置？”我问。

她指了指右胸：“肿块很硬，而且形状比较古怪，正符合医生说的需要特别留意的症状。我知道不能掉以轻心，尤其是爸爸还得过癌症。于是，我当天上午就来了医院。”

我想起那个周五的早上，当我还在睡觉时，她正在忙前忙后——给孩子们的学校打电话、给自己工作的地方打电话、联系威廉斯堡的实验室。其中，还有给家庭医生打的电话。我查看她手机的通话记录时明明看到了这条记录，却以为那只是普通的电话来往而已。

“我希望这只是个囊肿或毛孔堵塞之类的东西，”她说，“但那天下午，医生给我拍了乳腺 X 光片，于是我便知道这是肿瘤。”

“噢，艾莉森。”我尽量温柔地说，“你为什么不告诉我呢？”

“本来，我想那天晚上告诉你的，可是……我也不知道。当我开车回家时，我觉得那样做太自私了。我希望咱们两个至少有一个人能全心全意地想着爱玛，不要因为……因为别的事情分心。我希望你能明白，我真的非常非常想告诉你。非常，非常。我想扑进你的怀里放声大哭，但我觉得我不能。”

“嗯，我懂。”我简短地说。

我一下子就理解了她。我明白她的想法，换作我，我可能也会这么做。

她虚弱地微笑了一下：“谢谢你。”

“你告诉了你们家的人，对吗？”我问，其实我已经知道答案了。她谎称午休的那个下午，就是她的母亲和姐姐帮她打了掩护。而且不止那一次，大概还有许多次都是如此。

“对，我必须得告诉他们。如果我带着萨姆来医院的话，他们肯定会问东问西的。我妈妈自己就是个容易紧张的人，不过凯伦真的很棒，她一如既往地安排好了一切。她一直在帮我处理保险之类的事情，而且在我来医院的日子里还帮忙照顾萨姆。”

“所以，萨姆不知道——”

“噢，天哪，不。可怜的孩子，就算不知道妈妈生病的事，他也已经够伤心难过了。

“总之，我第一次来见这位肿瘤科医师是在……我想想，不是上周四，是上上周四。她叫劳丽·里克霍姆，人很好。她对我的情况做了评估，给我验了血。上周三她安排我做了一次穿刺活检[1]。”

也就是说，当我为了丹尼·帕尔格拉夫没出面做证一事急得跳脚时，艾莉森正在医院，被一根巨大的针刺进了胸脯。

“那——”这是我一直想问却又一直不敢问的问题——“知道结果了吗？”

她严肃地点了点头：“是乳腺浸润性管癌[2]。如果你愿意的话，可以上网

[1] 穿刺活检（needle biopsy）：骨与软组织肿瘤获取组织病理诊断的主要方法。

[2] 乳腺浸润性管癌（infiltrating ductal carcinoma）：指癌细胞已穿破乳腺导管或小叶腺泡的基底膜并侵入间质的一种恶性肿瘤。

搜一下。里克霍姆医师说，这是乳腺癌中最常见的一种。”

“那就是说……我是说，它是可以治愈的，对吗？”

“噢，对，当然。所以我今天才来了这儿。里克霍姆医师想给我做一下CT扫描，这样就能看得清楚一点儿。然后，我们会讨论接下来的治疗方案。”

“要动手术吗？化疗？辐射？都得做，还是都不用？”

“我还不知道呢。”艾莉森说，“里克霍姆医师说我还比较年轻，身体状况也不错，这都有助于康复。我想治疗方案也应该会多一些选择。不过至于其他问题，里克霍姆医师说：‘我们必须先看看CT扫描的结果再说。’”

“好。不管结果如何，你……你都会告诉我，对吗？我是说，我们之间再也没有秘密了，对吧？”

她轻轻地拍了拍我的手。

“再也没有秘密了。”她肯定道。

“就连小秘密也没有了，比如抽烟的事？”

她低头看着自己的腿。

“不管怎样，我怀上双胞胎的时候确实戒烟了，之后的几年也没再抽，”她说，“但是后来上班的时候我又开始抽了……唉，我现在终于付出代价了。”

她重重地呼了一口气。

“对不起，”我说，“我不是想指责你——”

“没事。我很高兴你能来。你是怎么知道的？是不是我妈妈告诉你的？她一直威胁说要把这事儿告诉你。”

“不是。”我说。

她露出了不解的表情。

“别生气。”我边说边拼命鼓足勇气，打算向她承认我那糟糕丑陋的怀疑。

“生什么气？”

“从你出家门以后，我就在跟踪你。为了不让你发现，我租了一辆车。我先跟着你去了有机农场，然后又跟到这儿来。”

“为什么？”

没必要再隐瞒了。“其实我是以为你有可能跟爱玛的事有关。”

“什么？！”她尖声说道，那个戴着假发的女人不由得回头看了我们一眼。

要不是我们在医院的候诊室里，艾莉森的反应肯定更大。虽然她马上放低了声音，但语气依然很激烈："你这话是什么意思？'跟爱玛的事有关？'斯科特，你怎么能这样想？"

"呃，一开始帕姆夫人说接孩子的人是你——"

"那不是我！那是——"

"我知道，我知道。我只是说，一切都是从那儿开始的。然后那天你带萨姆去了生物博物馆。你把他安顿好以后就走了，我想应该就是你去拍乳腺X光片的那天。你以为萨姆的注意力都被鲨鱼吸引了，没注意到你离开，但是他发现了。之后，当我问起这件事时，你没有说实话，而且还不止一次。"

她看着自己的腿点了点头："所以你就开始起疑心了。"

"没错，我……听着，我很惭愧，但是我当时的心态也不正常了，你能理解我吗？于是，我就登录了你的脸书账户。我知道自己不该这么做，这是侵犯你的隐私。但同时，我又觉得我有权这么做，因为你说谎了。结果我发现了一条保罗·德雷瑟的私信，他说有一些消息要告诉你，让你联系他。"

艾莉森抬起了头："他想告诉我，我们最喜欢的英语老师去世了……这又关保罗什么事？"

"他在阿波提根制药公司工作。"

"嗯？所以呢？"

"呃，我以为他知道我被指派为这个案子的法官，于是便引诱你参与了绑架计划。"

"然后呢？然后我们就私奔天涯、远走高飞？"

她居然笑了，我觉得好像有一个世纪没听过她的笑声了。

"噢，亲爱的，"她说，"保罗基本上就是个彼得·潘[1]，是那种永远长不大的男孩儿。他的人生完全是追求自我满足。他确实到各种漂亮的地方去度假，可是……唉，每次我说要跟他走，我真的只是开玩笑而已。"

"不过，无论如何，他确实是在阿波提根工作。"

[1] 彼得·潘（Peter Pan）：出自苏格兰小说家詹姆斯·马修·巴利（James Matthew Barrie，1860—1937）的小说《彼得·潘》（*Peter Pan*）。该小说讲述了一个会飞的小男孩儿彼得·潘和他在永无岛的冒险故事。彼得·潘也被称为"不会长大的男孩儿"。

“对，但他干的就只是销售员之类的工作，主要负责与妇产科接洽。说白了，他就是去讨好那些女大夫，好让她们肯给病人开阿波提根的药品，我估计他干这个活儿是绰绰有余。可是……噢，斯科特，你怎么能那样想呀！”

她捂住嘴微笑起来，仿佛替我感到不好意思。

“唉，我知道。然后是你第一次跟里克霍姆医师见面的那个周四，我给你妈妈家打了电话，是凯伦接的。她告诉我你在睡觉。你回家来以后也是这么说的，但之后我问了萨姆，他却说你出去办事情了。”

“哇，没想到他这么敏锐。”

“是啊。接着就是今天早上，你说要去那个有机农场，我就觉得这次你又要溜走去做你先前做的事情，但我不知道具体是什么事，于是就跟踪了你。”

“结果我来了这里。”说着，她挤出了一个勇敢的微笑。

“嗯，结果你来了这里。”我重复道，“对不起，我——”

她摇了摇头：“我不该试图隐瞒这件事的。我太傻了，居然以为自己能瞒得住。其实我一直隐隐地希望你会发现。我……我很高兴你发现了。”

“我也是。”我说。

我握住她的双手，它们是如此温暖、纤细而又生机勃勃。我好想让时间永远停留在这一刻，此时的她只是刚刚开始生病，虽然情况不好，但并没有太糟。那些险恶的癌细胞正在她的体内蠢蠢欲动，会不会有一个癌细胞冲破束缚，扩散到她身体的其他部位？到时候我们该怎么办？

还有许多问题需要解决，但我不想一门心思地扑到医疗行业的复杂运作上。医生、保险、治疗方案，这些都不是最重要的。我绝不能忘记这一点：我的妻子正在为生命而战。而且，她还有可能赢不了这场战斗。

“艾莉，那你……会怎么样？”我哽咽着说，我多么渴望她能给予我一个安心的保证，尽管我知道她不能，“你会好起来的……对吗？”

“我不知道。”她诚实地说。

我思考了一下这个问题，但也只是短暂地想了想。我们的生活中已经有许多无法掌控的意外事件了，而眼下的情况我已不敢再多想了。

“我觉得我错过了许多，”我说，“现在我还能做些什么吗？”

“现在你只要一心想着爱玛就好。过了这周五，你再来担心我也不迟。”

"不，"我说，"我没法不担心你，现在说这个已经太晚了，我还是会……听着，我一定会集中精力解决好爱玛的事，我向你保证。但同时，我可以为你做些什么，让你能好过一点儿。"

她长长地叹了一口气："唉，斯科特。"

"怎么了？"

"都过去了这么多年，你还是不懂，对不对？"

这回，轮到我露出不解的表情了。

"你还记得咱们初次见面的那一天吗？"

"当然记得。"

"不是啦。我想说的不是那个你到处跟人讲的童话，什么我在阳光的照耀和天使的歌声中从学生活动中心前走过……我想说的是后来那个晚上的事。当时你问我要做什么，我告诉你我可能要去参加一个派对。"

"于是我就跟你说我也打算去参加那个派对，其实那是我临时扯的谎。"

"嗯，我知道。我估计我可能当时就看出来啦。不过我还是去了那个派对，而且你也在。后来有个朋友告诉我说，你比我早到了一个半小时呢。"

我想起了这段美好的回忆，不禁微笑起来。

"最重要的是，你不只是去了，"她继续说，"你之所以去，是为了生活的下一步、下下步。你所做过的承诺、你说过的话，你全都一一遵守了。也许这听起来不是很浪漫，但我会爱上你，就是因为你很可靠，是一个值得信赖的人。你也知道我们家的情况，由于父亲的缘故，我的生活就像没有根的浮萍，无处落脚。每次我刚交上几个朋友或者开始熟悉某个地方，爸爸总会得到提拔的命令，然后我们就得搬到别处去了。我从来没有能够依靠的人或事物，后来你出现了。而你就是那块坚定不移的磐石。

"如果你想为我做些什么，那做你自己就好。做那块磐石就好。只要你还是你，对我来说就足矣。"

她又抓住了我的手。我们坐在那儿，紧紧地握着彼此的双手，直到一个护士走了过来。该轮到她进去见医师了。

"好吧，"艾莉森说着，放开了我的手，站起身来，"那我们一会儿在家里见？”

“不，不。我就在这儿等你。我已经错过的太多了。你害我失去了拿全勤奖的机会，知道吗？”

她弯下腰来，吻了吻我：“我很快就回来。”

“我就在这儿等你，”我对她保证说，“就在这儿，哪儿也不去。”

61

第二天早晨，我已经到法院上班了。我心里浑浑噩噩的，就像一场感情的宿醉。这个世界给我脆弱的心灵注入了太多种感受。就连窗外的天空仿佛也褪了色，一夜之间，对妻子生病的认知已经微妙地改变了我看待一切的目光。

也许我该感到一丝宽慰，因为艾莉森实际上并没有在背地里搞什么阴谋，也没有计划着要跟保罗·德雷瑟私奔，而且不论情况有多么糟糕，至少我们可以一起面对。但是，真相带来的痛苦却完全淹没了这一丝宽慰。

我们曾面对的最大的健康危机就是我中弹的那一次。没错，当时确实是一片混乱、血腥可怕、触目惊心。但说真的，那只是肉体上的伤口而已。用非常简洁明了的牛顿物理学知识就能解释得清楚：一颗子弹以一定的冲力射中了我，将自身的能量转化到我的肉体上，在迅速冲出体外之前给肌肉和骨骼造成了伤害。甚至在我还没意识到自己中弹之前，伤口就已经形成了。同样地，康复过程也是非常机械的。整个治疗过程完全没有什么神秘之处，虽然伤口很痛，但是我心里知道，最糟糕的时候已经过去了，因此不免松了一口气。

这一回，情况要凶险得多。癌症就像一颗缓慢击中人体的子弹，整个过程也许会持续数个月乃至数年。癌症与人体相撞只不过是一个开始，我们无从得知伤口最终会变成什么样子。而且，最困难棘手的问题都没有明确的答案。在癌症面前，没有定数，有的只是种种可能性。有的可能性还勉强可以承受，有的可能性却完全无法想象。有的人会跑去研究一些图表，觉得癌症患者能多活上五年或十年就不错了，可我实在无法理解这种想法。后来，还是艾莉森严厉地教训了我一番，提醒我我可是答应过要专心解决爱玛的事的，我这才逼着自己振作起来。

距听证会只剩下两天了，我手下的职员都忙得不可开交。虽然我上班的时间还跟往常一样，但等我到达内庭的时候，我却是到得最迟的人了。我也做出一副忙着准备的样子。

快到中午时，史密斯夫人打来了内线电话，我以为是被告方的辩护律师又对视觉辅助工具[1]的使用提出了疑问，或者是对于法庭的座位安排又产生了异议。然而，她说："法官阁下，国会议员尼尔·吉思打电话找您。您现在方便通话吗？"

尼尔·吉思。

听到这个名字，我感到血压都瞬间升高了。迈克尔·雅各布斯的新闻发布会已经过去两周了，而我呢，由于身陷绝望，不免生出了一种天真的幻想，居然以为那件事就算告一段落了。

"当然，"我说，"把他的电话接进来吧。"

我在布雷克手下工作了好些年，虽然从未跟吉思打过交道，但对他早有耳闻。他可以说是国会全体 435 个立法者中最正经古板的一个，他见解敏锐、注重细节，是个技术官僚，可以在发言的过程中全凭记忆直接引用国会预算办公室[2]的各项报告。我想起来，《华盛顿邮报》曾称他是一个"厚脸皮的书呆子"。他对火车模型十分痴迷，而且是个不折不扣的《星际迷航》[3]爱好者，甚至还会说克林贡语[4]。不过，你要是因此就小觑他，那可就大错特错了。

在史密斯夫人将电话接入时，我不禁屏住了呼吸。等我意识到之后，赶紧缓缓地出了一口气。接着，吉思的声音就从听筒里传来了。

"上午好，桑普森法官。"他吐字清晰地说道。

---

[1] 视觉辅助工具（visual aids）：指在法庭上，通过视觉而非言语来辅助辩论内容的工具，如图表、图片、模型等。

[2] 国会预算办公室（Congressional Budget Office）：指美国国会预算办公室，是联邦政府机构，负责向国会提供预算及经济信息。

[3]《星际迷航》（*Star Trek*）：由美国编剧兼制作人吉恩·罗登贝瑞（Gene Roddenberry，1921—1991）创作的科幻作品，并由哥伦比亚广播公司（CBS）和派拉蒙影业（Paramount Pictures）拍摄成了系列电视剧和电影。

[4] 克林贡语（Klingon）：克林贡是《星际迷航》故事中的一个外星种族，克林贡语就是这个种族讲的语言。

“上午好，吉思议员。请问您找我有什么事吗？”

“我知道您很忙，我也很忙，所以我就直入正题了：关于您在‘美国诉斯卡夫朗案’中下达的判决，有一些争议始终未能得到解决。我知道您周五那天有一个非常重要的听证会，所以我觉得在那之前把问题处理了比较好。”

“好的。”我说。

“由于时间有限，直接与您取得联系是最为便捷的方式，希望您能理解。”

“当然，没问题。”我故作镇定地说，其实头上已经开始冒汗了。

“太好了。您也知道，我的同事雅各布斯议员公开质疑了您对于斯卡夫朗先生做出的判决，这事儿已经闹得沸沸扬扬了。其实我明白，他这番热心举动并非全是为了呼吁司法正义，少说也有一部分是为了吸引新闻媒体的注意。因此，我没有急于让司法委员会介入此事，而是先联系了您的首席法官拜尔斯先生，想更好地了解一下他为何决定不再追究此事。于是，他给我讲了一个故事，与一位名叫凯斯·布鲁姆的年轻人有关。”

他停顿了一下，等我说话。于是我便应了一声：“嗯。”

“拜尔斯法官显然觉得您讲的这个故事非常动人，不过我想了解得更详细一些。当然了，他不是当事人，所以并不清楚内情。于是，我便让我手下的一名职员去查询有关布鲁姆的案子，您知道他查到什么了吗？”

“不知道。”我说，我感到自己已经踏入陷阱，动弹不得了。

“什么都没有。在特区的法院系统里，根本就没有凯斯·布鲁姆的记录，没有认罪协议，也没有审判结果。在您为富兰克林议员工作的那段时间里，特区的法院记录中丝毫就没有提到过一个叫凯斯·布鲁姆的人。我们知道这件案子的内容不是保密的，因为您告诉拜尔斯法官说布鲁姆先生当时已经不是未成年人了。于是，我的职员便进一步联系了特区的检察署，结果他们那儿也没有跟凯斯·布鲁姆相关的记录。”

“哦？”我装作困惑的样子。我的手方才一直放在桌子上，此刻把手拿开以后，我发现桌面上留下了一个汗湿的手印。

“所以我就联系您了。请问您是否有布鲁姆先生的电话或电子邮箱？”

“呃，没有。我们……我们已经很久没联系了。我记得我也跟拜尔斯法官这么说过。”

“我明白了。不过，您肯定能提供一些有用的信息吧。比如他上的是哪所大学？或者他现在工作的地方是哪所高中？或者您是否能说出他家人的名字，可以通过他的家人找到他？我可以向您保证，这些信息绝不会见诸媒体。我对于在电视新闻上露面是毫无兴趣的，我只是想确认布鲁姆先生的存在，并且考察一下他的经历是否跟您向拜尔斯法官所描述的一样。”

我拿着电话听筒，默默地坐在椅子上。我拼命想编出点儿故事来摆脱困境，但是却无能为力。不管我再捏造出什么样的谎言，一定会被轻易揭穿的，因为吉思会紧咬住这件事不放。而且，此刻我的大脑里一片空白，连一句临时搪塞的话都想不出来。

“您现在不说话，是因为根本就没有凯斯·布鲁姆这个人，对吗？”吉思说。

我没有回答。如果我告诉他实情，那么我绝对没法再保住帕尔格拉夫这个案子了。今天之内，这个案子就会被重新委派给另一位法官来负责。也就是说，此刻我要在自己的工作和女儿之间二者择一，这根本就无须选择，答案只有一个。可是，我又不知道该说些什么，不论说什么，都只会让情况变得更糟。

“桑普森法官，依我看现在有两条路可走，”最后他说道，“一、您主动向我递交辞呈，也许此事可以悄悄地了结；二、我将启动对您的弹劾程序。”

“我……能给我几天时间考虑一下吗？下周一，下周一给您答复。”

“抱歉，法官阁下，在这种情况下，我不能再让您负责阿波提根案了。我需要考虑联邦司法体系的公众威信。我建议您选择第一条路，如果您愿意主动辞职，那么您必须要在阿波提根案的听证会之前递交辞呈。”

“我做不到。”

“好吧。您要知道，我会联系拜尔斯法官，并且将今天的谈话内容告诉他。我会要求他立即召集巡回上诉法院的司法委员会成员。当然，接下来怎么做，就由他来决定了。但我会建议他在职权范围之内尽一切可能停止你手头所有案件的审理。”

我的请求变得卑微而急迫：“求求您，别这样。”

“您说什么？”

“我说，求求您，别对我这样。求您别让拜尔斯法官撤走我的案子。”

“我觉得我不是很明白您的意思。”

“我不知道该怎么对您解释，但是我必须继续审理案子，议员阁下。对我来说，这……这事关重大。”我的声音在颤抖。

我知道这番话在吉思听来跟我自己听来是一样的：可怜。

但显然不值得被怜悯。

“抱歉，法官阁下，”他最后说道，“我别无选择。”

我挂断了电话，再说下去已经没有用了，而且这个时候不论我说什么，都对自己不利。

不用想也知道接下来将发生什么。尼尔·吉思会告诉杰布·拜尔斯我说了谎，不，实际上是我愚弄了他。拜尔斯法官在震怒之下一定会迅速采取行动。

第四巡回上诉法院的司法委员会由同等人数的各地区法院和上诉法院的法官组成。因此，需要花上几个小时才能召集全体成员举行一场电话会议。可是，拜尔斯仍能轻而易举地在周四结束以前办完此事。

我已经被逼到绝境了。如果我依然保持沉默，那么这件案子一定会被撤走，一切就都完了。可是，如果我对拜尔斯或吉思讲出实情，那么爱玛的命运就完全交到联邦调查局的探员手上了。且不说他们不知该从何找起，就算能很快理清头绪，他们也根本没法赶在绑匪得知我被撤换之前及时救出爱玛，除非有奇迹发生。

绝望。真正的绝望。

我不想干了。不想再做一个下达判决的法官了，不想再做一个患上癌症的妻子的丈夫了，不想再做一个女儿被绑架的可怜父亲了。

如果我有选择权的话，我也许真的会退缩。但现实是，虽然吉思说他别无选择，但真正别无选择的人是我。他向我提供的所谓的“选择”根本毫无意义。一旦为人父母，就没有退缩的权利了。

我还没有想好该怎么做，也没有想好该怎么说，我的手指就不由自主地拨通了一个电话号码。电话那头的人拥有权力、人脉以及助我摆脱困境的手段。

布雷克·富兰克林也许不会接我的电话，因为我在上一次通话中斥责他被巴纳比·罗伯茨买通了，但是我实在没有别的办法了。

电话响了四声，正当我以为我只能给他留语音信息的时候，布雷克接起了电话。“喂。”他的声音听起来有些气喘吁吁的。

“喂，布雷克。我是斯科特。”

“嗯，我知道。稍等。”

我等了一下。他将手机捂在胸口，但我依然能听到有奇怪的声音传来，像是一些尖声的哀鸣，听不出来是人还是动物。然后，那些声音消失了。

“不好意思，”布雷克说，“我刚才在一个破破烂烂的动物收容所。我的竞选运动策划人觉得这样会显得我形象更好，我跟他说如果我染上了跳蚤，他就得另寻东家了。唉，也罢，不谈这些了。怎么了？你该不会是打来问我有没有跟巴纳比·罗伯茨在电影院后排卿卿我我吧？我可以向你保证，他绝对不是我的菜。”

“不是，听着，关于那件事，我真的很抱歉——”

“没关系。为了这案子，你压力已经很大了，还得对付雅各布斯那个蠢货。我呢最近为了选举也忙得焦头烂额。你上回说的那些事儿都有理有据，但我并没有冷静下来好好跟你解释，反而变得非常防备，我也有不对。看来原告律师也不再吵着撤换你了，那就没必要重提旧事了。咱们都把这事儿忘了吧。”

这是典型的布雷克·富兰克林式的妥协。在熙熙攘攘的华盛顿，这种头脑冷静、客观理智的让步已经越来越少见了。我非常高兴地接受了他的建议。

“当然，”我说，“谢谢你——”

“客气什么！咱最近可得见面好好聊聊。不过如果你不介意的话，现在我得先走一步，里头还有几只小狗翘首以盼地等着跟美国议员合影呢。”

“其实，我还有别的事要说。很重要的事。”

“哦？什么事？”

我尽量简洁地把我跟吉思的通话内容说了一遍，最后跟他强调了一下事态的紧急。

“哎哟，孩子，”等我说完以后，他说道，“你这是先捅了蜜蜂窝，然后又戳了那头等着吃蜂蜜的大黑熊啊！”

“没错，基本就是这么回事儿。”

“但是我有一点不懂。如果你放了那个斯卡夫朗，并不是因为这个橄榄球小子，那是为什么？”

我深深地吸了一口气：“布雷克，我知道这话听起来可能很奇怪，但我不能告诉你。”

“不能，还是不想？”

“不能。我只能说现在的情况非常特殊、非常严重。”

“有多严重？”

“生死攸关。”

他没有说话，我只能听到他的呼吸声。于是我补充道：“我说生死攸关，绝非夸张。这跟我的家庭有重大关系，但我不能再多说了。你一定要相信我。”

尽管我们只是在通电话，但我能想象出布雷克现在思考问题的样子。他很可能正在用手摸着自己那浓密的灰色头发，目光出神地看着远方。每当他陷入沉思时，都会如此。

“好，”他说，“那你想让我具体怎么做？”

“向尼尔·吉思求情，”我说，“你是认识他的，对吗？”

“算是吧。我跟他第一次见面还是在你的法官任命听证会上呢，真是世事无常。”

“据我所知，他是关键。你只要拖住他，让他这周别来对付我就足矣。然后，我会把一切都原原本本地解释给你听，也解释给他听。然后，我想这事儿……唉，我不能说这事儿就会得到圆满解决，但是至少大家都能明白个中缘由了。”

“我尽力。”他说，然后又语焉不详地加了一句，“也许这正是我欠你的。”

62

虽然布雷克已经着手实施他的幕后魔法，但在周三午后至周四的这段时间里，每当电话响起，我还是紧张得要死。

这在无形中给我平添了许多焦虑和不安，因为电话总是在响。全世界都聚焦于即将到来的马克曼听证会，却毫不在意我的个人处境。《华尔街日报》在周四的报纸上发布了一篇报道，称这次听证会“将决定制药行业未来十年的发展以及阿波提根制药公司未来百年的命运”。报上还谈及了这次听证会的“复杂性”，说负责审理此案的法官“卷入了一场司法争议，本案的审理过程因而蒙上了一层异样的阴影”。

史蒂夫·波利蒂在“理性投机”上发表了一篇报道，吹嘘他那个了不起的“知情线人”。据这个线人说，我是站在原告方一边的。看来，这个所谓的线人虽然知道我的手机号码，但是却只能靠想象来获取其他信息了。

“最新资讯！”表明阿波提根股票的价格又下跌了两美元七十四美分。自阿波提根的股票创下52周中的价格新高以后，股票价格已经下跌了超过三十美元，达到了自2008年金融危机以来的最大跌幅。

同时，我手下的职员以及楼里的其他人似乎都在准备迎接一场朝着沃尔特·E.霍夫曼法院大楼席卷而来的风暴。法院职员们布置了一间第二法庭，在主法庭坐不下的旁听者可以到这里来看闭路电视的直播。法院的警务人员还特地花了半个小时跟我们一起回顾了一下人群管制条例。

有人提议将听证会的地点改到楼下最大的一间法庭去，不过我立马就否决了这个想法。不管接下来会发生什么，我都希望能尽量在自己最熟悉的地方进行。我不仅对地点很坚持，而且也坚决要求听证会在一天之内结束，绝不能多。现在，速战速决对我而言才是最重要的。

希曼斯似乎对一切安排都没有意见，但被告方的辩护律师团队却明显非常不满。除了克拉伦斯·沃思以外，被告方还有来自包括“莱斯利、詹宁斯与罗利”事务所在内的四家事务所的十三位律师，他们觉得自己有必要证明客户的钱没白花。在法庭上，他们需要更多的时间来展示，既展示给我看，同时最重要的也是展示给他们的委托人看。结果，我们只得跟这群逐渐失去耐心的律师讨价还价，力求将时间控制在一日之内。

通常负责处理这类事务的人是杰里米，但这次他一个字都没说。他只是整日躲在自己的办公室里，这让其他职员感到非常困惑、不满。不过出于礼貌，他们并没有发生争执。结果是大家只能不停地到我这儿来请示各种细节问题。

听证会的前两天就这样忙碌而紧张地过去了。我凭着一股突然爆发的心气儿将这两天撑了下来：我知道，如果我能想办法让这列乱糟糟的火车如约前行，同时布雷克也能阻止它脱轨的话，那么它就能带着我奔向爱玛，离她近一些、再近一些。

我能准确地说出这股心气儿是何时用尽的。那是在周四的晚上。我正在给萨姆读床头故事，说是要哄他睡觉，结果我自己先睡着了。

大概过了两个小时，一声响彻天际的惊雷突然吵醒了我。一场早秋的雷雨猛烈地席卷了弗吉尼亚州中部半岛。当我醒来时，我正躺在萨姆的床上。屋里的灯还开着，我的嘴角积了一摊口水。

萨姆显然觉得爸爸在他的床上倒头大睡并没有什么奇怪的，他蜷缩身子背靠着墙，已经睡着了。为了不吵醒他，我轻手轻脚地下了床，然后低头看向他。

看着自己的孩子睡觉真的是为人父母的最大快乐之一。当我看着他宁静入眠时，我也变得沉静了许多。

他穿着自己最爱的美国队长睡衣。他两岁半时就有了这套睡衣，如今睡衣已经太小了，都快要被他撑破了。他的两条胳膊向外张成了八字，他的嘴半张着。看着他的脸，我想起了他婴儿时的模样。是啊，他现在已经长大了许多，棱角也变得分明了一点儿，样貌也成熟了一些。我几乎能够想象出他将来长成大人的样子。但是，当初那襁褓中的小模样却依稀还在。

孩子们最后会完全褪去婴儿的模样吗？又或许，无论孩子多大，父母依然能够看出他刚出生时的可爱面庞？

我想起那时候，我们刚把双胞胎从医院接回家，我和艾莉森总是趴在婴儿床边，看着他们呼吸。大部分时候，我们这么做，是出于一种刚刚为人父母的患得患失，总想确认一下孩子还好好的。不过，我觉得还有一部分原因是想感受一下这份难以言喻的奇迹，这是我们亲自创造的。

想想他的成长过程，实在妙不可言。从我第一次听到他跟他妹妹的心跳和鸣，到他在妈妈的肚子里长到八个月大，再想想他现在竟然能做这么多复杂的事情，甚至念旧到非得穿着小到不行的睡衣，我简直觉得难以置信。

我也忍不住想，不知爱玛正在做什么？此刻，她也在睡觉、流口水吗？她身上穿着什么？她的小胳膊摆出了什么姿势？我太思念她了，觉得胸口一阵绞痛。我也想看着爱玛那可爱的小圆脸，同样惊叹她曾经是那样小的一个宝宝，如今却长成了一个小女孩儿，而将来呢？我祈祷着，祈祷着，只盼她能长成一个亭亭玉立的大姑娘。

一道闪电从天而降，紧随其后的是一阵轰隆隆的雷声。我一下从幻想中回过神来，赶紧走到墙边按下开关，关上了屋里的灯，免得萨姆醒过来以后看到爸爸的那副怪模样：一边掉眼泪，一边盯着他。然后，我又走到他的床边，给他盖好被子，轻轻地在他的额头上吻了一下。当我离开房间时，他睡得正熟。

屋外，暴风雨在肆虐。倾盆大雨洗刷着整栋房子，树木在狂风那神秘莫测的节奏下来回地摇摆。不远处，一群野狗在风雨中咆哮，用它们独有的方式对抗着大自然的狂暴。

我蹑手蹑脚地回到了我们的卧室，结果发现有一个身影正坐在宽大的窗台上，望向外面的狂风暴雨、电闪雷鸣。

“你来了。”艾莉森说。

“嗯。”

“萨姆呢？”

“睡了。”

“他叫你陪他一起睡了？”

“没有。是我给他念故事的时候自己睡过去了。”她轻轻地笑了。

“我能过来跟你一起坐会儿吗？”

她立刻直起身子来，在背后给我腾了个空。等我坐下以后，她便将身体挤进我的两条腿中间，背靠着我的胸膛。我用双臂圈住了她。

“总体来看，他真的很坚强，”她说，“我是说，他确实有那种……我不知道怎么说，说是忧郁也好，伤心也好。那种时候你能看出来，他在想她，在思念她。但其他时候，他表现得很正常。”

“你觉得这是一种大人的适应能力，还是一种孩子的天真无知？”

“也许二者皆有吧。”她说。

她正要再说些什么，突然又一道闪电划破了夜空，短暂地照亮了我们家的院子、河滩和远处的河流。等到随之而来的雷声消散以后，她说：“你为明天做好准备了吗？”

“准备好了。”我说。

“我不是说开庭的事，我是说——”

“爱玛的事，我知道。”我说。

这已经不是她第一次提起交换人质的话题了。我们一致认为，在放走萨姆的时候，对方之所以那么痛快是有理由的。他们把儿子迅速地还给了我们，因为他们手里还有我们的女儿，而且他们还有需要我做的事情。

可现在情况不同了。截然不同。一旦判决下达，我对他们来说就毫无用处了，爱玛也是一样。而且，对绑匪来说，她还会成为一个隐患。如果他们被抓住，爱玛的证词将会对他们极为不利。所以，我必须等到爱玛平安地回来才能给出判决。这件事我们已经谈过许多次了，我以为她又要旧话重提。

然而，她只是说："成败在此一举。"

"我知道。"

她转过头来，看向我的眼神难以形容。我从来没见过她如此严肃。

"这些人，他们不会轻易就把我们想要的给我们。我们必须自己主动去争取，我们必须不惜一切代价把她救回来。"

我没有回答。我望向窗外，看着这场早秋的暴雨疯狂地倾泻在约克河上，泛起了阵阵白浪。

"不惜一切代价。"她最后又重复了一遍。

那天夜里，我断断续续地睡了几个小时。凌晨四点左右，我起来上厕所。从洗手间返回卧室时，我的心脏便已经开始剧烈地跳动，仿佛胸腔里也在电闪雷鸣。我又回去躺了大概十五分钟，不停地自我安慰说还能再睡一会儿。最后，我实在躺不住了，便起身下楼去煮了一壶咖啡。

太阳终于还是无情地从东方的地平线上升起了。我坐在屋后的门廊上，思考着我跟艾莉森的谈话，以及她看向我的严肃目光。毫无疑问，我跟她一样清楚我们的最终目标，但问题是我并没想好该如何跟绑匪进行交换。

也许在其他司法管辖区，情况会有所不同。但在弗吉尼亚州东部法院，我们依然需要将判决提交归档，就像沃尔特·E. 霍夫曼本人当年的做法一样。至少这类大案子的判决是一定要提交归档的，即需要由法官亲笔签署一份纸质文件，然后送交职员办公室，最后再提交给档案管理员。

到了这一步，接下来的操作就又开始利用二十一世纪的高科技了：档案管理员将这份文件扫描，归入电子档案管理系统，当事双方的律师会以电子邮件的形式收到这份文件的电子版，而新闻媒体则可以自行下载 PDF 版，等等。

但是第一步，也是最关键的一步，仍然需要最原始的操作。我必须亲自提笔在纸上写字才能算数。在联邦司法体系中，这才是我唯一真实的权力。

我一定要将这个权力保留到最后一刻。

签字这个步骤很简单，真正复杂的另有其事。我估计绑匪肯定不愿到法院附近来，毕竟那是一栋由法警保卫的联邦大楼。他们肯定会要求在别的地方进行交换，比如在一个他们认为较为中立的地盘。但是，那份文件却必须在法院里进行签署，可法院显然不是什么中立的地盘，而是我的地盘。

因此，这显然是一个悖论，几周来我一直在仔细考虑这个问题。我又喝掉了一壶咖啡，太阳也升得更高了，可我还是没有想出解决方案。最后，我只得放弃了，进屋开始为接下来的一天做准备。我先快速地浏览了一下电子邮件，想最后再确认一下杰布·拜尔斯有没有通知我司法委员会的介入并要求我停止审理案件。不过，什么都没有，我依然是安全的。

我吻别艾莉森和萨姆，很快驾驶着自己的别克汽车开上了那条长长的车道。等开到尽头准备驶上公路时，我抬头看了看天空，心中一下子充满了不祥的预感。

一般情况下，我是不太相信什么征兆或迹象的。我不相信电台放的某一首歌是为了向我传达特定的信息，我也不认为彩虹除了表示天空中有水滴之外还有别的什么含义。就算我愿意，我也没有能耐从杯底的茶叶中看出未来的走向。可是，在驾车转上公路之前，我最后瞥见了一小群秃鹫在空中盘旋。它们很可能正是啄食过赫伯·思里夫特尸体的那一群秃鹫。

63

自上次小女孩儿逃跑风波后，弟弟就彻底丧失了仅剩的权力。现在，哥哥才是万事做主的老大。

最近的这次任务也不例外，哥哥非得说第一回完成得不好，硬是逼着弟弟返工。说真的，弟弟还能有别的选择吗？他只好一吃完早饭就拎着铁铲出门了。他穿着长裤长袖，戴着手套和帽子。等这桩工作全部完成以后，他们要去个有沙滩和阳光的好地方，那儿还会有便宜的酒水和廉价的妓女。所以，现在他可得把自己包裹严实了，万一等会儿在森林里碰到什么毒虫毒草，那他度假的第一周就得在抓挠皮疹中度过了。

外面的空气非常清新，仿佛昨夜的暴雨按下了世界的重启键，一切都干净如初。他深深地吸了一口气。头顶上清晨的天空晴朗无云，只有几道纤细的飞机尾迹交叉在一起。他找到那棵做了标记的松树，便从这里进入了森林。他丝毫不在意脚下潮湿的泥土，径直朝着日出的东方走去，一边走一边数着自己的步子。走了一百步，他看到先前被自己交叉叠放在一起的那两根横木。这说明他没有偏离路线。又走了一百步，他发现自己留下的第二个标记，那是两棵小树，被他连根拔起来摆在了地上，指着路线前进的正确方向走到三百步时，他便到达了目的地。照这个方式走，最多只偏离了几英尺。已经进入了森林的深处，能找到地方就不错了。

他向下爬进自己昨天挖的坑洞里，双手抓牢铁铲，开始干活儿。其实，他已经挖到地下水位了，不过这片气候原本就十分潮湿，地下水位并不是很低。所以，哥哥叫他挖得再深一些。

弟弟不停地忙活着，一铲一铲地挖出脏兮兮的泥土。他已经挖到没有树根的位置了，先前那些树根可给这个挖坑的活儿添了不少麻烦。他继续向下挖，直到地下水没过了自己的膝盖。这回可够深了吧！他向上爬出坑外，最后又欣赏了一眼自己的杰作，然后便十分满意地朝房子走回去，想赶紧洗个澡。

要是哥哥还嫌这个小女孩儿的坟墓太浅，那就让他自己来挖得了。

64

今天早上，员工通道处有两名警务人员。其中之一是个大块头的家伙，我对他不是很熟悉，因为他通常是在治安法官的法庭执勤的。另一个则是本·加德纳。我先跟那名大个子打了个招呼，然后便对本点了点头。

“早上好，法官阁下。”他说。

我穿过了那道从来就没响过的金属检测门，从 X 光检测仪的传送带上取下了公文包，准备像往常一样径直朝电梯走去。

这时，本说：“法官阁下，如果可以的话，我送您到内庭吧。”

“啊，好的，当然可以。”我感到有点儿困惑。

“四楼已经有不少人了，我们想确保不会出现什么问题。”

他跟我一起上了电梯。等电梯门一关上，他就清了清嗓子。

“我知道您今天会很忙，”他说，“不过我估计要不了多久我就能把指纹检测的结果给您了。”

“那太好了！”

“我朋友说他今天上午就会在数据库里进行搜索，如果有匹配的结果，那么大约午饭时分我就能将姓名报给您。”

“太谢谢了，真的。”

“不用客气。”他说。

电梯减速，停在了四楼。我以为本只是为了跟我单独交谈而找了个借口说四楼人多，可是他说得没错。电梯门刚一打开，我就听到了嘈杂的交谈声。

走下电梯，就像一脚踏入了一场盛大的惊喜派对，而众人却还没发觉派对的主持人已经到了。听起来，至少得有一百个声音在同时讲话。上至天花板，下至水磨石的地板，处处回荡着喧闹声。

这感觉非常古怪。法院大楼的四层通常都静得像陵墓一样，跟热闹毫不沾边儿。可是，现在这里却到处都是身着丝绸衬衣的女人和穿着定制西装的男人，他们或靠在墙上，或三三两两地聚集在走廊上。法院不允许他们将移动设备带进来，因此他们别无选择，只能站着聊天儿。虽然其中有几个人的衣着并不像其他人的那样昂贵，但他们的说话声却同样很大。这些人应该就是记者了。

“我来带路。”本在一片嘈杂声中大喊着说道。

我跟着他走进了闹哄哄的人群，让他选择穿过去的路线。大部分人对我并不关注，虽然有个法院警务人员给我带路，但我看起来只是又一个穿着西装的家伙罢了。不过我发现，有一些人突然转头看向了我，至少还是有几个人在我经过的时候认出了我。

这一大群人都是谁？我能理解记者的出现。不过其余的人看起来却像是……投资银行家。

原来如此。

阿波提根案的每一次风吹草动都会给阿波提根的股票价格带来相应的影

响。这些人都是投资分析师和对冲基金[1]的职员，他们的工作就是判断像阿波提根这种股票的未来走势，然后根据情况来下注。如果他们认为股票会涨，那就赶紧低价买入；如果他们认为股票会跌，那就迅速准备做空。

他们的预判都是基于搜集到的信息，而我的法庭突然之间就成了阿波提根股价近期走势的最佳信息来源地。如果在原告方发言时，我不赞同地皱了皱眉，那么阿波提根的股票价格就会上涨 50 美分。如果我驳回了被告方提出的反对意见，那么阿波提根的股票就会下跌 50 美分，或者 20 美分，或者 1 美元 40 美分，等等。因此，他们知道，在九月份的最后一个周五上午，尊敬的斯科特·桑普森法官大人的法庭里有钱赚。结果，法院大楼四层的走廊仿佛一下子就变成了赌场大厅，一场高赌注的赌局即将拉开序幕。但他们并不知道，这场赌局早已被人动了手脚。

随着九点临近，走廊里的人越来越多。虽然现在还来得及将我撤换下来，但杰布·拜尔斯和司法委员会依然没有发话。

距离开庭还有半个小时，我让手下的职员打开了主法庭和第二法庭的大门，好给大家抢占座位的时间。还剩下十分钟时，我便开始做出庭前的最后准备。梳头发，穿法官袍。我查看了手机，但并没有收到绑匪的指示。然后我将手机塞进了口袋。虽然这段时间以来，我总是感到非常疲倦，但现在我的一举一动却轻快敏捷。也许这场噩梦终于能结束了。

怀着这样的希望，我走出了办公室。以前都是杰里米等着迎接我，他会替我检查一番，然后再说几句鼓励的话。但此刻，他却没有出现。

"珍·安说大家已经各就各位了。"史密斯夫人通知我。

"好，"我说，"开始吧。"

法院的警务人员在前面开路，我再次穿过那条已经走了数百次的过道。

当他打开大门时，那份熟悉平常的感觉一下子就荡然无存了。我的法庭大部分时候都没几个人，而此刻却坐满了前来旁听的男男女女。我不仅能通过耳中叽叽喳喳的声音听到他们的谈话，而且甚至能亲身感受到他们的存在。

[1] 对冲基金（hedge fund）：全称"风险对冲过的基金"，又称避险基金、套期保值基金，是投资基金的一种形式，指金融期货和金融期权等金融衍生工具与金融工具结合后，以营利为目的的金融基金。

跨进门槛儿时，我仿佛一头撞上了由众人的呼吸汇成的巨大风墙。

“全体起立！”法庭职员喊道，接着她不得不又重复了一遍，因为第一遍的声音不够大，没什么效果。

在这名职员高喊出那声传统的开场白时，我环顾着整间法庭。被告方的律师团占领了左边的位置，这多半是由于他们人数太多，安排在左边可以借用陪审团的席位，方便所有人落座。右边是罗兰德·希曼斯，旁边站着蓄了长胡子的丹尼·帕尔格拉夫和来自“克兰斯顿与希曼斯”事务所的两名助理律师。

隔板外，是六排旁听席，一眼望去真可谓人山人海。我看到了对冲基金天才安迪·惠普尔，也就是我姐夫的老板，我曾在电视上见过他，所以能认出他的面孔。他坐在后排，挨着过道。

我还看到了史蒂夫·波利蒂那查理·布朗般圆圆的光头，他坐在第三排。而巴纳比·罗伯茨则坐在第一排，雪白的头发依然剪成了毛头小子的发型，他越过自家庞大的律师团向前张望着。

此外，有一个人的出现是我没有料想到的，那就是布雷克·富兰克林。他那宽肩阔胸的壮实身板就坐在后排的一个位置上。他肯定已经注意到我的目光了，因为他在对我微笑。然后，他眨了眨眼睛。我不太清楚他眨眼的意思究竟是在为我加油，还是表示他完成了我拜托的事情。但无论如何，他的出现都让我觉得十分感动。

那名法院职员结束了抑扬顿挫的开场白，并且祈求上帝保佑我们这个光荣的法庭，接下来，我便落座了。法庭中的其他人也纷纷坐下，木制的长条椅在他们那或沉或轻的体重下发出“嘎吱”、“嘎吱”的声响。

我有条不紊地将需要写入庭审记录的内容说了一遍。我们的样子总是看起来高人一等——穿着法官袍，面前有张硕大的桌子，坐的还是这法庭上最高的椅子——于是人们也就自然而然地认为高高在上的法官是不会紧张的。

其实，我们当然会紧张。尤其我现在面对着这么一大群人，口袋里还装着个像定时炸弹一样的手机。我一边说，一边留心听着自己的声音。尽管我已经反复练习过了，但我的语气还是显得犹犹豫豫、迟疑不定。虽然如此，我还是努力完成了这番必须说的废话，推动庭审进入了开庭陈述环节。此前我已经跟双方律师沟通过了，我建议他们各自的开庭陈述不要超过二十分钟。然后，我便让原告方先进行陈述。众人都屏住了呼吸，法庭里的气氛变得紧张起来。

这场世纪听证会终于正式拉开了帷幕。

65

罗兰德·希曼斯站起身来，显得非常高大。坐在第一排的人都得向后仰着脖子才能看到他整个人。他面无表情地走向了中间的发言台，将一份皮革文件夹放在台面上，整理了几页纸，然后便抬起头来看着我。

“早上好，尊敬的法官大人。”他用十分低沉的声音说道。

“早上好，希曼斯先生。”

然后他低下头看着自己的讲稿，开始复述基本案情。当年，丹尼·帕尔格拉夫独自在家中的实验室工作，一直在研究一种当时鲜有人知的蛋白质，该蛋白质名为 PCSK9。他假设该蛋白质与糖尿病有关，由于深知糖尿病所带来的巨大危害，他经过努力合成了一种能够阻碍摄取该蛋白质的物质。

任何一个明智的科学家在这种情况下都会申请专利来保护自己的发明创造的合法权益，帕尔格拉夫也不例外。希曼斯列出了这项专利的申请日期，并叙述了它的审批步骤。这一部分陈述内容十分枯燥无味，直接从美国专利局的网站摘下来都行。

希曼斯接着便以非常简洁的方式讲明了自己的主张：帕尔格拉夫拥有 PCSK9 抑制剂的合法专利权；阿波提根制药公司企图将 PCSK9 抑制剂投入市场；因此，阿波提根制药公司此举是在侵犯帕尔格拉夫的专利权。

我原本以为，这时候他的发言会开始升温了。比如提醒我法律不仅仅保护主流的制药业巨头，而且也保护孤独的创新探索者；比如甩出一堆托马斯·爱迪生[1]或者乔治·威斯汀豪斯[2]的例子，凭借某个切入点打动听众，等等。没错，

[1] 托马斯·爱迪生（Thomas Edison，1847—1931）：美国发明家、商人，有过许多对全世界产生了重大影响的发明，包括留声机、电影摄像机以及耐用型电灯泡等。

[2] 乔治·威斯汀豪斯（George Westinghouse，1846—1914）：美国企业家、工程师，发明了铁路气闸，是一位电气工业时代的先驱，19 岁时就获得了自己的第一项发明专利。

这的确只是一次听证会，但他理应使出浑身解数想尽一切办法来争取法官的青睐。然而，他居然说了声“谢谢”然后就回去坐下了。他用的时间还不到我规定的一半。

法庭中掀起了一阵骚动。希曼斯的逻辑向来是直截了当、简洁明了的。但这次发言实在有些平淡，这让我感到非常震惊，而且显然也令旁观的众人讶异不已。这次开庭陈述本该成为他律师生涯的一场重头戏，然而却显得如此僵硬呆板。难道他对自己的主张颇有自信，所以觉得无须润色修饰了吗？也许吧。有时，如果案件的审理方不是一个多愁善感的陪审团，而是一名疲惫不堪的法官，那么采取低调朴素的方式也未尝不是一种策略。

“谢谢，希曼斯先生。”我说，“好，沃思先生，请吧。”

被告方的首席辩护律师站起身来，走向方才希曼斯站的发言台。他的步履适中，走得十分沉稳。他将双手背在身后。他没有带任何讲稿。

“尊敬的法官大人，”他开口道，“如果我说我有一项自行车的发明专利，而美国专利局也将其作为自行车的发明专利归档了。可是，该专利中描述的自行车有四个轮子、一个发动机和一个可以割草的圆形锯片。那么，我真的拥有自行车的发明专利吗？不，法官大人，我拥有的是割草机的发明专利。

“将这个比喻用于本案也许还太过简单化了。众所周知，科学要复杂得多。科学钻研的是肉眼所不可见的事物，是我们无法凭借直观感受来理解的事物，比如氨基酸链和肽键。在一个大型的分子结构中，多两个碳原子又有什么关系呢？对于我们这样的门外汉来说，也许没什么大不了的。可是对于那些毕生从原子层面来研究世界的人而言，这就好像在说：‘多两个轮子怎么了？’

“正如我刚才所说，这个比方甚至都有些机械，不足以显示这种差别在科学世界中的真正意义。我希望法官大人还能记得一些高中的化学知识，反正我是都忘得差不多了，事先还特意复习了一番。不过，在处理接下来的细节问题并聆听诸位来自科学领域的杰出人物发言时，您只需记住一个非常简单的概念，那就是：原告的主张相当于声称自己拥有自行车的发明专利，但实则拥有的却是割草机的发明专利。”

这时，我看到安迪·惠普尔扭过头去，开始冲着身后的大门打手势。一想便知，这些应该是交易指示。肯定有人在门口等着看他的手势，然后便跑到法院外面打电话传达他的指令。

“我知道您也许正在想，这怎么可能？”沃思继续说，“法官大人，您将会听到原告说他自己有多么聪明，而且我并不否认这一点。丹尼·帕尔格拉夫的确是一位聪明绝顶的科学家，但智者千虑，必有一失，聪明人也会犯错误。丹尼·帕尔格拉夫以为自己研究的就是 PCSK9 蛋白质。如果您将他跟测谎仪连在一起，问他是否发明了 PCSK9 抑制剂，他会作出肯定的回答，而且还能顺利地通过测谎。然而，真正的答案是否定的。他所研究的那种蛋白质，虽然跟 PCSK9 非常相似，但并非 PCSK9。这两种蛋白质看起来几乎就像发型稍有不同的同卵双胞胎一样。他们也许有很多共同之处，也许很难区分开来，但他们仍然不是同一个人。”

沃思继续详细地阐明为何阿波提根制药公司才是 PCSK9 抑制剂的合法发明者，我扫了一眼原告席，想看看沃思这番正中要害的发言究竟是否有事实依据。丹尼·帕尔格拉夫直直地盯着前方，面无表情，但他的律师的神态却说明了许多问题。高大如猛犸象般的罗兰德·希曼斯此刻正在座位上畏缩着身子。

当然，这只是个开庭陈述而已。我曾经也见过开庭陈述一边倒，可结果却截然相反的听证会。沃思仍然需要通过优势证据[1]来证明自己所言非虚。没有哪个法官会仅仅听了开庭陈述就妄下决断。

然而，进入论证环节后，希曼斯要求帕尔格拉夫起立做证，可帕尔格拉夫看起来却显然心神不宁。希曼斯先问了一些容易回答的问题，让他的委托人谈了谈自己作为一名科学家的背景和资历。帕尔格拉夫欣然讲述了自己从少年天才一路走来的辉煌历史。然后，希曼斯便转换话题，开始就本案涉及的这项发明提问。他事先把问题都设计好了，此刻帕尔格拉夫只需要顺杆儿爬就行。

不出所料，帕尔格拉夫有时确实会卖弄学问，但大多数时候，他的回答还是流畅明晰、令人信服的。等到他回答完毕，原本倾向被告方的法律天平又稍稍恢复了一些平衡。接下来，沃思走上了发言台，准备开始发问。他的手里拿着一张纸和一支铅笔。“尊敬的法官大人，请问我能否靠近证人？”他问。

“可以。”

[1] 优势证据（preponderanceof the evidence）：即显示待证事实存在的可能性明显大于不存在的可能性的证据。

沃思不紧不慢地走向帕尔格拉夫，将纸笔放在了他的面前。“帕尔格拉夫先生，请问您能不能将您的专利中所提到的那种蛋白质画下来？”

希曼斯立马就蹦了起来：“反对！尊敬的法官大人，这纯粹是哗众取宠！我的委托人是科学家，又不是画家！”

“尊敬的法官大人，我们并非是想苛求什么艺术技巧，”沃思反驳道，“只是，如果帕尔格拉夫先生都不能把他研究的这种蛋白质粗略地画下来，那我们怎么能肯定他是否知道自己研究的究竟是什么？这正是我们讨论的关键所在。如果帕尔格拉夫先生需要的话，我有一份这项专利文件的复印件。他大可以参照这份复印件来完成绘制。”

我点了点头。“反对无效。希曼斯先生，我完全明白帕尔格拉夫先生来这儿不是为了展示绘画能力的，而且我充分理解这是徒手作画。因此，本法庭将允许合理误差的存在。沃思先生，请勿过分挑剔，否则我是不会容忍的。”

“绝对不会，尊敬的法官大人。”沃思说。

希曼斯坐下了，脸上明显露出了不满的表情。

“帕尔格拉夫先生，你是否需要参照专利文件或自己的笔记？”

“不用。”他冷冷地说。

“那就请按照沃思先生的要求开始吧。”

帕尔格拉夫恼火地看了我一眼，然后便低下汗涔涔的脑袋，开始在纸上画起来。沃思回到了发言台旁，冲自己的一个助理律师点了点头。那是个身着女式西装的年轻女人，得到沃思的示意后，她便立即从包里掏出来一个可折叠的大画架，将其展开。

数分钟过去了。坐在旁听席上的人来回地调整着重心，一会儿交叠着双腿，一会儿又平放着双腿，长条椅发出“嘎吱”、“嘎吱”的声音。我很想探头张望一下帕尔格拉夫画得怎么样了，不过好歹还是忍住了。等到终于画完以后，他把那张纸递向沃思。可是，这位被告辩护律师却一动也不动。

“实际上，帕尔格拉夫先生，您能否让法官大人看看您的作品？”

帕尔格拉夫便转向了我，抓着那张纸伸出手来。法庭的警务人员立即走过去，将那张纸拿过来递给了我。

我研究了一番，但实在瞧不出什么名堂来。我还不如去看猜字游戏呢！

这上头全是乱七八糟的字母，字母之间用一条或两条线段连接。我从头到尾看了一遍，点了点头，又让警务人员把它还给了帕尔格拉夫。

“很好，谢谢您。”沃思说完，便冲那个年轻的助理律师点了点头。她立刻展开了一张标题为“PCSK9”的大图表，将它钉在一块泡沫板上，然后放到先前准备的画架上摆好。

“尊敬的法官大人，一会儿您将听到我方科学家的证词，证明这才是我方理解的 PCSK9 蛋白质，”沃思说，“之后，我们也会邀请相关领域的独立专家出庭做证，证实这才是 PCSK9 蛋白质的正确结构图。本结构图已于上周发送至您的内庭，列为第五十八号辩方证物。”

“好的，谢谢你。”我说。

“帕尔格拉夫先生，现在我想请您注意图表的这一部分，尤其是这一组元素。”说着，沃思非常熟练地用激光笔指向那张图左上角的一处地方。

帕尔格拉夫咕哝起来。

“帕尔格拉夫先生，您能否告诉我，在您画下的结构图中，这个位置是否包含一个碳原子？”沃思问。

激光笔笃定地指在了一个无辜的字母“C”上。帕尔格拉夫眯起眼睛看着那张图表，整个法庭变得一片寂静。我能听到帕尔格拉夫的呼吸声，那声音听起来非常沉重，好像在大喘气似的。他在座位上挪动了一下身体，椅子上包裹的皮革发出了吱吱呀呀的摩擦声。法庭里所有的目光都聚焦在帕尔格拉夫身上，真相揭开的时刻已经到了。

“帕尔格拉夫先生，您画的结构图中，这里究竟有没有一个碳原子？”

帕尔格拉夫的喉结在上下颤动，他舔了舔自己的嘴唇。

“没有。”他用嘶哑的声音说道。

这个词刚从他的嘴里冒出来，惠普尔便立刻开始打着激烈的手势。有几个身着西装的男人显然考虑得不够周到，并没有安排专门跑腿的人，此刻他们只得从旁听席上奋力挤出来，争先恐后地朝法庭后部的大门冲去。

如果说整个法庭此前一直笼罩着一层迷雾，那么现在仿佛到处都亮起了真相大白的小灯泡，我也恍然大悟，原来帕尔格拉夫犯下了一个不幸的错误。他对自己的才华过于自信，对别人的水平过分低估，因此他不愿与人相处。

结果，他便一个人孤独地做着研究工作，无人能向他指出这个低级的错误。

他只管闷着头向前冲，就像一名数学家下定决心要完成一次复杂细致的理论证明，可惜他没有意识到自己在第一步就算错了数，于是后面的一切工作也就意义全无了。

我突然理解他上周为什么会失踪了。在准备证词的时候，他首次看到了第五十八号辩方证物。他意识到了自己犯下的错误，却不敢承认，而是羞愧地躲了起来。当时，帕尔格拉夫很可能让希曼斯提出撤诉。可是，这位律师却想方设法地把自己的委托人劝回来了。他这样做有两个原因：第一，我威胁他如果不把原告找回来就判他藐视法庭；第二，虽然机会渺茫，但阿波提根制药公司依然有可能会甩出几百万美元打发他们走人。此前，也有一些和解谈判会拖到开庭的前一刻才进行，当事双方简直是站在法院大楼的台阶上达成和解协议的。因此，不到最后关头，就不能放弃庭外和解的希望。

然而，期待中的和解谈判并未出现，怪不得希曼斯的开庭陈述是如此平淡无味。他心里知道，自己不可能赢得这场官司。但他今天还是得到法院来看看事态进展，毕竟午休时间也有可能达成庭外和解。他还抱着一丝希望，心想也许在论证环节会出现对帕尔格拉夫有利的情况，导致巴纳比·罗伯茨紧张不安，最终寻求和解。可是，这最后的希望如今也破灭了。

在场的其他人似乎也意识到了这一点。法庭后排有大批听众起身离开，一时间人头涌动、四散而去。如今证据确凿、无可辩驳，这件案子也毫无悬念了。

金融界已经得到了判断市场风向的足够信息：丹尼·帕尔格拉夫完蛋了。

66

沃思对帕尔格拉夫的盘问可以说将他一步步逼入了绝境。

这下，我比先前更加糊涂了，完全搞不清楚到底是谁绑架了我的女儿。希曼斯和帕尔格拉夫在这个案子中显然处于劣势，因此他们完全有理由试图通过其他手段来获胜。然而，从他们递交撤换动议的那一刻起，他们就已经没有嫌疑了。而且现在看来，阿波提根制药公司及其代理律师们的绑架动机更是微乎其微。他们明知会胜诉，又何必铤而走险呢？

到了11:40，帕尔格拉夫终于得以离开证人席，我宣布提前开始中午的暂时休庭。对于参加听证会的人而言，这似乎是一个小小的仁慈之举。

然而，我之所以这么做，是因为心里还惦记着本·加德纳答应给我的指纹检测结果。我匆匆赶回内庭，将法官袍换下来。我刚走出自己的办公室，就看到布雷克·富兰克林出现在内庭的门口。

“嘿，我正好是来找你的。”他不紧不慢地说道，声音里带着一如既往的轻松语调，“你有空吗？”

我当然没有。但我之所以还没有被赶出法庭，全是布雷克的功劳，因此我说：“当然有空，进来吧！”

他轻快地走进了我的办公室。

门一关上，我便说：“我欠你一个天大的人情。”

“嗯……那可不一定。”

“坐吧，随便坐。”

“不，不，我真的不想占用你太多的时间。我知道你很忙。”

布雷克就这么站着，看起来局促不安。这时，他胸前口袋里的手机响了。

“抱歉，我先把这玩意儿的声音关了。”他说，“我跟楼下的那些家伙说，我必须得把手机带进来，因为这事关国家安全。”他笨手笨脚地摆弄着那个手机，好不容易才让它安静下来，然后他便将它塞回了口袋。

“那么情况如何？”我问，“吉思那边怎么样了？跟我说说吧。”

“呃，听着，我也不知该从何说起……我……坦白讲，我没想好该不该告诉你。不过，你以后很可能还是会知道的，我不想让你因为我做的事情而生我的气。”

“布雷克，你在说什么？”

“我原本想用那种‘哥俩好’的方式来处理这件事。你也知道，就是找一找吉思的黑历史，然后以此为筹码跟他讨价还价。我本来以为，一个整天摆弄玩具火车的成年人，衣柜里总会藏着一两副见不得人的骨架吧，要不也该藏着个越南少年什么的。结果，他的个人经历十分干净，根本无可指摘。所以，我便提出了一笔令他无法拒绝的交易。”

“什么交易？”

“如果他停止对你的追查，那么作为回报，我将保证他们党在十一月的竞选中能白捡一个参议院的议员席位。”

“可你怎么能保证……”我刚一开口，就猛地想通了个中内情，但我实在不愿相信，“等等，布雷克，哪一个参议院席位？你的？”

“下周一，我会正式宣布，虽然我一直热爱为弗吉尼亚州的人民服务，但我将退出竞选，不再谋求连任。”

在其他情况下，如果布雷克表达了类似的意思，那他肯定是在开玩笑。他是个喜欢黑色幽默的人，这种退出政坛的话，他一周能说上三回。

可眼下他不是在开玩笑。

“不！布雷克，你不能——”

“我当然能。你说过，这件事生死攸关，而且牵涉到你的家庭，不是吗？”

“没错，可是我没有——”

“好，那就不用再说了。”他说，“孩子，我的任期已经长得够呛了。在两党之间辗转连任了三届议员，这已经不是一份事业了，而是一个见鬼的奇迹。实际上，我只是个想把事情做好的人，我从来不觉得，如果共和党人认为天空是蓝的，那么民主党人就必须认为天空是绿的。像我这种人，在政坛上根本就是恐龙，如今也到了该灭绝的时候啦。”

“不，不，布雷克，打住！这太不合理了！我不需要吉思永远不追查我，你只要拖住他几天就行。等到了周一，你就赶紧给他打电话，告诉他你改变了主意。到时候我就有能力自己出面解决问题了。你不能……我是说，谢谢你，但是我绝不能让你为我做出如此巨大的牺牲，你又不欠我什么！”

“噢，可我确实欠你的。”

他伸出一根手指，轻轻地在我胸口点了点，那正是我中枪的伤口。

“噢，等等，就因为这个？布雷克，我又不是跳到你面前替你挡了子弹。我跟其他所有人一样，都慌着往旁边躲。这只是一次愚蠢的意外。你完全不需要因此感到内疚。退一万步讲，就算你真对我有所亏欠，那你也帮我得到了现在这份工作。我们很早之前就已经两清了。”

他摇了摇头。“听着，我知道现在不适合说这些，”他说，“但似乎永远都没有合适的时候。自从……自从那件事发生以后，我……我一直都想告诉你。可直到现在，我都……我都不知道该怎么说。”

一向能言善辩的富兰克林议员讲话居然会磕磕绊绊、毫无底气，这实在是太不寻常了。我惊讶得甚至忘记了说话。

“那一枪，”最后他说，“不是意外。那一枪的目标就是你。”

“你在说什么？”

“当初我们将那份枪支法案的文件分发给国会议员，想要获得他们的支持，你还记得吗？”

“当然记得。”

“嗯，在我们公开宣布这项法案之前，我就已经知道它会完蛋。那时候我已经明确地知道了有哪些反对力量，而且也知道了他们将会采取的反对措施，权衡之下，这项法案根本就不可能在国会得到通过。可我……我太固执了，我还是坚持要将它公布于众。我真的以为，一旦大家看到这个法案有多么……多么合理，你将它写得有多么完美……我以为公众的支持会如潮水般涌来，到时候国会的成员就别无选择，只能拥护这项法案了。”

“布雷克，这并不意味着你有责任——”

“就在新闻发布会的前一天，”他无视我想插话的意图，继续说道，“我接到了一通电话，是从匿名手机上打来的。我不知道这个人怎么会连我的号码都弄到手了，但他的确对一切都了如指掌。国会里的每个人都知道，是你起草了那份法案，而这个人，他说如果我坚持要公布这项法案，他就要……他就要……”

布雷克艰难地吞咽着口水，然后重重地叹了一口气：“他说，他要对你开枪。他说得非常具体。他说：‘如果你敢召开那个新闻发布会，我就给你的好孩子斯科特·桑普森的心口来上一枪。’我以为这只是一番虚张声势的胡话，而且我不想显得自己被吓住了。我不愿受人威胁、任人摆布……总之，都怪我太傲慢自大了，事实就是如此。愚蠢、严重的傲慢。我真的以为没人敢对我或者我身边的人动手。我可以让你别去参加那个新闻发布会，我可以叫你事先穿一件防弹衣，我可以告诉警察多加留意。我可以做的事情有很多很多，但我一件都没做。我就只管一股脑儿地向前冲，就像那句话说的，‘去他的鱼雷，全速前进！[1]'我心里只想着自己和愚蠢的虚名，根本无暇他顾。

“结果，那个疯子真的说到做到了。我……我对自己的行为感到非常羞愧，我居然就这样听之任之，没有采取任何措施。我甚至都不敢把这件事告诉任何人。我没有告诉你，也没有告诉联邦调查局。我太害怕了，害怕别人会怎么看待我。”

“布雷克，那你也不用自责——”

“不，你听我说完，”说着，他的脸上迅速地闪过了一抹淡淡的微笑，“我知道你现在是法官了，你已经习惯了命令人闭嘴。不过我也还没从议员的位子上退下来，所以我还是有点儿职权可以滥用一下的，对不对？

“我想说的是，你对我来说就像自家的孩子一样。当时如此，现在也是如此。当初，做一件简单的小事就能保护你，而我什么都没做。如今，要做一件不那么小的事情才能保护你，可我一定要做。这并不是因为我欠你什么，而是因为这样做才是正确的。这件事我们不再讨论了，到此为止。来，过来。”

他伸出手，给了我一个拥抱。

布雷克说的这番话以一种难以言喻的方式改变了我的人生。我需要多花上一些时间才能弄清自己的感受，才能判断我和布雷克的关系因此受到了怎样的影响。但此刻，我只知道他愿意放弃自己在这片土地的最高立法机关中的地位，放弃荣耀与权力。他为我的女儿带来了一线生机，若非如此，她肯定活不成了。我希望有朝一日我能告诉爱玛，她的教父就像天使一样守护着她。

“布雷克，我都不知道该从何说起了。”我开口道。

“那就别说了。我告诉你这个，不是为了让你回答我什么。我只是想把积压在心头的一切都说出来。好啦，如果你不介意的话，老头子我就不再拉着你这个大法官絮叨了。我走了，不用送。”

他拍了拍我的肩膀。我还没想好该说些什么，他的背影就已经消失在办公室门口了。我在原地又呆呆地站了一分钟，试着想象了一下以后的日子，布雷克·富兰克林将不再是我的“议员阁下”了。接着，我一下子回过神来。

[1] 去他的鱼雷，全速前进！（Damn the torpedoes! Full speed ahead!）：这是美国海军将官大卫·法拉格特（David Farragut，1801—1870）在莫比尔湾战役中鼓舞士兵前进的一句命令，有些“明知山有虎，偏向虎山行”的意味。

我可以日后再考虑议员大人布雷克变成普通市民布雷克的问题，眼下我得抓紧时间去拿指纹检测的结果了。

走廊里几乎都空了，只有一小群人在等着搭电梯下楼。我不愿意被一伙陌生人盯着看，而且也不希望别人注意到我跟本·加德纳碰面，于是我便去走楼梯了。下楼的时候，我从口袋里掏出手机看了一眼，确保自己没有错过什么信息。我以为绑匪早就会联系我了。当初在斯卡夫朗一案上，他们给我发了多少次短信啊！相对来说，这一回未免也太安静了，让我有些紧张不安。虽然我很讨厌收到他们的指示，但是完全没有音信反而更糟。

走到一楼，我打开楼梯间的门，发现本·加德纳坐在平常坐的椅子上。现在距离正午还有五分钟，刚好赶在午休大军涌出来之前。他一个人在执勤。

他看到了我，便站起身来。

“您好，法官阁下，我有点儿东西要给您。”他着把那个依然包在塑料袋中的黄铜钥匙扣递给我，然后从口袋里拿出了一张折叠好的纸。

“您可以告诉太太，这份结果来自‘新鹰眼系统[1]’，那是联邦调查局最大最新的指纹识别库。它还有个名字好像是叫什么‘新一代身份识别系统’之类的。这个系统所做的指纹识别，精确度超过 99.99%，从罪犯到普通市民，共搜集了超过一亿人的指纹信息在内。您说得对，这两组指纹中有一组是查不到的，不过他们找到了另外一组指纹的匹配信息。”

他把那张纸递给了我。

“谢谢你，本，真的非常感谢！”我将那张纸攥在了掌心里。

“不客气。代我向您太太问好。”

我不想让他看出什么端倪，于是故作轻松地冲他微微一笑，然后走出了法院大楼。等我一到停车场，便迫不及待地拿出了那张纸。那张纸只是简单地对折了一下。眨眼的工夫，我就把它展开了，上面有一个名字。看到那个名字的瞬间，我只觉得天旋地转，不得不靠在身旁停着的一辆汽车上来稳住重心。

我们已经在这个世界上见过了太多的“知人知面不知心”。比如看似善良的寡妇毒死了自己的三个丈夫，比如人人称赞的好邻居其实是个恋童癖，

[1] 新鹰眼系统（NGI）：美国联邦调查局构建的一个系统，该系统的目标是拓展已有的指纹自动识别系统（IAFIS）。

比如外表虔诚的牧师每周都从教堂收到的捐赠中揩油，等等。

我们的确会对这些事情感到大吃一惊，但另一方面我们又能理解这种情况也是有可能发生的。因为这些人都是外人，并非我们最熟悉的亲友。面对亲友，我们能够在数十年的时光中近距离地观察他们；他们的善良本性是经过无数实践检验出来的；我们从来不会怀疑他们的动机，因为从根本上讲，他们跟我们的利益是一致的。然而，摆在我面前的却是这样的结果。这份背叛的证据让我惊愕得险些晕厥过去，一时之间竟靠在身旁的那辆汽车上一动不动。

在萨姆和爱玛出生的那一天，最先抱起他们的就是这个人。这个人从未缺席过他们的每一个生日派对。而且我们还在遗嘱中写道，如果我和艾莉森意外双亡，那么孩子的监护权就交由此人。

我盯着那张纸反复地看，根本不敢相信自己的眼睛。

纸上印着的那个名字是凯伦·劳威。

67

我踉跄着走向自己的车，重重地坐了进去。

凯伦。我妻子的姐姐，我孩子的姨妈。

这是一场误会，还是……还是说凯伦真的害了我们？

她可能是无辜的。也许她最近开过那辆车，只是我不知道而已；也许她和艾莉森一起坐过那辆车，而她碰到了钥匙；也许凯伦出于某种我不了解的原因需要借用那辆车。

她也可能真的牵涉其中。她知道我们把本田车的钥匙挂在小屋内门旁的钩子上。她也知道小屋从来不上锁。如果要把那辆车偷走一阵，那么周三下午正是绝佳的时机：艾莉森和我都在上班，贾斯蒂娜则在上课。她完全可以神不知鬼不觉地把车开走，再悄悄地还回来。

我回想起蒙特梭利小学的监控录像。那个金发的苗条女人戴着一顶粉红色的鸭舌帽，马尾辫垂在脑后。我最初看到这个背影的时候，还以为那就是艾莉森呢。不过，那也完全有可能是凯伦。她们两个的体形和外貌都非常相似。

在少女时代，她们还常常被人误认为是一对双胞胎。就算是现在，也得靠她们俩的正脸才能分辨出谁是谁。如果从侧面或背面来看，根本就分不清她和艾莉森，而帕姆夫人和孩子们恰好只看到了那个女人的侧面和背面。

等她带着孩子们上车以后，车上放着有趣的动画片，孩子们会注意到她究竟是谁吗？显然不会。起码萨姆没有注意到。

当然，还剩下一个问题，那就是为什么？凯伦为什么要绑架自己的外甥和外甥女？她能从中得到什么好处？或者，有什么善意的解释能说明那些指纹出现的原因吗？

我不知道，不过艾莉森也许会知道。我坐在车里，拨通了她的电话。

“她回来了？”艾莉森一接起电话就问。

“没有，还没有。抱歉，现在是午间休庭。”

“噢，”她的声音沉了下去，“进展如何？”

“一切顺利。听着，我有个很重要的问题要问你。在孩子们被绑架之前，凯伦有没有可能曾经开过那辆本田车？”

“凯伦？凯伦为什么要开那辆本田车？”

“你先回答我。她有没有借过那辆车？你有没有跟她一起坐过那辆车？你有没有出于某种原因让她开过那辆车？”

“没有。怎么了？”

“我得到指纹检测的结果了。她的指纹——”

艾莉森倒抽了一口冷气，由于吸气的速度太快，发出了尖锐的声音。在呼出这口气的同时，她说：“噢，天哪！哦，天哪！不，不，不！不可能！”

我立刻便替我那美丽的妻子感到心痛，她已经在承受着癌症的侵蚀和女儿下落不明的折磨了，如今却又要面对亲姐姐背叛的可能性。她的呼吸变得非常急促，我不禁担心她要换气过度了。

“可是，凯伦她……她不会的，”艾莉森继续说，“她就是不会。她为什么要这么做？这根本没有……我们说的是凯伦啊！凯伦！你真该瞧瞧她听说我体内有肿瘤的时候脸上是什么表情。她马上就开始忙活起来，就好像帮我抗癌成了她自己的工作一样。你确定这个检测结果没有出错吗？我知道爸爸让我们姐妹三个都把指纹录进去了，可是……”

“抱歉。”我说。

“但是有没有可能——”

“是的，有低于 0.01% 的可能性。但正确的可能性超过了 99%。这是联邦调查局的最新技术。”

“噢，天哪！”她又一次哀叹道。

“听着，先……先帮我想一想。她的指纹有没有可能是由于其他原因才出现在钥匙扣上的？”

但艾莉森已经渐渐地把一切都想通了。“所以，学校监控录像上的人是她，对不对？”艾莉森说，“那是她的背影。”

“很有可能。”

“我必须要去一趟。”

“去哪儿？”

“凯伦家。我必须要问问她。”

“我也来。”我说。

“好，我现在在妈妈家。我把萨姆留在这儿让妈妈照看，五分钟后我就能到凯伦家。”

“等我。”

劳威家距离法院有十五分钟车程。等我到达的时候，艾莉森的车已经停在车道的入口处了。我从车上下来，跑到她的车旁。她摇下了车窗。在过去的几周里，她的面容已经越来越枯瘦了，如今更是憔悴不堪。

“你还好吗？”我问，这绝对是我问过最傻的问题。

她闭上眼睛，垂首轻轻地摇了摇头：“我们速战速决吧。”

“好，”我说，“那我们具体怎么办？”

“我觉得，我们就直接把证据拿出来，看看她会不会讲实话。”

“你觉得她会承认自己绑架了我们的孩子？”

“我们跟她当面对质，”艾莉森说，“凯伦为什么要这么做？为什么要这样对自己的亲外甥和外甥女？这样对我们？这讲不通。”

“我明白。”我说，这时我突然瞥见她身旁的座位上放着一件运动衫，下面露出了一截圆柱形的金属物体。

“你带了枪？”我问。

“今早离家的时候，我一时冲动，就想把枪带上。”

我明白她的感受：“好。对了，医院那边有没有消息？”

“我现在不想谈这个。我们快走吧。”

我拍了拍林肯车的侧面，然后便走开了。我驾车跟在她的车后面，驶完了通往凯伦家的最后十分之二英里。我们将车停在路边，然后便朝大门走去。

平常，我们都会直接进门，就像进自己家一样。但这一回，艾莉森按响了门铃。凯伦穿着运动服来开了门，惊讶地看着我们俩。

“中午好，”她说，“你们怎么来了？”

“我们需要谈一谈。”艾莉森生硬地说，还没等凯伦回答，她便径直走向了客厅。

“出什么事了吗？”凯伦跟在她身后问道。

艾莉森坐下了。随后我和凯伦也坐下了。

“我要问问你有关我们家那辆小面包车的事情。”艾莉森说，“就是那辆本田车，贾斯蒂娜以前经常开着它去学校接孩子们。”

“噢，好，问什么？”凯伦说。

“你最近开过那辆车吗？”

凯伦立即面不改色地说：“没有。我为什么要开它？”

“好好想想。你确定你没有借过那辆车，或者坐过那辆车吗？”

这回，凯伦撇着嘴想了想：“嗯……我记得没有。我觉得我应该从来就没坐过那辆车。”

她在说谎。她竟然毫不犹豫地就扯出了这样的弥天大谎，我觉得自己突然看到了她性格的另一面，那是我从未见过的一面。我知道，凯伦表面上确实是强硬、专横的，但我觉得她骨子里是个直率坦白的军人后代，绝对不会做出伤天害理的事情。显然，她还有许多我做梦都没想到的秘密。

艾莉森的目光投向了我。

“斯科特，你还带着那个钥匙扣吗？”

“带了。”

“你能给凯伦看看吗？”

我从鼓鼓囊囊的口袋里把钥匙扣掏出来，放在了面前的茶几上。

“这是那辆本田车的钥匙扣，”艾莉森说，“你能不能解释一下，为什么我们在上面发现了你的指纹？”

凯伦看了看艾莉森，又看了看我，最后又看向艾莉森。然后，她号啕大哭。

起初，凯伦的话根本就不知所云。她讲话的同时又是大口喘气又是放声大哭。我好不容易才听到了这么一句话：“是他们逼我这么做的。”

“等等，停，”我说，“谁逼你这么做的？”

“那些人……”

“什么人？”

“我不知道。在那之前我从来没见过他们，以后我也不想再见到他们了。他们是两个人，都留着胡子，讲话有口音。他们……噢，天哪，他们真的非常恐怖，甚至根本不在意我看到了他们的脸。有一天，他们来到我家，叫我——”她顿了顿，深深地吸了一口气——“叫我去学校接萨姆和爱玛。他们告诉我，我必须从你们家把那辆面包车偷出来，然后开着它去学校。他们对你们的一切都了如指掌，仿佛一直在监视你们似的。他们知道，平时都是贾斯蒂娜开那辆车。他们还知道，贾斯蒂娜每周三都有课。他们什么都知道。

“他们把这些都对我说了，明确地告诉我在什么时间干什么。然后他们要求我在学校附近跟他们碰面，把孩子交给他们带走。我别无选择。我——”

“‘别无选择’？”艾莉森吼道，“看在老天爷的分儿上，你这说的是什么混账话！‘别无选择’？”她握紧了拳头。怒火在她的脸上熊熊燃烧，我觉得自己从未见过她如此气愤。

先前凯伦一直在冲着我说话，但此刻却转向了自己的亲妹妹。她抬手抚摩着艾莉森的脸，抽着鼻子说：“他们说，如果我不照做，他们就要杀了我最好的朋友。”

“你在说什么？”艾莉森问。

“你！懂吗？”凯伦喊道，“他们说要杀了你！他们说要强暴你、折磨你，最后让你在恐惧和痛苦中悲惨地死去。他们给我看了很多张你的照片——上班的，在家的，去商店的。你每时每刻在什么地方，他们都知道！他们说可以随时把你抓走，而且还详细描述了要对你做的事情，我……我……”

“你应该让他们杀了我。”艾莉森说。

“你疯了吗？艾莉，这不是什么假设性的心理实验，不是叫你在杀一个还是死五个里面选。这是……这是来真的！他们说如果我乖乖配合，孩子们就不会受到伤害的。所以，这甚至都不像那个心理实验一样残酷，因为一边是你死，而另一边是孩子们在短期内受到一点儿惊吓，但最终会没事的。他们说要把孩子们带走一阵，等到他们得到了自己想要的，就把孩子们平安地送回来。”

“他们有没有说究竟想要什么？”我问。

凯伦摇了摇头：“当时我估计他们也许是想要钱。于是我就告诉他们说你们没有多少钱，他们这么做纯粹是在浪费时间。我压根儿就没想到会跟你要处理的案子有关。”

“那两个人，”我说，“他们长什么样？”

我本来只是想让她在刚才这番粗略的叙述之外多提供一点儿细节，虽然帮助不大，但多少能起点儿作用。可是，凯伦说的话却像投下了一枚重磅炸弹：

“你们想见见他们吗？”

艾莉森一下从座位上蹦起来，朝姐姐扑去。但凯伦赶紧继续说道：“我用手机偷拍了一个有他们的视频。拍得不是很清楚，我担心会被他们发现，所以得一直把手机藏着、掖着。而且基本没有声音，我估计肯定是我的手指不小心把麦克风堵住了。不过，我多少还是拍到了一点儿。我先去拿一下手机。”

凯伦起身离开了客厅。艾莉森迅速地跟我交换了一下目光。

“她真应该让他们杀了我。”她又说了一遍。

我没有回答。艾莉森直直地盯着面前的茶几。不一会儿，凯伦就回来了。她俯身跪在我和艾莉森面前，拿起手机给我们看。

“拍得不是很清楚。”她又重复了一次。

凯伦按下了播放键。我和艾莉森倾身向前，凑近小小的屏幕，这是一部好几代之前的苹果手机了。

首先出现的是我们那辆本田奥德赛汽车的内部车顶。然后是凯伦的下巴、鼻孔和她头上鸭舌帽的帽檐，看起来就像某种奇怪角度的自拍画面一样。接着，手机被转了一下，给面包车座椅侧面裂开的皮套拍了个特写。正如凯伦所说，这个视频几乎没有声音，只有一些哧哧啦啦的摩擦声。

一开始，凯伦显然是把手机拿得很低，要么是放在大腿上，要么是垂在身体一侧。不过，慢慢地，她稍微鼓起了一些勇气。镜头渐渐升高了，最后我们能透过副驾驶的窗户看到外面的景象。车外有一片长条状的草地，向下通往一个树林，树林里满是高低不平的小松树。

“你们马上就能看到其中一个人了。”凯伦说。

果然，窗外闪过了一个人。一头浓密的黑发，留着乱糟糟的黑胡子，是个白人男子。

“暂停，暂停。”我说。

“后面拍到了更清楚的。”凯伦说。

然后，我们看到一个金发的头顶从窗外经过。我认出那是我的儿子，心中感到一阵刺痛。

“那是萨姆。”凯伦说，“他们让孩子们分两次下车，每次带走一个。萨姆是先下去的。”

艾莉森问：“这两个人有没有用暴力强迫他们或者……”

“他们是孩子，艾莉。大人叫他们怎么做，他们就怎么做。”

“但是，孩子们有没有问问你能不能下车？”

“那两个人不许我说话。他们告诉我一个字都不能说。他们希望所有人都以为我是你，包括孩子们。等等，马上就有其中一个人最清楚的画面了。”

她适时地按下了暂停键，两名男子中的一个正好出现在了窗外。艾莉森和我轮流拿过手机细细地观察他。这个画面拍到的基本是他的侧面，但他的脸稍微有些偏向汽车这一边，所以能大致看出来他的模样。如果非要估测一下年龄，我看他有三十多岁，但这不好说，因为他的半张脸上都长满了胡子。能看清的只有他的鼻子和眼睛。他长了个大大的鹰钩鼻，眼睛是深褐色的，深得几乎已经是黑色了。眼睛的虹膜和瞳孔几乎没有深浅差别，这让我想起了鲨鱼的眼睛。

“我管他叫‘亚力克西’只是为了方便称呼，”凯伦说，“他们并没有告诉我真名。”

等我们俩都看完这个静止的画面以后，她便继续播放视频了。

“差不多这个时候，他们把爱玛带下车了，不过从画面上看不到她。”

凯伦说，“然后，我称之为‘鲍里斯’的那个人便折返来关上小面包车的车门。这是拍到他的最清楚的画面。”

她又按下了暂停键。这回她对暂停的位置不是很满意，于是将视频的进度前后调整了一下，最后停在了一帧上。然后她再一次把手机递给了我们。

鲍里斯长得跟亚力克西非常相像，只是稍微矮一些、胖一些。他的鹰钩鼻可能更弯一点儿，不过他有着一双跟亚力克西一模一样的黑眼睛。他们看起来像是兄弟俩。

她按下播放键，视频继续。鲍里斯离开以后，凯伦壮起了胆子。她把手机拿起来，搁在仪表盘上，拍到了一辆无侧窗的白色厢式货车的上半部分，正是萨姆曾对我们说起过的那一辆。

此时，视频终于有了声音，但基本已经没什么用了。我能听到凯伦沉重的喘气声，还有从另一侧挡风玻璃外传来的汽车发动机的声音。等到那辆面包车开走以后，她把手机又举高了一点儿，渐渐地能看到白色货车的轮胎了。但这会儿，那辆车也已经开得很远了。

“我尝试过将视频放慢，想查看车牌，但实在是太模糊了。”凯伦说。

“我看，这要么是一辆偷来的车，要么就是偷来的车牌。”艾莉森推测道。

很快视频就结束了，整个视频的时长不超过两分钟。我们又看了一遍。在过去的这一个月中，我常常想象自己的孩子被两个大胡子男人带走的情景。如今亲眼看到了这一幕，发现并没有我想象的那样惊心动魄，因为就只是孩子们乖乖地从车上下来，又上了另一辆车而已。可是，看到这两个人的眼睛却让我越发感到恐惧了。

“你说他们有口音，”我说，“听起来像什么地方的？”

“我觉得……呃，虽然不一定对，但我觉得很有可能是土耳其。他们的口音听起来跟贾斯蒂娜的一模一样。”

艾莉森目光炯炯地看着我。她的直觉一向灵敏，这次是不是也对了？难道贾斯蒂娜当时真的企图引诱我？那么，珍妮说在商场里看到了穿着皮大衣的贾斯蒂娜，会不会是贾斯蒂娜在跟踪珍妮？

我头一次觉得让贾斯蒂娜搬出去是个天大的错误。我们应该将她留在近处，留在能监视她的地方。只要她溜之大吉，我们就束手无策了。而我们居然就那么随随便便地放她离开了我们的视线范围，恐怕这正是她希望的结果。

凯伦继续说："我显然有很多时间来思考这件事，而我觉得他们肯定跟贾斯蒂娜有关系。只要是贾斯蒂娜知道的，他们就都知道，比如车钥匙放在哪儿，还有去学校接孩子的流程是怎样的，等等。"

"但你为什么不告诉我们？"艾莉森说，"这件事发生两天以后，你就来了我们家，你直接——"

"因为他们说不能告诉你们，不能告诉任何人。就连马克都不行。那两个人说，孩子们能不能平安归来，全看我能不能听命行事。他们不许我开口。他们对我说的第一句话和最后一句话都是：'保持沉默。保持沉默。'"

68

我们又详细地问了凯伦一遍，不过看来她也只知道这些了。艾莉森打算留下，让她再讲上一两遍，而我则将那个黄铜钥匙扣塞回口袋，起身先走了。

我还得回去参加听证会。休庭时间到下午一点就结束了。虽然法官晚回去十五分钟也没什么稀奇的，但我不想拖得太久。

开车去法院的路上，我在脑海里一遍遍地回放那个视频，并且思考凯伦说过的话。从某些方面来讲，无论是她提供的信息，还是她对贾斯蒂娜参与其中的猜测，都无法改变摆在我们面前的情况。爱玛依然在那两个恶人手上。他们留着大胡子，讲着外国口音，这一点我们已经知道了。凯伦的描述和视频只是补充了一些细节，比如他们的口音似乎是土耳其的。

而且，我也进一步确认了绑匪是有备而来的，他们是有组织、有纪律的，行动起来非常高效。只要看一看他们走路的样子就知道了。动作精准、目标明确，他们完全不浪费一丝一毫的时间和力气。

还有那两双黑黑的眼睛。长着那种眼睛的人绝对有可能冲着赫伯·思里夫特的背上和头上开两枪，然后再用快递给我送来一根手指头。长着那种眼睛的人能做出我想都不敢想的恐怖事情。

我从凯伦的角度出发，设身处地想了一下，如果有这么两个长着鲨鱼眼的恶棍闯进我家，命令我绑架自己的外甥和外甥女，否则就要杀了我的妹妹，我会怎么做？很可能会跟凯伦一样。但我也许会透露一点儿消息给孩子的父母。不，不是也许，而是一定。出于自私，我不想独自一人承受如此可怕的秘密，我想赶紧卸下这个心理负担。

不过，在其他方面，凯伦的所作所为跟我或者任何一个理智的人都一样。摆在面前的选择只有两个，一个是未知的，而另一个是可以预见的灾难。她根本就无法反抗。提出那种威胁的人，要求得到的是绝对服从。

但视频中的两个男人还有一点令我非常震惊。他们对于自己的所作所为完全无动于衷。他们根本不在乎自己从那辆小面包车上带走的是什么。是一堆砖头，还是偷来的电脑，抑或两个孩子？那对他们来说并不重要。他们是专业的。对他们来说，这只是一份工作，仅此而已。

由此便引出了三周来一直困扰我的那个问题：幕后的指使是谁？

不知为何，我觉得不会是贾斯蒂娜。没错，她的确帮助对方接近了我们。说不定她在土耳其的时候，就认识那兄弟俩了。可是，上头管事儿的肯定另有其人。她的父母？我从没见过他们。据说她父亲是一名大学教授。或者说这只是掩人耳目的谎言？其实他们跟某个犯罪集团有关？

突然，我记起了出事第一天晚上我听到的那个声音，说话的人告诉我他绑架了我的孩子，叫我按他的指示行事。尽管那个声音经过了机器的过滤和处理，但听起来绝对不是土耳其口音，而是个地地道道的美国口音。

正是此人指挥着亚力克西、鲍里斯、贾斯蒂娜等其余的人。而我们却依然不知道他究竟是谁，也不知道他到底想通过这个案子得到什么。

下午1：08，我开车来到法院后面，将车停在了自己的停车位上。本·加德纳没有在员工通道执勤，于是我便朝另一位警务人员点了点头，飞快地冲过了金属检测门。我匆匆地上了空荡荡的电梯，来到了空荡荡的四楼走廊。显然，对这起案件的结果尚存关心的众人已经在两间法庭内坐好，就等我露面了。

我赶紧跑进内庭，来到接待区，史密斯夫人抬起头来看着我。

“您好，法官阁下。”她说。

“你好，史密斯夫人。”说着，我脚步不停地朝自己的办公室走去。

但是她却拦住了我：“法官阁下，很抱歉打扰您，但是有人给您送来了一个东西，看起来似乎很重要。”

她站起来，递给我一个马尼拉纸质信封。我眯着眼睛定定地看了一会儿，才看清上面印着熟悉的黑体字：

斯科特·桑普森法官亲启
紧急机密。

“谢谢你。”我故作镇定地说。

信封口没有密封，而是用一个黄铜扣扣了起来。我打开黄铜扣，从里面取出了一小沓文件。

文件上附着一张便利贴，写着：

务必在下周一一早将这份文件送交职员办公室。只要我们看到这份文件归档，你的女儿就会平安无事地被释放到一个安全的地方。我们会再次联系你，进行详细说明。

我取下便利贴，开始翻看下面的文件。这是一份判决书，已经全部替我写好了。我浏览了一遍，发现这份判决书写得非常完美，执笔者显然受过专业的法律训练并且熟悉本案的所有资料。其中包括了合理的案件事实认定，还有对阿波提根制药公司有利的判决词。

原来如此，从头到尾就是为了让阿波提根制药公司胜诉。但这说不通啊！如果巴纳比·罗伯茨或者阿波提根制药公司的某个人一直在控制着局面，那为什么还让我批准初步禁令？为什么不干脆让阿波提根的律师团递交一份撤案动议[1]，然后命令我批准呢？他们完全可以在几天之内就结束这场噩梦，替自家的股东节省数十亿美元的损失，也免得首席执行官白费这一个月的口舌。

我翻到了文件的最后一页，唯一缺的就是我的签名。

“这东西是什么时候送来的？”我问。

---

[1] 撤案动议（motion to dismiss）：当事一方由于庭外和解、自愿撤诉、诉讼程序缺陷等原因，要求法庭不受理该案件的动议。

“有人在午休时间将它从门缝底下塞进来了。”史密斯夫人说。

“哦？”

我不禁微微一笑。一个月以来，这恐怕是我头一回真心地笑了。眼下居然出现了一个不可思议的突破口。我觉得自己就好像在参加一场马拉松，前二十五英里一直都追着同一个对手跑，总是比他慢一步。等到还剩下最后一英里时，一直跑在我前头的那个人突然被鞋带绊倒了，当场摔了个狗啃泥。

这群绑匪终于犯下了第一个错误。

内庭门外的天花板上悬挂着两盏假的照明灯，距离内庭大门只有几码的距离，一边一个，灯具上各藏着一个监控摄像头。要是在以前，我说不定还会怀疑，就这么两个塑料灯泡，能起到什么伪装作用。

不过现在我可以很负责任地说，它们的伪装非常有效。因为把信封塞进门缝的人，要么没有看到它们，要么根本没想到它们上面还藏着摄像头。

镜头捕捉到的一切画面都传输到了专职文员办公桌上的电脑中。监控录像会在硬盘上保留一段时间之后再自动清除，大概有一周，或者是一个月？反正肯定比一小时要长。

我只要让杰里米帮我运行那个监控软件，就能看到是谁来送的信了。在我手下的职员中，只有他接受过那个软件的使用培训。就算我自己能摸索着用，可我没有密码，密码只有他知道。也就是说，我需要他的帮助。然而，在过去的两周中，他对我的态度基本是介于冷淡和不满之间的。我并不怪他，但事实如此。

一名法庭警务人员已经来到了接待区，以为我要换上法官袍去复庭了。可是我说：“不好意思，能再等我五分钟吗？”

“当然可以，法官阁下。”他说。

“我给珍·安打电话说一声。”史密斯夫人说。

我把判决书又塞回了信封里，然后便走了八步，来到了杰里米的领地。我伸手在门框上敲了敲，他面无表情地抬头看了过来。

眼下有两条路可走：一、请求他帮忙；二、命令他帮忙。说实话，我实在没有精力再应付一次冲突了。事已至此，我们也该和解了。我不希望杰里米勉为其难地配合，我想让他重新成为我的盟友。

“嘿，”我说，“我现在非常需要你的帮助。鉴于我对待你的态度，我知道自己无权请求你帮忙，可是我还是得来问问你。我能进来吗？”

“这是您的内庭，法官阁下。”他简洁地说。

我走进去，把门在身后带上，然后坐下了。

“首先，我要为偷拍你的那些照片道歉，”我说，“我无权以那种方式来干涉你的私生活。而且，对于我在过去三周内的古怪表现，我还欠你一个解释。不过，我需要你发誓保密。我接下来说的话，你绝对不能告诉任何人。这个条件你能接受吗？”

“当然，法官阁下。”他说，“我保证。”

我简练地把一切都告诉了他。有好几次他都惊讶地倒抽冷气，又有几次他严肃地点了点头。我能看到他那一向逻辑严密的思维已经开始自动填补这段叙述的空白之处了。那些看起来严重失常的事情突然之间都能讲得通了。

“我很高兴您终于告诉了我，”等我讲完以后，他说，“我就知道有什么不对劲，显然如此。前后差不多有十次我都想递辞呈了，但是我……我就知道一定有什么不好的事情发生了。”

“嗯，谢谢你留下来了。萨姆和爱玛也会感激你的。”

“别客气。不过，听着，我们可以之后再煽情。现在您说需要帮助，我能做些什么？”

敲了几下键盘之后，屏幕上便出现了两个画面，拍的都是内庭外的走廊。我让他把录像倒回上午 11：40，那是刚开始休庭的时候，然后便开始快进播放。

我的内庭在法庭后面，人群都聚集在转角外的走廊上，所以摄像头并没有拍到几个人。画面捕捉到了我离开内庭前往凯伦家的身影，然后还拍到了史密斯夫人、珍·安和其他法院职员出去吃午饭。有一个其他法庭的女职员从门口经过，但她并未停留。

到了 12：32，一个孤独的身影出现在了门前的过道上。我们看的是八倍速快进，所以第一次根本没看清细节。但大致的情况却看得一清二楚：一个身着西装的男人走到内庭门口，弯下腰，把一个棕黄色的长方形东西从门缝底下塞进去，然后就溜走了。

“就是这个信封！”杰里米喊道，“就是这个人！”

“倒回去，”我说，“倒回去。”

“好，稍等。”

他点了几下鼠标，将录像倒回那个男人出现之前，然后便开始用正常的速度播放录像。当那个男人出现的一刹那，我就认出了他。我简直不敢相信自己的眼睛。那个把信封塞进门缝的男人，有着火红的头发。

“浑蛋！”我说。

“什么？”杰里米问。

“那是我姐夫，马克·劳威。”

我不再多言，立即冲出了杰里米的办公室。下一秒钟，我便打开内庭大门，跑到了走廊上。为什么我会认为马克还留在那儿？他为何要在犯罪现场周围晃悠呢？我不知道，可是我觉得有必要查看一番。

他确实不在。我透过法庭后部的小窗户向里看，他也不在法庭里。听众席的六排都坐满了焦急等待的人，前面则是一群坐立不安的律师。

现在是 1 : 19，复庭的时间已经推迟得太多了。我只知道，马克扔下信封就跑了，现在已经过去这么久了，他都有可能溜到北卡罗来纳州[1]去了。

可我呢，我还有一场听证会要审理。就算只是走个过场，那也得走完，最后还要下达马克判决[2]。

马克判决。马克判决？这个说法现在听起来显得如此古怪。我的姐夫马克从来就不是会做出决定的人，他是那种听从吩咐的人。他总是屋里最安静的一个，在吵闹的家庭聚会上，几乎很少能听到他说话。无论在公司、在家里还是在哪儿，他总是无法坚持己见。他是软柿子，是“劳为人”。

难道贾斯蒂娜和那对土耳其兄弟真的是听从他的指挥吗？这实在难以令人想象。眼下，我根本就没时间去构思出一个能解释得通的剧本。但不管怎样，我需要找到他。我在内庭里焦虑地来回踱步。

“再等我几分钟。”我对史密斯夫人、警务人员和其他关切的人喊道。

---

[1] 北卡罗来纳州（North Carolina）：美国东南部大西洋沿岸的一个州，北接弗吉尼亚州。

[2] 马克判决（Mark’s ruling）：即马克曼听证会的判决结果。

我跑进自己的办公室，抓起法官袍套上，连镜子都不照了。然后，我掏出手机给艾莉森发了一条短信：

不清楚具体情况，但马克与此事有关。现在复庭，一小时后休庭，法院外见。

在按下发送键之前，我顿了顿，思考是否要再添上几个字。我深深地吸了一口气，手指自动替我做出了决定，又打上了三个字：

带上枪。

69

姗姗来迟的法官表达了歉意，并在法官席落座，案件的审理过程终于得以继续。罗兰德·希曼斯在履行自己身为原告律师的职责，而克拉伦斯·沃思却为此对他发动了猛烈攻击。每当希曼斯露出破绽，他便立即提出反对，刨根问底，不放过任何一个击败对手的得分机会。

我的思维已经飘到了别处。我主要想弄明白，到底是怎样的邪恶污染了我姐夫马克的血液。如果非要从生物学角度来考虑，那么外甥和外甥女跟他的确没有血缘关系，伤害他们也就罢了。可他居然还派了亚力克西和鲍里斯两个毫无人性的禽兽到家中，陷自己的妻子于危险之中。什么样的男人会做出这等事来？居然将自己那四个孩子的母亲直接推到两个杀人不眨眼的恶棍面前！

同时，我的目光也飘到了别处。安迪·惠普尔还坐在旁听席的后排。我突然想到，今早惠普尔很可能就是在朝马克打手势。没错，肯定是他。这样一来，就算我在法院里撞见他，他也有借口能替自己开脱。他会说，自己只是单纯来这儿给老板跑腿而已。

我不时地扫一眼惠普尔，看他有没有打手势，如果有，那就意味着马克正在外面待命。然而，这位对冲基金界的明星老板却没有任何动作。

巴纳比·罗伯茨坐回了先前的位置，就在他的律师团后面。不过，他根本就坐不住。这天下午，沃思频频刁难希曼斯，每次都让罗伯茨激动得像毛头小子一样在座位上动来动去。布雷克·富兰克林也还在法庭里，默默地支持着我。不过，非常奇怪的是，法庭中最引人注目的身影居然是史蒂夫·波利蒂。“理性投机”的忠实供稿人此刻正耷拉着脑袋，身体僵硬地坐在旁听席上。他没有像其他记者一样疯狂地做记录，相反，他的笔记本合着，静静地放在大腿上。而且，我也没有看到他的笔。

最重要的是，他的样子显得十分挫败。从一开始，他就信心十足地预言阿波提根制药公司的悲惨结局。他甚至上了电视，得意扬扬地吹捧自己的报道。他的文章有数百名评论者和数不清的忠实读者，他们为“理性投机”网站带来了巨大的广告收入。

可现在呢？只要上网一搜，就能清楚地知道，他真是大错特错了。可怜的查理·布朗，又被露西[1]把橄榄球抢走了。

如今的他已经彻底声名扫地，他的网站成了笑柄，就连他的生计都受到了威胁。众所周知，网络博客的浏览量总是变幻无常，一旦数以百万计的网民认为“理性投机”不可靠了，那么波利蒂也就在瞬间失去了收入来源。

这一切都是因为他的知情线人，正是那个了不起的匿名线人把他耍得团团转。那个线人会是马克吗？当然，马克完全有可能把我的手机号码告诉波利蒂。马克是否利用了跟我的关系操纵了“理性投机”的新闻报道？史蒂夫·波利蒂是否也低估了马克·劳威，结果却被他的谎言所骗？

我想出了一个办法，也许可以得到这些问题的答案。

“谢谢你，希曼斯先生，”等希曼斯表示发言完毕、沃思也结束了见缝插针的驳斥之后，我便赶紧宣布，“在被告方发言之前，暂时休庭十五分钟。”

我直直地盯着史蒂夫·波利蒂，补充道：“今天天气不错，诸位何不出去走走，晒晒太阳？况且，我估计在座各位肯定都很想查看自己手机上的信息吧，尤其是记者朋友们。”

波利蒂一开始还面无表情，后来突然意识到我这番话其实是说给他听的。我一直死死地盯着他，直到我看出来他已经明白了为止。他坐直了身体，轻轻地冲我点了点头。

我从法官席上起身。法院职员高喊：“全体起立。”

---

[1] 露西（Lucy）：也是漫画《花生》中的人物，常常从查理·布朗手中把橄榄球抢走，这是该漫画中反复出现的情节。

我回到自己的办公室，关起门来，接着便立刻掏出手机，给波利蒂发了一条短信。

请速至内庭，有要事相谈。

我知道自己在接下来的十五分钟内要完成许多事情，因此我连法官袍都没脱，直接穿着它就离开了内庭。当我从走廊上拥挤的人群中穿过时，众人朝我投来了好奇的目光，我不予理会，径直走楼梯来到了一楼。

本·加德纳已经回到了员工通道旁的岗位上。

“楼上情况如何？”他问。

“暂时休庭十五分钟。我需要呼吸一下新鲜空气。”

“外头就不缺这个呢！”说着，他指了指大门。

我故作轻松地微笑了一下。刚走出大门，我便给艾莉森打电话。

“你在哪儿？”电话一接通，我马上就问，“我刚出大楼。”

“我看见你了，你向右转。”

我向右扫视了一下，发现她正站在员工停车场外的街角处。我们走向对方，在停车场旁边碰面了。

“你发的短信是什么意思？马克与此事有关？你确定吗？”

我把监控录像和马克在门缝下塞信封的事情告诉了她。

“噢，天哪！我刚刚还看见了他。”等我说完以后，她惊呼道。

“真的吗？在哪儿？”

“就在法院的正门口，他拿着手机在打电话。我本来也是朝门口走去的，可我当时还不知道你那条短信是什么意思，所以一见到他我就避开了。

“他现在还在那儿吗？”

“不在了。他的车就停在法院大楼前面的那些临时停车位上。他打完电话以后，在自动收费机上续了停车费，把手机扔进车里，然后又进了法院大门。”

“所以说，他现在就在法院里？”

“据我所知，应该是。”她说，“如果他真的也牵涉其中，那我们该怎么办？”

“所以我才让你带上枪。带来了吗？”

“带了，”说着，她举起了手提包，表示枪就在里面，“可是这有什么用呢？我们又不能把它带进法院。”

“其实，我倒觉得可以。你能把它再一次拆开吗？员工通道的金属检测门的检测标准非常宽松。如果我带一半，你带一半，我觉得能把它偷偷带进去。”

我简直不敢相信这番话是从我嘴里说出来的。我，一个向来谨小慎微的法官，居然沉着冷静地谋划着犯罪的细节。要是我们被逮住了，至少得坐上一年的牢。就我对法律的了解，说不定一年都不止。可是，我已经顾不得后果了。

艾莉森也是。

“你车上还有那套螺丝刀吗？”她问。

“有。”

“拿给我。”

我们来到停车场，她坐在我那辆别克汽车的副驾驶座上，我从后面把工具找了出来。她快速而熟练地将那支手枪拆成了零件，如果她的父亲还在世，一定会感到十分骄傲的。她把枪管放进了自己的衣服口袋，又将弹簧和空弹匣藏进了钱包。因为跟枪支的其他零部件分离之后，弹簧和空弹匣在通过 X 光检测仪时，看起来就不会显得可疑了。

我拿走了枪柄和子弹，其中枪柄主要是塑料制成的。这两样东西在 X 光检测仪下都会显得非常可疑，因此我将它们塞进了法官袍下的裤子兜里。

“好，”我说，“这下就神不知鬼不觉了。”

我们挽着手朝员工通道走去，看起来就只是一位尊贵的联邦法官带着可爱的夫人一起散步。我为她打开门，咧着嘴殷勤地笑了一下，恨不得露出十八颗牙齿来。

“嘿，本，”我说，“你还记得艾莉森吧。”

“桑普森夫人，很高兴再次见到您。”他说。

无须我提示，艾莉森就完美地履行了一位温柔贤惠的法官夫人应尽的职责。她在本的脸上轻轻地吻了一下，说：“加德纳先生，感谢你对我们的帮助。我真的很感动。”

本有些不好意思，喃喃地说了几句谦逊的话，艾莉森趁机将手提包放到了 X 光检测仪的传送带上。她顺利地穿过了金属检测门，没有引起任何动静。我觉得本压根儿就没有看到手提包的 X 光检测画面，他甚至都没有瞟一眼面前的屏幕。艾莉森让他觉得受宠若惊，他只顾着冲艾莉森笑了。

接下来轮到我了。我靠近金属检测门的时候紧张得不禁屏住了呼吸，幸好它测不出经过的人是否在呼吸。我努力想装出一副满不在乎的样子，仿佛这只是一次普通的例行安检，而我是一个心系大事的正派法官。

可惜，这台机器不买账。

警报大作。

本立即转过头来，他皱起了眉头。这大概是三年来他第一次听到警报响起。艾莉森吓得脸都青了，不过还好本不再注意她。眼看就要大事不妙——本已经拿起了一个黄色的手持探测棒，那是法警用来搜身的。只要扫一下我的口袋，然后说一句“能否请您把里面的东西拿出来？”那一切就彻底完蛋了。我在西泰德沃特地区监狱的拘留室里可没法给阿波提根案做出判决啊！

我还是跨过了金属检测门，在门的另一边停下脚步，做出一副困惑的样子来。这无疑是我此生最精彩的表演。我故意转了转眼珠，然后掀起了没有放枪的那一侧法官袍，从口袋里拽出了还包在塑料袋里的黄铜钥匙扣。

“哎呀，”我说，“把这个给忘了。”

我拿着塑料袋封口的那一端，在本的面前晃了晃这一大块金属吊坠。同时，我咧着嘴不好意思地笑了。我看到本提起金属探测棒，举到了口袋的高度，我的心也提到了嗓子眼儿。

然而，他没有靠近我，而是用探测棒做了一个“嘘”的动作，接着微微一笑说：“快走吧。”

我回到内庭时，史蒂夫·波利蒂已经在接待区等我了。

“您好，法官阁下。”当我走进内庭时，他说道。

他伸出了右手，我紧紧地握了握。“很高兴见到你，波利蒂先生。”我说。

“他说您要见他？”史密斯夫人用惊讶的口气说。

“是的，谢谢你，史密斯夫人。波利蒂先生，你先到我的办公室里去坐一坐，怎么样？我很快就来。”

他一言不发地接受了这个提议。我带着艾莉森向杰里米·弗里兰的办公室走去，敲了敲门。

“打扰了，杰里米。”我说。

“噢，你好，艾莉森。”他说，仿佛他早已料到她会出现。

“她得借用你的办公室，单独待一会儿。你介不介意先出去散散步？”

“哎呀，我正好刚想起来我有点儿事情要出去办。”他说。

“谢谢。我知道我不该厚着脸皮再麻烦你了，不过能不能拜托你把手机也借给她？我等会儿需要跟她联系。”

我们能把一支手枪偷偷地带进法院，可是却没法把她的手机带进来。想想真是荒唐至极。

“没问题。”说着，他从口袋里掏出手机，放在了办公桌上。然后他站起身来，“对了，我不在的时候，千万别给瑟古德喂东西吃，不管它怎么装可怜都别理它。它已经胖得快游不动了。”

“明白。”艾莉森说。

杰里米刚一离开房间，艾莉森便把手提包放到了办公桌上。我关上门，从口袋里拿出枪柄和子弹，把它们放在了她的面前。

“谢啦。”她说。

我在她的脸上吻了一下，然后便留她一个人忙活，我则回到了自己的办公室。波利蒂坐在我办公桌前的一把椅子上。

“谢谢你来见我。”我说。

“我只是觉得，来一趟说不定能稍微改善改善这倒霉的一天。反正情况也不可能更糟了。”

“情况有那么糟吗？”我说，配合地装作不知情的样子。

“您有没有看我的博客？”

作为回应，我立刻在电脑上打开了“理性投机”的页面。

值得赞扬的是，波利蒂准确地报道了听证会的内容，没有掺杂任何个人偏见。在中午的报道中，他如实地反映了自己和其他人所见到的一边倒的局面。但是他也提醒读者，案子的审理还没结束，法官们有时会基于晦涩难懂的法律而给出意料之外的判决。

然而，华尔街却已经行动起来了。今天上午从法庭里冲出去的那伙投资分析师对股票市场的影响力巨大，而一个形单影只的博主，无论拥有多少读者，都无法与之匹敌。“最新资讯！”报道说阿波提根制药公司的股票价格已经上涨了九美元七十四美分，且成交量惊人，势头正旺。显然，股票经纪人正迫不及待地想要从中分一杯羹。

这条最新资讯下方有1270条评论。第一条："波利蒂你这个人渣！！！我赔得裤子都没了！！！"第二条："理性投机？理性个屁！你最好别出门，否则老子一拳打得你开花。"诸如此类，等等。

"理性投机"的读者们安全地躲在键盘背后，把恶毒的话语当作硫酸，一股脑儿地泼向先前还被他们歌功颂德的博主。

"哎哟。"我说。

"我之所以没有被解雇，仅仅因为这个网站是我的，"他说，"不过，我倒是正在考虑要自己把自己开了。"

"唉，真是糟糕的一天。"

"谢了。您说有要事？快说吧，我还打算去酒吧喝个痛快、不醉不归呢。"

我向后靠在椅背上，在法官袍下交叠起双腿："所以说，你的那个线人，他……耍了你，对吗？"

"您把我叫来就是为了嘲笑我？网上已经有不少冷嘲热讽的评论等着我了，您就免了吧。"说着，他从座位上站起身来。

"等等，等等，"我说，"别着急，先听我说完。我想说的是：你的线人把你害得这么惨，难道你不想以牙还牙吗？"

他重新坐下了："怎么做？"

"告诉我这个人是谁。"

他倾身向前，将胳膊肘支在椅子的扶手上，用手撑着下巴。我能看出来，他在考虑，而且他已经有些心动了。我继续提高筹码："我会给你一个案件判决结果的独家新闻。在判决书送交职员办公室之前，我可以让你先看一眼。"

我们俩都知道，能够提前得到判决结果对于波利蒂来说至关重要。单凭这一篇报道，他就可以重新挽回在读者间失去的威信。他一边思索，一边微微地点着头。突然，他停了下来。

"等等，也就是说，您会在公布判决结果之前给我看判决书，但是我得现在就把那个线人的名字告诉您？"

"没错。"

"那不行。我已经被耍得够呛了。看不到判决结果，我什么都不会说。"

这回轮到我开始静静地考虑了。如果爱玛还没回来，他就过早地将判决结果发布在网站上，那么也许会惊动亚力克西和鲍里斯。或者出现更糟糕的情况，让他们误以为判决书已经签署了，于是决定将那个活生生的、会呼吸的谈判筹码提前解决掉。

“我现在就可以给你看。但是要等到我做好准备，你才能发布这篇报道。”我说，“如果你在我还没准备好的时候就过早地走漏了风声，那么将会给我带来不可言喻的毁灭性灾难。”

只是给他看一眼判决书，并没有什么危险。如今，他已经名声扫地了，除非他能在网站上发布一份判决书的扫描版，否则不会有人相信他的。

“您已经写好了？所以那个秘密是真的，您确实提前就做出了判决。”

“不，我没有。这……我没法跟你解释。”

他疑惑地看着我。

“这解释起来很复杂，”我说，“等到我签署这份判决书之后，就会把一切都告诉你。而现在，请你明白，如果这篇报道太早被发布出去的话，你将会造成你自己根本无法想象的伤害。如果事情变成那样，我就会签署一份完全相反的判决书来对付你。我会彻底毁了你的。”

“要么互利互赢，要么同归于尽，”他沉思道，“不错。”

“那我们就这么说定了？”

“行。不过您至少得让我的独家新闻比判决公布要早一个小时，而且必须得在股票开市以后。否则，这对我就没什么好处了。”

“没问题。”我说。

我向他伸出手去，我们握了握手。然后我就打开办公桌的抽屉，把马克从门缝下塞给我的判决书拿了出来。我把它递给了波利蒂，他接过后立马就低下了圆圆的光头，开始浏览文件的内容。

“您要判阿波提根胜诉？”他说，“呃，这下我彻底糊涂了。”

“怎么？”

“嗯……我觉得我应该先告诉您那个知情线人是谁。他叫马克·劳威，自称是您的姐夫。他给我看了一堆家庭照片什么的，不过现在我严重怀疑那都是伪造的。”

“不，他的确是我的姐夫。”

“那您可得给我解释解释了。”波利蒂说，“他说这一切都是您计划好了的，您想做空一批阿波提根制药公司的股票。他还说，您是借用他的名义来开户的，这样一来，证券交易委员会就不会对您起疑心了。他甚至给我看了一份由他签名的做空交易合同，总共做空了十万股，当时股价还是九十多块钱呢。

“可如果这是真的，那您为什么要判阿波提根胜诉？您难道不希望价格继续跌吗？我是说，除非……噢，太狡猾了，您已经交割了做空的股票，对不对？所以判决结果已经无关紧要了。”

“抱歉，”我说，“我完全不知道你在说什么。”

“您知道做空是怎么回事吧，当股价下跌时，手握做空合同的人实际是赚钱的。阿波提根的股价每下跌十块钱，十万股的做空合同就价值百万。所以，如果昨天收市之前就交割股票，那您赚了将近三百万，对不对？”

“我懂什么是做空交易，”我说，“但我所说的‘不知道你在说什么’，意思是我根本就没有跟我姐夫一起搞什么阴谋。这一点我可以对你保证。就算他掏出一份写着我名字的做空交易合同，那也与我无关，我毫不知情。他告诉你的关于我的一切都是谎言。”

“嗯，我觉得我现在也不意外了，”波利蒂说，“除了他的确是你姐夫之外，这个人说的其他话都是骗我的。”

他想到自己的轻信，不禁懊恼地摇了摇头，说：“那我们就达成协议了？”

我点了点头：“没错。”

70

十五分钟的休庭已经延长到了二十五分钟，我必须得返回法庭了。

眼下，我确实没有多少时间来考虑刚才得知的一切。但我却发现自己不知不觉地回想起了这数周以来我跟马克见面的那几次。我们曾坐在他家的门廊上、我家的门廊上，他都不动声色地跟我闲聊。原来，他表面上用一只手拍着我的肩膀表示安慰，背地里却用另一只手把我的心脏掏了出来。我万万没想到，他竟然是如此恬不知耻。

然而，细想之下，也并非全无道理。马克·劳威的妻子总是抱怨那栋处处有毛病的房子，抱怨家里缺钱，抱怨他不够果断自信，结果他便策划了一个能够赚取数百万美元的阴谋。相对于我们的孩子而言，他更在乎金钱。于是，他便买通了贾斯蒂娜来提供情报，雇了那对土耳其兄弟来具体做事。

当务之急是要找到他。

波利蒂离开后，我将内庭的大门打开了一条缝，偷偷地扫了一眼走廊。如果马克还在给惠普尔跑腿，那么他应该就坐在法庭外的长凳上。

他不在。本来我会以为他已经跑到别处去数钱了，可是艾莉森刚刚才见过他。他就在附近，就在周围的某个地方。我尽量蹑手蹑脚地沿着走廊找了一圈，想确认一下他是否坐在其他位置。然而并没有，整个走廊都是空的。

我回到内庭，朝杰里米的办公室走去。办公室门依然关着，我轻轻地敲了敲门，说了声“是我”便进去了。艾莉森坐在办公桌后，面前的枪已经基本组装好了。

“快弄好了。”她一边说，一边手上不停地继续忙着，“其实先前已经弄好了一次，可是我没装子弹用空枪试了一下，觉得手感不好。所以我只能把它拆开，再重新组装一次。”

“不急，反正马克现在也不在走廊里。”我说。

“那你打算怎么办？”

“我想，还是先回去继续参加听证会吧。”

“我们难道不该去找找他吗？你是法官，大家会等你的。”

“是啊，但他也有可能又离开了法院大楼。我不想到外面去追他，如果他没有离开大楼，那我们又得把枪再偷偷地带进来。再说，到了外头，他很可能也有武器了。可是在这儿，我觉得只有咱们才有枪。”

“说得对。那咱们应该怎么办？”

“他早晚会回来的，他的老板肯定还要找他，”我说，“你可以用枪把他逼到内庭来。到时候，他就陷入困境了，既没有武器，也没有手机能跟自己的同伙联系。那就是他最无助的时候了。”

她将最后一个部件安到手枪上，然后转身瞄准了窗户。她扣动了两次扳机，空弹手枪发出了“啪啪”的声音。

“完美，”她说，“我准备好了。”

“好。你在这儿待着别动，拿好杰里米的手机。”

当我离开杰里米的办公室时，我察觉史密斯夫人正好奇地盯着我。真不敢想象她是如何看待我的异常行为或这些意外来客的。我假装低头看了看表，其实我根本就没注意现在是几点。

“你知道吗？”我对她说，“现在都到周五下午了。这可真是漫长的一周。今天剩下的时间我都要忙着审理听证会了，所以你不需要留在这儿等我吩咐了。何不早点儿下班呢？”

“谢谢您，法官阁下，不过我还得——”

“琼，”我叫了她的名字，她立即停住了话头，“拜托你走吧。帮我告诉其他的职员，让他们也先下班。我真的会很感激你的。”

她思索了一阵，然后说：“没问题，斯科特。”

复庭后，我欣慰地看到史蒂夫·波利蒂还留在法庭上，这说明他并没有忙着把那个独家新闻发出去。布雷克·富兰克林也还在，也许他已经把今天的竞选活动都取消了。

对于克拉伦斯·沃思而言，虽然案子的进展十分顺利，但是他看起来却十分恼火。毕竟，在经过长达一个半小时的午间休庭之后，我又叫停了半个小时。我为自己的耽搁道了歉，嘟囔着说有一件紧急的事情临时需要我去处理，然后便让他开始发言。

他请上的第一位证人是个外表干净利落的科学家。我以为沃思也许会慢慢地推动辩护过程，就像演奏交响乐一样，先是双簧管独奏，然后每次再加入一两样乐器，最后渐渐进入声势浩大的高潮。

然而，情况并非如此。我几乎立刻就看出来，沃思直接就亮出了撒手锏。这名科学家是关键证人，正是他第一个发现了丹尼·帕尔格拉夫的重大失误。我之所以能猜到这一点，主要是从巴纳比·罗伯茨的反应上判断出来的。在这名科学家解释原告的主张错得有多么离谱时，巴纳比·罗伯茨险些控制不住自己，就差手舞足蹈了。沃思又掏出了激光笔，第五十八号辩方证物始终保持着高出镜率。沃思肯定是希望我做梦都能梦到这张 PCSK9 的正确结构图。

在接下来那漫长的一个小时中，沃思有条不紊地引导着那位科学家给出了一层又一层的铺垫。然后，证人便奏响了最强音，准确地表明帕尔格拉夫犯了错误，并且解释了即便是杰出的科学家，也有可能把蛋白质结构搞错而不自知。对于一直仔细聆听这番证词的人而言，此时被告方的辩护已经达到了精彩的高潮，一切都真相大白了。

这时，我一直等待的时刻也出现了。正当那位科学家开始发表结论时，安迪·惠普尔扭过头去，举起手做了个奇怪的姿势。

我好不容易才忍住没蹦起来。如果安迪·惠普尔是在打手势的话，那马克肯定正在外头守着。

我立刻就毫不掩饰地低下了头，用放在大腿上的手机给杰里米的手机发了条短信：**马克来了**。

然后我抬起头，继续装出一副专心审案的样子。我只能盲目地期盼艾莉森收到了我的短信，然后马上行动起来，并且事情的发展会如我们所愿。

沃思对这位证人的询问结束了。当希曼斯开始对他进行盘问时，我心乱如麻地想，不知会不会听到尖叫声、枪声或者骚乱的声音。或者说，艾莉森正在悄悄地处理此事？毫无疑问，她有装满子弹的手枪，自然占据着巨大的优势。而且马克肯定也明白，自己无法戏弄手持武器的鲍威尔家姐妹。

我低头扫了一眼手机。短信已经发出去四分钟了，艾莉森还没有回复。

那名证人又开始叙述丹尼·帕尔格拉夫暴露出来的错误，这回讲得比之前还详细了。希曼斯毕竟是个老练的律师，他明白这个科学家在证人席上站得越久，情况只会变得越糟糕。他越是提问，越是在自掘坟墓。

我又低头扫了一眼。七分钟了。还是什么都没有。很快，希曼斯就结束了盘问。这名证人的回答实在是滴水不漏，希曼斯根本没有机会反攻。

沃思已经开始请下一位证人出庭了。这是一名女科学家。她站上证人席，看起来跟上一位证人一样成竹在胸。就此，丹尼·帕尔格拉夫的毁灭之路又开启了新的篇章。她起誓保证自己所说的一切都是真实的。

这时，我感到大腿上传来一阵振动，我低头看了一眼。

抓住他了。现在就在你的办公室里。

那名证人刚说完“上帝保佑”，沃思正在让她说明自己的姓名和职业，我突然打断了他。

“不好意思，在聆听这位证人的发言之前，我觉得我还需要暂时休庭一会儿。”

沃思的脸涨红了，表情中写满了“你是不是在逗我”的愤怒。然后，他努力平复了一下情绪。

“没问题，尊敬的法官大人。”他说。

“十五分钟。”我说。

沃思有没有更加不满，我已经来不及看了。我快速地离开了法庭，将他那轻蔑的目光统统抛在了身后。

71

我回到自己的办公室，眼前的情景不像是现实生活，倒像是黑帮电影里的画面。

房间中央有一个男人，就坐在平时放在办公桌前的一张椅子上。他显然是我非常熟悉的人，在过去的二十年中，我们一起吃感恩节大餐，共同度过平安夜。但是，我从未见过他这副模样。

马克·劳威的手腕被绑在椅子上，用来作为绳子捆绑的工具似乎是他自己的鞋带。他的腿被白衬衣的布条绑在一起，那衬衣显然也是他的，因为他这会儿上身只穿了一件 T 恤。他的左眼处有一道很深的伤口，鲜红的血液顺着他苍白的面颊一侧淌了下来。他的嘴角也在冒血。

他的面前站着一个女人，正憎恶地怒视着他。那是艾莉森，但却更像是另一个艾莉森。这个艾莉森是暴躁而凶狠的，胸中充满了熊熊燃烧的怒火。她穿着无袖衬衣，露出的胳膊精瘦而有力。我又一次震惊地发现，她瘦了许多。褪去了一层脂肪后，她那握枪的右前臂显得肌肉分明。她的脸色也涨得通红，不是因为有伤，而是因为耗费了许多力气。她的表情中写满了沸腾的愤怒和深深的憎恨。

杰里米·弗里兰也在房间里。他站在马克身后，看起来很严肃。

我猜测出的最顺利的情况是，艾莉森用枪指着马克逼迫他来到这里。内庭中的职员都走光了，只剩下杰里米，他帮忙将马克绑在了椅子上，同时艾莉森一直用那把史密斯威森手枪威胁着马克。然后，这个以温柔养育了两个孩子的女人，露出了冷酷的一面，凶狠地用枪柄打了马克。

对了，我可得说清楚：我丝毫都不同情他。只可惜我没机会揍他一顿。

“我错过什么了吗？”我问。

“他说不知道爱玛在哪儿。”艾莉森说。

“我不知道，我发誓，真的不知道。”马克说。

他弯腰驼背，像一条被殴打的丧家之犬一样畏畏缩缩。这才是我认识的马克。温顺胆小、唯唯诺诺。“劳为人”。我依然无法完全将他跟那个彻底毁灭我们生活的浑蛋画上等号。

但不同的是，我现在已经明白了他在演戏，所以我不再相信他了。如果他真的像自己说的那样清白无辜，那他肯定早就放声大喊求救了，外头有那么多法庭警务人员和法警署的警察，他们会立马跑进来帮他的。可是他没有白费工夫，因为他知道执法机关不会善待绑架儿童的罪犯。

我走向他，捏住他的喉咙。“我们已经知道一切了，”我说，“我从监控录像上看到你把判决书塞进了门缝。我知道你雇了那两个土耳其人去威胁凯伦把孩子接走；我知道你就是史蒂夫·波利蒂的秘密线人；我还知道你有一份做空十万股阿波提根股票的合同。到此为止了。赶紧告诉我们爱玛在哪儿，否则我发誓，你活不过一个小时。”

当我捏住他的喉咙时，我看到他脸上的血渗进了我身上法官袍的黑色布料中。他的嗓子里发出咕噜咕噜的声音，拼命想要挣脱，但我捏得很紧。等到我觉得时候差不多了，便放开了手。他剧烈地咳嗽，大口大口地吸着空气。

“我告诉你了，我不知道。”他用嘶哑的声音说道。

我的手又伸向了他的喉咙，这一次我连另一只手也用上了。我用最大的力气掐住他的脖子。他疯狂地扭曲身体、奋力挣扎，但是由于被绑在椅子上，因此再怎么扑腾也只是徒劳。

等我松手后，他深深地吸了一口气，然后说：“住手！不是我干的！”

站在我身边的艾莉森抡起了手枪，准备再一次痛击他的脑袋。

这时，马克脱口而出道："是安迪！"

她停住了动作。"安迪？"她说，"安迪·惠普尔？"

"一切都是安迪干的，是安迪和凯伦，明白吗？他得到消息，知道你是这个案子的法官。我估计应该是阿波提根制药公司的人给他通风报信的，安迪向来都能得到大公司的内部消息。不然，他怎么能一直在股市上呼风唤雨？

"安迪听说了这桩案子，他知道我跟你的关系，于是就来找我。他说如果我不配合，他不仅要解雇我，而且要把我拉入黑名单，让投资界的任何公司都不再雇用我。然后他就将计划和盘托出，说自己将会做空大批阿波提根的股票，那十万股只不过是冰山一角。安迪手里攥着的才是大头。据我所知，他总共做空了大概一千万股。他的计划就是操纵股价下跌，在最低点交割做空的股票，然后再低价买进一千万股，将股价抬上去。"

这就意味着，惠普尔将一反一正大赚两笔。如果他做空了一千万股，那么阿波提根下跌的三十美元股价将会为他赚得约三亿美元。然后，他再低价买入，等到阿波提根的股价涨回九十块或者更多时，他又赚了三亿。甚至不止三亿。那样一来，惠普尔联盟又会迎来盆满钵满的一年，公司的客户会得到丰厚的利润回报，而安迪·惠普尔这位明星老板也将大捞一笔。

"这故事讲得不错，"我说，"你能拿出证据来证明吗？"

"你稍微想想就知道，我已经证明了，"马克说，"那份做空交易合同写的是我的名字。可像我这样的人，到哪儿去弄那么大规模的做空合同？你以为我能直接跑到银行说：'喂，听我说，我有五千块存款，还有一栋价值四十万的破房子。不过，你们要相信我，跟我签一份做空合同吧，要是输了，不就是赔上几百万嘛，对不对？'那份合同的担保人不是我，是安迪。"

我握紧了拳头："所以，要是我没理解错的话，安迪知道我是阿波提根案的法官，于是跟你说：'喂，你帮我绑架你妹夫的孩子，我让你变成大富翁。'对吗？"

"对了一半。安迪以为他从中掏出一笔钱来就能贿赂你，因为安迪的世界就是如此，他觉得金钱能买到一切。我说你不是那种人，而且我告诉他可以直接解雇我，不必白费力气，因为我是绝对不会合作的。可是，凯伦却说：'不不不，如果你丢了工作，我们就什么都没有了。你得为孩子着想。'她担心安迪真的会把我拉入黑名单，那样我就找不到工作了，或者最多只能找到一个薪酬是原先一半的工作。她甚至都开始算账了，说那样的话我们会失去房子，说不定还会破产。但是她也明白，你是不会接受贿赂的。于是她就想出了这个绑架的计划。”

“你说谎！”艾莉森大喊道，“凯伦绝不会这么做。”

“你根本不了解自己的亲姐姐。”马克转向艾莉森，直直地盯着她的眼睛，鲜血从眼角的伤口汩汩渗出，“你难道没发现她有多恨你吗？是，她提起你跟乐队一起去英国参加音乐节的事时，我们都会一起大笑。可你仔细想想，你总是众人关注的焦点。珍妮有许多朋友，而剩下的一切都是你的——外貌、成绩、傲人的简历。身为你的姐姐，却要永远活在你的阴影之中，你明白那种感受吗？最好笑的是，有一段时间，她其实已经放下这份怨恨了。结果这时候你们家搬来了，你们的存在时时刻刻提醒着她，她想要而没有的东西，你们都有。”

“这太荒唐了。”艾莉森说。

“噢，得了吧。我们家就占着一片空荡荡的土地，而你们家却坐落在风景如画的河滨。她嫁给了一个程序员，而你嫁给了一个联邦法官。她是个家庭主妇，而你却有一份充实的工作。她想成为你这样的人，但是却样样都没成功。你明白我的意思，你知道我说的是实情。最后，她明白福利管理局里根本就没有年薪六位数的工作等着她去干。她知道将来我们会跟所有的普通人一样，拼命赚钱养家糊口，祈祷着家里的车子别坏，因为我们买不起新的，而她……唉，当初我们家的热水管坏了时，还得向你们借钱，你难道不明白她为此感到多么屈辱吗？”

他朝办公室的地毯上吐了一口带血的唾沫，继续说：“刚开始，她还会说：‘我们必须得这么干，我们别无选择。’可是后来，她就开始憧憬那将要到手的六百万美元了。就好像这是她应得的，只不过现在才有机会到手罢了。渐渐地，她甚至开始计划着要告诉所有人我升职了，我的优秀工作终于得到了认可，她还盘算着要买新车、新家具。我根本就劝不住她。最后，安迪干脆跳过我，直接找凯伦商量细节。我告诉过他们，说他们俩都疯了。可是凯伦已经着了魔，她觉得有安迪的金钱做后盾，我们可以轻易脱身。我根本就不知道你们说的什么土耳其人，安迪雇的那两个明明是马其顿人。”

我回想了一下凯伦从头到尾的举止。

在第一次家庭会议上，她坚持要我们采取措施，做点儿什么。因此，如果我们真的打算积极主动地做点儿什么，她就可以最先知道了。那个周六的早上，她跟艾莉森打电话，为自己在生物博物馆的愚蠢言行道歉，结果却得知我出去追查线索了。于是，她立马让绑匪给我发短信，骗我回了家。也许她不想让我单独对绑架事件进行调查。

后来，她又提议建立了在我们家周围守夜的制度。这样一来，至少每隔两天晚上，她就能有一晚名正言顺地亲自监视我们，及时了解我们是否私底下进行了调查。而且，一旦阴谋败露，她也可以将守夜一事作为借口，表示自己一直试图保护我们。

在看过爱玛受折磨的视频以后，她坚持让我去找联邦调查局，其实她心里清楚我不会去的，因为她已经知道我跟艾莉森都下定决心不让警方介入了。退一万步讲，就算我真的要背着艾莉森去求助当局，至少凯伦也会首先知情。

接着，我又想到她录的那个将萨姆和爱玛交给绑匪的视频。这一手留得真是太聪明了，完全支撑起了她给我们编的故事。可是，这跟马克讲的并不冲突，那个视频无法证明她是被迫的。视频只能告诉我们，她开着那辆面包车把孩子们交给了绑匪。在这整个过程中，她完全有可能是自愿的。没错，而且那个视频还没有声音。就目前所知的情况看来，鲍里斯和亚力克西当时说不定还跟凯伦打招呼呢——好啦，谢谢你，凯伦，回见。

我一下就能想象出来，一旦大事不妙，精明的凯伦便会在检方面前装可怜。她会说自己只是个无助的家庭主妇，遭到了坏人的胁迫，然后拿出那个视频来作为证据。在我们面前，她还添油加醋地说亚力克西和鲍里斯听起来像是土耳其人，因为她知道我们先前怀疑过贾斯蒂娜。然而，贾斯蒂娜无疑是清白的。她根本就与此事无关。

艾莉森没有说话，不过我知道她已经开始相信他了，或者至少开始认真地考虑他说的话了。我从她的样子上就能看出来。

“艾莉森，”我说，“我觉得我们需要跟安迪·惠普尔谈一谈。”

“我同意，”她说，“但是谁能把他引到这儿来呢？”

我说：“布雷克。”

72

布雷克·富兰克林之所以能在政坛建立起如此成功的事业，全是因为他魅力超群、能言善辩、令人信服。假如有人能用甜言蜜语劝诱惠普尔来到这里，同时却又不让惠普尔察觉出这么做的真实意图的话，这个人只能是弗吉尼亚州的资深议员布雷克了。毕竟，正是布雷克教了我一个看似简单老套却又十分好用的秘诀。自从我学会以后，无论是在参议院周旋，还是在联邦法院工作，抑或是在超市里买东西，这个秘诀总能派上用场。秘诀的内容就是：

如果你想让一个人为自己做事，那就先满足他的虚荣心。

没有人比布雷克更懂得如何利用这个秘诀了。而且他也可以自然地接近惠普尔，看起来不过是两个有权势的大人物惺惺相惜，不会令任何人起疑。最妙的是，我现在立刻就能联系布雷克。虽然旁听席上的众人都没有特权，但身为议员，布雷克却能以“事关国家安全”为借口，将手机带进来。

响了两声之后，他接起了电话。从背景中传来的噪音判断，他此刻应该是在人潮拥挤的走廊上。

“喂，”他说，“你是不是该让这场好戏继续了？我倒不是想跟你抱怨，反正我也不是买票进来的，不过老是搞什么幕间休息，我们都觉得无聊啦。”

“马上就来，不过我需要你先帮个忙。”

“没问题，怎么了？”

“你认识安迪·惠普尔吗？”

“认识，刚才他还跟我搭话呢。我估计他肯定是觉得，如果能一直在我耳朵边儿上嘀咕，就能彻底破坏已经惨不忍睹的多德—弗兰克法案[1]。”

“我需要他立刻到内庭来见我。你能不能告诉他说我是他的超级大粉丝，

[1] 多德—弗兰克法案（Dodd–Frank）：全称为“多德—弗兰克华尔街改革与消费者保护法案”（*Dodd–Frank Wall Street Reform and Consumer Protection Act*），于2010年7月21日由奥巴马总统（President Barack Obama）签署实施，是美国“大萧条”以来最全面、最严厉的金融改革法案，其中涉及多项内容，包括限制大金融机构的投机交易等。

之前在电视上见过他，现在很想当面跟他认识一下？”

“这些话都是真的吗？”

“纯属扯淡。但如果这些话是从你嘴里说出来的，那他肯定会信以为真的。这涉及到那件生死攸关的家庭大事，只有你出马才能把这话说得更像样。”

他考虑了片刻：“好，我尽力而为。”

我挂断了电话，把手机放回口袋。

“杰里米，能否请你到内庭门口去等着，一会儿把惠普尔领进来？”

“没问题。”他答应了以后，便朝外面的接待区走去。

于是，办公室内只剩下了我、艾莉森和马克。马克低垂着头，呼吸依然十分艰难。艾莉森用目光审视着他。

“你真的不知道爱玛在哪儿？”她问。

“我发誓，我真的不知道。就连凯伦也不知道。安迪雇的那两个马其顿人长了一脸凶相，他们似乎正在被国际刑警组织通缉，天晓得还有没有别的警察组织在追查他们。我都不知道安迪是从哪个老鼠洞里把他们翻出来的，我只知道他每天付给他们五千美元酬劳，所以他们肯定对这个……说是绑架也好，说是任务也好，反正他们肯定对这个事儿相当擅长。”

艾莉森朝他大喊了一连串的咒骂，最后说：“你怎么能这么做？你怎么能让爱玛落入那种人的手里？她是你的外甥女！她爱你，她相信你。难道这对你来说都毫无意义吗？”

马克深深地吸了一口气：“听着，我知道这话像是在找借口，但是爱玛真的很安全，好吗？我们严格禁止这两个人伤害孩子们。我们给他们钱来给孩子买吃的，而且还定了规矩：不许把孩子绑起来，不许打他们，不许——”

“他们给我发了个折磨爱玛的视频！”我忍不住大喊道，我已经顾不得自己身在何处，也顾不得轻声说话了，“从视频来看，他们正在爱玛身上多次实施电击！这就是你说的禁止伤害孩子？”

艾莉森听不下去了，她抡起胳膊，将手枪砸在马克脸上，生生地削掉了一块皮。马克痛得哀号起来。艾莉森把枪口抵在他的额头上，她的嘴唇向后扯开，露出了牙齿。她的食指先前一直以防备的姿势跟枪管保持平行，此刻却扣在了扳机上。

“那是个意外，”马克慌忙说道，他不再看艾莉森，而是盯着面前的手枪，“那是个失误。我们告诉他们绝对不许再那样做了。听着，最重要的是，从长远看来，她还是平安无事的。他们不会切掉她的身体部位或者……或者做其他可怕的事。我们说好了，只要看到判决书公布，他们就把她放到帕特里克·亨利购物中心[1]附近，告诉她去找警察或者保安或者其他人帮忙。一切都会圆满结束的。”

艾莉森将身体的重量都放在那支手枪上，更加用力地将它抵在马克的脑袋上。马克偏头躲向一旁，可是手枪只是换了个位置，指着他的耳后。艾莉森的眼睛眯成了两条缝，目光中充满了怨恨，她的鼻子也愤怒地皱了起来。只要扣动扳机，马克·劳威的半个脑袋就会落在办公室的地毯上。

“你是个彻头彻尾的白痴，懂吗？”她说，“你真的以为那两个马其顿人会好心地放她一条生路？等到判决生效的那一刻，他们会立刻杀了她。我看，你也可以去死——”

“艾莉森，住手！”我说。

我朝她飞身扑过去，抓住她的手腕向下掰，好让枪口指着地板。

“放开我！”她拼命挣扎着想要把手腕挣脱出来。

“住手，艾莉森，住手。这样无济于事。如果布雷克成功了，那么惠普尔随时都会来这儿。我们不能打爆马克的头，不能让他就这么坐在这儿。如果惠普尔还没进来就瞧见了马克，那他一定会溜之大吉的。只有惠普尔知道爱玛在哪儿，如果他跑了，我们怎么办？总不能举着枪满大楼地跑着追他吧！”

艾莉森不再挣扎了，但是她的身体依然紧绷着。我紧紧地抓着她的手腕。“听话，”我说，“快点儿，我需要你帮忙。我们得把马克藏起来。拜托了。”

她吸气、呼气，渐渐地明白这帮恶魔中最大的头目并不是马克，还有更重要的事情等我们去处理。终于，我感到她的胳膊慢慢放松了。

“好。”她说。

“帮我把洗手间的门打开。咱们把他藏进去。”

我绕到马克背后，将他连人带椅子从地毯上拖过，朝专用洗手间走去。

---

[1] 帕特里克·亨利购物中心（Patrick Hentry Mall）：位于弗吉尼亚州纽波特纽斯的一处购物中心，坐落于64号州际公路与杰弗逊大道（Jefferson Ave）交会处。

把他安顿好以后，我说：“你最好别发出声音，明白吗？否则我发誓会让她一枪毙了你。”

在关上门将他留在黑暗中之前，我忍不住又加了一句：“保持沉默。”

73

最多又过了一两分钟，轻柔的敲门声便响起了。敲门的人显然是杰里米·弗里兰。“法官阁下，”他说，“惠普尔先生来见您了。”

成败在此一举。我们就像踩着刀刃过悬崖一样，稍有不慎就会酿成大祸，危及爱玛的性命。如果爱玛死了，那我们的人生也就到头了。假如我停下来想一想近在咫尺的灾难，那么我肯定会因恐惧和慌张而无法自控，结果什么都做不了。但是，当时我们完全没有考虑复杂的外部因素，全凭直觉和本能行事。

艾莉森站在办公室门的左侧，后背紧紧地贴在墙上。当惠普尔进来时，敞开的门会把艾莉森挡住，那样一来惠普尔就看不到她了。她冲我竖起了大拇指，表示准备就绪。我打开办公室的门，面前出现了安迪·惠普尔的双下巴。

“您好，您好！”我说，“请进，快请进。”

我退后几步，给他让了路。杰里米也在他身后温和地催促着，于是他便小步走进了办公室。“当富兰克林议员告诉我说您想跟我谈谈金融问题时，”他开口说，“我承认还真有点儿——”

艾莉森一把关上了办公室的门，用枪指着他说：“闭嘴。”

“这……这是怎么回事？”他显得颇为惊讶，甚至有点儿愤慨，仿佛在想：居然有人敢用枪指着金融界的大师！

“怎么回事，你自己心里清楚。”艾莉森说，“我的女儿在哪儿？”

“你的女儿？抱歉，我没听懂——”

“得了吧，”我说，“马克·劳威把一切都告诉我们了。”

“马克·劳威，”他提到我姐夫的名字时，就像在念菜谱上的一道外国菜，而他不确定自己念得究竟对不对，“谁是马克·劳威？”

我走向洗手间，打开了门：“就是这家伙。”

惠普尔望向黑漆漆的洗手间。

“别演戏了，安迪，”马克用嘶哑的声音说，“他们知道你操纵股价、做空股票的事情了，也知道那两个马其顿人了。我把一切都告诉他们了。”

惠普尔的头微微偏了偏，倾斜了大概也就三度左右。除此之外，他一脸漠然，无动于衷的样子令人觉得心寒。在法庭上，我见过不少反社会的人，他们缺乏正常的感情，总让我怀疑他们跟我们究竟是否属于同一个物种。他们就像一栋栋装好了电线的房子，然而电工忘记把连接人性的电线终端接上，结果整栋房子都变得一片漆黑，无法居住。

然而，即便是那种人，在审判的过程中也会流露出一些感情。有时候是因为被抓而感到懊悔，有时候是因为要面对惩罚而感到害怕，还有的时候则是因为无人喜欢自己而感到沮丧——这一点是许多反社会者的苦恼，因为他们通常都十分自恋。总之，我或多或少地能察觉到他们内心的挣扎。

惠普尔却十分平静。他知道自己的一个同伙已经叛变了，也知道我们已了解了他的阴谋，看穿了他那腐烂的内心。可是，面对我们的厌恶和鄙夷，安迪·惠普尔只是歪了歪脖子，仅此而已。

“有本事就开枪吧，”他坦然地说，“不过要记住，你对我做了什么，我会加倍偿还给你的女儿。你想杀了我？那她也活不了。你杀我就等于杀她，这个关系是牢不可破的。要是那两个马其顿来的绅士没了我的消息，他们会毫不犹豫地割断你女儿的喉咙。”

艾莉森的鼻孔张大了。她的手指扣在扳机上，但我已经知道那只是做个样子而已。惠普尔并非在吓唬我们，他能走到今天，积累起如此巨大的财富，肯定是有道理的。没错，因为他冷酷无情，但也因为他总是能将各种意外情况考虑清楚，并且提前计划周全。

“我建议咱们做一笔非常公平的交易，”惠普尔说，“实际上，就是我一直以来所说的那笔交易。用你的女儿来换判决书。同意吗？”

艾莉森的泪水顺着脸颊淌了下来，手中的枪开始摇晃。她痛苦地咒骂了一番，最后说：“……你这个恶魔。爱玛不是拿来交易的商品！”

“噢，可惜她就是，”惠普尔说，“而且如果你暂时把她想成是个商品，会更有好处，你就能看出来这是最佳的解决方案。你可以换回自己的女儿，拿回自己的心头肉。这对你来说岂非胜利？而我呢，可以赚一笔钱，对我来说也是胜利。这可是双赢啊！”

“赚钱？是偷钱吧！”马克的声音从洗手间传来，“那每一份做空交易合同的背后，都有人赔了数百万美元。你这个浑蛋！”

“至于你嘛，被解雇了，”惠普尔反击道，“不过我估计你也不会太伤心。别忘了，马克，你可以带着六百万美元抽身。你手里的那个做空合同赚了三百万，等到阿波提根的股价上涨，又是三百万。瞧见没？我都说了，这岂止是双赢啊，根本就是众赢！”

“噢，”这时，惠普尔看着我补充道，“如果你打算等这一切结束以后报警，我劝你想都不要想。我已经料到会出现意外的可能性，所以我采取了一点小小的保险措施。我这儿还有一份十万股的做空交易合同，而且股票已经统统交割完毕了，上面写的是你的名字，桑普森法官。此外，我还有一份委托书，内容是要求将你在惠普尔联盟公司的账户余额转存到加勒比地区的一家银行。”

“我在惠普尔联盟根本就没有账户。”我说。

“哎呀，可是你明明有。在这一切开始之前，那个账户就建好了。如果进展顺利，我就把那笔钱拿来自己享用。反正我有密码。如果事有不妙，那我就可以把这笔钱当作小小的诱饵，让你跟我合作。就算你不肯合作，我也还是有办法：我会告诉当局，你也参与了这个操纵股价的计划，到时候拉你给我垫背。要说咱俩的下场有什么区别的话，无非就是你更惨一点儿，渎职罪的最低量刑可不轻啊！”

“这在法庭上根本就站不住脚。”

惠普尔笑了起来：“怎么站不住脚？桑普森法官，你根本就不知道自己的罪证有多么真实可信。凯伦·劳威有你家的钥匙，她可以拿到你的护照、社保号码和一切我们需要的东西。我可以向你保证，所有文件上的签名都跟你本人的签名完全吻合。我从纽约雇了最好的造假师，他的技艺可是相当高超的。我知道你怎么想，你以为冲着检察官说一通‘我是一名法官，我被诬陷了，我是清白的’就行了？一边是你空口无凭，另一边是物证确凿，你觉得检察官会相信你吗？有了那些文件，在周日之前，我就有好几种办法能让你陷入大麻烦。只要我愿意，那些文件随时都能绑上蝴蝶结，漂漂亮亮地出现在美国联邦检察署。”

也许他只是临时编了这么一番话，但不知为何，我觉得他说的这些都是真的。这涉及到对冲基金的本质，也说明了为什么对冲基金又叫作“避险基金”。所谓避险基金，就是在市场低迷时也依然能赚钱。无论市场风向如何，他们都能通过做空交易、金融衍生工具以及一大批其他的金融工具来获取潜在的利益。他们会动用一切手段赢得赌局。

安迪·惠普尔现在的做法就是如此。

“那么，”他说，“咱们就说定了？只要应一声‘好’，不出一小时，你就能把女儿抱在怀里了。”

“好，”我说，“我们说定了。”

我别无选择。

74

兄弟俩以为事情会非常简单：接到电话，杀了女孩儿，把她扔进坟墓，然后溜之大吉。他们的最终目的地是委内瑞拉。等到了那里，他们想躲多久都行。委内瑞拉有无数的沙滩和朗姆酒，而且还不会向美国引渡逃犯。

一切都准备就绪了。因此，当网络电话响起来时，哥哥去接电话，而弟弟已经开始在包里摸索那把猎刀了。他要等到了坟墓旁边再割断小女孩儿的脖子，这样就可以少做一些清理现场的活儿。

“喂。”哥哥说。

“计划有变，”安迪·惠普尔的声音从免提喇叭中传来，“把那个女孩儿带到法官家来。”

“然后呢？”

“然后把她放了。”

哥哥顿了顿：“这跟我们说好的不一样。”

“我知道。我说了，计划有变。”

“我们还没收拾好呢，我不想留下证据。”

“事成之后，我再多给你十万。”惠普尔说。

哥哥扫了一眼弟弟，弟弟耸了耸肩。

“二十万。”哥哥说，“这个小女孩儿已经见过我们的脸很多次了。她能认出我们来。这是我们先前没料到的风险，你得补偿我们。”

“行。”电话那头的男人答应得太痛快了，哥哥立马后悔自己没开口要五十万，“不过我要你们马上动身。”

“好。”

电话挂断了。

“我辛辛苦苦挖了半天，那个坑就白挖了？”弟弟说。

“还不一定，”哥哥说，“走着瞧吧！”

75

一个孩子换一个判决。这一直是安迪·惠普尔想要的结果。虽然我并不愿意让他得逞，但爱玛能回家才是最重要的。而且，在她平安归来之前，惠普尔的耳后会一直抵着一把手枪。

“避险大王”惠普尔有他的避险手段，而这把史密斯威森手枪就是我们的避险手段。我们决定在“河畔农场”完成交换。在我们离开法院大楼之前，惠普尔给那两个马其顿人打电话做好了安排。我们一致同意让惠普尔待在我的别克车里，直到马其顿人带着爱玛出现为止。在爱玛被释放的同时，我们也会放了惠普尔。

然后，等到了下周一，“帕尔格拉夫诉阿波提根案”中的双方律师都举证完毕，我便会签署那份已经写好的判决书。惠普尔相信我会合作，因为如果我不听从吩咐，他就会把那些栽赃陷害的文件都散播出去。起码这个判决是正确的，在这方面，总算没有违背我的良心和意愿。

我们不想带着一个伤痕累累、步履踉跄的男人走出法院大楼，便让马克留下了。杰里米自告奋勇地待在办公室里看守他，同时还让珍·安将当天的听证会推迟到下周了，让她对众人解释说法官突然病倒了。

于是，只有我们三个上了车。艾莉森跟惠普尔坐在后排，我负责开车。我觉得自己就像在运送一个魔鬼一样。

我从后视镜里偷偷地看了他几眼。他泰然自若地坐着。我的面前从未出现过如此令我恨之入骨的人。就连这个人——不，他不是人，而是非人的禽兽——触碰我车内的垫子都会让我觉得厌恶。有一回，我听到他的叹气声，这才反应过来我跟他正呼吸着同样的空气，不禁感到恶心不已。若非我心中怀着对女儿的深厚爱意，我早就以无数激烈的方式将这份憎恨表现出来了，而现在我只能忍着，一边在高速公路上驾车行驶，一边在心中幻想着发泄自己的情绪。

惠普尔盯着窗外，没有察觉到我的憎恨，又或许他只是视而不见。我实在无法理解，他早上起来刮胡子的时候，怎么能忍受在镜子中看着自己这副嘴脸。唯一令我感到安慰的是，尽管他认为自己是赢家，但从长远来看他其实是输家。他只有金钱和金钱所能买到的东西，这样的人生会变得越来越悲惨。他以为钱越多就越幸福，可是这个所谓的金融天才却忽略了一条最简单的经济原理，即收益递减规律[1]。他赚得或窃取的每一块钱都会让他的幸福减少。以此类推，最终，他的幸福指数会变成零。

那正是他应得的下场。

尽管这次绑架事件给我带来了许多痛苦折磨，但也让我更加确信了人生中究竟什么才是重要的：家庭幸福，夫妻和睦，孩子快乐，还有身体健康。身体健康是最重要的。

即便在这番考验来临之前，我也从来没有忽视这些人生的幸福，我知道今后自己会更加珍惜眼前的一切。“美味薄饼日”和“父子游泳日”此刻听来竟是如此美妙。

格洛斯特 17 号公路上仿佛有无穷无尽的红绿灯。如果惠普尔敢冒险逃跑，那么随便哪个路口都能提供最佳的时机。然而，他只是心满意足地坐在车上，似乎确信一切尽在掌握之中。

终于，在经过漫长而紧张的路途之后，我驾车拐上了家门前那条沉寂的小路。当我开车进入自家的领地时，我注意到那群秃鹫已经不在了。

---

[1] 收益递减规律（law of diminishing returns）：指其他投入固定不变时，连续地增加某一种投入，所新增的产出最终会减少的规律。

我放慢车速，轮胎离开了马路，碾上了树林间柔软的泥土。我曾以为，这条十分之四英里长的车道能将复杂凶险的世界隔在外面。

现在，我不会再有这么愚蠢的念头了。可我希望，有朝一日，我们至少能有些安全感，不会为了时刻潜伏的危险而提心吊胆。

可惜，这份美好甜蜜的愿望只在我的脑海中停留了片刻，当汽车驶向“河畔农场”前的空地时，残酷的现实将我从幻想中拉了回来。车道尽头，有四辆车正等着我们：一辆普通的福特金牛，一辆带有州法医署标志的轿车，还有两辆格洛斯特郡警察局的警车。坐在后座的惠普尔突然激动起来。

“这究竟是怎么回事？这是什么情况？你——”

“闭嘴，”我制止道，“别说话。我不知道。难道你以为我愿意让他们现在来这儿坏事吗？”

“那他们在这儿做什么？”

“我不知道。”

艾莉森咒骂起来。

“你们按兵不动，”我说，“我来处理。我们说好的事情不变，我会把这些人弄走的。”

我把车开到空地和警车之间，然后靠边停下了。我不能冒险将车停得太近，否则他们就会发现我的妻子正用枪指着安迪·惠普尔。我关掉发动机，下车，一路小跑完最后的五十码。我对惠普尔说的是实话，我真的不知道格洛斯特郡警察局的人来这儿做什么。那辆法医署的车更是让我感到困惑。

大约还剩下二十五码时，我看到了哈罗德·加利警长那黑黑的光头，他刚从我们家房子的前门出来，走到门廊上。后面跟着两名警官，其中之一是上次来过我们家的那个身材健壮的娃娃脸警官。

加利走下门阶，在房前的草地上跟我碰面了。

“你最好有搜查令。”我说。

“我们有。”

“拿来看看。”我说。

他从外套口袋里拿出两张叠了三折的纸，递给我。我开始看纸上的内容。跟上回一样，搜查令的内容翔实恰当，他们有权搜查我的私人住宅以及其他被认为有必要搜查的地点。但这份搜查令比上一份搜查令多了一些额外的内容。

“凶器？……杀害赫伯特·思里夫特？”我说，“你们认为我杀了赫伯特·思里夫特？我为何要这么做？”

“他是我们的人，”加利说，“当然，他已经退休了。可是他在局里依然有很多朋友，现在他们都非常难过。”

“但我与此事无关。你们错得太离谱了。”

“是吗？”加利说，“那么请告诉我，桑普森法官，你有没有雇用赫伯·思里夫特？”

我知道自己不该开口。我在法庭上见过不少被告人，他们都是因为自己的愚蠢言辞而遭到控告乃至定罪的。他们之所以会说那些话，是因为他们相信解释一下就会摆脱嫌疑了，然而现实总是事与愿违。我对此十分了解。

然而，当时我一心只想让这些人快走。结果我也成了一个愚蠢的嫌疑人，以为只要说了实话就能平安无事了。

“是的，我雇用了他。”

“让他帮你做一些私人调查？”

“没错。”

加利从胸前的口袋里拿出了一个小小的记事本：“他具体为你做什么？”

“那是私人调查，”我说，“不关你的事。”

“好吧。那你上一次见到他活着是什么时候？”

我回想了一下：“应该是在……一个周四。两周前的周四。确切地说，是两周零一天之前。”

“在什么地方见到他的？”

“在他的办公室。当时我提前预约了，他肯定有日程表，你可以核实一下。”

“后来你还有没有见过他？”

“没有了。”我努力将他的尸体从脑海中赶出去，那副可怕的景象实在令人难以忘记。

“那后来你还有没有跟他说过话？”

“有，在电话上谈过几次，内容都是关于他替我做的工作。”

“最后一次跟他说话是什么时候？”

“我……记不太清……周一吧。不，等等，应该是周六。没错，就是我雇了他之后的那个周六，差不多两周之前。你可以调出他的通话记录核实。”

加利在小本子上快速地记录着，那个娃娃脸的警官在一旁专心地聆听。

接着，警长突然看似随意地抛出了下一个问题：“之后你有没有再去过他的办公室？”

我的心猛地沉了下去。

那张字条。他们发现了我塞在门上的那张字条。

“有，我……我一直没有他的消息，于是便去了他的办公室，然后——”企图隐瞒是没有意义的——“我给他留了一张字条。”

“你把那张字条放在了哪儿？”

“在……在后门。我把它塞进了门把手上方的门缝里。”

“后门。你说的是不是通往那栋房子私人区域的入口？”

他特别强调了“私人区域”四个字。恍惚间，我仿佛已经能听到哈罗德·加利警长在庭审上做证说，被告去找被害人似乎是为了一桩私人事务。

“是的，没错。”

“字条上写了什么？”

“我就是……让他给我回个电话。”

“你在生他的气吗？”

“没有。不，我……我只是有点儿失望，因为他一直没有消息。”

“失望。”

“是的。”

“不生气？”

“生气……生气这个词太过了。”

“你有没有敲门？”

“呃，是的，我肯定敲门了。”

“敲了几次？”

“我……应该有几次吧。怎么了？”

“你敲门的时候，有没有大声咒骂？”

噢，天哪！他们肯定跟住在隔壁的那个女人谈过了，当时我还怒斥了她。

现在，我仿佛又听到了那个女人的证词。他大吼大叫，嘴里骂个不停。我太害怕了，所以就跑回屋里去了。

“我记不清了。”我说。

“你是不是付了现金给思里夫特先生，让他干活儿？”

“呃……是的。”

“那他有没有完成工作？”

“没有，正因如此我才去找他的。”

“那你有没有为此感到生气？明明花了钱，却没有得到相应的服务？”

“没有。我刚才说过了，我只是觉得有些失望。”

“之后你跟思里夫特先生还有没有其他往来？”

“没有了。”

“你有没有再给他打过电话？”

“打过吧。我肯定留了言，这你也可以去核实一下。”

“其实，我们已经核查过了。从上周六开始，你似乎就不再给他留言了，也不再给他打电话了。如果你真的那么急着要联系上他，为什么突然就不打电话也不留言了呢？”

尽管我拼命想冷静下来，但我觉得自己的脸还是红了。陪审团就喜欢这种关键细节，既能表明被告人说谎，又能表明被告人与罪案有关。没错，只要他们不发现尸体，这一切都只是间接证据，但这是十分不利的间接证据。

“我觉得当时我已经放弃了，认为他不会给我回电了。”我笨拙地说道。

“你有没有再去过他家？”

“你是说他办公的地点？”

“都一样，那是同一个地方。”

“没有，”我说，“我没再去过了。”

“因为你已经不抱希望了，觉得他不会有消息了。”

“对，我觉得是这样。”

他又在记事本上匆匆地写了起来。他从容不迫，而我心急如焚，我希望他赶紧离开这里。趁他忙着做记录时，我冒险瞥了一眼别克车。惠普尔还坐在原位不动，艾莉森也是。她肯定还用枪指着他，只不过她把枪放得很低，超出了视野范围。加利已经让我通过自愿的陈述建好了绞刑架，这会儿他要给我系上套索了。

“那么，”加利说，“你能否解释一下，赫伯特·思里夫特的尸体为何会在你家的土地上被发现？”

这话狠狠地刺穿了我的五脏六腑。加利已经把他认定的案情完全展示出来了：我雇用了赫伯·思里夫特，但是他却没有提供相应的服务；于是我颇为恼火，打电话给他留言，还怒气冲冲地跑到他家找他；后来我又打电话留了很多语音信息，最后却突然不再留言了，因为那时候我已经杀了他，将他埋在了我家的树林里。有了这些证据，想把我送入监狱已是绰绰有余了。

现在，我终于明白州法医署的人为何来这儿了。他们要从可怜的赫伯·思里夫特那剩下的尸体上发掘线索。

“一群野狗把他挖了出来，”加利说着，摇了摇头，“有位女士开车路过，突然瞧见一群杂种狗拖着一条人的胳膊在街边跑。”

加利已经不再往记事本上写东西了。他试图与我对视，但我的目光却在四下闪躲。我一门心思都放在了这个意外的插曲上，根本没听到车道上传来了汽车发动机的声音。但这时，我突然看到了一个快速移动的物体。

那是一辆白色的厢式货车，正是萨姆对我们描述过的那一辆，也是我们在凯伦的手机视频上看到过的那一辆。它闯进了房前的空地。

那两个马其顿人来了。

76

接下来的一切发生在不到一分钟的时间里，也许连三十秒都没有。但我却记得非常清楚，每一个细节都历历在目，因为我已经在脑海中回忆了无数遍。

马其顿人开着车又狂奔了大约十码，然后他们才发现前方像是有警察的埋伏。司机猛踩刹车，轮胎偏离了那条布满车辙的土路，滑向院子里落满松叶的草地。货车本来是以大约五十英里的时速前进，此刻猝然停下，扬起了一大片尘土。在不到一秒钟的时间内，货车完全静止地停在那儿。然后它开始快速倒车。那两个马其顿人是通缉犯，车上还带着一个被绑架的孩子，他们可不想到格洛斯特郡警察局去做笔录。

这时，别克车的车门打开了。艾莉森如箭离弦般地冲了下来，我从未见过自己的妻子跑得这么快。她径直朝货车狂奔而去，手中的那把史密斯威森手枪看起来就像一块模糊的金属。她离货车越来越近了。三十码，二十码，但问题是，那辆货车正在加速后退，很快它倒车的速度就会超过她向前跑的速度。

她不可能追上了。那两个马其顿人就要带着爱玛跑了，她恐怕再也无法活着回到我们身边了。他们要跑了，他们根本就不在乎安迪·惠普尔那不堪一击的计划，只想着要保住自由之身。等到躲回不为人知的藏身之处，他们肯定不会放过爱玛。

艾莉森的想法显然跟我一样。她举起枪，一边跑一边开枪。她的枪口瞄准得很低，目标是货车的轮胎。她应该是不敢朝车身射击，因为爱玛还在车上。

货车前激起了三股尘土，她的第一轮射击都打得不够远。我见过妻子在射击场上的表现。尽管已经有些疏于练习，但在不到一百码的距离内要射中一个轮胎，对她来说绝不在话下。要么是身体在奔跑中来回摆动，让她失去了准头，要么就是她瞄准的时候太过小心谨慎了。我怀疑真正的原因是后者。

随后，又传来了几声枪响，这回是来自货车副驾驶的位置。一个马其顿人正在开枪反击。他将枪管伸出窗外。那是一杆 AR-15 冲锋枪，有长长的香蕉弹匣[1]。那杆枪是半自动的，但他还是疯狂地用手指快速扣动扳机，显然不在乎子弹的耗费。只见炮口焰[2]密集地闪烁不停。

这是一场不公平的战斗。那个马其顿人有更高级的武器和更充足的弹药，周围还包围着数吨重的玻璃和铁皮。而艾莉森却连一块能够用作掩护的玻璃都没有。我被枪声吓了一跳，由于先前发生在自己身上的枪击事件留下了心理阴影，我的第一反应便是在子弹射出时寻找掩护。但是，保护妻子的急迫心情最终还是战胜了那份本能的恐惧。我开始拼命朝她跑去。

“不！”我大喊，“不，艾莉森！不！”

我没能跑出多远，就被两个警察拦住了。他们不能让一个手无寸铁的市

[1] 香蕉弹匣（banana clip）：自动连发武器上的大容量弹匣，因形似香蕉而得名。
[2] 炮口焰（muzzle flash）：枪口或炮口的可见光焰。

民跑进激烈的战火中去，就算这个人涉嫌杀害他们的退休同事，那也不行。哈罗德·加利从后面一把抓住了我的外套，那个身材健壮的娃娃脸便趁机拽住了我的两条胳膊。

艾莉森似乎对面前的危险视而不见，她干脆停下脚步，摆出了典型的射击姿势：双腿分开，一腿在前；双肩与目标呈直角；双手握枪向前伸出。她开了两枪。货车的左前胎爆了。她又转移视线，再开三枪，右前胎的橡胶也碎了。

我知道那把史密斯威森手枪的弹匣能装十五发子弹，最开始里面是满的。算下来，她手里只剩下七发子弹了。

此刻，那辆货车基本是靠着金属轮圈在移动。坏掉的轮胎不仅没了用处，而且还成了阻碍。整辆车正在剧烈摇晃，完全失去了牵引力。虽然停下脚步之后，艾莉森射击的准确度大大提升，但敌人也可以更轻松地瞄准她。

我又一次大喊起来。其实，我可能一直都在喊叫，尽管我喊得语无伦次。哈罗德·加利从肩上抓起警官对讲机，焦急地报上了我们家的地址，让警局派遣所有可用的警力前来援助。

帮手马上就要来了。艾莉森只要再坚持一会儿就行了。

她将注意力转移到后排车轮上，第二枪就打爆了车胎。货车突然向右倾斜，已经几乎无法动弹了。

这时，那个一直开车的马其顿人试图下车逃跑，然而这是个巨大的错误。他在车上的时候，无意间利用了我的女儿做掩护，如今他下了车，艾莉森立刻朝他的背后开了两枪。他的双臂向空中甩了一下，然后便面朝下倒在了地上。

另一个马其顿人要么是太过愚蠢，要么是因为手持 AR-15 太过大胆，总之他仍在疯狂地射击。我开始祈祷，希望他也能离开货车，或者突然耗尽弹药。

虽然这两件事都没发生，但另一个几乎同样幸运的情况出现了。艾莉森动了起来。她正在朝树林中的安全地带跑去，而且就快要成功了。我发出一声嘶哑的欢呼。她真的要成功了！她知道这场战斗已经胜利了，现在只需要等警察来收拾残局就好。这个马其顿人已经失去了同伙，面对荷枪实弹的警察，他只能投降。若他还想单枪匹马地对抗，那下场就只有死路一条了。

再有几秒，艾莉森就能逃出生天了。树林就在不到三十码之外的地方，那是她的避难所，是她的庇护地，粗壮的树干可以提供她所需要的保护。

突然，我惊惧地看到，她跌倒了。她一下扑倒在地，双腿向外张开，我立即明白她的腿上中弹了。她试了一次，想要站起来，但是她的下半身动不了。

马其顿人又发起了新一轮的攻击，她迅速滚到一旁。说时迟，那时快，就在她刚才躺的位置上，松叶伴着土块炸了起来。然后，她坐了起来，将那条受伤的腿挡在身前，举起了枪。令人难以置信的是，她完美而精准地射中了他。但她也完全暴露在了他发射的枪林弹雨之中。

我说不清接下来哪件事在先，哪件事在后。实际上，它们是同时发生的。

艾莉森用仅剩的三枚子弹之一射中了那个马其顿人的额头。他的脑袋迅速向后倒去，一股鲜血飞溅在货车的车窗上。同时，马其顿人的最后一轮射击也中了。两枚子弹刺穿了艾莉森的胸膛，她的双臂向外张开。

她向后倒了下去。

我不知道是我终于挣脱了警察的束缚，还是他们直接放手了。我怒吼着朝艾莉森跑去，双臂和双腿都在用力抽动。呐喊，奔跑。奔跑，呐喊。我觉得自己跑得十分缓慢，就像身处噩梦之中，背后有可怕的东西在追，可我却双腿无力，迈不动脚，越是拼命越是缓慢。

终于跑到了，我一下跪在她的身体旁边，准备给她做心脏起搏或人工呼吸。可是已经没用了。那两枚子弹以致命的力量穿透身体，在她的身体中央留下了两处李子大小、边缘参差不齐的空洞。伤口是致命的。

她的胸脯已经不再起伏，她的瞳孔已经固定且散大了。她完全静止不动了。前一刻，她还是个活生生的女人，能够做出各种动作，无论是大是小。然而下一刻，就有人按下了终止键。

她已经死了。

我一直努力告诉自己，这说明她当场就去了，没有承受太多的痛苦或折磨。也许这样我会觉得好过一些。我不停地安慰自己，她在死的时候已经知道自己成功了：那两个马其顿人都死了；安迪·惠普尔从枪响开始就躲在别克车里不敢动，他被当场逮捕了；还有，最重要的是，在枪战结束后不到三分钟，爱玛就平安无事地回到了我的怀抱中。也许在她丧失意识前的最后一刻，她已经想到了这一切。又或许她什么都没来得及想。

我只知道眼前的事实，那就是她用生命换回了我们的女儿。

77

在接下来的几分钟、几小时和几天内发生了许许多多的事情，我觉得自己根本无法准确地回忆起那些事情发生的先后次序了。

当局从那两个死了的马其顿人的手机中提取了数据，追查到他们先前藏匿的地点，那是一个森林深处的小木屋，位于紧邻格洛斯特郡的马修斯郡。那里十分偏僻，路上连个信号灯都没有。在那儿，他们发现了爱玛被囚禁二十三天的大量证据。此外，他们还在冰箱里发现了一个塑料保鲜盒，里面装着赫伯・思里夫特剩下的手指和所有的牙齿，因而我的嫌疑便洗清了。

另一方面，安迪・惠普尔刚刚开始自己的刑事审判之路。他制订了详细周密的计划来误导和对付证券交易委员会、联邦调查局的证券欺诈小组和美国检察署，但是他没有料到格洛斯特警察局和弗吉尼亚州警察局的介入。对于警察局而言，谋杀罪的指控远远优先于金融诈欺罪。

在弗吉尼亚州，雇凶杀人是死罪。连续杀人也是死罪，州法令规定在三年内杀害两人即为连续杀人。在集体犯罪的过程中杀人还是死罪。安迪・惠普尔雇的那两个马其顿人杀害了赫伯特・思里夫特和艾莉森・桑普森，同时他们还合谋绑架了我的孩子来威胁我。因此，至少有三种办法能判惠普尔死刑。

检察官询问我是否认为他要争取判被告死刑。但是，我一心只想着报复他、折磨他。就算他死了，我的妻子和赫伯・思里夫特也不会活过来。就算他死了，萨姆和爱玛所受到的精神伤害也不会消失。

最后，惠普尔被判了无期徒刑，他永远都无法再呼吸到自由的空气了。单凭凯伦和马克的证词，他就一辈子都翻不了身。虽然劳威夫妻俩在检方起诉惠普尔时提供了合作，但是他们仍然被判了数十年的监禁。唯一令我不舍的是他们的孩子，好在珍妮姨妈同意收养他们了。

同时，我终于向杰布・拜尔斯解释了斯卡夫朗一案，他表示很同情。他将那次判决定为无效，然后重新批准了斯卡夫朗的逮捕令。我们一致认为，我应该休息一段时间，等准备好以后再恢复审理案件。

尼尔·吉思不肯轻易让步。不过，他已经得到了自己想要的结果：布雷克·富兰克林遵守承诺，退出了竞选。对此，我深感内疚。可是善良的布雷克却向我保证他早就受够了，说我其实是帮了他一把。

“帕尔格拉夫诉阿波提根案”的风波也悄悄地平息了。罗兰德·希曼斯彻底失败了，他不想再浪费大家的时间，于是便撤销了上诉。我得知消息以后，便马上通知了史蒂夫·波利蒂，然后又等了一个小时才通知了法院职员。我们做过约定，我必须言而有信。实际上，所有这些事情都只是发生在我生活的边缘。而我生活的中心是萨姆和爱玛，他们比以往更加重要，这两个孩子正是最需要我的时候，如今他们的一双父母只剩下一个人了。

那个周五的晚上，我们三个在他们的外婆家共睡了一张床，之后的两晚也是如此。他们才刚刚开始哀悼妈妈，这份悲伤的怀念也许会伴随他们一生，而我一定要成为照亮他们的灯塔、支撑他们的力量。要是我做不到，艾莉森肯定会想办法从天堂跑下来踹我屁股的。

那个周末，我没有回“河畔农场”。我怀疑自己恐怕永远都不会回去了。周日，珍妮和吉娜鼓起勇气回到那里把一些珍贵的东西拿了出来，那些东西都是与艾莉森息息相关的。我打算将家里剩下的东西都捐出去，然后另找一栋房子重新开始生活。就在距离吉娜、珍妮和孩子们的表哥表姐近的地方安家。

反正，绝对不再找那种与世隔绝的道路尽头了。我知道艾莉森不会喜欢的。大多数时候，我仍处在震惊的状态中不可自拔，我依然想理清已经发生的事情，在脑海中无数次地回放艾莉森最后的举动——英勇、无私，却又傻得不顾一切。

在最初的几天，我始终无法理解她的行为。显然，如果她不加以阻止的话，马其顿人肯定就逃跑了。可是她为何不小心一些？她为何如此不珍惜自己的生命？后来，在周一早上8：43，艾莉森的手机响了。我一直把它带在身边，自欺欺人地告诉自己这是很实际的做法，大家有必要知道她已经去世了。我知道，即便是业余的心理医生也能看出来，我这样做的原因绝不仅止于此。

不过，当手机响起，上面显示了一个我不认识而且也不在通讯录中的号码时，我还是接起了电话，简单地应道：“喂？”

“呃，喂，”一个女人的声音传来，她显然以为接电话的也应该是一个女人，“我是劳丽·里克霍姆。请问艾莉森在吗？”

“我是她的丈夫斯科特，”我说，“艾莉森上周五去世了。”

电话那头一片寂静，然后她说：“听到这个消息，我真的很难过。不知我能否问一下，发生了什么事？”

我尽量简短地解释了一下。劳丽·里克霍姆静静地听着，没有打断我。最后我说：“很抱歉，我肯定是听过您的名字，但是最近发生了太多的事情，我一时记不清楚了。”

“我是艾莉森的肿瘤医师。”

“噢，对。”我说。

医师停顿了一下，说：“这是您的私事，我不该过问，如果您觉得不便回答就不用回答。但我必须要问问：她有没有把我们周五的谈话告诉您？”

“没有。”

她又沉默了一会儿，最后说：“我知道艾莉森想独自一人与癌症搏斗，但是现在已经没有必要瞒着您了。周五早上，我和艾莉森通过电话。我告诉她，她的血检结果显示，肝酶水平过高，同时CAT扫描结果也表明，她的肝脏变大了。癌细胞已经从她的胸部扩散到肝脏了。”

“噢。”我说。

“原本，我们打算今天早上定下她的治疗方案，因为她说需要一个周末的时间来考虑一下。我可以把我告诉她的话也告诉您。原发性肝癌，也就是肿瘤最初在肝脏处发现的癌症，的确很严重，但是可以治愈。可是继发性肝癌，也就是从别处扩散至肝脏处的癌症，是不可治愈的。”

“不可治愈的。就像癌症晚期一样。”

“没错。”

“那她知道吗？”

“她肯定是知道的。”

“她还剩下多少时间？”

“很难讲。当然，这主要是取决于她选择何种治疗方案，但时间都不会太长。三个月？四个月？六个月？坦白地说，她的癌症已经是相当晚期的了。

不管还剩下多少时间，都会越来越难熬。我也是这样如实告诉她的。因此，发生在您妻子身上的事情，我不能说是一种幸运。可是，相对于她所面临的未来而言，这的确是一种减少痛苦的解脱。”

“我明白了。”我说。

这下，我终于明白了。

三天后，我们举行了一场追悼会。那是一个风和日丽的秋日下午，完美得令人心碎，我多希望艾莉森也能在身边跟我一起享受这动人的金秋啊！在前往教堂的路上，我开始对着想象中的艾莉森说话，向她描述外面是多么美丽。我觉得在今后相当长的一段时间内，我都会这么做。

教堂里坐满了人，其实都坐不下了，有一些人站在了后面。艾莉森的同事、她在学校曾帮助过的孩子和家庭、我们的朋友和邻居，还有其他与她相交或深或浅的人，都前来表达敬意。

艾莉森工作的学校以她的名义成立了一个奖学基金，我先前就让亲朋好友不要在追悼会上送鲜花，而是将买花的钱捐给了这个基金。不过，仍然有一些人买了花。艾莉森的身体两侧摆了数英尺的鲜花，香气飘满了整个教堂。

棺材盖是开着的。这并非我所愿，恐怕也并非艾莉森所愿。但是吉娜坚持如此，她说要再见女儿最后一面。我觉得我无法拒绝一个母亲最后的请求。

一开始，看到艾莉森躺在那儿，我觉得有些恍惚。她看起来如此平静，如此安详。她的脸上和头上都没有伤口，就像睡着了一样。但是，她今晚不会跟我回家，不会跟我相拥入眠了。我仍然无法接受这个现实。

殡仪馆给她做了一些装扮。她穿着在我们十五周年结婚纪念日时买的连衣裙，那是她最喜欢的衣服。她看起来真的很美。

我们唱了几首艾莉森最喜欢的赞美诗。牧师本来想让我说几句话，但是我告诉他我肯定连一个句子都讲不全。于是，珍妮便坚强地上去致了悼词。然后，牧师也讲了一番话。我觉得他们说得都很好，但我并不是很清楚。坦白地说，我很难集中注意力去听他们讲话。

我坐在教堂里，却又好像没有真的坐在那儿。我的一部分灵魂回到了大二那一年，回到了我们初遇的那一刻，我心里想着“哇，那是谁”，一切就这样开始了。我看着她的头发、她的双肩，看着她整个人在夕阳的余晖中散发着温柔的光芒。

我问自己：如果我从一开始就知道，结局是这样的……我们会一起度过二十五年的光阴……会拥有两个活泼可爱的孩子……可是这一切却要在难以言喻的痛苦中结束。如果我什么都知道，我还会跟那个学生活动中心前的美丽姑娘打招呼吗？

当然。我唯一的遗憾就是不能将这二十五年的分分秒秒再重来一遍。

追悼会接近尾声时，我终于回过神来。牧师正在说明随后葬礼的过程，然后我们将再唱一首赞美诗，最后祈求上帝保佑。然而他说，追悼会要先进行一项额外添加的内容。他解释说这是应艾莉森的孩子们的要求。

我完全不知道他在说什么。爱玛和萨姆正坐在我身边，一人搂着我的一条胳膊。我低头看向他们，但他们已经扭动着身子抽出小手了。然后，他们以艾莉森最爱的姿势，一齐朝教堂前部走去。

牧师弯下腰，从讲道坛里拿出两样小东西，我的视线被泪水模糊了，一时没看清那是什么。随后，我终于瞧见了。他手里抓着两个小小的毛绒玩具。那是爱玛熊和萨米熊。

牧师走下讲道坛，站在圣坛上等着孩子们。萨姆自然是第一个走到的，牧师把爱玛熊递给了他。爱玛就站在哥哥身后，接过了萨米熊。

孩子们走近妈妈的棺材。他们爬上一个提前放好的垫脚凳，双双站在上面。萨姆伸手拍了拍妈妈的肩头，爱玛则握住了妈妈的手。

整个教堂一片寂静，只有用手帕掩住的啜泣声。然后，爱玛用清亮而稚嫩的声音大声说：“我会想你的，妈妈。”萨姆紧跟着说：“我爱你，妈妈。”

假如教堂里有三百颗心，那么这三百颗心此刻全都碎了。

然后，爱玛和萨姆轮流将自己的毛绒伙伴放在了妈妈的身体两侧。艾莉森一直都是他们的“妈妈熊”，不惜一切代价保护着他们、深爱着他们。

如今，他们以六岁孩子的方式，回报了她的爱。

孩子们从垫脚凳上爬下来，众人开始齐唱最后一首赞美诗。

当牧师将棺材盖合上时，我轻轻地用唇语道了一声：再见。

致 谢

身为一名父亲，我曾在产房亲自迎接过两个孩子的诞生。按理说，我不该再老套地将写作比喻成分娩。

然而我觉得，这部小说的创作过程确实跟分娩尤为相似。而且，我要感谢众多文学界的医生、护士以及助产士，正是在他们的帮助下，这个新生儿才能呱呱坠地。

爱丽丝·马特尔是神通广大的幕后策划，在这本书将要付诸出版的最后阶段，她扮演了必不可少的角色。可以想见，如果她当真能弄到特工的高端科技装备，一定会成为出版推广界的“绝地忍者”。

在这本书的筹备出版阶段，杰西卡·雷海姆和本·塞维尔既是严格敦促的监督者，又是加油呐喊的助威者，更是参与其中的奋斗者。我不仅有幸与他们共事，而且还跟企鹅出版集团旗下的杜顿团队携手合作。其中包括市场营销大师卡丽·斯威托尼克和克里斯汀·鲍尔；宣传推广专家阿曼达·沃克、莉莎·卡西蒂和贝姬奥德尔；文字编辑艾琳·切蒂；封面设计师克里斯托弗·林；此外还有众多在哈德森大街 375 号工作的杰出人才。身为一名作家，能够与他们一起工作，我感到十分自豪。

在这部作品创作的各个阶段中，有多位法律和医学方面的专业人士对我提供过相关知识的帮助。首先，我要感谢两位亲切的法官，他们耐心而无私地付出了许多时间，让我深刻体会到了法官这一职位的意义。我不便提及他们的姓名，但是如果没有他们的帮助，我肯定无法成功地塑造出主角斯科特·桑普森这一形象。

此外，莎文·斯加拉斐尔和格雷格·帕克斯两位律师也提供了莫大的帮助。匹兹堡大学法学院的亚瑟·赫尔曼帮助我了解了司法不端的行为及其后果。劳丽·里克霍姆和兰迪·佛伦斯两位医师在医学方面给予了我许多专业的建议。

本书中涉及法律与医学方面的内容，如与现实情况有差，则是由于我个人的取舍问题，与上述各领域专家的意见无关。

对了，还有我的哈迪[1]大家族，我常在上午去店里，当值的员工包括安妮、莫妮卡、肯尼、蒂娜、特鲁迪、安吉拉、弗吉尼亚、马修、艾希莉和贾斯汀。在我创作及修改这部小说的过程中，他们总是让我保持心情愉快，而且还不停地给我的无糖可乐续杯。但是，我很遗憾老板特丽莎小姐已经无法再参与我们每日的欢乐相聚了，我非常想念她。

至于我真正的家人，我要感谢琼·布莱克利和艾伦·布莱克利，他们是超赞的岳父岳母，也是深受孩子们喜爱的外公外婆。我还要感谢玛丽琳·帕克斯和鲍勃·帕克斯，是他们将我带到了这个世界上，将我养育成人。

最后，也是最重要的，我一定要感谢我的妻子和孩子们。他们为我付出了永不懈怠的爱意、理解和支持，给我带来了欢乐和灵感。他们是我生命中最棒的部分，照亮了我人生的每一天。

正因为有这些家人、朋友和同事，我才会如此幸运、幸福。

[1] 哈迪（Hardee's）：指美国的哈迪快餐连锁店，本书作者布拉德·帕克斯曾在采访中提及自己喜欢在哈迪快餐店写作。

译后记

《保持沉默》（*Say Nothing*）是美国著名悬疑推理作家布拉德·帕克斯的第一部单卷本小说，原版由企鹅出版集团出版发行，且在发行之前，该书版权已售出至13个国家和地区。作者帕克斯曾是《华盛顿邮报》最年轻的执笔者，也是迄今为止唯一荣膺夏姆斯奖、尼洛奖和左岸奖三个悬疑推理大奖的作家，其代表作是卡特·罗斯（Carter Ross）系列小说，该系列共有六卷，分别为《消失的面孔》（*Faces of the Gone*）、《纯洁的眼睛》（*Eyes of the Innocent*）、《隔壁的女孩》（*The Girl Next Door*）、《好警察》（*The Good Cop*）、《玩家》（*The Player*）和《骗局》（*The Fraud*）。

帕克斯擅长用幽默的笔触，描写都市背景下的现实主义故事，被誉为“颇具马克·吐温风采的天才作家”。在本书中，帕克斯细致地讲述了一个惊险刺激又令人动容的故事——一对六岁的双胞胎儿女被绑架，身为法官的父亲不得不在接下来的诉讼案中任由绑匪摆布，他一方面借助司法知识保全自己，一方面和妻子一起寻找蛛丝马迹，经过惊心动魄的斗智斗勇，最终找回了孩子，而妻子却牺牲了。孩子与父母的牵绊、法官与绑匪的对决、忠诚与背叛的交锋、金钱与权利的交换，以及跟踪、枪杀、毒品、病魔等元素，交织成一个引人入胜的悬疑故事。但在笔者看来，本书最令人动容之处不在此，而在对现实人生的精细描绘和真实呈现。

毋庸置疑，对于父母而言，最大的恐惧莫过于失去孩子。本书的主人公正是陷入了这样的噩梦之中。原本和谐完美的幸福生活瞬间崩塌，精神压力重如泰山，在此变故之下，许多隐藏的秘密与危机开始凸显——妻子与旧情人秘密通话、妻姐一家行为诡异、私家侦探被绑匪杀害……似乎所有的矛头都指向妻子。而主人公身为法官，在审判上却连连“出人意料”，无时无刻不处于风口浪尖之上。

灾难就像一把放大镜，映照出种种微妙的人际关系，展露出平时未必在意的一切细小变化。在人生的非常状态下，猜疑与冲突频现，姐妹、父子、母子、朋友、同事之间的关系都可能爆发出许多平时没有的问题，爱情、亲情和友情都面临着巨大的考验。在这场分秒必争的战斗中，主人公知道敌人近在咫尺，却不知道他们究竟是谁，身边的每一个人似乎都有不可告人的秘密。主人公不可避免地陷入了信任危机，他不敢相信自己的同事和挚友，甚至也不敢相信自己的妻子。在巨大的人生变故面前，主人公幡然醒悟：“所谓安全，只不过是我们的误解，是我们在自欺欺人，不愿面对人类社会的恶劣处境：社会契约是沙上画，而非石上字，无论任何人，只要吸足气用力一吹，一切便了无痕迹。”（第 5 章）

应该说，这正是人类社会的现实和无奈。但是，并非所有的隐瞒都出于恶意，而看似简单透明的老实人也未必就善良。正如男主人公得知孩子的姨妈涉嫌绑架事件时所说：“我们已经在这个世界上见过了太多的‘知人知面不知心’……我们的确会对这些事情感到大吃一惊，但另一方面我们又能理解这种情况也是有可能发生的。因为这些人都是外人，并非我们最熟悉的亲友。面对亲友，我们能够在数十年的时光中近距离地观察他们；他们的善良本性是经过无数实践检验出来的；我们从来不会怀疑他们的动机，因为从根本上讲，他们跟我们的利益是一致的。然而，摆在我面前的却是这样的结果。这份背叛的证据让我惊愕得险些晕厥过去，一时之间竟靠在身旁的那辆汽车上一动不动。”（第 66 章）

在复杂的情感关系中，本书着力探讨了最为关键的婚姻关系，涉及谎言、出轨等敏感问题，让读者切实感受到了这个家庭如何经受狂风暴雨的洗礼。

小说开始部分，男主人公这样叙述对妻子的感情：“那最初吸引我、点燃我浓浓爱意的火花，依然在我的内心熊熊燃烧，一如从前。虽然我的妻子并不相信，但我心里清楚，就算过往的记忆全部消失，当我走进一个房间，里面有她和另外九十九个女人，我依然会选择与她携手回家，共度余生。”（第 4 章）遇到并嫁给这样的男人，是一个女人的幸运和幸福。

但到了第 27 章，他却有了这样的感慨："我的耳畔不停地回响着一位离异的朋友曾说过的话。他是这样描述婚姻破裂的：那一刻，婚姻在指责和仇恨中轰然崩塌；那一刻，他才意识到自己的妻子完全是一个陌生人，她的行为举止完全不可理解；那一刻，他才明白，他认识的那个女人、爱过的那个女人，早已不复存在。"

当一切都水落石出，得知这不过是一场误会时，女主人公深情回忆自己何以爱上男主人公："你所做过的承诺、你说过的话，你全都一一遵守了。也许这听起来不是很浪漫，但我会爱上你，就是因为你很可靠，是一个值得信赖的人。你也知道我们家的情况，由于父亲的缘故，我的生活就像没有根的浮萍，无处落脚。每次我刚交上几个朋友或者开始熟悉某个地方，爸爸总会得到提拔的命令，然后我们就得搬到别处去了。我从来没有能够依靠的人或事物，后来你出现了。而你就是那块坚定不移的磐石。"（第 60 章）这番娓娓的叙说，相信会勾起很多女士甜美的记忆。

本书的成功正在于对这些生活细节的真实描绘，并因此展现出的对人类精神世界的精准剖析，以及由此带来的感悟和启迪。

如第 4 章男主人公的感悟："要说为人父母有何意外之处，那就是从艾莉森怀孕开始，我的大脑中便多出了一个新的区域，只为一个目的存在：挂念孩子。即便我正被其他毫不相干的琐事缠身，这份挂念也依然在我的血液里温柔地流淌着。"相信每一个做过父母的人都会都会有此感受。

又如第 23 章男主人公的观察："孩子们在小时候总是能收到各种各样的毛绒玩具，你根本猜不到究竟哪一个能荣升为他们的挚爱。对于我的孩子们来说，这份荣誉属于一对泰迪熊，那是我姑姑送的……这对泰迪熊的大小、模样和手感深深地吸引了他们。渐渐地，他们越来越喜爱这对泰迪熊，就连长途旅行时，也一定要带上它们；晚上睡觉时，更是把泰迪熊抱在怀里不撒手……爱玛给自己的那只玩具熊起名叫'萨姆熊'，而萨姆则给自己的那只起名叫'爱玛熊'。"

这些看似微小的情节和体悟令作品充满了浓郁的生活气息和亲切感人的艺术风格。作者以第一人称的手法，一方面冷静客观地记述案情的发展，一方面适时精准地表达个人的内心活动，为读者呈现了一位严谨睿智的法官、慈爱亲切的父亲、温柔体贴的丈夫，以及拥有大众情感的普通个人。

故事的最后，幕后黑手和绑匪被绳之以法，唯一的不完满便是女主人公在与绑匪的较量中中弹身亡，她用自己的生命换回了孩子。

本书的写作大量采用电影的蒙太奇手法，以男主人公的视角为主线，巧妙地穿插了许多回忆和猜想，并以绑匪的行动为支线，双线平行发展，从而使得读者能够从多维视角来观察整个故事。结构上生动有趣，极富画面感和戏剧性，显示出作者驾驭此类小说的娴熟技巧。

作者将主人公设定为一名联邦法官，为了使人物更立体饱满、使情节更真实可信，作者在写作过程中请教了众多执业律师和法学家，甚至还咨询了几位美国现任法官。因此，本书虽为小说，但其法律知识之丰富、专业，案件之典型，审判之微妙，在法律上都具有一定的参考意义，甚至称得上是一部生动的法学教科书。

需要说明的是，由于书中大量使用了法律术语，在翻译的过程中，笔者进行了仔细的查证，参考资料包括美国联邦法院判决案例、美国宪法修正案、美国联邦司法体系的官方文件和西方法律研究的相关论文，不仅对这些西方法律术语进行了尽量准确的翻译，而且对所有法律术语都加了注释，争取让读者能够理解这些术语，并进一步理解美国的司法体系及其运作过程。此外，对于书中所涉及的经济术语、医学术语以及其他文化、历史方面的特殊词语，笔者也都在详细查证之后添加了注释。由于知识面以及才力所限，这些注释未必尽当，还请读者诸君不吝赐教。

最后，笔者要特别感谢新华先锋出版科技有限公司的信任和支持；同时，在翻译过程中，本书的责任编辑提出了不少宝贵意见，并对译文做了许多精心的修改和润色，其辛勤付出令人难忘。

戚悦

2016 年 12 月

记于泉城